KB079461

■ **일러두기**

본문의 인용문은 원뜻을 해치지 않는 한에서 현대어 표기에 맞게 바꾸었다. 필요한 경우 한글로 표시하고 한자를 병기했다.

3·1과 반탁

공임순 지음

한반도의 운명적 전환과 문화권력

통일

앨피

카자흐스탄 크질오르다를 향한 여정

2019년 11월 카자흐스탄 비행기에 올랐다. 약간의 홍분과 기대, 궁금증과 호기심이 교차하는 여행이었다. 알마티에서의 일정을 끝내고, 드디어 목적지를 향한 여정이 시작되었다. 알마티 역에서 기차에 오른 시간은 밤 10시. 우리로 치자면 지금은 사라진 통일호 열차에 해당한다고나 할까. 일반 좌석과 나누어진 침대칸에서 먹고 자면서, 장장 23시간을 달려 목적지에 도착했다. 바로 크질오르다Qyzylorda였다. 카자흐스탄의 한적한 지방인 크질오르다를 이전부터 알았을 리는 만무하다. 어디에 있는지조차 몰랐다는 것이 더 맞는 말일 것이다. 그런데 이 낯설디 낯선 크질오르다를 목적지 삼아 여행길에까지 오르게 된 것은 이 책 1부 2장의 청산리전투에 관한 글을 쓰면서였다. 지금은 '청산리대첩'으로 공식화된 청산리전투에 관한 이범석의 자기 서사화의 맥락과 배경이 어디에서 비롯되었는지를 연구하던 차에, 크질오르다를 접하게 되면서 이곳에 가 보고 싶다는 욕구가 커져 갔던 것이다.

크질오르다는 카자흐스탄의 제일 큰 도시인 알마티Almaty나 수도인 누르술탄NurSultan(이전 아스타나)에서도 꽤 멀리 떨어진 중남부의 중소 도시다. 국내 비행기로도 3시간 이상이 걸리고, 내 초행길처럼 기차 여행을 할 경우 곳곳마다 정거장을 들르느라 적어도 하루는 거뜬히 소요된다. 이범석의 청산리전투가 청산리대첩으로 바뀌는 사이, 청산리전투의 일익을 담당했지만 오히려 지워진 홍범도의 이후 행적을 찾아 나선 나는 설령 그때와 비교할 순 없다 해도 크질오르다로 추방되었던 고려인들의 고달픈 여정을 체험하고픈 욕심에 비행기가 아닌 기차를 택했던 것이다. 기차 바깥으로 스쳐 지나가는 중앙아시아의 풍경은 아마도 쫓겨나는 이들에게는 풍요와 약속의 땅은커녕 배신감과 울분을 불러일으켰을 터이고, 사막이 가까워 모래바람이 심한 크질오르다의 환경 역시 거칠고 황량하기만 했으리라. 1937년 스탈린이 강제로 추방해 버린 조선인(고려인)들은 열악한 기차이송 도중 일부는 죽고 일부는 용케 살아남아 이곳에서 새로운 삶을 개척하며, 제2의 고향으로 뿌리를 내렸다. 지금 그 자손들은 카자흐스탄의 곳곳에 흩어져 이 이산의 역사를 이어 가고 있다.

크질오르다는 박헌영의 전前 부인이었던 주세죽이 유배되었던 곳이기도 하다. 일본 스파이로 몰려 노동형에 처해진 그녀는 크질오르다의 카르마크치 콜호즈에서 생활했다. 조선이 해방되자 그녀는 스탈린에게 탄원서를 보내 유배를 풀어 달라고 간청했지만, 소련 당국은 이를 거절했다. 북한에 가서 박헌영을 도와 조국 건설에 이바지하고 싶다는 탄원서에 적힌 그녀의 절절한 바람을 소련 당국은 끝내 외면했던 것이다.

하지만 한국전쟁 종결과 함께 휘몰아친 남로당 숙청 광풍은 그녀에게까지 불똥이 튀었다. 그토록 가고자 했던 북한에는 발조차 디뎌 보지 못했는데 말이다. 박헌영의 사형 언도 소식을 전해 들은 그녀는 모스크바의 무용수로 있던 딸 비비안나의 안위를 심히 걱정했다. 소련 당국의 허가도 없이 그녀가 무작정 모스크바로 향했던 이유다. 심신이 지쳐 있던 그녀는 도중에 걸린 폐렴 증상의 악화로 딸의 얼굴은 보지도 못한 채 1953년에 숨을 거두고 만다. 이는 1956년에 실제 사형이 집행된 박헌영보다 이른 시기였다. 남로당 숙청 광풍은 북한을 넘어 크질오르다의 그녀에게로 가닿았던 셈이다.

이 이야기는 조선희의 1·2권 장편소설 《세 여자》에서도 다뤄졌던 것이라 새삼 덧붙일 말은 없지만, 우리가 흔히 집단농장으로 상상하는 콜호즈는 경제·생활 공동체였음을 간과해서는 안 된다. 소규모 친족 단위가 아니라 우리로 치자면 적어도 한 마을 이상의 범위와 규모를 자랑한다. 카르마크츠 콜호즈의 주민이었던 고려인들과 현지인들이 더 나은 일자리와 환경을 찾아 뿔뿔이 흩어지면서, 그 흔적을 발견하기란 어려울뿐더러 주세죽의 자취는 더더욱 찾기 힘들다. 아마도 옛 문서나 기록에 그녀에 관한 단서가 나올 법도 하지만, 그것은 오랜 시간과 품을 요하는 작업이다. 그만큼 크질오르다는 우리와 가깝고도 먼 곳이라고 하지 않을 수 없다.

홍범도의 묘와 묘비 및 1부 1장에서 언급한 계봉우의 묘비 등을 관람하고, 오랫동안 여기를 관리해 온 김엘레나 씨와도 이야기를 나눌 수 있었다. 거리 이상으로 언어의 장벽이 높았지만, 홍범도 유해 이장에 대한 남북한뿐만 아니라 현지의 다양한 이해관계와 입장차를 귀동냥하는 귀한 시간이었다. 홍범도 유해 이장을 둘러싼 각자 다른 생각과 인식은 식민지에서 해방 및 냉전/분단으로 이어지는 한반도의 역사를 고스란히 통어하고 있었다. 홍범도의 유해 이장은 대한민국만큼이나 홍범도의 출생지인 북한도 원하는 바이고, 제2의 고향 내지 고국인 카자흐스탄도 이를 선뜻 내놓기가 쉽지 않은 과거 역사와 현재 처지가 맞물려 있는 것이다.

유족이 없는 홍범도 유해가 어디로 가게 될지 이 글을 쓰는 시점까지도 알 수 없다. 하지만 홍범도 유해 이장을 추진했던 고려인협회의 뜻대로 대한민국이 될 가능성이 높다. 그의 유해를 대한민국에 안장하는 것이 소위 봉환의 그 '돌아옴'인지는 모르겠다. 카자흐스탄의 크질오르다에서 뜻하게 않게 조우한 그의 묘소와 거리는 대한민국이라는 일국적 관점으로는 온전히 회수되지 않기 때문이다. 숱한 조선인들과 마찬가지로 홍범도는 한반도를 가로질러 간도와 연해주 및 카자흐스탄에 이르는 이산의 역사를 살아 냈다. 즉, 그의 행로는 경계선상을 오간 유동하는 인간 형상을 새겨 놓고 있다고 해도 과언이 아닌 것이다. 이 속에서 명멸했던 해방과 독립에의 꿈과 이상 및 기대와 좌절을 남한이 독점하기란 극히 난망한 일이 아닐까 싶다. 봉오동·청산리전투 100주년을 맞는 올해, 연대기상의 기념비적인 지표에 함몰되기보다 동아시아와 전 지구적인 지평을 시야에 넣는 열린 인식과 사고의 장으로 화했으면 하는 바람을 품어 본다. 1부 2장은 이 일단의 생각을 저변에 깔고 있다.

이 책은 한반도의 운명을 가름했던 3·1운동과 반탁을 중심으로 논의를 전개했다. 한반도의 운명과 직결된 핵심적인 두 사건으로 3·1운동과 반탁이 자리하고 있는 것이다. 식민지와 냉전/분단 체제의 한반도 역사와 긴밀하게 연동된 3·1운동과 반탁을 축으로 이 책은 우리의 의식과 내면이 어떻게 틀지어졌는지를 되짚는다. 1부와 2부로 나누어 정병준의 용어에 기대어 거칠게 표현하자면, 1부는 "3·1운동의 후예들"에 관한 이야기라면, 2부는 "반탁운동의 후예들"이 문제시된다. 3·1운동이 초래한 북방에의 꿈과 열망 및 '개조시대'의 도래를 맞은 세계사에 준하는 안확의 자기 민족지의 모색 등은 3·1운동의 후예들로 통칭되는 백가쟁명의 움직임을 만들어 냈다. 이 3·1운동의 후예들은 3·1운동 세대이기도 했지만, 김산의 《아리랑》에서 엿보이는 3·1운동 이후 세대이기도 했다. 이들은 3·1운동 을 동력 삼아 한반도를 넘어 중국과 소련 및 카자흐스탄을 아우르는 해방 과 독립에의 꿈을 공유했던 것이며, 동아시아 간 민중 연대와 협력의 반일 (반제)전선의 구축에도 앞장섰다.

이 책은 3·1운동에 한정된 우리의 시선을 좀 더 확장했을 때 포착되는 다채로운 양상을 일별하는 속에서, 3·1운동의 장기 지속적인 흐름과 운동 을 염두에 두었다. 1부도 그렇거니와 2부 역시 그러하다. 1부 1장과 2장은 물론, 3장의 〈이광수의 3·1-〈민족개조론〉-〈혁명가의 아내〉의 연쇄와 굴 절〉은 3·1운동이 단지 일회적이거나 단발마적인 사건이 아닌 한 인간의 삶에 미친 도저한 영향력을 예증하는 글이다. 안창호의 만류에도 불구하 고 상해 임정에서 조선으로 귀환하는 그 막전막후의 사연은 이광수의 발 화를 오인과 비방 및 의심과 반발로 얼룩지게 했던 중요한 결절점이었음 을 1부 3장은 밝히고 있다.

귀국 후 노아魯啞와 노아자魯啞子라는 필명으로 활동하던 이광수는 이춘 원의 실명(이광수의 호가 춘원)으로 〈민족개조론〉을 발표함으로써 긴가민 가하던 일반 여론에 불을 지폈다. 귀순자라는 오명을 채 벗기도 전에, 그 는 〈2·8독립선언서〉의 기초 작성자인 자신의 위치를 까먹기라도 한 듯이 3·1운동을 "무지몽매한 야만인종이 자각 없이 추이하여 가는 변화와 같 은 변화"로 격하하는 모험을 감행했기 때문이다. 상해 임정의 대표 얼굴이기도 했던 그의 이 같은 3·1운동 부정은 제1차 세계대전으로 초래된 세계 변혁의 조류에 올라탄 청년들의 불신을 사기에 충분했다. 이광수에 대한 조선 청년들의 비토는 변혁의 대명사인 사회주의의 일대 풍미와 맞물려 진영 간 대립과 갈등을 격화시키게 된다. 이광수의 〈혁명가의 아내〉에 맞서는 이기영의 〈변절자의 아내〉는 진영 간 충돌이 소설전小說戰으로 비화된 참으로 희유의 사태였다.

1937년 중일전쟁과 1941년 아시아/태평양전쟁의 총동원 체제는 식민지 조선인의 삶을 황폐화시켰다. 누군가는 이름도 들어 본 적 없는 남방의 전선에서 사망했고, 또 누군가는 재판도 없이 B·C급 전범으로 분류되어 목숨을 잃었다. 도쿄 재판에서 일본의 A급 전범들 대부분이 레드 퍼지red purge(빨갱이 숙청)의 역코스 속에 복귀할 수 있었던 것과 비교하면, 제2등 신민으로서 조선인의 전쟁 동원과 참여가 빚어 낸 한편의 비극이라고 할 만하다. 해방이 도둑처럼 찾아왔다는 함석헌의 말에 담긴 38선을 경계로 한 남북의 미소 군정은 진영 친화적인 정권 수립을 위해 좌·우파 간 갈등을 방치하거나 부추겼고, 이는 친일과 반공의 내부 적대와 불화를 심화시켰다. 《동아일보》의 (무)의도적인 오보로 인해 열린 신탁통치(탁치) 국면은 1945년 말과 46년 초의 정세를 요동치게 했으며, 소위 친일파들에게 소생의 기회를 부여했다. 민중의 지팡이 경찰은 친일 협력의 원죄를 반공으로 상쇄하면서, 공권력의 압도적 우위를 선보였다. 이 모든 것을 압축하는 단어가 이 책 2부의 주제인 '반탁'이다.

농담처럼 지금 사람들이 반탁을 알고나 있겠느냐고 제목을 바꿔야 한다는 조언도 있었다. 반탁을 사람 이름으로 알 수도 있다는 우스갯소리를 주고받기도 했지만, 반탁은 3·1운동과 더불어 반탁운동의 후예들을 낳는 분수령이었다. 대한민국의 제도교육을 주조한 민족/순수문학은 이 반탁운동 후예들의 노력에 힘입은 것이었으며, 탁치 국면과 뒤이은 단선단정單選單政 국면에서 치열하게 분투한 결과물이나 다름없었다. 순수시인 김영랑의 적의에 찬 언어와 치마 속 카빈총의 레드우먼 신화를 유포시킨 박종화와 김동리도 좌파를 배제와 섬멸의 대상으로 타자화했다. 이들은 3·1운동을 둘러싸고 좌익 진영과 진정한 계승 여부를 다투었다.

1946년 3·1절 기념행사의 별도 개최는 기미와 3·1 측으로 양분된 한국전쟁의 예고편으로 기능했다. 1947년 3·1절 기념행사는 끝내 물리적 충돌로 이어졌고, 이것은 4·3항쟁의 도화선이 되어 여순항쟁으로 치달아 갔다. 제주도 4·3기념관에서 실감나게 다가오는 학살genocide의 잔인함을 딛고, 대한민국은 3·1과 반탁이 결합된 국가사를 자연화할 수 있었다. 아직도 김원봉의 독립유공자 지정이 반대 벽에 부딪혀 독립운동가인 듯 아닌 듯한 이 기묘한 상황은 3·1운동과 반탁을 국가사로 일원화했던 대한민국의 초상이기도 할 것이다. 2부 4장과 6장 및 7장은 이와 관련된 이야기를 담고 있다.

김원봉의 서훈을 계속 유예하는 대한민국정부의 모습은 9장의 1949년 이래 잊혀진 김구를 되비춘다. 아직도 진보 진영의 최대치가 '김구'라는 점은 3·1운동과 반탁의 국가사로 일원화된 대한민국의 이념 지형의 협소함과 무관하지 않지만, 그나마 21세기에 4·3과 여순사건의 전위부대로 활동했던 서북청년단 재건위원회의 뜬금없는 출현은 한국 사회에 잠재해 있는 김구에 대한 불편한 속내를 여실히 드러내 준다. 4·19혁명은 김구를 남북협상(통일)론의 주역으로 소환했지만, 5·16 발발과 함께 김구의 반反단정 통일론은 수면 아래로 가라앉고 오로지 3·1운동의 임정 수석으로만 기억되는 굴절과 변이를 겪었다. 단선단정에 반대해 38선을 월경했던 이승만정권의 최대 정적이자 남북협상(통일)론의 주역이었던 김구의 공적 복권이 3·1−4·19−5·16으로 이어지는 국가사의 총체적 일원화에 봉인되었던 셈이다. 박정희정권의 7·4남북공동성명은 이 반전의 계기를 마련하는 듯싶었지만, 유신의 길목으로 나아가는 과정에서 더 이상의 진전은 없었다. 김구의 자화상은 곧 3·1운동과 반탁이 어우러진 대한민국의 현 주소를 반영하는 것일 터이고, 이 숙고와 성찰의 몫은 여전히 우리에게 있다.

이 책은 또한 민주당의 시조라고 할까, 미군정과 손잡고 경무부장의 직책으로 4·3항쟁을 폭력적으로 진압했던 조병옥이 대한민국을 유일한 합법정부로 승인받기 위해 유엔(국제연합)을 금과옥조로 삼았음을 《특사유엔기행》으로 살펴보았다. 민주당의 시조가 이토록 열혈 반공인사 조병옥인데, 그 후신인 민주당이 종북·좌익의 틀을 벗지 못하고 있으니 역사의 아이러니가 아닐 수 없다. 흡사 김구의 아들 김신이 반단정 통일론을 억누르며 등장한 5·16군정의 사람이 되어 출세가도를 달렸던 것과도 같은 씁쓸한 역사의 이면이다. 대한민국의 일원화된 국가사와 거울상을 이루듯 김일성의 민족·지역·세계의 영도자상은 남북한 개발독재의 사회역사적 기원과 형성을 재차 심문케 한다.

2019년 3·1운동 100주년 기념행사가 파장될 무렵, 혼자 '나 아직 안 끝났어요!'를 외치는 심정이다. 다 끝난 잔치 자리에서 진상 떠는 손님이 생각나서일 것이다. 그럼에도 인생사가 다 깔끔하게 마무리되는 것은 아니

라고, 누구 하나쯤은 객기를 부릴 수도 있지 않느냐는 항변으로 이 책을
펴낸다.

　이 책은 개인 저서로는 7년 만이다. 《식민지 시기 야담의 오락성과 프로
파간다》가 2013년에 출간되었으니 말이다. 생각하면 짧지 않은 시간이지
만, 눈 깜짝할 사이에 흘러가 버렸다. 그 사이에 개인적으로나 사회적으로
나 많은 일들이 있었다. 개인적으로는 기쁨보다 좌절이 더 컸지만, 그것도
지나가리라는 마음으로 견뎌 냈던 성싶다.

　이 책은 알게 모르게 여러분들의 도움과 지원을 받았다. 세미나팀 동
료들이 먼저 생각난다. 한국전쟁의 심리전과 현대 문화의 기원을 공동연
구로 수행하고 있는 약칭 '마음의 전쟁팀'과 사교인지 공부인지 헷갈리는
《사상계》 연구팀 및 《아리랑》 독해팀, 민족문학사연구소의 남북한 문학
사팀은 7년의 세월을 함께해 준 버팀목이었다. 감사의 마음을 전한다. 마
지막으로 힘들 때 한결같이 곁을 지켜 준 경준 씨와 늘 응원을 아끼지 않
는 가족들에게도 고맙다는 인사를 쑥스럽지만 건네 본다. 2010년 《스캔
들과 반공》을 출간한 이래 계속 책을 맡기는 뻔뻔함에도 마다하지 않고
바쁜 와중에 선뜻 출간을 결심해 준 앨피출판사에도 감사 인사를 빠뜨릴
수 없다. 어려운 책을 또 썼냐는 잔소리를 들을 테지만, 대학 친구와 선후
배들에게도 이 책을 안길 작정이다. 마지막으로 이 책을 읽을 독자들의 감
상평을 진정으로 기대하고 있다.

2020년 2월 공임순

1부

3 · 1운동의 세계사적 지평과
한반도의 격동

3·1운동의 양대 사조, 볼셰비즘과 윌슨주의 그리고 안확의 '조선문명사'

볼셰비즘과 윌슨주의,
혁명과 예방혁명의 교착

1994년 최인훈은 《화두》를 발표한다. 미국 이민 후 10여 년간의 공백을 깬 작품이라는 점에서 세간의 관심이 높았다. 그의 작품 《화두》에 관한 숱한 논의들을 반복하기 위해 지금 이 시점에서 새삼 최인훈의 《화두》를 끄집어내고자 하는 것은 아니다. 오히려 《화두》를 흔히 틀짓는 이른바 "이데올로기의 허상"이라고 하는 말에 담긴 강렬한 메시지의 틈 속에서, 그가 말하고자 했으나 제대로 반향되지 못했다고 여겨지는 한 장면을 이 글의 단초로 삼고자 함이다.

최인훈은 현실 사회주의의 종언이라는 임박한 현실에 마주해 이것이 갖는 의미를 냉전과 더불어 식민주의의 문제로 접근한다. 그랬을 때 그의 시선에 포착된 것은 제1차 세계대전의 와중에 행해진 러시아혁명이었다. 1917년 10월과 11월 동안, 제정러시아의 붕괴와 "사회주의를 국가이념으로 선포하고 일방적으로 독일과 강화하여 전쟁에서 빠져나왔"[1]던 사회주의 소비에트정권의 수립은 그가 보기에 냉전의 개시와 맞물린 식민지인의 문제 그 자체였다. "식민지 대중의 눈에 비친 소비에트 러시아는 그들의 의식에 무엇을 전달했을까?"(172)는 정확히 이 지점을 가리키고 있었다.

현실 사회주의의 몰락 앞에서, 때로 전향과 때로 외면을 거듭했던 좌파진영과도, 그렇다고 자본주의의 승리를 구가하면서 신자유주의로 마냥 내

---

1   최인훈, 《화두》 2, 문학과지성사, 2008, 168쪽.

달린 우파 진영과도 거리를 둔 채 그는 이 발본적인 물음을 곱씹으며 한국 사회의 향후 진로를 타진하고자 했다. 그가 던진 이 화두 내 화두를 한편으로, 제1차 세계대전 직후 파리강화회의는 러시아혁명의 볼셰비즘(레닌주의)에 대응하는 월슨주의의 표명이었음을 상기할 필요가 있다.[2] 즉, 월슨주의는 러시아혁명에 대항하는 반反볼셰비즘의 일환인 '예방혁명'의 차원에서 고안되고 제시되었다는 것이다.[3] 월슨이 표방한 14개조라는 것이 러시아혁명의 한가운데에서 레닌이 이끄는 볼셰비키정권의 〈평화 포고 Decree on Peace〉를 의식하고 견제한 대응책이자 그 결과물이기도 했기 때문이다.

---

2 볼셰비즘의 중심 이론가인 레닌은 1916년 "사회주의혁명과 민족자결권에 관한 테제Theses on the Socialist Revolution and the Right of Nations to Self-Determination"를 이미 제출한 바 있었다. 러시아혁명 후 수립된 볼셰비키정권은 레닌의 이 주장을 기초로 1917년 11월 8일에 〈평화 포고Decree on Peace〉를 발표했다. 제1차 세계대전이 끝나고 이른바 포스트-워 post-war의 세계질서 구축과 긴밀하게 연동된 〈평화 포고〉는 월슨의 '승리 없는 평화peace without victory'와 '민주주의에 의한 안정' 등의 기존 입장을 더 급진화하는 데 기여했다. 이와 관련해서는 Arno J Mayer, *Wilson vs. Lenin*, Cleveland: World Pub. Co., 1959, pp. 35-44, 260-266 및 박현숙, 〈월슨의 민족자결주의와 세계 평화〉, 《미국사 연구》, 2011에서 도움을 받았다.

3 '예방혁명'은 이 논의를 위해 필자가 고안한 개념이다. 월슨주의를 반反볼셰비즘에 토대한 '예방적 조치'로 본다고 할 때, 반혁명보다는 예방혁명이라는 표현이 훨씬 적실해 보이기 때문이다. 월슨 모멘트Wilsonian Moment로 세기의 전환기를 규정하는 입장이 대부분이지만, 러시아혁명에 대응하는 예방혁명으로서 월슨주의가 지닌 유동적 성격이 망각되는 경우가 많다. 마치 월슨만의 독창적 사고법인 양 사고되는 한에서, 월슨주의가 볼셰비즘과 경합했던 제1차 세계대전의 파국적 산물임을 잊기 쉬운 것이다. 독일 파시즘의 발흥이 경제공황의 반자본주의적 혁명에 대응하는 '예방적 안정화'의 측면이 컸던 것처럼, 월슨주의는 러시아혁명의 반자유주의적 자본주의와 반제국주의에 맞선 예방혁명의 성격을 강하게 띠고 있었다. 따라서 월슨주의에 부과된 과대평가를 걷어 내고 러시아혁명의 볼셰비즘(레닌주의)과 월슨주의의 상호 교섭과 경합을 살리는 데 예방혁명의 명명이 지닌 의미가 있다. 이를 통해 당대를 휩쓴 세계 사조와 시대정신이 둘 간의 결합과 연쇄 및 이반과 절충의 복합적 산물이었음도 더 명시적으로 드러날 수 있을 것이다.

무無병합, 무無배상, 민족자결, 비밀외교 금지를 기본으로 한 볼셰비키정권의 강화 공세에 윌슨은 미국이 참전했던 연합국의 전쟁 목적을 천명한 14개조를 구체화하게 된다. 제1차 세계대전의 종결을 위한 파리강화회의의 가이드라인으로 작용한 이 14개조는 전후의 새로운 세계상을 주조하며, 윌슨주의와 볼셰비즘의 의도치 않은 경합과 공존을 낳았던 셈이다.

야마무로 신이치山室信一는 이를 다음과 같은 인상적인 말로 표현하기도 했다. "종전 후의 세계"는 냉전을 예고하는 "국제연맹을 축으로 한 국제협조주의와 코민테른을 축으로 한 국제연대주의라는 두 개의 세계주의"와 "두 개의 민족자결주의"를 낳았지만, 그럼에도 "미증유의 참화를 경험한 인류"는 "제1차 대전을 계기로 새로운 국제질서와 문명을 창출해 가는 데 진력하지 않을 수 없다"고 하는 공감대를 "국경을 넘어 확산"[4]시켰다는 것이다. 냉전의 시발점으로서 볼셰비즘과 윌슨주의의 대립과 분기를 한편으로, 당시 요시노 사쿠조吉野作造의 혁신적 사고법인 윌슨주의와 볼셰비즘의 결합체라 할 이른바 "윌슨+레닌=국제 민주주의"(90)의 구상도 이 흐름에 힘입어 가시화될 수 있었다는 것이 그의 지적이다.[5]

"미국의 사상과 노서아의 사상이란 한편은 실제적이고 다른 한편은 공상적으로 각기 그 취지를 달리하지만, 결국 군국주의를 타파하고 영구적인 평화를 장래 세계에 확보하려는 근본적 이상에 입각해 있다는 점에서

---

4 야마무로 신이치山室信一, 〈世界認識の轉換と〈世界內戰〉の到來〉, 第一次世界大 4, 岩波書店, 2014, 85~87쪽.

5 제1차 세계대전 이후 냉전의 전초전으로 윌슨주의와 레닌주의의 대립적 움직임을 지적한 연구로는 베른트 슈퇴버Bernd Stöver, 《냉전이란 무엇인가》, 최승완 옮김, 역사비평사, 26~27쪽을 참조했다.

는 동일"(89)하다는 요시노 사쿠조의 입장은 레닌과 윌슨으로 표상되는 상이한 세계전쟁 시나리오가 아니라, "세계 전 인류의 대변자"로서 "공통된 이상으로 세계를 연결"하고 나아가 "연대"(90)하는 데 있었다.[6] 따라서 제1차 세계대전을 계기로 한 볼셰비즘과 윌슨주의의 두 강력한 지배 노선은 국경을 넘는 세계 이념과 구상을 정초하며, '민족자결'로 압축되는 식민주의 문제를 첨예하게 대두시키게 된다. 이것이 최인훈이 말했던 바의 "전 세계의 문명국가가 모두 식민지 소유주일 때 오직 한 국가만이 공공연히 그러한 지구 사회의 질서가 인류의 정상적인 질서일 수 없고 자신들은 그 질서의 해체를 위해서만 존재하고 그에 도움이 된다면 어려운 국내 사정에도 불구하고 돈이든 힘이든 도움이 되겠다고 할 때" "식민지 조선의 저항자들은 소련(혹은 더 넓게는 미국)을 그런 문맥에서 인식"(173)했다.

이 글은 '전쟁의 세기'로 불리는 20세기의 두 차례 세계대전(제1·2차 세계대전) 속에서, 그 첫 전환점인 제1차 세계대전의 이 볼셰비즘과 윌슨주의의 의도치 않은 공존과 경합을 근본적인 변화의 신호로 받아들인 식민지 조선 지식인들의 대응과 자기 인식의 서사를 살피려 한다. 그중에서도 안확의 '개조론'과 이의 지역적 구현이었던 최초의 조선문학사와 정치사의 출현이 갖는 의미도 함께 다뤄 볼 작정이다. 무엇보다 '개조'는 이 급변하는 세계 흐름을 집약한 신사조와 언어로 한반도를 뒤흔들며 상륙했기 때문이다. 이는 스튜어트 홀Stuart Hall이 말했던 전 지구적인 '문화적 순환

---

6 요시노 사쿠조吉野作造를 비롯한 다이쇼기 일본 내 사조에 대해서는 이에나가 사부로家永三郎, 《근대일본사상사》, 연구공간 '수유+너머' 일본근대사상팀 옮김, 소명출판, 2006과 최상일, 〈대정데모크라시와 吉野作造〉, 《아세아연구》, 1986을 들 수 있다.

cultural circuit'과도 상응하는 것이었다. 그는 하나의 개념이 형성되고 정착되기까지는 갈등과 전이를 포함해 교환과 소비의 연쇄적 순환이 필요하다는 점을 각인시킨 바 있다.[7] 그의 말마따나 지구의 양 사이드에서 발했던 지적 격동은 3·1운동을 전후한 개조의 적극적인 전유와 실천을 동반하며, 한반도 지역 주체들을 스튜어트 홀이 언급한 '문화적 순환'의 최전선에 서게 했던 것이다.

따라서 식민지 조선을 강타한 개조는 일국적 차원을 넘어서서 전 지구적인 차원의 의미와 가치를 내재한 것이었음을 잊어서는 안 된다. 그 실제성의 여부와 무관하게 개조는 기존의 세계상과 조화될 수 없는 세계적 대전환기의 표지로 일종의 개념 지도를 형성케 했던 것이다. 식민 모국과 식민지를 오가는 일방향적인 지적 흐름 대신, 세계어(=세계지)로 개조의 이같은 문화적 순환은 식민지 조선 지식인들의 의식 세계에 지대한 영향을 미쳤다. 이 유례없는 시대 경험이 낳은 유쾌하고 도발적인 상상력은 안확의 사례에서 엿볼 수 있는 방대한 지적 계보를 구상케 했다. 전 지구를 하

---

7 Stuart Hall, ⟨Introduction⟩, *Representation: cultural representations and signifying practices*, London: Sage, 1997, p. 3. 스튜어트 홀의 '문화적 순환'은 급격한 변동의 시기에, 일국적 차원이 아니라 전 지구적 차원에서 유통되는 개념과 지식 및 담론의 수용과 부상을 살피기에 적합한 용어로 생각하여 차용했다. 코젤렉을 원용한 나인호는 《개념사란 무엇인가》, 역사비평사, 2012, 143~144쪽에서, 일부 "개념들 속에 담긴 몇몇 의미들의 변화가 아니라 개념의 전통적 의미와 기능들이 비교적 제한된 기간에 본질적으로 바뀌면서 일어난 개념의 의미론적 구조 변화"를 중시하며, 이를 위해 필요한 요건을 네 가지로 든다. 첫째, 새로운 정치·사회적 경험을 개념화한 무수히 많은 신조어(특히 -주의ism). 둘째, 기존 단어들 속에 새로운 의미들의 지속적인 첨가. 셋째, 철학과 문학 담론을 위한 전문 술어에서 정치와 사회 담론으로의 전이와 확대. 넷째, 이전에는 중요하지 않았지만 중심적인 정치·사회적 개념으로의 부각이 그것이다. 2장의 '개조의 시대'는 이러한 개념의 의미론적 구조 변화, 특별히 1과 2에 초점을 맞춘 것이기도 하다.

나로 묶는 그 어느 때보다 확대된 자의식은 좌절과 실패까지도 포함한 도전과 실험을 가능케 했던 역동적인 힘이었다. 3·1운동을 단발마적 사건으로 볼 수 없는 이유도 여기에 있을 터, 최인훈이 던졌던 문제의식까지 아우르는 장기지속의 관점에서 세계어(=세계지)로서 개조의 역능과 지역 주체들의 움직임을 규명하는 데 이 글의 주안점이 있다.

세계어(=세계지)로서의 개조와 비非/몰沒자각의 타파

기존 연구를 참조하면, 소위 "개조의 시대'는 1919년에서 1922년까지의 시기를 점한다. 엄밀히 말해 개조는 그전에도 없었던 단어는 아니었지만, 통상적으로는 1919년에서 1922년까지를 개조의 전성기로 잡는다.[8] 이 특정 시간대를 개조의 시대로 상정한다고 할 때, 먼저 개조의 주된 출처로 인용되곤 하는 《동아일보》와 《개벽》의 창간이 각각 1920년 4월과 1920년 6월이라는 사실은 주목을 요한다. 왜냐하면 《동아일보》와 《개벽》은 개조 시대의 최전성기(고조기)에 창간된 매체이기 때문이다. 이런 연유로 《동아일보》와 《개벽》만을 중심에 둔 논의는 한계를 지닐 수밖에 없다. 미루어

---

8 허수, 〈제1차 세계대전 종전 후 개조론의 확산과 한국 지식인〉, 이경구·박노자 외, 《개념의 번역과 창조》, 돌베개, 2012, 69~89쪽. '개조시대'라는 표현은 당시에도 등장하고 있었다. 레닌과 '개조시대'를 연관시킨 〈니콜라이, 레닌은 어떠한 사람인가〉, 《동아일보》, 1921. 6. 3이 그 일례이다.

짐작해 보아도, 개조의 등장과 유포는 이보다 선행되었을 가능성이 크고, 게다가 〈3·1독립선언서〉에도 개조는 이미 그 모습을 드러내고 있기에 말이다. 여기에 대해서는 후술하기로 하고, 개조의 당대적 부상을 말해 주는 단서로 아래의 신문 기사가 눈에 띈다. 《동아일보》 5월 18일자 〈신술어에 대한 소감〉이 그것인데, 개조는 해방과 민본주의 등의 용어와 더불어 신술어로 소개되고 있다.

근일 조선에서 유행하는 신술어가 하도 많은 고로 여간 총명으로는 일일이 기억할 수 없으나 그중 최대 세력을 가지고 있는 몇 말을 기록하건대, 동맹파업이니 태업이니 해방이니 개조니 민본주의니 과격사상이니 〈산디가리즘(생디칼리즘)〉, 〈아날기즘(아나키즘)〉이니 이런 종류의 어語이라. 이러한 말은 어떠한 지방에서 어떠한 사실이 있어서 어떻게 실행되고 어떻게 유행됨인가. 조선에서 창도함인가. 일본에서 발생함인가. 아니라. 우랄산 서편西便에서 실행되어 서백리아 대철도로 수입되어 왔었고 지중해 북편北便에서 실행되어 인도양 항로를 경유하여 운입하여 온 박래품어舶來品語이로다. … 지나도 일본도 아조선我朝鮮까지도 이 현상의 색채를 대한 금일이라. 차此 신생 신술어의 유행과 사실의 실행이 오인吾人 인류 장래에 대하여 어찌 심상히 운云하리오. 행복의 생활과 불행의 생활이 차등此等 신술어의 의의를 학득學得하고 기학득其學得한바 원리를 사실에 의하여 노력함에 좌우를 여與하는 줄로 신信하는 바로다."⁹

9 〈신술어에 대한 소감〉, 《동아일보》, 1920. 5. 18.

"근일 조선에서 유행하는 신술어가 하도 많은 고로 여간 총명으로는 일일이 기억할 수 없으나 그중 최대 세력을 가지고 있는 몇 말" 중의 하나로 개조가 꼽힌다. "동맹파업이니 태업이니 해방" 등과 더불어 "최대 세력"을 가진 신술어 중의 하나가 개조라는 것이다. 신생 술어 중 하나로 개조가 규정되는 것과 더불어 이 신술어의 유입과 전파에 관심이 경주된다. 위 신문 기사에 따르면, 신생 술어는 "조선에서 창도"한 것도 "일본에서 발생"한 것도 아니기 때문이다. 소위 일본산도 토산품도 아니라는 것인데, 그렇다면 이 신술어의 유입 경로와 전파는 무엇이었던가. 그것은 "우랄산 서편西便에서 실행되어 서백리아 대철도로 수입되어 왔었고 지중해 북편北便에서 실행되어 인도양 항로를 경유하여 운입하여 온 박래품어舶來品語"이다.

유입과 전파 경로에서 알 수 있듯이, 신술어는 어떤 특정 국가나 지역에 국한되지 않는 그야말로 전 지구적인 스케일로 운반된다. 우랄산 서편(러시아혁명)과 지중해 북편(유럽과 미국)의 양 사이드에서 발신하여 철도와 배로 그야말로 지상과 해상을 넘어 최변방인 식민지 조선에 당도했다는 것이다. 이러한 개념의 매핑mapping은 개조를 포함한 신술어의 전 지구적인 의미망을 환기시키고도 남음이 있다. 기존의 한정된 식민 권역을 오가던 지적 흐름에서는 결코 상상치도 못할 전 지구적 산물이 외래의 "박래품어"인 신술어를 매개하고 있는 셈이다. 이 신술어의 등장과 유입 및 전파는 기존 개념도를 변모시킬 수밖에 없었는데, 이를 확인하는 준거가 되어 주는 것이《동아일보》와《개벽》에 앞서 창간된《학지광》이었다.

1914년에 창간되어 1930년 통권 제29호로 종간되기까지《학지광》은 이 신술어의 초기 국면을《동아일보》와《개벽》보다 더 선명하게 보여 준다. 《학지광》을 중심으로 개조의 사용 빈도를 보자면, 1919년을 기준으로 이전에 비해 1920년에 이르러 확대일로를 걷는다. 개조와 유사 계열을 이루는 진화와 진보를 제외하고, 1917년에서 1919년까지 개조는 유신, 개혁, 혁명, 개선, 개량 등과 유사한 사용 빈도를 나타냈다.[10] 1919년 계린상桂麟常의 〈구각을 버리서요!〉에도 개조가 나오기는 하지만, 그것이 여타 유관 개념들을 압도하거나 하지는 않았다. 그런데 1920년 박석윤의 버트란트 러셀Bertrand Russell 소개 글이기도 한 〈우리의 할 일〉을 필두로 개조는 가장 선호하는 단어로 급부상하게 되는데, 특히 1920년 7월 졸업생 기념호인 '특별부록'은 아예 개조 특집으로 꾸려질 만큼 그 변화가 확연해진다.[11]

　개조가 여타 유관 개념들을 대체하는 주류 단어로 부상하면서, 개조의 함의와 지향 또한 우열을 지닌 위계화의 대상으로 탈바꿈한다. 그 대표적인 사례가 고영환의 〈우리 생활의 개조〉일 것이다. 그는 개량과 개조를 대충 뭉뚱그려 사용해 오던 기존 언어 관행에 반기를 들고, 둘을 날카롭게 구획하기에 이른다. "개조reconstruction는 파괴와 창조의 융합한 것으로

---

[10]　1917년 이후 '개조'의 사용 빈도와 관련해 여타 유관 개념들과 비교해 가며 《학지광》의 전체 글을 살펴보았다. 필자가 놓친 부분까지 감안해도 개조의 노출 빈도는 1919년까지도 다른 유관 개념들을 압도하지는 않았다. 다만 잡지에 실리기까지 구상하고 쓰고 편집하는 시간을 고려하면, 개조는 1919년 후반부를 전기로 확실히 증가일로를 걸었다. 〈3·1독립선언서〉는 개조의 공적 부상을 알리는 신호탄이나 다름없었다.

[11]　버트란트 러셀의 사회개조론과 식민지 조선의 유입 및 전유에 대해서는 류시현, 〈식민지 시기 러셀의 《사회개조의 원리》의 번역과 수용〉, 《한국사학보》, 2006과 허수, 〈러셀 사상의 수용과 《개벽》의 사회개조론 형성〉, 《역사문제연구》, 2009가 상세하다. 일본을 거쳐 중국에 개조 바람을 불러일으켰던 러셀의 행보는 제1차 세계대전 종전 이후 지식의 유동성과 지역(로컬)화를 드러내는 단적인 사례로 특기할 만하다.

서 현재의 것을 먼저 파괴하고 다음에 창조하는 것을 운"함인 반면, "개량 improvement에는 파괴가 반행伴行치 않"는 "현상을 유지하면서 이것을 더 좋게 할 뿐임으로 위험성이 없"다는 것이다. 따라서 "풍속·습관 등을 근본적으로 전연히 파괴하여 버리고 신문명을 건설하며 가치 있는 신생활"[12]을 하기 위해서는 개량이 아닌 '개조'를 해야 한다는 주장이 이 구분을 토대로 자명시되었다.

개조와 개량을 나눔으로써 1919년까지도 진화나 진보의 카테고리 안에서 느슨하게 혼용되던 이 유관 개념들은 더 이상 같은 의미와 문맥을 공유하기 힘들어진다. 개조는 개량이 포괄할 수 없는 의미 생성과 전이를 수반하면서, 개량을 개조에 훨씬 못 미치는 미달(결함)태로 만들어 버렸기 때문이다. 이는 소위 개량의 집합군collective group과 개조의 집합군 간의 분류와 재범주화로 이어지는데, 이에 따라 개조는 개량과 달리 혁명과 변혁(혁신)의 이웃하는 개념으로 자리 이동과 분절이 일어났던 것이다.[13]

이를 반영하듯 추강은 〈생각나는 그대로〉에서, "조선은 세미細微한 일에 활동할 필요가 없고 그에 노력하는 힘으로 그의 근본 문제에 힘쓸 것"을 주장하며, "개량주의reformism로만 달아나지 말고 그 길을 고쳐 개조 reconstruction의 길"로 나아갈 것을 역설하게 된다. 혁명에 준하는 이른바 개조의 전면화이기도 했다. 이를 통해 그는 "지금 현대"의 동양은 서양에서

---

12 고영환, 〈우리 생활의 개조〉, 《학지광》 22, 1921. 6, 55쪽.
13 '개량'과 더불어 '개선'이 개량의 집합군에 묶이면서, 다른 의미를 부여받는 현상도 나타났다. 일본의 경우 쌀 소동 이후 개선주의에 대한 비판과 불만이 고조되었는데, 이로 인해 중요하게 떠오른 또 하나의 단어가 해방이었다. 하지만 이 글은 개조에 집중하기 위해 해방의 의미 변화와 전위에 대해서는 다루지 않는다.

나 필요할 법한 "조그마한 공창 폐지나 금주를 주장하고 앉았을 때"가 아니라고 하는 인식의 대전환을 요청할 수 있었다. 그의 말을 다시 살려 표현하자면, "근본적으로 활동"하는 자세인 "철저히 혁명적으로!"가 "지금 현대"의 "동양 아니 조선"[14]에서는 더욱 절실하다는 것이며, 이는 개량이 아닌 개조의 자기 혁신(변혁)으로만 가능한 것이다.

개조의 도입과 부상에 상응하는 개념들의 재정위 속에서, 개조는 개량이나 개선이 떠맡을 수 없는 철저하고 근본적인 변화의 계기를 내포하게 된다. 개조에 항용 따라붙던 '파괴를 전제로 한 건설'도 이의 상관물이었다. 따라서 문화주의와 사회주의 개조론의 교착에도 불구하고, 적어도 개조는 혁명에 준하는 변화가 뒤따르지 않는 한 무용하다는 인식이 힘을 받을 수 있었다.[15] 스에타케 요시야季武嘉也의 적절한 지적처럼, 개조론자=과격파의 등식도 이로부터 유래했다. 다이쇼大正 데모크라시를 이끈 하라 다카시原敬정권은 개조를 "과격하고 거친急激突飛 행동으로는 국가를 교란시키기만 할 뿐 결코 국가의 진보에 도움이 되지 않"[16]는다는 말로 강한 거부

---

14 추강秋江, 〈생각나는 그대로〉, 《학지광》 21, 1921. 1, 60쪽.
15 실력양성론을 중시한 개조의 문화주의적 지향에 대해서는 박찬승, 《한국 근대정치사상사 연구》, 역사비평사, 1992, 197~217쪽을 참조했다. 제3장 〈1920년대 초반 '문화운동'과 '문화운동론'〉에서 박찬승은, 1921년경에 이르면 개조론의 위세에 밀려 주춤했던 실력양성론이 부활하면서 개조의 문화주의를 견인했음을 지적한다. 개조의 내적·외적 및 정신적·물질적 개조를 양분한 위에서 제출된 견해였다. 그의 견해에 동의하면서도 개조를 관통하는 근본적이고 철저한 변화에의 요구와 열망에 대한 고려 또한 필요하다는 것이 이 글의 논점이다. 왜냐하면 개조론의 벡터vector는 누가 무엇을 대상으로 얼마나 철저하게 근본적으로 바꿀 것인가를 둘러싸고 벌어졌던 쟁투이기도 했기 때문이다.
16 스에타케 요시야季武嘉也, "大正社會と改造の潮流", 스에타케 요시야季武嘉也 편, 大正社會と改造の潮流, 吉川弘文館, 2004, 16쪽.

감을 표했는데, 그만큼 통치권자의 시선에 비친 개조는 혁명(변혁)과 다를 바 없는 급진성의 대명사로 여겨졌음을 알 수 있다.

개조론자를 과격파로, 개조론을 과격주의와 동일시하는 통치권자의 시선은 비단 일본만은 아니었다. 개조의 한 축인 사회주의, 특히 볼셰비즘의 영향이 과격함의 이미지를 덧씌우게 했던 것도 사실이지만, 개량과 구분되는 개조의 근본적이고 철저하며 총체적인 변화에의 요구와 주장이 개조를 급진적인 것으로 몰아갈 여지를 더욱 크게 했기 때문이다. 1920년 5월 12일부터 14일까지 《동아일보》에 게재된 〈과격파와 조선〉의 3회 연재 논설이 이에 해당하는 사례다.

"오인吾人은 진보를 애愛하며 평등을 애하며 자유를 애하며 개조를 원"하지만, "급진과 급변으로 인하여 발생하는 사회적·국가적 희생을 공외恐畏하며 손결損缺을 피避코저" 한다는 우려를 이 논설은 앞자락에 내비친다. "정치경제적 절대 평등과 자유"를 외치고 "사회조직의 근본적 변혁에 재在"하려는 "과격주의의 공명"은 "세계 인류"를 "방금 차此 격류 중에 와입渦入되어 곤피困疲 중에서 신음"하게 만드는 "화근을 심어줄" 뿐이라는 것이다. 더구나 이 논설에 따르면, 현 조선은 "서백리와 만주를 연속"해 있고 "전체가 빈한貧寒에 침륜"되어 있을뿐더러 "정치상이나 경제상으로 자유에 갈뇌渴餒되어 있어 "과격파와 공명"하고 거기에 감염될 소지가 컸다. 따라서 이 같은 "화禍를 미연에 피하며 위험을 모冒치 아니하고도 개혁과 변화를 초래"할 수 있는 "고귀한 이성"의 발현이 무엇보다 중요하다는 인식이 이 논설을 관통했다. 이는 세계 대세인 개조의 부정이라기보다 과격 급진주의에서 개조를 떼어 놓고자 하는 의도의 반영이었다. 즉, 개조를 급진적인 좌편에 남겨 두기보다 개량·개혁·개선과 짝할 우쪽으로 끌어당겨 개조를 순치하고 완화하려 했던 것이다.

"방금 세계는 분마지세奔馬之勢로 있으며, "변화의 급속은 비단폭포飛湍 瀑布와 여如하여 차此를 알주遏住키가 난難"[17]할 정도의 급격한 변동은 개조 의 동시대적 의미에 공감하면서도 이에 반발하는 움직임 역시 만들어 냈 다. 식민 모국과 식민지를 오가던 좁은 역내의 지적 순환에서 벗어나 세계 어(=세계지)로 개조를 받아들인 지역 주체들의 행보는 개조의 급진성을 수 용하는 층과 그렇지 않은 층 간의 긴장과 알력을 드높였던 것이다. 이러한 작용과 반작용의 역학은 저마다의 개조를 만개시킨 원인이기도 했다.[18] 오 야마 이쿠오大山郁夫의 적절한 언명처럼, '대전 중의 데모크라시'에서 '대전 후의 개조의 시대'의 개화였다.[19] 쉬지린許紀霖의 설득력 있는 설명에 의거 하자면, 식민지 조선 지식인들은 "세계주의적 낭만을 품"고 "인류 사회의 생존과 발전을 위한 공동 규약"[20]을 만들 수 있으리라는 전후의 이상과 기

---

17 〈과격파와 조선 일一〉,《동아일보》, 1920. 5. 12.

18 정의인도와 자유평등에 기초한 문화주의, 민중주의, 노동 본위주의, 남녀 평등주의가 개조 론을 선회했다. 사회주의적 성향의 개조론에서 우선시된 노동 본위를 제외하면, 개조시대 의 주조는 반자본주의가 아닌 반봉건 근대화였다. 개조는 여러 사조들이 혼재되어 있었던 만큼 민족주의와 사회주의를 막론하고 애호되었는데, 반봉건 근대화는 민족개량주의와 사회주의를 잇는 공통분모이기도 했다.

19 黑川 みどり, "解說", 早稻田大字現代政治經溶冊究所 編, 大山郁夫關係資料目錄, 2000, 9-11 쪽; 이수열, 〈1910년대 大山郁夫의 정치사상〉,《일본역사연구》, 2008.

20 쉬지린許紀霖, 〈오사五四: 세계주의적 애국운동〉, 성균관대학교 동아시아학술원,《1919: 동 아시아 근대의 새로운 전개》 학술대회 발표문, 2009, 50쪽. 쉬지린은 5·4운동을 전후한 세계주의 유토피아의 당대적 의미에 주목해 그것이 강권이 아닌 세계 대동의 사상을 평화 담론과 더불어 개화했음을 적시한다. 신문명·신조류로서 이 새로운 흐름을 타고 양계초 梁啓超의 강권주의 주장마저도 1919년에 이르면, 전 지구적 가치인 자유평등과 정의인도 를 주요하게 받아들였다는 것이다. 전후 중국과 세계질서의 공동기초로 공리가 제출되었

대를 개조에 투영했던 셈이었고, 5·4운동을 전후한 중국 지식인들과 마찬가지로 조선 지식인들도 자신이 처한 주변부적 지위와 구속을 벗어날 교두보로 세계어(=세계지)인 개조를 십분 활용코자 했다고도 할 수 있을 터였다.[21]

'대전 후의 개조의 시대'는 '세계'와 '사회'의 동시적 발견을 이끌었다. 미증유의 현실로 도래한 개조의 시대에 걸맞게 세계의 문제를 곧 조선의 문제로 읽는 새로운 독법이 풍미했다. 세계를 향한 내부의 확대된 자의식은 개조의 주체와 대상 및 실행 방식에서 내적/외적, 정신/물질, 개인/집단 등의 우선순위를 달리하긴 했지만, 개조에 값하는 실천을 요구했다는 측면에서 다르지 않았다. 개량과 대별되는 개조의 참뜻을 살릴 때에만 조선이 더 이상 낙후되고 뒤처진 세계의 변방이 아니라 세계의 일부로 당당하게 자리매김할 수 있으리라는 낙관과 기대가 또한 개조의 시대를 틀지었다. 세계어(=세계지)로 화한 개조를 매개로 동시대를 사는 세계 내 존재로서의 사명감과 책임감이 강조되기도 했는데, 이 단적인 실례가 1920년 7월《개벽》에 실린〈세계 삼대三大 문제의 파급과 조선인의 각오 여하〉일 것이다.

던 것이나 제1차 세계대전의 파국을 낳은 물질문명과 군사력보다 문명의 정도에 맞춰 자유롭고 평등한 사회제도의 창안과 건설의 일환으로 개조가 풍미했던 것이나 모두 이 연장선상에 있었음을 그는 주장하고 있다.

[21] 문화와 문명의 구분을 강조하며 서구 문명의 몰락을 이야기한 슈펭글러Oswald Spengler, 요시노 사쿠조의 신세계를 위한 세계 개조, 버트란트 러셀의 사회개조론과 네루Nehru와 함께 동양의 부상을 알린 타고르Tagore, 로망 롤랑Romain Rolland의 민중예술론 평민주의, 크로포트킨Kropotkin의 상호부조론, 레닌Lenin 이론의 대부인 사카이 도시히코堺利彦의 사회혁명 등은 개조의 시대를 구가했던 중요한 지적 사상이었다.

노동문제, 부인문제, 인종문제는 세계의 삼대三大 문제로 각각 그의 가진 역사가 있고 계통이 있고 활동이 있어 왔다. 그리하여 그가 세계적 대 문제로 뇌명雷名을 천하에 들리게 되기는 실로 대전 이후의 일이었다. 아니 대전에 말미암아 그는 더욱 활기를 얻고 실행을 얻게 되었다. 요컨 대 금후의 세계는 차此 삼대 문제의 해결 여하에 의하여 치란治亂의 형적 을 알게 될 것이요, 화복의 최후를 판단케 될 것이었다. … 차此 삼대 문 제의 해결 여하는 실로 최후 문명의 시금석으로 그를 먼저 해결함과 부 否함에 쫓아 그 민족에 대한 문명 정도 여하를 점칠 것이오. 국리민복의 득실 여부를 언단診斷할 것이었다. … 환언하면 세계적 보편사조로 어느 국가 어느 민족을 물론하고 직접 간접으로 다 같이 이 사조의 영향을 받 게 된 것은 물론의 사事라 할지라도 그 영향을 받아 그를 탄토呑吐하고 그를 소화하는 주체의 정도 여하에 말미암아 그를 소화하는 분량과 그 를 표현하는 방식이 다르게 될 것(방점은 필자)이었다. … 다만 차此 삼대 문제의 요점과 조선 현하의 정도를 비교하여 가지고 이 사조에 신新동경 자 되는 조선은 먼저 어떠한 각오覺悟가 있어야 하겠다 함을 주관적으로 그 대개를 약술略述코저 함이니 그러함이 우리의 직접 이익이 될 것이오. 또 직접 실행이 될 것임으로 써라.[22]

제1차 세계대전 후 세계의 3대 문제로 거론된 것은 노동 문제, 부인 문 제, 인종 문제였다. 이 세계 3대 문제는 "어느 국가 어느 민족을 물론하고

---

22 〈세계 삼대三大문제의 파급과 조선인의 각오 여하〉, 《개벽》, 1920. 7, 2~4쪽.

직접 간접으로 다 같이 이 사조의 영향"권을 벗어날 수 없는 보편 사조로 이야기되고 있다. 제1차 세계대전으로 인한 전 세계의 긴밀한 연관성은 세계 문제를 발견함과 동시에 이를 조선 사회로 되돌리게 했다. 자연히 세계 3대 문제에 비춰 조선 사회의 문제를 재인식하는 자의식의 고양도 뒤따랐다.

이 증대된 자의식은 조선의 당면한 현실을 읽어 내는 창으로 세계를 정위하는 것 못지않게 조선을 세계를 이해하는 입구로 삼게 했다는 점이었다. 물론 이상과 실제 간의 낙차와 비약은 어쩔 수 없는 것이라 해도, "개조 도상에 있는 새로운 세계가 우리의 이 철저한 이상을 실현하는 무대가 되도록 노력"해야 할 것이라는 세계와 조선의 거울상은 "정의와 인도에 합한 자이면 세계 어떠한 곳에 있는 어떠한 민족을 물론하고 당연히 우리의 친우"가 되는 반면, "정의와 인도에 합하지 못한 자이면 우리의 동족同族이라도 우리와는 일치"할 수 없다고 하는 동족을 넘어선 자/타의 새로운 감각을 가시화했다. "개조도상에 있는 새로운 세계"[23]에의 동참 여부가 그야말로 친소마저도 가르는 이 날카로운 분할선을 따라 장도빈의 "개조의 열列에 입入하면 거의 상유桑楡의 보補를 획獲할지라. 그렇지 못하면 아인我人의 전도는 비참뿐이리라"[24]고 하는 위기감을 동반한 세계인의 형상이 또한 그려지게 된다.

따라서 문제는 이에 합치되느냐 그렇지 않느냐의 두 선택지였다. 〈우리의 이상〉을 위시한 이광수의 초조함도 이로부터 배태된다. 그는 "구주

23 박석윤, 〈자기의 개조〉,《학지광》, 1920. 7, 14쪽.
24 장도빈, 〈희망과 비평〉,《서울》, 1920. 4, 4쪽.

대 동란이 현대 문명의 어떤 결함을 폭로한 것인즉" "20세기 이후의 종주
권은 백잠인종白暫人種 중 아라사족에 돌아가거나 그렇지 아니하면 아세아
민족에게 돌아갈 것"이라는 러시아혁명을 의식한 세계 전망을 토대로 "조
선민족도 이 기회를 타서 한번 세계 문화 사상에 일대 활약을 시試하여야
할 것"이며, "만일 이번 기회만 놓치면 조선 민족은 영원히 조선 민족으로
의 존재 의의를 찾지 못할 것"임을 경고하기에 이른다. 말하자면 현 조선
은 "천재불우千載不遇의 호기회요, 생사흥체生死興替가 달린 위기"[25]에 처해
있다는 것이었다.

　3·1운동 직전 상해로 망명했던 그가 《독립신문》 창간호 8월 21일부터
10월 28일까지 총 18회에 걸쳐 〈선전개조〉를 싣게 된 배경도 여기에 있었
다.[26] 비록 미완으로 끝나고 말았지만, 지금 하지 않으면 안 된다는 긴급함
과 근저에서부터 고쳐 나가지 않으면 안 된다는 철저함이 맞물려 개조에
입각한 독립운동 방략과 실천으로 제출되었다고 할 수 있다. 이광수의 〈선
전개조〉는 1922년 저 문제적인 이광수의 〈민족개조론〉으로 변질되어 갔
음에도 〈선전개조〉에서 〈민족개조론〉으로 이어지는 흐름은 다만 이광수
의 돌출적 발상이나 사고가 아닌 당대 개조론의 지형을 분유分有한 결과였

25　이광수, 〈우리의 이상〉, 《학지광》, 1917. 11, 5~6쪽.
26　이광수는 장백산인長白山人으로 《독립신문》 창간호인 1919년 8월 21일자 2면에 〈선전개
　　조〉 첫 회를 싣는다. 이 개조론이 민족개조론의 바탕이 되고 있음을 확인하기란 어렵지 않
　　다. 하지만 〈선전개조〉에서 〈민족개조론〉으로 나아가는 데에서 민족성의 두드러진 현시
　　는 담론 생산과 수용의 차이를 야기했다. 무엇보다 어떤 특정한 속성을 민족성 일반으로
　　귀속하고 환원하는 데 따르는 종족적이고 인종적인 시선은 군중에 대한 불안 심리와 맞물
　　려 민족개조론을 현저하게 민족주의 우파의 논리로 기울어지게 한 원인이었다.

음을 환기하지 않을 수 없다.[27]

"우리가 세계적 번민과 비애로 더불어 한가지로 울며 한가지로 부르짖으며 한가지의 해방을 얻고자 하면" "세계를 알아야 하고 세계적 지식을 가져"[28]야 한다는 개조의 공통 감각과 인식은 소위 세계의 3대 내지 4대 문제(3대 문제+사회문제)를 세계와 더불어 조선도 짊어져야 한다는 자기 인식의 전환을 낳았다. 이 때문에 몰沒이상에 근거한 몰沒/비非자각은 이를 방해하는 가장 큰 걸림돌로 간주될 수밖에 없었다. 왜냐하면 몰이상에 근거한 몰(비)자각이야말로 운명공동체로 엮인 세계에서 조선을 낙오시킬지도 모를 일이었기 때문이다. 따라서 개조가 강조되면 될수록 그 대립물로서 몰이상에 근거한 몰(비)자각의 위험성이 경고되었음은 물론 '민족자결론'이 터했던 주체성의 위기감을 고조시켰다.

세계어(=세계지)로서의 개조를 경유해 신기원을 꿈꾸었던 지역 주체들의 행보는 3·1운동과 연속되는 개조의 시대를 아로새겼다. 개조의 시대의 각 매듭점이 되어 저마다의 개조를 사유하고 설계 및 구상했던 이들의

---

27 이광수는 1922년 5월 《개벽》에 발표한 〈민족개조론〉에서 "갱신, 개혁, 혁명으로도 만족치 못하고 더욱 근본적이요, 더욱 전면적이요, 더욱 전반적, 침투浸透적인 개조라는 관념으로야 비로소 인심이 만족하게 된 것은 실로 이 시대의 특징"임을 언급하며, 〈지금은 개조의 시대다!〉하는 것이 현대의 표어이며 정신"(19)이라고 단언했다. 이것이 민족(성)개조로 압축된 데서 드러나듯이, 모든 민족 성원은 "세계문화에 공헌하는 민족이 되게 함이 개조사업의 완성"이라고 하는 개조의 임계점을 상정해 놓고, "오십년, 백년, 이천년의 영구사업"(53)을 강조하게 된다. 이는 이광수의 개조론에 호응했던 박정희에게서도 엿보이는 대목이다. 그는 영구혁명론을 통해 이광수가 부르짖었던 개조의 영구사업을 모방하고 답습했기 때문이다. 무한정한 시간을 요하는 실력양성론으로 귀결된 이광수의 〈민족개조론〉은 역으로 개조시대의 종막을 고하는 데 일조했다. 개조에 투영된 세계 변혁의 이상과 기대는 이광수의 〈민족개조론〉을 둘러싼 논쟁으로 인해 두 진영론으로 치달아 갔고, 그만큼 세계어(=세계지)로서 개조의 효력 또한 급속하게 퇴조되어 갔던 것이다.

28 〈세계를 알라〉, 《개벽》, 1920, 6, 12쪽.

행보를 되새겨야 할 이유이기도 하다. 그중에서도 개조시대의 인물이라고 해도 손색이 없는 지역 주체가 바로 안확이었다. 그는 1920년과 21년에 각각 《자각론》과 《개조론》을 집필하였거니와, 《자각론》의 '서문'으로 《조선문학사》를 간주하는 시대 정서와 인식을 공유했기 때문이다. 《조선문학사》를 《자각론》의 '서문'으로 서술하는 이 드문 감각에서, 안확의 《조선문학사》는 일국사적인 국학의 틀이 아닌 전 지구적인 지평을 매개한 자기 민족지로 접근할 길을 열어 놓는다. 최초의 체계적 조선정치사로 일컬어지는 《조선문명사─일명 조선정치사》와 함께 최초의 국문학사인 《조선문학사》의 동시대적인 맥락과 의미는 개조의 시대를 살아간 그 고투의 여정을 일별할 수 있게 해 줄 것이다.

안확과 자기 민족지로서의 '조선문명사'

3장의 논의를 위해 기존 논의를 참조하여 필요한 범위 안에서 안확에 대해 개관하자면, 아래와 같다.

안확은 1886년 서울의 중인 가문에서 태어났다. 1914년 일본대학 정치학과에 입학하여 《학지광》의 필자로도 활동했으며, 1919년 3·1운동 이후 지방으로 확대된 4·3만세 사건의 주동자로 체포되었으나 곧 풀려나 자신의 근거지를 창원에서 서울로 옮기게 된다. 일제 당국이 불령선인의 동태를 기록한 《왜정시대 인물사료 2》에 의하면, 그는 1920년 12월 조선청년회연합회 교무부 주임으로 동회 기관지인 《아성我聲》을 편집했다. 하지만 1921년 4월에 조선청년회연합회 간부들 간의 세력 다툼으로 인해 그 자리에서 물러났다. 1922년 11월 《신천지新天地》 발행인인 백두진이 필화사건으로 수감되자 그 후임으로 신천지사의 편집 겸 발행을 맡았다. 특이점으로, 그는 동경東京 체재 시에 조선 독립의 필요성을 호소하며 그 실행 방법으로 국외 활동은 피하고 일본 내지에 머물면서 내외 사정을 정탐하는 한편, 동지와 연락을 유지하여 구주전란(제1차 세계대전)이 끝난 직후 소요를 일으키면 적수공권赤手空拳으로도 능히 목적을 달성할 수 있으리라는 속내를 주변 사람들에게 내비치기도 했다고 한다.[29]

마산·창원의 3·1운동을 주도한 조선국권회복단의 지부장을 역임한 것이나 일제 당국에 의해 "신천지사 계통의 해외 불령선인"[30]의 요시찰 대상으로 분류된 것 등은 그의 개조론의 형성 토대를 짐작케 한다. 더불어 1914년 도일 후 1916년 창신학교 교사로 복귀하기까지 《학지광》에 필진으로 참여한 것과 각지에 흩어져 있던 116개 청년 단체들의 통합조직체인 조선청년회연합회의 결성 과정에도 깊숙이 관여한 것 등도 고려할 대목이다. 이미 논했다시피 《학지광》은 개조의 중요한 유입 통로였거니와 조선청년회연합회 기관지인 《아성》 또한 개조론의 산실로 기능했기 때문이다. 조선청년회연합회의 집행위원으로 그와 나란히 이름을 올린 오상근, 장도빈, 장덕수, 김명식 등의 면면도 이를 뒷받침하기에 부족함이 없다. 1921

---

29 안확과 관련된 자료는 http://db.history.go.kr의 〈한국근현대 인물자료〉를 활용했다.
30 안확의 생애와 활동은 이태진, 〈안확의 생애와 국학세계〉 및 류준필, 〈자산 안확의 국학사상과 문학사관〉, 《자산안확국학논저집》6, 여강출판사, 1994의 논의가 선구적이다.

년 3월 《아성》 창간호는 오상근의 〈(조선청년회)연합회와 주의강령〉을 통해 조선청년회연합회의 결성 목적과 취지를 아예 개조에 입각해 천명하고 있기도 하다.[31]

우리 사회에서 청년단체가 각지에 궐기하여 현시대 신기운에 응하며 사후초유史後初有의 광영을 발하려 함은 누구든지 구口를 제齊하여 하賀하며 심心을 동同하여 축祝하는 바로다. 이는 물론 우리 청년들의 심절深切한 자각으로 이 같은 현상이 생生함이오. 갱更일층 자각의 상上에 일대 자각이 생하여 아我조선청년회연합회를 조직함에까지 지至하였도다. … 이에 우리는 사업의 방향이 선명하고 목적의 행로가 완전하다. 고로 우리는 어대까지든지 차此 주의강령 하에서 소호小毫에 위반이 없이 차 궤도대로만 진행할 것이로다. 이 주의는 세계 개조의 기운을 순응하여 인생의 천부한 생명을 창달하며, 민족의 고유한 생영生榮을 발휘함이라 하니 실로 시대문화에 지극히 낙후된 우리로서 금今에 전 세계가 열광적으로 절규하는 개조니 해방이니 하는 시時를 당하여 이 기운을 역逆할 수도 없는 자者요, 방기할 수도 없는 자이오. 불가불 기운을 순응하여야겠고, 이 기운을 순응함에 오인의 천부생명과 고유생영固有生榮을 향수享受 발휘치 않을 수 없는 자이라. 시是를 실현하기 위하여 칠대七大 강령이

31 집행위원 명단에 대해서는 〈전全조선청년회연합기성회 조직〉, 《동아일보》, 1920. 6. 30을 참조했다. 조선청년회연합회의 단체에 대한 글로는 〈조선청년회연합회단체 일람표〉, 《아성》, 1921. 3, 103~106쪽에 자세하게 기록되어 있다.

정하여지니….[32]

위 선언문에서 드러나듯이 조선청년회연합회는 시대 조류로 명명된 개조와 해방에 순응코자 결성되었다. "이 기운을 역逆할 수"도 "방기할 수"도 없다는 말은 이를 가리킨다. "시대문화에 지극히 낙후"된 현 조선은 "금今에 전 세계가 열광적으로 절규하는 개조니 해방이니 하는 시時"를 맞아 이를 적극 수용하고 추진해야 할 임무와 책임이 통감되고 있다. "각 단체가 중성衆星같이 산재하여 각기 자립단체로 존재하여 각기 사업을 진행할지나 각기 부분 부분이 행하는 궤도가 유有하여 일정한 궤도로 일정한 주의 강령 하에 동기同機 진행치 않으면" 안 된다는 당면한 필요성이 조선청년회연합회의 결성을 촉진시켰음을 위 선언문은 강조하고 있다 하겠다.

이는 곧 "현대의 시세"와 조응하는 "오인의 천부생명과 고유생영固有生榮을 향수享受 발휘치 않을 수 없"다고 하는 보편성과 짝하는 개별성(고유성)을 문제 삼게 된다. 왜냐하면 세계 대세와 일치하지 않는 개별성(고유성)이란, 이 논리에 따르면 그 존립 자체가 무의미해지기 때문이다. 보편성의 대타항으로서 이 개별성(고유성)의 자기 확립이 조선청년회연합회 결성을 추동했던 것이며, 이는 조선청년회연합회의 집행위원이자 그 기관지《아성》의 편집인이기도 했던 안확의 행보를 규정짓는 힘이기도 했다. 이를 증명하듯, 안확은 1920년 3월과 1921년 2월에 각기 《자각론》과 《개조론》을 연이어 발간하게 된다.

---

32 오상근, 〈연합회와 주의강령〉, 《아성》, 1921. 3, 29쪽.

《자각론》과《개조론》의 잇따른 발간은 류시현도 언급했다시피 조선청년회연합회의 제2회 정기총회에서 가장 뜨거운 논란거리로 부상했다. 조선청년회연합회 명의로 이 책들이 출간된 데 대한 집중적인 이의 제기였다. 이로 인해 안확은 집행위원의 사임 및《아성》편집과 조선청년회연합회 활동에서 일절 손을 떼는 것으로 마무리지었다. 류시현은 안확과 관련된 사안이 조선청년회연합회의 정기총회 안건으로 그토록 중요하게 다뤄질 이유가 없었음에도 총 4일 중 3일에 걸쳐 이것이 문제시된 것은 사회주의 계열의 조직적인 비토 때문으로 보고 있다.[33]

하지만 여기에 대해서는 좀 더 숙고를 요한다. 왜냐하면 정기총회의 마지막 날의 중요 안건 중 하나로 "연합회에서 손실이 무無한 서적이 유有하거든 연합회에서 발행하자는 동의가 가결"[34]되었기 때문이다. 즉, 조선청년회연합회 명의로 책을 출간할 수 있게 된 것은 제2회 정기총회 의결을 거친 이후부터였다는 말이다. 이는 거꾸로 안확이 총회 가결 이전에 조선청년회연합회를 발행소로《개조론》을 출간했다는 말이 된다. 게다가 민족주의 계열에 대한 사회주의 계열의 조직적인 배제로 보기에는 오상근,

---

33 류시현, 〈1910년대~20년대 전반기 안확의 '개조론'과 조선문화 연구〉,《역사문제연구》, 2009, 61~63쪽. 이 논문은 안확이《아성》편집을 그만두고 외유의 길에 오른 데 대한 정황을 구체적으로 논한 최초의 연구에 해당한다. 안확에 관한 초기 연구들은 그가 어떤 이유에서인지 알 수 없지만, 외유의 길에 올랐다는 설명이 전부였기 때문이다. 최근 논의에서도 이 견해는 반복되고 있어서 안확의 생애에 관한 실증적인 기초 연구가 좀 더 이루어져야 함을 반증하고 있다.

34 〈조선청년회연합회 제2회 정기총회 순서〉,《아성》, 1921. 7, 109~113쪽. 이렇게 추론하게 된 연유는 조선청년회연합회의 세력 간 알력이 있었다 해도《아성》의 성격이 이후 사회주의 계열로 확연하게 기울어지고 있지는 않기 때문이다. 안확의《개조론》이 여러 단체의 결합체인 조선청년회연합회와 그렇게 배리되지 않았음은《아성》에 실린 글들이 입증해 주는 바다.

장도빈 등의 인물들이 의연히 집행위원으로 그 건재를 과시하고 있었다.

대체로 사회주의 계열과 민족주의 계열의 결별 및 분화는 개조의 시대가 끝나는 1922년 초로 잡는다.[35] 그렇다면 안확의 저서가 문제된 제2회 정기총회의 1921년 4월은 아무리 해도 이른 시점이다. 설사 세력 간 알력과 충돌이 있었다고 하더라도, 안확의 독자적 행보가 여러 회원들의 반감을 샀을 가능성도 적지 않다. 어쨌든 《자각론》과 《개조론》은 개조시대의 산물이었음에도, 이 한바탕 소동으로 인해 제대로 평가받지 못한 채 안확은 이전의 활동을 모두 접고 신천지사에 입사하기 전까지 외유의 길에 올랐다.

《자각론》과 《개조론》으로 큰 홍역을 치른 그가 1년여 간의 공백 끝에 펴낸 책이 최초의 국문학사로 일컬어지는 《조선문학사》였다. 《아성》 창간호와 2호에 연재한 〈조선문학사〉와 〈조선문학사 속續〉을 확충해 1922년 한일서점에서 출간했다.[36] 뒤이어 1923년에는 회동서관에서 《조선문명사-일명 조선정치사》도 발간하게 된다. 조선청년회연합회의 대외적 활동이 가로막힌 상태에서 1년 넘게 외유했던 그가 신천지사의 편집인으로 활동을 재개하면서, 《자각론》과 《개조론》에 이어 1922년과 23년에 《조선문학사》와 《조선문명사-일명 조선정치사》를 펴낸 것이다. 여기서 무엇보다 눈길을 끄는 것은 《자각론》과 《개조론》이 일으킨 논란에도 불구하고,

---

35 전상숙, 《한국 사회주의 지식인 연구》, 지식산업사, 2004, 60쪽; 박종린, 〈일제 하 사회주의 사상의 수용에 관한 연구〉, 연세대학교 박사논문, 2006, 42~43쪽.

36 《아성》 창간호에 실린 〈조선문학사〉는 독립된 글이었지만, 2호의 〈조선문학사 속續〉은 〈세계문학관〉의 일부로 게재되었다.

그가 《조선문학사》를 《자각론》의 '서문'으로 규정했다는 점이다. 마치 부록처럼 달려 있는 39절 〈자각론〉을 통해 그가 밝힌 《조선문학사》의 발간 동기는 다음과 같다.

여가 자각론을 편함은 혼란된 사상 중에서 정신 정리의 백분지일百分之一이라도 유조有助할까 함에 재在할 새, 자각론의 복안은 기초가 이구已久나 작춘作春에 비로소 세상에 공포한 것이라. 기其 평론의 여하는 독자에 임하매 기其 내용 여하는 자玆에 언言치 안하노라. 말末에 일언을 부付하니 조선문학사의 명칭 하에 졸자의 서書를 감론敢論함은 오히려 불손不遜하다. 연이나 본서를 저著한 동기는 자각론의 서문을 대代코자 함에 재在한 것이라. 고故로 기억을 위하여 기其 의意를 속屬하노라"[37]

총 6장 39절로 이루어진 《조선문학사》에서 그는 다른 목차 서술과 달리 39절의 제목을 〈자각론〉으로 삼는다. 〈서론〉이 있음에도 굳이 39절의 〈자각론〉을 덧붙여 자신의 뜻이 어디에 있는지를 적확히 드러내고자 했던 것이다. 조선청년회연합회에서의 논란을 의식한 듯, 그는 《자각론》의 평가에 대해서는 최대한 말을 아끼면서도 "본서를 저著한 동기는 자각론의 서문을 대代코자 함에 재在한 것"임을 밝힘으로써 《조선문학사》를 《자각론》의 '서문' 삼아 읽어 달라고 독자들에게 요청하고 있는 것이다.

이러한 그의 의도를 참작해 저서를 재정리하면, 연대기 상으로는 '자각

---

37 안확, 《조선문학사》, 한일서점, 1922, 145~146쪽.

론-개조론-조선문학사'의 순서가 되지만, 정작 '자각론-개조론-조선문학사-자각론'의 지적 도정이 그려진다. 《조선문학사》가 국문학의 분과학문 체계 내에서는 최초의 국문학사로 자리매김하지만,[38] 애초 《조선문학사》는 《자각론》과 《개조론》의 후속편으로 기획되었음을 알 수 있다. 안확이 노정하는 이 지적 순환과 연쇄는 그의 저서를 틀짓는 개조시대의 위력을 일깨워 주고도 남음이 있다. 즉, 통상의 사史적 기술이 그러하듯 《조선문학사》도 통시적 연대기의 골격을 벗어나지는 않지만, 그것을 통어하는 이념과 정신은 당대를 풍미한 개조와 자각에 맞춰져 있었다는 뜻이다. 그러니 《조선문학사》는 《개조론》과 《자각론》이라는 선행 텍스트 없이는 읽을 수 없는 책이었다.

《조선문학사》를 틀짓는 당대적 규정력은 39절의 자각론과 서론이 엇물리는 재귀 구조를 이루게 했다. 제1장인 서론과 39절 자각론을 서문으로 하여 제2장 상고문학, 제3장 중고문학, 제4장 근고문학, 제5장 근세문학, 제6장 최근문학이 배치되는 식이다. 39절 자각론은 제6장의 마지막을 장식했지만, 〈서론〉에서 미처 하지 못했던 본뜻이 또한 여기에 토로되어 있었다. 이는 39절의 〈자각론〉에 이어 '부편'으로 〈조선인의 민족성〉이 배치된 것으로도 재확인된다. 이 《조선문학사》의 편제는 "우리나라 최초의 체

---

[38] 안확의 《조선문학사》에 대한 연구로는 최원식, 〈안자산의 국학-조선문학사를 중심으로〉, 《자산안확국학논저집》 6, 앞의 책과 최근 논의로 류준필, 〈자국학의 이념과 《조선문학사》〉, 《동아시아의 자국학과 자국문학사 인식》, 소명출판, 2013이 대표적이다. 이 논의들은 모두 국학의 관점에서 안확의 《조선문학사》에 접근하여 서술 구성과 체계를 규명한다. (자)국학은 자기 민족지와 연결되지만, 여기서는 세계어(=세계지)로서의 개조와 연동하는 상대적인 개념으로 자기 민족지가 자리하고 있다.

계적인 정치사"[39]로 평가되는 《조선문명사－일명 조선정치사》와도 일맥상통하는 것이었다. 《조선문명사－일명 조선정치사》도 상고－중고－근고－근세의 시대 구분법을 따르기는 마찬가지기 때문이다.

최원식은 《조선문학사》의 이러한 시대 구분법이 일본 관학자인 하야시 다이스케林泰輔와 하가 야이치芳賀矢一의 《국문학사 십강國文學史十講》에서 영향받았음을 일찍이 논한 바 있지만,[40] 세부적 분절과 해석에서 그 차이는 크다. 특히 《자각론》의 서문 격이라 할 《조선문학사》에 끼친 개조시대의 영향력은 여타 조선사에서는 찾아보기 힘든 자각과 개조의 유/무를 시대적 이해와 평가의 기준으로 삼게 하는 이채를 띠게 했던 것이다. 가장 후대에 속하는 갑오경장 이후를 다룬 38절〈문화운동과 난상亂想〉은 이 자각과 개조의 유/무가 시대 규정과 인식에 미친 영향력을 드러내는 좋은 참조점이나 다름없다.

기미년 봄에 폭발한 3·1운동은 일전하여 사회운동으로 변화할 새 각색 회사와 여러 가지 단체가 비온 뒤 봄풀같이 발생하다가 이 역시 아침 이슬같이 사라지고 다시 문화운동이 일어나니, 근래 '문화운동' 넉자는 유행어가 되었다. 2,3종의 신문과 수십 종의 잡지 또는 순회 강연단의 유행은 다 문화를 표방한 것이니 각 잡지의 내용은 각기 주의가 있으나 그 글은 동일하여 볼 만한 논문이 적다. … 사조가 자각에서 나오지

---

39 안확, 《조선문명사》, 송강호 역주, 우리역사연구재단, 2015, 17쪽.
40 스즈키 사다미鈴木貞美, 《일본의 문학개념》, 김채수 옮김, 보고사, 2001, 342쪽에서도 이를 마찬가지로 확인할 수 있다.

않고 허영으로 일어난 까닭으로 모든 사업은 영예를 낚는 방편으로 삼고자 할 새 모든 수단은 있는 대로 휘두르고 풍격은 각자 고집으로 흘러 인심이 지리멸렬함에 이르러 이에 영계靈界는 각종 종교가 다양한 여러 문으로 나뉘어서 우리의 정신을 서로 끓이 극도에 이르렀다. … 이로 말미암아 인생은 꿈속의 생활이 되어 점차 암흑의 혼돈된 세상을 스스로 만들 새 나를 구하는 길이 사대주의로 흐르니, 서양의 모객某客이 연구차로 입국해도 미치지 못할까 두려운 듯 땅에 엎드려 환영하며 모책사某策士가 입국하여 고마움을 찬양하면 그 동기는 살피지 아니하고 천사같이 믿었다. 자각이 없으면 외계에 현혹됨은 정한 이치다. 물질문명에 맹종하여 황금만능주의는 도처에 차 넘칠 새 시인이든지 소설가든지 학자든지 금전 앞에는 머리를 3천 번이나 수그리니 이 때문에 사기가 흘러넘치고 협잡이 가득 차 사람의 도리에 위반되는 소식이 각 신문지상에 매일 실려나오고 있다.[41]

위 인용문에서 가장 크게 지적되는 것은, 3·1운동(기미년) 이후 족출族出한 여러 사회단체들의 사회운동에 이어 문화운동이 일어났지만 그 내용이 동일하여 볼 만한 논문이 적다는 점이다. 그 이유는 다른 무엇도 아닌 "자각에서 나오지 않고 허영으로 일어난 까닭"이라고 안확은 꼬집는다. "자

---

41 안확, 《안자산국학론선집》, 최원식·정해렴 편역, 현대실학사, 1996, 149~152쪽. 아쉽게도 이 선집에는 39절 〈자각론〉이 빠져 있다. 현대어역이 있는 이 선집 대신 〈자각론〉을 원문 그대로 옮겨 놓은 이유이다. 이 선집을 편하면서, 〈자각론〉이 부록처럼 여겨져 뺐을 수도 있다. 당대의 시대 풍조를 생각하면, 이 누락은 대단히 아쉬움을 남긴다.

각적 통일을 얻지 못하고" "점차 암흑의 혼돈된 세상을 스스로 만들"어 "사대주의로 흐"르는 정신적 퇴행과 타락이 문제되고 있는 것이다. 이 근본적 원인은 모두 '자각적'이지 못하다는 데 있었다.

"자각이 없으면 외계에 현혹됨은 정한 이치"라는 정언명법定言命法으로 그는 이 시대를 부정적으로 위치짓는다. 보통 상고에서 근대로 이어지는 문학사(조선사 일반)의 단계적 발전론에 의하면, 최종점으로서의 근대는 설사 일정한 결함과 누수가 있다고 하더라도 진보와 계몽의 긍정성을 띠기 마련이다. 그런데 안확의 《조선문학사》는 이 발전론적 도식에 충실하기보다 자각과 개조의 유/무로 이를 재평가하는 동시대성을 강하게 노정하고 있다. 갑오경장 이후를 진보가 아닌 정체와 퇴보로 읽어 내는 그의 시선에서, 동시대의 자각과 개조의 압도적 힘을 감지하기란 그리 어렵지 않다.

갑오경장 이후를 더 발전된 단계가 아니라 후퇴의 시기로 규정하는 《조선문학사》의 특징적인 일면은 개조시대의 자장 하에서만 가능한 독법이었다. 자각과 개조를 세계 대세로 한 과거사 기술과 재구성은 또한 아래 그림처럼 세계와 조선을 동렬에 놓는 방대한 저서를 기획하고 설계하게 한 원동력이기도 했다. 물론 그의 의도는 대내외적인 환경으로 전적으로 실현되지는 못했지만, 자각과 개조를 선취한 만인의 대표자이자 전 인류의 동등한 일원으로서 《조선문학사》와 《조선문명사-일명 조선정치사》에 필적하는 《세계 자치제 조사》나 《각국의 정당 급及 의회》 등을 착안하고 구상했음을 다음 그림은 예시해 준다.

다음 도표는 제1부 '조선문명사' 8권과 제4부 '정치론' 20권을 포함해 총

■ 저서 목록 중 제4부 '정치론'의 20권　　■ 저서 목록 중 제1부 '조선문명사'의 8권

43편의 저서가 고안되었음을 알려 준다. 더불어 현 시점에서 기간(旣刊)한 것과 미간(未刊)한 것을 나누어 기간한 저서들 중에서도 보충이 필요한 책을 따로 적시하고 있다. 그 서술 언어도 조선문, 순한문, 영문, 일문의 네 개 언어에 이르는 등 그야말로 전 지구적인 스케일을 자랑하고 있다 해도 과언이 아니다. 세계사에 필적하는 조선사의 이 방대한 설계도는 《조선문명사—일명 조선정치사》의 〈술례(述例)〉에서도 천명되었듯이, "오직 공법상 의의에 해당하는 것만을 가려내어 기록하였는데, 여러 저자의 견해를 접하여 세계정치사(원문은 萬國政治史)를 비교하면서 여기에 다시 내 의견을 보태서 논평을 가"(33)하겠다는 이전에도 이후에도 찾아볼 수 없는 참신하고 과감한 발상법으로 인문·사회·정치·문화를 망라하는 방대한 청사진을 펼쳐 보이려 했던 것이다.

그의 도전과 실험이 성공했다면 어땠을까. 조선시대의 당쟁당파에 대한 그의 독특한 시각과 해석은 그의 성공이 가져왔을 파장을 엿보게 한다. 그는 조선시대 "사색四色당파는 결코 영국의 정통당正統黨, 서계당庶系黨처럼 정권 장악에만 힘쓴 경우, 또는 저 아테네 솔론 시대에 산림당山林黨, 해변당海邊黨, 평지당平地黨이 각 지방의 이익을 위해 경쟁했던 경우와는 달리 정당한 심지와 이념을 가지고 있"(243)었다고 높이 평가한다. 이광수가 그토록 불신해 마지않았던 조선시대 당쟁에 관한 관점과는 판이한 입장차였다.[42] 이 견해에 입각해 그는 "조선의 사색당쟁은 다소 불미스러운 행태들을 드러내기도 했으나 다른 측면에서 본다면 그것은 오히려 유리하게 작용"했음을 주장하기까지 한다. 더 나아가 "동양의 여러 국가들 중에서 조선의 정치가 발달하게 된 데는 이 당파들이 존재했던 것이 한 가지 요인이 되었던 것 같"(244)다는 유례없는 우수성까지 역설한다.

"세계정치사를 비교"하는 내부의 확대된 자의식은 조선시대 당쟁에 대한 위상 재고로 이어졌다. 기존 식민 담론을 지배하던 조선시대의 부패와 무능 및 탐욕과 퇴폐의 서사를 뒤집고, 그는 비교정치(세계사)의 관점에서 조선시대 당쟁이 지녔던 선진성과 우수성을 강조하는 새로운 조선사 기술을 선보였던 것이다. 식민 모국인 일본뿐만 아니라 모든 동양 제국을 통틀어 가장 진보적인 제도 중 하나로 재해석되는 자기 인식의 서사가 출현하는 순간이었다.

---

42 이광수의 〈민족개조론〉이 조선조의 철저한 자기부정을 통한 이순신의 고독한 영웅담으로 귀결되었음을 필자는 〈역사소설은 어떻게 '이순신'을 만드는가?〉, 《식민지의 적자들》, 푸른역사, 2005에서 지적한 바 있다.

《조선문학사》와 《조선문명사—일명 조선정치사》가 드러내는 안확의 제1부 '조선문명사'의 자기 혁신과 창안은 개조의 시대가 열어 놓은 선물과도 같았다. 통상적인 선진적 서구 대 후진적 동양의 관념도 의문에 붙여졌을 정도였으니 말이다. 아무리 선진적이라고 하는 서구일지라도 자각과 개조가 없다고 한다면, 더 이상 유효하지 않다는 비판적 인식은 후진성의 대명사인 양 여겨지던 조선의 위상에 대한 재규정을 동반하게 된다. 이것을 안확은 자기 민족지인 《조선문학사》와 《조선문명사—일명 조선정치사》에 녹여 냈던 셈이고, 이는 전 지구적인 '문화적 순환'의 지적인 산물로 화했던 것이다. "조선사의 집성이 완전하지 못한 금일"[3]을 맞아 총 43편의 저서를 구상했던 안확의 행보는 3·1운동과 맞물린 개조시대의 찬란한 빛과 그림자를 드리운 채 당대에 값하는 결실들을 우리에게 남겼다 할 것이다.

계봉우와 이명선의 안확 넘어서기 혹은 그 좌절, '개조의 시대'와 지역(로컬) 주체들

다시 이 글의 출발점으로 되돌아가 보자. 제1차 세계대전의 격변이 야기한 전 지구적인 근본적 변화의 신호들은 개조를 세계어(=세계지)로 포착하는 적극적인 움직임을 창출했다. 주변부 식민지 조선 지식인들도 개조로 표상된 전 지구적인 '문화적 순환'에 힘입어 1919년 3·1운동을 포함한 개조의 시대를 유례없이 활짝 피우게 된다. 그만큼 정제되지 않았으나 다

| 〈개조의 물결〉,《개벽》, 1923. 2. 경제 · 여자 · 노동 문제에 이르기까지
개조에 동참하지 않으면 세계에서 낙오될지도 모른다는 네 컷 만화

기한 도전과 실험이 행해졌음은 안확의 개조론과 자기 민족지가 증명하는

바다. 1923년《개벽》에 실린 〈개조의 물결〉은 식민지 조선 지식인들의 이

러한 활발한 행보를 담아낸 흥미로운 전거로 기능한다.

　하지만 베르사유조약에 이은 워싱턴회의의 기대와 좌절은 개조시대의

백가쟁명과 주장들을 마감하고, 두 개의 노선으로 분기되는 자기장을 연

출했다. 이광수의 〈민족개조론〉(《개벽》, 1922.5)을 계기로 하여 양 진영 간 논

쟁은 그 사이에 존재 가능했거나 모색되었던 개조론의 벡터vector를 급격

하게 위축시켰기 때문이다. "유물론자의 입각에 있어서 개조라 하면—가

령 사용하는 범위와 사용하게 된 동기 내지 관례는 그렇지 않다 하더라도

―오직 제도나 조직에 국한되지 않으면 안 되며", 따라서 "모든 정신생활은 물질적 생활의 반영에 불과"[43]하다는 사회주의자들에 의한 반격은 안확의 개조론에 단지 "인성 개조론자"의 딱지를 붙이게 했음은 물론, 그의 《자각론》과 《개조론》 및 《조선문학사》와 《조선문명사―일명 조선정치사》를 어둠의 저편으로 밀어 버리고 말았다.

그 철저한 외면에도 불구하고, 안확은 1930년대 이후에도 꾸준히 활동을 이어 갔다. 1922년 출간된 《조선문학사》를 다시 쓰고자 계획하는 등 그는 개조시대의 문제의식을 견지하며, 이를 교정 내지 심화하는 글쓰기를 계속 선보였다. "여余가 조선문학사를 사고査考하기는 대정大正 십년 춘春에 시始하여 동同 십일 년 사월에 소책을 발간케 한 일이 있"었지만, "기其 시時에는 여余가 자각론을 저술한 경우에 있어 서문으로 기록해본 것이요, 완전히 일서―書의 격을 성成한 것이 아니라 고로 기其 서書에는 더러 오해한 것 또 미급未及 불충분한 것도 있"어서 "완편完編을 성코자 재료를 취집하여 그것을 조금씩 잡지에 발표"[44]해 왔음을 천명하기도 했다. 《자각론》의 '서문'으로 《조선문학사》를 썼다는 주장을 일관되게 피력하면서도 그는 자신이 미흡하다고 여겼던 지점들을 보충하고자 했음을 짐작케 하는 언술이다. 하지만 몇 편의 평문을 제외하고, 그는 그토록 바랐던 《조선문

43 신일용, 〈춘원의 민족개조론을 평함〉, 《신생활》, 1922. 7, 4~5쪽.

44 안확, 〈이조시대의 문학〉, 《자산안확국학논저집》 4, 여강출판사, 1994, 605쪽. 이 글은 《조선》, 1933년 7월에 실렸다. 잡지에 조금씩 발표해 왔다고 한 그의 평문들을 〈조선문학사 1〉, 《조선일보》, 1930. 10. 1.~10. 8; 〈조선문학의 기원〉, 《조선일보》, 10. 31~11. 7; 〈조선문학사 총설總說〉, 《조선》, 1931. 11; 〈조선문학의 변천〉, 《조선》, 1932. 5; 〈삼국시대의 문학〉, 《조선》, 1932. 7 등이다. 이에 대해서는 이종두, 〈안확의 '문명적' 민족주의〉, 서울대 박사논문, 2008, 5장 1절에서도 지적하고 있다.

학사》의 개정판(완성판)을 끝내 출간하지 못했다. 1940년 성문당의《조선 무사영웅전》만이 그 후의 저술로 남겨졌을 따름이다.

식민지 시기 내내 묻혀 있던 안확의 저술 중《조선문학사》가 다시 언급되기 시작한 것은 해방 이후 계봉우와 이명선을 통해서였다.《자각론》의 '서문'이라고 했던 안확의 뜻과는 무관하게 계봉우는 해방 후《조선문학사》를 저술하게 된 동기를 다음과 같이 전하고 있다. "서書를 편술編述하려는 의도는 이십삼년 전(1927년)에 벌써 있었던 것이다. 말한다면 해항海港 노동학원勞動學院에서 교편敎鞭을 쥐던 그때에 안자산安自山의《조선문학사》를 읽고서 그런 의도意圖가 생"겼다는 것이었다. 조선에 거주하던 안확은 "재료材料를 충분히 얻을 수 있"는 처지였음에도 "내용이 빈약"하고 게다가 "유별類別과 논단論斷까지도 상명詳明"하지 못한 데 대한 아쉬움이 문학사 저술을 추동케 한 셈이었다. 계봉우는 최초의 국문학사인 안확의 《조선문학사》를 접하고 이를 교정하고자 하는 강렬한 욕구를 느꼈던 것이며, 이것이 계봉우의《조선문학사》로 구현되었음을 알 수 있다.

하지만 계봉우가 애초 뜻했던 바는 충분히 달성되지 못했다. "실상인즉 고거考據가 적은지라 내용이 물론 빈약할지며, 솜씨가 서툰지라 논단이 물론 상명詳明하지 못할지니 안자산의 그것과 무슨 다름이 있으랴"[45]라는 불만 섞인 탄식이 그의《조선문학사》〈머리말〉의 마지막을 장식하고 있기 때문이다. 그것은 안확의《조선문학사》를 뛰어넘고자 했으나 그렇지 못했다는 안타까움의 토로이기도 할 것이다. 계봉우의 문학사 저술 동기가

---

45 계봉우,《조선문학사》, 독립기념관 독립운동가 자료, 1950.

안확의 《조선문학사》에 대한 비판에서 비롯되었던 것과 마찬가지로, 이명선도 "《조선문학사》만으로 단정한다면 일일이 인용서를 기재하지 않은 탓인지 자신의 주관적인 사상과 열정에 사로잡히어 왕왕 독단에 빠진 듯한 느낌"을 주고 "술述이 아직 충분히 체계가 서"지 못했다는 데 입장을 같이했다. 그럼에도 그는 "최초로 된 조선문학사라는 존재 의의"[46]만은 인정하고 있다.

안확의 《조선문학사》는 최초의 체계적인 정치사라고 말해지는 《조선문명사—일명 조선정치사》와 더불어 '최초'를 공유한다. 하지만 이 최초라고 하는 일국사적 시각은 그가 도전하고 성취하고자 했으나 실패했던 잠재적 가능성까지 아우를 수 있을 때 비로소 그 의미를 발할 수 있다. 그는 개조시대의 만개를 맞아 총 43권에 이르는 방대한 저서를 기획했을 뿐만 아니라, 《조선문학사》와 《조선문명사—일명 조선정치사》를 포함한 총 8권의 '조선문명사'도 고안했다. 이 일련의 계보도 속에, 이미 간행된 《조선문학사》와 《조선문명사—일명 조선정치사》가 위치해 있었음을 잊어서는 안 된다. 그는 개조시대의 인물답게 세계사에 준하는 조선사 기술을 시도했으

---

46 이명선, 〈조선고전문학 관견管見〉, 김준형 편, 《이명선전집》 3, 2007, 488쪽. 이명선은 경성대학 조교수로 있다가 서울대학교 조교수로 정식 임명되었다. 하지만 대한민국 수립과 함께 그의 좌익 활동으로 이승만정권의 문교부장관 안호상의 눈 밖에 나 서울대학교에서 쫓겨나듯 사임했다. 1950년 한국전쟁 발발로 서울대학교에 복귀하며 자치위원을 겸했는데, 서울이 수복되면서 월북 길에 오르게 된다. 월북 도중 37살의 젊은 나이로 생을 달리하고 말았다. 이명선의 이 행적에서 알 수 있듯이, 그는 유물론의 관점에서 1948년 《조선문학사》를 간행했는데, 이는 안확의 시대 구분이나 체제와는 결을 달리했다. 이명선의 안확 비판은 김준형, 〈이명선의 문학사관과 문학사 서술의 실제 양상〉, 《어문연구》, 2012를 참조할 수 있을 것이다. 여기서 특별히 안확이 언급되고 있지는 않지만, 유물사관에 입각한 이명선의 문학사 기술은 안확을 비판의 대상으로 화할 수밖에 없게 했다.

며, 이것이 최초의 조선문학사와 조선정치사를 낳게 한 동력원이 되었다.

따라서 안확의 여정은 주변부 식민지 조선 지식인들의 존재감을 부각시킨 개조시대의 예외적 산물이자 흔적으로 볼 수 있다. 이 지적 순환의 능동적 활력이 최인훈이 《화두》에서 말했던 러시아혁명으로 파급된 탈脫식민과 해방의 역능에 가닿게 했던 것은 아닐까 자문해 본다. 안확의 행보가 드러내는 과거의 뜻하지 않는 장면과 사건은 최인훈의 '화두'를 거쳐 현재의 우리에게로 와 닿는다. 진정 그들은 개조의 시대에 무엇을 꿈꾸고 기대했던가. 그들의 좌절과 실패는 무엇을 남겼고 또 지웠는가. 21세기 진정한 글로벌리즘을 체현하고 있는 현재의 우리에게 소용돌이치며 밀려오는 이 질문의 끝자락을 최인훈의 '화두'를 잇는 우리의 '화두'로 삼아 보면 어떨까 싶다.

2장

3·1과 시베리아전쟁의 복합물,
'청산리전투'와 이범석의 홍범도 지우기

동아시아의 접경에서 벌어진
'청산리전투'

이 글은 '청산리전투'를 둘러싼 어떤 특정한 기억과 망각술에 관한 것이다. 청산리전투 하면 청산리대첩이라는 명명이 무색하지 않을 정도로 한국의 대표적인 독립운동사로 통용된다. 적어도 남북한의 체제 경합과 대결에서, 남한은 정통성의 우위를 점하기 위한 국가사의 일부로 이 청산리전투를 적극적으로 소구하고 재정립했다. 반半식민지 시기를 거친 대부분의 신생 독립국가들이 그러했듯이 남북한 모두 국가사의 당면한 필요성에 맞닥뜨렸고, 해방 이전과 그 이후를 이어 줄 연속성의 보증으로서 역사적 사건들이 수면 위로 불려나왔다. 이 과정에서 예외적이지만 보편적인 성격을 지닌 역사적 사건들의 선택 및 재조정이 이루어졌으며, 청산리전투는 그 핵심적인 일부로 자리매김했다고 할 수 있다.[1]

하지만 좀 더 시각을 달리하면, 청산리전투는 지도에서도 드러나듯 일국적이고 일지역적인 범위를 넘어서 있었다. 막 러시아혁명의 내전을 치른 소비에트연방과 중국의 동북지방(만주) 및 한반도의 접경지대가 이 청산리전투의 주요 현장이었기 때문이다. 청산리전투를 국가사로 한정하

---

[1] 청산리전투의 국가사를 직접적으로 다룬 연구는 많지 않다. 신주백, 〈한국 현대사에서 청산리전투에 관한 기억의 유동-회고록·전기와 역사교과서를 중심으로〉, 《한국근현대사연구》, 2011이 예외적이라고 할 만큼 드문 것이 사실이다. 그는 이 논문에서 1948년 대한민국정부가 수립된 이후 청산리전투를 국가사로 전유하고 재해석하려는 움직임이 창출되었음을 밝히면서, 초창기 개인의 회고나 전기가 미친 영향력에 주목한다. 이범석이라고 하는 특정 개인의 역할과 기능도 이 맥락에서 중요한 참조점이 되고 있다.

려 할 때 그 잉여가 발생할 수밖에 없는 이유도 여기에 있다. 에드워드 사이드는 "1914년까지 매년 전 지구의 거의 85퍼센트"가 "식민지, 보호령, 속령, 자치령, 연방"[2]의 반半식민지 형태로 존속했음을 알려 준다. 이는 역으로 현재의 국경 개념에 입각한 이른바 국가주권의 전일한 행사가 불가능한 지대가 그만큼 전 세계적으로 넓게 펼쳐져 있었음을 의미하는 것이기도 하다.

설령 그 땅의 원주민이 있었다 해도 무주無主의 땅으로 여겨져 식민(주의)화냐 식민지화냐의 두 갈림길에 처해 있던 이 불확정적인 공간에서, 인간 행위자들의 다양한 욕구와 기대가 분출하거나 맞부딪혔던 것 역시 당연했다. 차지하려는 자와 빼앗기지 않으려는 자 그리고 그 틈새에서 해방과 자유와 독립을 꿈꾸었던 자들의 부단한 힘의 역학이 펼쳐졌기 때문이다. 정제되지 않은 욕구와 갈망들로 채색된 에드워드 사이드의 말을 다시 빌리자면, 심상지리imagined geographies의 극적 무대이자 전장이나 다름없었다.[3] 때로 좌절과 실패까지도 껴안은 채 개별 행위자들이 써 내려간 저마다의 사연과 내력이 지역·지구사와 불균등하게 접합했던 이 유동적인 현장이 청산리전투를 통어했던 셈이니, 문제는 청산리전투를 당대적 상황과 조건으로 얼마나 상대화시킬 수 있느냐의 여부이다.

---

2 에드워드 사이드Edward Side, 《문화와 제국주의》, 박홍규 옮김, 문예출판사, 2004, 58쪽. 주지하다시피 에드워드 사이드는 제1차 세계대전의 발발 시까지 식민 종주국인 몇 나라를 제외하면 대부분의 지역이 반半식민지 상태에 있었음을 보여 주었다. 일국적이거나 일지역적인 차원을 넘어선 전 세계적인 반半식민지 상태의 공간 분할은 제1차 세계대전이 식민주의 전쟁의 막바지이자 탈식민화 전쟁의 시작이었음을 말해 주는 것이기도 하다.

3 에드워드 사이드, 《오리엔탈리즘》, 박홍규 옮김, 교보문고, 2015, 2장에서 사이드가 상상의 지리로 썼던 표현을 차용한 것이다.

| 간도 지역과 청산리전투 현장 | 봉오동전투와 청산리전투 축도 |

이와 관련해서 청산리전투를 포함한 당대적 움직임을 복합전쟁의 관점으로 접근한 야마무로 신이치山室信一의 견해는 주목할 만하다. 그는 일본 국내에서조차 제대로 인식되지 않았던 일본의 제1차 세계대전의 총기간이 1914년 대독전쟁 참가에서 1925년 5월 14일 시베리아전쟁 시 점령한 북화태北樺太(연해주, 현 사할린)로부터의 철수까지 근 10년 9개월에 이른다는 점에 주의를 환기시킨다.[4] 1917년 러시아혁명을 하나의 전기로 한 이러

---

4 일본 국내에서도 잘 알려지지 않았던 시베리아전쟁은 실제 전역戰域이었던 유럽에 비해 전쟁 피해는 적었다 할지라도 그 수행 기간은 2배 이상에 달했다. 일본은 러일전쟁에서 북위 50도 이남의 화태를 점유했고, 1920년 제1차 세계대전 참전을 계기로 그토록 손에 넣고자 했던 북화태까지 진출할 수 있었다. 1920년 7월 3일 화태 점령을 공식 선언한 일본은 미국의 계속적인 철병 압력에도 불구하고 자국민 보호를 명분으로 버티다가, 1924년 소비에트 연방과의 교섭을 통해 1925년 5월 14일에 이르러서야 철수를 완료했다. 러일전쟁과 관련된 (동)아시아의 형세 변화와 관련해서는 야마무로 신이치山室信一, 《러일전쟁의 세기》, 정

한 일본의 제1차 세계대전 수행은 유럽이 치른 4년 3개월의 무려 2.5배에 달하는 수치라는 것이 야마무로의 설명이다. 전역이 전장으로 화했던 유럽과 비교해 (동)아시아는 집중적인 전화를 입지는 않았다고 해도, 일본에 의한 장기지속적인 전쟁 수행으로 인해 근본적인 형세 변화에 노출될 수밖에 없었다는 것이다.

미·영·노의 열국과 나란히 연합국의 일원으로 대독선전 포고에 이은 시베리아전쟁 및 대중국 21개조와 중일비밀군사협정 체결 등의 이른바 전투의 전초전으로서 벌어진 치열한 외교전은 그가 언급한 복합전쟁에 값하는 전쟁 연쇄를 초래했다. 특히 블라디보스토크 출병으로만 기억되는 시베리아전쟁은 야마무로에 따르면, "(1) 블라디보스토크 출병 (2) 북만주·바이칼 출병 (3) 간도 출병 (4) 북화태北樺太 출병"[5]이라는 네 루트의 연쇄 출병으로 전체 전쟁 수행의 3분의 2에 해당하는 6년 8개월의 시간과 금전을 쏟아 부음으로써 (동)아시아 형세 변화를 이끈 직접적인 추동력이 되었다.

이 일련의 전쟁 연쇄 속에서, 조선과 중국의 반일(반제)투쟁인 3·1운동과 5·4운동의 발발 및 쌀 소동의 대내적 민중소요를 대외적인 시베리아전쟁으로 전환시켜 간 일본의 후발 제국주의의 면모가 반소反蘇·반공反共·반볼셰비키를 가시화하게 된다는 점도 중요하다. 여기에다 만몽(만주와 몽고)과 동부시베리아를 일체로 하는 소위 생명선과 (대)동아공영권의 제국

재정 옮김, 2010, 소화를 참조할 수 있다.

5 야마무로 신이치山室信一, 複合戰爭と總力戰の斷層, 人文書院, 2011, 116~121쪽을 참조하여 정리한 것이다.

(주의)적 야심이 일본 군부를 축으로 이미 진행되고 있었다는 사실 또한 놓칠 수 없는 지점이다.

시베리아전쟁은 일본 군부의 지배권 확대 시나리오를 깊숙이 내장한 채 블라디보스토크를 비롯한 북만주와 바이칼 및 간도와 연해주로 전선을 넓혀 갔을 뿐만 아니라 이 과정에서 필수적인 교두보로서 소련과 중국 및 한반도의 접경지대에서 "변화무쌍하게 출몰"하는 "불령선인不逞鮮人"(143)의 소탕과 척결을 당면 목표로 삼게 했다. 러시아혁명으로 배태된 이주 조선인들의 과격사상 풍조는 그 좋은 빌미가 되어 주었다. 이 불온한 과격 조선인들로 인해 재만 일본인들의 삶이 극도의 위기에 처했다는 자국민 보호와 안정을 명분으로 간도와 연해주 출병이 전격 감행되었던 것이며, 이는 결과적으로 조선의 3·1운동과 중국의 5·4운동이 촉발한 반일(반제)전선의 급진적 저항투쟁을 '불령선인=과격파=반소/반공/반볼셰비키'의 적화방지赤化防止로 가두게 되는 대내외적인 효력을 낳았다고 할 수 있을 터이다.[6]

이 맥락에서 1920년 10월 21일에서 26일까지 총 6일간에 걸쳐 벌어진 청산리전투의 일국사적 의미는 복합전쟁의 관점에서 보충이 필요하다. 즉, 청산리전투는 시베리아전쟁의 연쇄 출병의 하나인 간도와 연해주 출

---

[6] 러시아혁명으로 인해 과격파 발흥을 우려한 일제 당국은 다이쇼(大正) 데모크라시의 지배적인 시대사조에도 불구하고, 이를 방지하려는 법제와 행정 조치들을 연이어 공포했다. 대외적으로 시베리아 철병이 완료된 1925년에 25세 남성을 대상으로 한 보통선거권의 실시와 함께 치안유지법을 발효했던 것이 대표적이다. 치안유지법은 사회주의사상을 과격파와 등치시키는 일제 당국의 인식을 노정하고 있었는데, 왜냐하면 적화 방지를 치안 행위의 일환으로 규정하는 중요한 결절점이기도 했기 때문이다. 식민지 조선에서도 과격파를 둘러싸고 이중 감정이 형성되었음은 1부 1장에서 논했다.

병이 야기한 사태이기도 했다는 말이다. 애초에 일본이 표방했던 시베리아전쟁의 공적 명분이던 체코슬로바키아 포로군 구제와 독일군 동점 저지는, 일본의 시베리아전쟁 연쇄 출병 속에서 간도와 연해주 출병을 뒷받침하는 불령선인=과격파의 적화방지로 그 성격과 방향이 변질되어 갔기 때문이다. 한반도 주둔 조선군과 중동철도(내지 동청철도) 방위 관동군 및 블라디보스토크에서 귀환하던 시베리아 파견군과 중국의 장작림張作霖(장쮀린)군의 중일연합군은 시베리아전쟁의 연쇄 파병이 열어 놓은 이주 조선인들의 독립운동을 진압하는 지역전투들을 곳곳에서 벌이며 대치 전선을 확대해 간다. 청산리전투는 이 확전 과정에서 펼쳐졌던 소규모 지역전투들 중 하나이기도 했던 것이다. 청산리전투는 1937년 중일전쟁 이후가 되어서야 다시 개전되는 1910년과 20년대 무장독립투쟁의 마지막 불꽃을 사르며, 드문 승전의 기록을 남겼음은 익히 알려진 대로이다.

(동)아시아의 지형 변화와 긴밀하게 연동된 청산리전투의 예외적인 승리의 기록은 여기에 참여했던 개별 행위 주체들의 욕망과 이상, 기대와 좌절이 교차하는 기억과 망각의 심상지리를 직조해 냈다. 그중에서도 청산리전투를 자신의 사회정치적 입지를 위한 자산으로 일관되게 활용했던 인물이 바로 이범석일 것이다. 그는 청산리전투의 실제 참가자이자 사후적 증인/화자로 몇 차례에 걸친 다시쓰기로 청산리전투를 독점했기 때문이다. 청산리전투를 철저하게 자기화했던 이범석의 이러한 행보는 개인사와 국가사가 교차하는 특정한 기억과 망각의 사후적 재구성을 새삼 되짚게 한다. 현재와 같은 국가사의 형태로 청산리전투가 자리잡기까지 이범석의 역할은 결코 적지 않았기 때문이다. 이 과정에서 선택된 것과 배제/망각된

것의 상관성뿐만 아니라, 불령선인=과격파=반공의 제국(주의) 논리가 청산리전투의 항(반)일=반공과 관계맺는 그 모순적 양상도 살펴볼 것이다.

3·1운동 이후 식민지 조선인들의 '북방'을 향한 꿈과 좌절

한반도와 중국 및 소비에트연방이 국경을 맞댄 불안정한 접경지대이던 간도는 1910년 이전에도 언제든 월경이 가능한 하나의 생활권역으로 여겨졌지만, 한일병합 후에는 이른바 '북방'의 꿈이라고 할 만한 이주 조선인들의 행렬이 이어졌다. 특히 1919년 3·1운동을 계기로 커진 이주 조선인들의 '북방'의 꿈은 더욱 열기를 띠고 가속화되었는데, 이를 최서해의 〈해돋이〉는 다음과 같은 인상적인 말로 표현했다.

처음에는 막연하게 나라, 나라하였으나 점점 개성이 눈 뜨고 또 감옥 생활에서 문명한 법의 내막을 철저히 체험하고 불합리한 사회 역경에 든 사람들의 고통을 뼈가 저리도록 목격함으로써 그의 온 피는 의분에 끓었다. 그 의식이 깊어질수록 무형한 그물에 걸린 고통은 나날이 심하였다. 그 고통이 심할수록 그는 자유로운 천지를 동경하였다. 뜨거운 정열을 자유로 펼 수 있는 천지를 동경하는 마음은 감옥에서 나온 후로 더 깊었다. 그는 그 때 '강경한 선비들과 의기로운 사람들이 동지를 규합하고 단체를 조직하여 천하를 가로보고 시기를 기다리는 무대'하고 명성

이 뜨르렁하던 상해, 서백리아와 북만주를 동경(방점은 필자)하였다. 남
으로 양자강 연안과 북으로 서백리아 눈보라 속에서 많은 쾌한들과 손
을 엇걸어가지고 천하의 풍운을 지정하려 하였다.[7]

　3·1운동으로 옥고를 치른 후 식민통치의 불합리함을 직접 체험한 주인
공 만수는 자유로운 천지를 동경하며, 그가 꿈꾸던 북방으로 향했다. 그곳
은 그의 뜨거운 정열을 마음껏 펼칠 수 있으리라고 기대되는 믿음과 환상
의 땅이기도 했다. 억압적 식민통치가 없는 한반도 너머의 상해와 서백리
아, 북만주가 그 이상향이었다. 이 북방의 꿈과 열망을 안고, 그는 "명성이
뜨르렁하던" 그곳에서 ×××(추정하자면 독립단)로 활약하며 죽음의 고비도
수차례 넘겼다. 하지만 "A촌 싸움 후 ×××(독립단)의 세력은 점점 꺾여" "하
는 수 없이 뒷기약을 두고 각각 흩어져서 서백리아 등지로도 가고 산골에
서 사냥도 하고 어린애들 천자도 가"(38)르치는 등의 긴 실의와 좌절의 시
간을 맞게 된다.
　1926년에 발표된 최서해의 〈해돋이〉는 1919년 3·1운동을 전후로 한
조선의 북방행 엑소더스exodus와 왕청의 구체적인 지명을 동반한 봉오동·
청산리전투의 환기 및 일본군 공세로 야기된 퇴각과 분산을 주인공 만수
를 중심으로 그려 내고 있다.[8] 북방에 투여되었던 꿈과 이상 및 이를 원동

───────────
7　최서해, 〈해돋이〉,《신민》, 1926. 3. 본문은 최서해,《해돋이》, 바로북닷컴, 2003, 19~20쪽에
　　서 인용했다.
8　흔히 체험문학으로 칭해지는 최서해의 소설은 1919년 3·1운동 이후 '북방'으로 향했던 이
　　주 조선인들의 사고와 생활의 편린을 엿보게 하는 시대적 기록물이기도 하다. 신경향파로
　　분류된 그의 문학 세계는 어찌 보면 이러한 북방의 경험과 인식의 소산이기도 하기 때문이

력 삼은 각종 지역전투들과 그 못다 이룬 상실과 비정한 현실 등이 겹쳐진 이 소설은 ×××(독립단)의 "A촌 싸움"으로밖에 표현될 수 없는 봉오동·청산리전투를 지폭에 담아낸 드문 시대적 기록으로서도 의미를 지닌다.

그런데 이 "A촌 싸움"이 연상시키는 봉오동·청산리전투는 현재 통념과 달리 열악한 전투의 현실을 그대로 노출시킨다. "모두 정신이 탕양하고 어릿어릿하여 죽는지 사는지, 내 몸이 있는지 없는지도 의식치 못하고 오직 총만 쾅쾅" 쏘다가 "으아 하는 소리와 같이 뛰게 되면 산인지 물인지, 구렁인지 나무 등걸인지 가리지 못하고 허둥지둥 달"리다가 "○○이 보이게 되면 비로소 서로 살아온 것을 치하하고 보이지 않는 사람은 죽는 줄로만 알"고, "얼어 죽고 굶어죽는 사람도 불소不少"함에도 "누가 애써서 찾으려고도 하지 않"(18)기 때문이다. 더구나 ×××독립단의 활동 전력을 지닌 주인공 만수는 동료 부대원의 밀고로 7년 형을 선고받게 되고, 그가 잡혀 간 사이 아내마저 도망쳐 버리는 연이은 불행이 이어진다. 그의 어머니 김소사도 가족 파탄은 물론이고 그토록 그리워하던 고향 땅을 밟았건만, "아들의 철창행과 거지꼴인 그를 조소"하는 고향 사람들의 싸늘하고 "어두운"(25) 시선들과 마주쳤을 뿐이다.

최서해의 작품 세계를 관통하는 북방의 꿈과 이상 및 좌절과 상실 사

다. 최서해의 〈해돋이〉에서 거론된 '왕청'은 북간도의 중요한 독립단체들 중 정의단, 북로군정서, 군무도독부, 대한광복단, 대한의사부, 구국단, 대한총군부 등의 근거지이자 봉오동전투의 현장이기도 했다. 따라서 왕청이라는 지명이 환기하는 현실적·상징적 의미는 결코 적지 않은 것이다. 1926년의 뒤늦은 시차 속에서, 왕청의 무장독립투쟁은 과거와 현재의 간극을 드러내는 데도 효과적으로 기여한다. 북간도의 중요 독립단체들의 현황은 황민호, 〈1920년대 초 재만 독립군의 활동에 관한《매일신보》의 보도경향과 인식〉,《한국민족운동사연구》, 2007, 124~126쪽에서 다루었다.

이를 매개하는 핵심 장치 중 하나가 ×××독립단의 복자伏字로 처리된 무장독립투쟁이었다. 김산의 《아리랑》에서도 엿보이는 무장독립투쟁에 대한 부푼 기대감은, 김산이 15세의 어린 나이로 갖은 신고 끝에 도착한 곳이 무장독립투쟁의 산실이던 신흥무관학교였다는 사실과도 관계 깊다. 여기서 그는 3개월간의 훈련을 마치고 무장독립투쟁에는 합류하지 않은 채 또 다른 독립운동의 현장인 상해로 떠났지만, 신흥무관학교를 비롯한 각종 양성소는 1920년 봉오동·청산리전투의 무장독립투쟁과 그 맥을 같이 했음은 물론이다. 김산이 비록 "사실은 아니라 할지라도" 북방의 신흥무관학교에서 "조국의 탈환을 열망"하는 "투쟁적인 조선인 망명자들"과 "자기의 힘이 백만 배로 불어나"는 상상적 일체감을 맛본 것도 그렇거니와, "군대 전술을 공부하고 총기를 가지고 훈련"을 하는 "게릴라 전술을 위한 강철 같은 근육"으로 해방과 독립의 꿈을 공유할 수 있었던 것도 마찬가지였다.

"사실은 아니라 할지라도" "자기의 힘이 백만 배로 불어"나는 강한 동질감을 느끼게 했던 신흥무관학교는 1919년 3·1운동 직후 이어진 북방행의 뜨거운 열망들이 모인 상징적인 장소에 다름없었다. 서중석이 말했던 "김좌진이 왕청현 서대파 십리평十里坪 일대에 근거지를 설치하고 신흥무관

---

9 님 웨일즈Nym Wales · 김산, 《아리랑》, 송영인 옮김, 동녘, 2005, 130~133쪽. 김산의 존재는 1946년 《신천지》에 소개된 이후 1980년대가 되어서야 널리 알려지기 시작했다. 김산의 본명은 장지락으로, 이 책에 따르면 그는 15세 약관의 나이에 단신으로 신흥무관학교를 찾아갔다. 이범석이 15세 어린 나이에 중국행을 택한 것과도 일맥상통하는데, 그만큼 3·1운동이 끼친 파장이 컸음을 역으로 방증해 준다. 즉, 3·1운동은 나이 어린 세대에게 더 강력한 흔적을 남겼던 것이며, 김산과 이범석도 이 대열에 합류한 일군 중 한 명이었던 것이다.

학교 교관 이범석과 졸업생 김춘식, 오상세, 박영희, 백종렬, 강화린, 최해, 이운강 등을 교관으로 초빙하고 다수의 교재를 공급받아 십리 평 부근에 사관연성소를 설립"하여 이들을 청산리전투의 "핵심 직책"[10]에 고용할 수 있었던 힘도 바로 그 열망이었다. 그만큼 3·1운동을 계기로 한 이주 조선인들의 대량이주 행렬을 지탱했던 북방행의 꿈과 이상은 실제보다 더 과도한 기대와 소망을 무장독립투쟁에 투사하게 했던 것이며, 이로 인해 깨어져 나간 꿈의 파편들을 최서해의 〈해돋이〉는 충실히 반영했던 셈이다.

그러니 깨어진 꿈의 자리에 대신 남겨진 현실은 참으로 가혹할 수밖에 없었다. 1920년 4월 니항사건尼港事件, 현 니콜라옙스크 사건과 10월 혼춘사건琿春事件(현 훈춘사건)을 빌미로 연해주와 만주의 간도 일대를 초토화시킨 4월 참변과 간도(경신)참변의 대학살이 일본군에 의해 자행되었기 때문이다. 특히 1920년 10월과 12월에 집중된 간도(경신)참변은 지금까지의 소탕작전 중 가장 규모가 커서 간도(경신)대참사로 불릴 정도로 이주조선인 사회를 철저하게 파괴시켰다. 서북간도의 조선인 3,600여 명이 살해되고 3,200여 채의 가옥이 전소되었으며, 수십 채의 학교와 교회가 불타는 등 그 피해는 실로 막대했다.[11]

---

10 서중석, 《신흥무관학교와 망명자들》, 역사비평사, 2003, 203쪽.

11 〈불령한의 근거를 야소학교 기타 소각不逞漢の根據を耶蘇學校 其他 燒却〉, 《大阪朝日新聞 韓國關係記事集 Ⅱ》, 독립기념관 한국독립운동사연구소, 2016, 393쪽. 간도(경신)참변의 막심한 피해를 일본 《오사카아사히》 신문은 불령선인의 온상인 예수학교와 그 외 두세 개 건물만이 소각되었을 뿐이라고 축소 보도하는 한편, 외국인 선교사의 악의적인 왜곡 발언에 문제의 원인을 돌렸다. 《매일신보》도 다르지 않아서 대다수 조선인들은 오히려 일본군 출동으로 음모의 근거지가 사라져 안심하고 있다는 등의 육군사령부발 기사를 대내외적인 여론전에 활용했다. 〈국경진압에 대한 외국인의 오인誤認, 어찌하는 수 없어서 행한 바를 모두 해석을 잘못한다고 육군 모某당국자 담談〉, 《매일신보》, 1920.12.5.는 그 전형적인

"불령선인의 소굴이자 반일운동의 책원지"로 불온시된 이주조선인 사회를 향한 일본군의 대규모 공세는 나남에 주둔하던 조선군 제19사단과 시베리아 파견군 제14사단, 제11사단, 제13사단 및 북만주에 파견되어 있던 부대 일부와 관동군 제19연대의 1개 대대가 장작림군과 합세해 동서남북 네 방향으로 포위망을 좁히는 토끼몰이 형태를 취했다.[12] 논자에 따라서 편차를 보이기는 하지만, 약 1만 8천 명에서 2만 5천 명에 이르는 전례 없는 대병력을 동원한 토벌작전이 펼쳐졌던 것이다. 현대식 무기로 무장한 일본군은 만주 군벌·마적과 결탁한 불령선인=볼셰비키 과격파의 이미지를 이주조선인 사회에 덧씌우는 것으로 이른바 초토화 작전을 정당화했다.[13] 그 세력을 키워 가고 있던 무장독립부대와 이주조선인 사회의 연결망을 끊기 위한 잔인한 보복과 학살 속에서, 봉오동·청산리전투로 대변되는 지역전투들도 불을 뿜었다.

이런 측면에서 봉오동·청산리전투는 한반도 접경지대에서 1920년 독립전쟁의 해를 맞아 국내진공작전을 벌였던 항일무장투쟁의 일환이기도 했지만, "소련·중국·조선을 잇는 혁명운동의 결절지로 혁명의 연대가 생성"(139)된다고 하는 간도와 연해주의 적화방지 및 반일(반제)전선의 화근을 없애기 위한 일본군의 의도적인 도발과 공격이기도 했다. 이주조선인 사회의 실제 역량을 초과하는 무장독립투쟁에의 꿈과 이상이 봉오동·청

사례일 것이다.

12 채영국, 〈1920년대 〈琿春事件〉 전후 독립군의 동향〉, 《한국독립운동사연구》, 1991, 285쪽.
13 18,000~20,000명이 통설이지만, 신용하는 최대 25,000명으로 추산한다. 신용하, 〈봉오동전투와 청산리독립전쟁〉, 《한민족독립운동사》, 국사편찬위원회, 1998, 110~111쪽.

산리전투를 그 절정으로 하여 깨어져 나갈 수밖에 없었던 이유이기도 할 것이다. 1920년 12월 25일자 《독립신문》의 〈간도사변과 독립운동 장래의 방침〉은 무장독립투쟁에 대한 짙은 회의감을 다음과 같은 말로 표하기에 이른다.

　국민의회가 얼마나 노농勞農정부에게 자금을 득得하였는지는 모르되, 또 어떠한 사업을 한다는 조건으로 득得하였는지는 모르되, 만일 그 자금을 우리의 근본적 독립운동에 충용할 것이라 하면 방금에 군대를 설設하고 무기를 비備하기 위해 그 돈을 쓰는 것보다 일변 토지를 개간開墾하여 다수 유리流離하는 동포에게 산업의 기초를 주며, 무의무업無依無業한 해내외 청년의 교육을 위하여 적당한 교육 기관을 설치함이 더 긴요할지니 대개 동포의 산업에서는 무진장의 독립 전비戰費가 나올지오. 청년의 교육에는 무진장의 군인과 기타의 인물이 나올지라.[14]

　이광수가 상해 임정 활동을 접고 조선으로 복귀하기 전에 쓴 마지막 글로 알려진 〈간도사변과 독립운동 장래의 방침〉은 "군대를 설設하고 무기를 비備하기 위해 그 돈을 쓰는 것"보다 산업과 교육에 힘쓰는 것이 장기적인 관점에서 훨씬 유용하다는 점을 강조한다. 이것은 군사일변도의 무장독립투쟁론에 대한 반박이기도 했다. 그 원인 중 하나가 "적의 주의를 야기惹起하여써 금차今次의 참변을 초래"했다는 데서 드러나는 간도(경신)참

_____

[14] 〈간도사변과 독립운동 장래의 방침 二〉, 《독립신문》 1면, 1920. 12. 25.

변의 크나큰 물적·인적 피해였다. "결코 책策의 득得한 자가 아니라"고 하는 강경한 어조에서 묻어나고 있는 것도 무장독립투쟁의 실효성에 대한 문제 제기였다. 이는 달리 말하면 간도와 연해주에 대한 일본군 파병이 실제 효력을 거두었다는 반증이기도 할 것이다. 이주조선인 사회와 무장투쟁부대를 갈라 놓고자 했던 일본군의 소기 목적이 어느 정도 달성되었음을 위 사설은 드러내기 때문이다. 상해 임시정부 내의 노선 차이와도 무관하지 않았던 무장독립투쟁에 대한 1면의 날선 비판은 4면의 대대적인 승전보로 인해 그 간격을 더욱 크게 드러냈다.

같은 날짜 《독립신문》 4면은 봉오동·청산리전투의 개과를 자랑하는 〈북간도北墾島에 재在한 아 독립군獨立軍의 전투정보戰鬪情報〉로 채워졌다. "대한민국 2년 3월 1일 이래로 6월 초까지 32회의 소小전투"를 벌인 '삼둔자三屯子 부근의 전戰'에서 '봉오동鳳梧洞 부근의 전'과 '청산리靑山里 부근의 전' 및 '새물둔지의 전'이 차례로 소개되며, 전투 경과와 업적이 상세히 기술되어 있기에 말이다. 여기서 '봉오동 부근의 전'이라 일컬어지는 봉오동전투는 적군 사망 157명·중상자 2백여 명·경상자 1백여 명과 대비되는 아군 사망 4명·중상자 2명의 승리를 알린다.

봉오동전투의 승리를 잇는 '청산리부근의 전'과 '새물둔지의 전'을 아우르는 청산리전투는 "전후절무前後絶無한 기전奇戰이라 가위可謂하리라"는 별도의 논평이 따를 정도의 대승으로 자리매김한다. 왜냐하면 적군의 사망자는 6백여 명인데 반해, 아군 사상자는 단 한 명도 없는 통상 전쟁에서는 보기 힘든 전과 때문이었다. 봉오동전투에 이은 청산리전투의 전례 없는 대승은 "전후절무한 기전"이나 다름없는 6백여 명 대 0명이라고 하는 비교

불가능한 수치로 청산리전투의 대승을 극적으로 뒷받침했다. 6백여 명 대 0명이라고 하는 믿기지 않는 수치가 만들어 내는 대조 효과이기도 했다.

사상자의 양적 차이뿐만 아니라 아군의 사상자가 한 명도 없다는 사실 자체가 실어 나르는 기전奇戰에 다름없는 청산리전투의 승전보는 지역전투들의 최정점을 찍었다고 할 수 있다. 그런데 이 승리의 견인차는 김좌진의 제2연대가 아니라 "적의 일대一隊는 오히려 아군이 중앙고지에 재在하야 자기의 우군과 교전하는 줄로 오인하고 적이 적군을 맹사猛射하니 아군과 적군에게 포위 공격을 수受한 적의 일대는 전멸에 함陷한 약 4백여 명"[15]의 피해를 입힌 홍범도의 제1연대였다. 아군을 적군으로 오인해 적군들끼리 총격전을 벌이게 한 이 절묘한 지략으로 홍범도의 제1연대는 사망자 4백명을 포함한 적군 6백여 명 대 아군 0명의 기전에 다름없는 대승을 거둘 수 있었다는 것이다. 이 청산리전투의 승전담은 "약 이십분 간에 적의 사자 3백여 명"의 피해를 입힌 '새물둔지의 전'과 나란히 청산리전투의 대승을 각인시키게 된다.

하지만 임정의 군무부軍務部 발표에 의거한 12월 25일자 《독립신문》의 전투상보는, 1921년 1월 18일자 〈대한군정서大韓軍政署 총재 서일徐一이 대한민국임시정부 대본영大本營에 보고한 청산리전투의 상황〉에서 적군 사망자 1,254명·부상자 2백여 명 대 아군 사망자 1명·부상자 5명·포로 2명

---

15 〈북간도北墾島에 재在한 아 독립군獨立軍의 전투정보戰鬪情報〉는 휴간 끝에 속간된 《독립신문》 4면, 1920. 12. 25에 뒤늦게 실린 것이다. 이광수가 쓴 1면의 논설과 나란히 실려 더욱 대조적인 효과를 발했다.

으로 바뀌게 된다.[16] 이 수치는 당시 임정의 대통령이던 이승만에게 보낸 〈대한독립군 내력略, 전투상보〉의 내용과도 합치된다.[17] "적의 자상격살자自相擊殺者 5백여 인"은 기존에 발표한 적의 사상자 수인 400여 명보다 더 늘어났지만, 그에 비례해 기전과 맞먹는 아군 사상자 0명은 8명으로 사상자 수가 증대했다. 1921년 1월 21일 《독립신문》의 〈아군대의 활동〉에서는 "김좌진 씨 부하 6백 명과 홍범도 씨 부하 3백여 명은 대소전투 10여회에 왜병을 격살한 자 1200여 명 중 적이 자상사살自相射殺한 자 4백여 명"[18]이라고 밝힘으로써 청산리전투의 사상자 수는 발표 지면마다 그 차이를 노정했다고 할 것이다.

승전의 주체가 누구인지 그리고 승리의 정도는 어떠했는지에 대한 이 같은 혼란은 청산리전투가 총 6일간 백운평, 완루구, 천수평, 어랑촌, 맹개골, 만기구, 쉬구, 천보산, 고동하 등지에서 크고 작은 10여 차례의 전투를 치른 탓에 상세한 전황 파악이 쉽지 않았던 데 따른 결과였다.[19] 하지만 더 중요하게는, 대한(북로)군정서가 청산리전투를 자신들 위주로 보고함으로써 초래된 균열상이기도 했다. 이 균열상을 내재한 채로 1920년과 30년대의 긴 침체기를 딛고, 제2차 세계대전의 발발은 임시정부 산하 한국광복군

---

16 〈대한군정서大韓軍政署 총재 서일徐一이 대한민국임시정부 대본영大本營에 보고한 청산리전투의 상황〉, 《독립신문》, 1921. 1. 18. 원문은 국사편찬위원회, 《일제 침략 하 한국 36년사》 6권에서 확인할 수 있다.

17 연세대학교 우남이승만문서 편찬위원회 편, 〈대한독립군에 내력(약)·전투상보(1921. 9. 11)〉, 《우남 이승만문서: 동문편》 7, 중앙일보사, 1998, 561~582쪽.

18 〈아군대의 활동〉, 《독립신문》, 1921. 1. 21.

19 김춘선, 〈발로 쓴 청산리전쟁의 역사적 진실〉, 《역사비평》, 2008, 264~265쪽.

창설을 촉진하면서 청산리전투의 부활을 견인하게 된다. 이를 누구보다 선제적으로 수행했던 인물이 이범석이고 보면, 그가 다시 쓴 청산리전투야말로 이 균열상이 어떤 식으로 메워졌는지를 이해할 단초가 된다. 무엇을 선택하고 무엇을 삭제/망각했는가는 재현의 자기 기술과 불가분의 관계를 띠고 있기에 말이다.

<h2 style="text-align:center">이범석의 '청산리전투' 다시쓰기와
항(반)일=반공의 재맥락화</h2>

일본의 패전과 한반도의 해방은 1919년 이후 가속화된 이주 행렬을 기나긴 귀환 행렬로 뒤바꿔 놓았다. 이 귀환민의 대거 도래 속에, 이주는 곧 조국 상실의 시간이자 회복을 위한 시련과 고투의 시간이어야 했다. 이주는 자신이 원했던 것이 아닌 원치 않는 타력에 의한 것이어야 했으며, 새로운 시대정신에 걸맞게 민주주의와 배리된 일본의 파시즘적 제국주의의 부당한 추방과 유랑으로 점철된 것이어야 했다. 다시 말해, 이주는 귀환을 위한 일종의 유예된 시간으로서 일시적 분리와 단절이어야만 했던 것이다. 나리타 류이치成田龍一는 일본 패전과 맞물린 인양은 "자신의 위치 변화이며 새롭게 드러난 '타자'와의 관계 결성이자 이제까지의 관계를 재고하도록 촉구"하는 "개인적 차원에서부터 가족, 사회, 국가에 이르기까지 그 근거가 한꺼번에 문제시되는" "신체적으로나 정신적으로나 그 존재 의의"

를 되묻는 근본적인 사건이었음에도 오직 "고향 혹은 조국으로 귀환"[20]한다는 내셔널 아이덴티티의 재확인만이 두드러졌음을 비판적으로 논구한 바 있다.

이범석의 청산리전투 또한 이와 다르지 않았다. 왜냐하면 청산리전투를 다룬 해방 후 첫 책이 김광주 번역으로 1946년 이범석이 도착하기도 전에 출간되었기 때문이다. 《한국의 분노: 청산리 혈전 실기》라는 제목의 책이었다. 기존 논의에서 1947년에 발간된 것으로 이야기되곤 하는 《한국의 분노: 청산리 혈전 실기》는 김재욱이 책 뒷면의 판권지로 실증했다시피 1946년 4월 20일 광창각光昌閣에서 출간되었다.[21] 대한민국 28년 4월 20일에 출간된 이 첫 책은 몇 번의 귀국 시도에도 불구하고, 한반도 이남에 진주한 미군정 당국의 제지로 인해 6월에야 비로소 귀환할 수 있었던 이범석 자신보다 2개월 앞서 그 모습을 드러낸 셈이었다. 마치 이범석의 귀국을 환영하는 양 그의 도착에 앞서 발간된 이 첫 책은 그의 귀환을 더 극적인 것으로 만드는 후광효과를 발휘했다.

20　나리타 류이치成田龍一, 〈'고향'이라는 이야기·재설〉, 《한국문학연구》, 2006, 13쪽. 일본제국의 공간으로 존재했던 만주나 조선에서의 인양은 제국의 철수이자 송환이었음에도 여기에 대한 고민이나 성찰을 찾아볼 수 없다는 것이 그의 비판적 주장이다. 오직 열도로 축소되어 버린 일본으로 귀환한다는 체험의 동질성만이 두드러지는 망각과 침묵이 발생했다는 것이다. 일본의 전후 내셔널리즘과 직결되는 이 특정한 귀환 서사는 제국 신민으로 살았던 만주나 연해주의 조선인들에게도 적용될 터였다. 제국 신민으로 자의든 타의든 생활해야 했던 조선인들의 귀환 역시나 다양했을 테지만, 이범석이 보여 주는 것과 같은 애국심과 조국애만이 두드러지는 귀환 서사가 주조를 이루었기 때문이다.

21　김재욱, 〈이범석을 모델로 한 백화문 작품의 한국어 번역본〉, 《중국어문학지》, 2014, 206쪽. 김재욱이 지적한 대로 《한국의 분노: 청산리 혈전 실기》는 1946년에 발간된 것으로 보인다. 《동아일보》와 《자유신문》에서도 1946년 5월 4일 〈신간 소개〉로 《한국의 분노: 청산리 혈전 실기》의 출간을 알리고 있다.

《한국의 분노: 청산리 혈전 실기》는 1941년 11월 서안광복사西安光復社에서 '광복총서光復叢書' 제1권으로 발간한 《한국적 분노韓國的 憤怒》의 번역서였다. 시대 상황과 조응하는 중국어 출판에 이은 국문 저서였다. 작가를 대신해 〈서〉를 쓴 엄항섭은 "지금 머지않은 앞날에 우리의 뒤를 따라 작자 이범석 동지가 고국에 그 용자勇姿를 나타내리라는 소식을 들으며" "우리 국문으로 역출譯出"하는 이 책의 출간을 축하하고 있다. "혁명의 정열에 불타고 있는 청춘 남녀들에게 열광적 환영을 받은 쾌저快著의 하나"임을 환기시킨 그는, "우리의 해방은 남의 손으로 되었다는 것이 일반의 개념이요, 심지어 가만히 앉아서 하늘에서 떨어진 선물을 받아들인데 불과한 듯이 생각하는 사람"도 없지 않은 현실에 개탄을 금치 못한다. 이를 바로잡는 데 이 책이 일익을 담당하리라는 전제 하에, 그는 "국내에 국외에 혹은 저 넓은 만주벌판에 혹은 중화대륙의 구석구석에 찍힌 수없는 선열들의 거룩한 족적과 이역만리 곳곳에 뿌려진 성스러운 혁명의 피를 옷깃을 바로잡고 생각"하기를 역설했다.

"남북만南北滿 일대를 휩쓸며 김좌진 장군과 더불어 왜적과 반反혁명자를 소탕"한 "거룩한 족적과 귀중한 피"[22]의 기록이 청산리전투를 압축한다.

---

22 이범석, 《한국의 분노: 청산리 혈전 실기》, 김광주 옮김, 광창각, 1946, 2~3쪽. 《한국의 분노: 청산리 혈전 실기》가 '광복총서' 1권으로 나올 수 있었던 배경은 제2차 세계대전의 연합국으로 중국이 참전한 데 따른 부수 효과였다. 중국은 임시정부가 재편성한 광복군을 추축국의 일원인 일본과 대항하는 공동전선에 합류시켜 독자적 행보를 견제하고자 했기 때문이다. 식민지 시기 상해에서 유학 생활을 했던 김광주는 《한국의 분노》 외에도 이범석의 《톰스크의 하늘 아래서》를 번역해 1972년 신현실사와 1992년 삼육출판사에서 출간했다. 작가와 번역자인 이들의 관계는 주목을 요하는데, 아쉽게도 직접적인 회고나 감상을 찾지는 못했다. 다만, 《한국의 분노》의 역자 소감을 빌려 김광주는 "남의 문자를 빌어서나마 소위 세계적이라는 여러 편의 전투실기 혹은 전쟁에 취재한 문학작품을 많이 읽

이 청산리전투의 "위대한 업적"이 오늘의 "조국광복"을 있게 했다는 상찬을 가로질러 이범석은 그 주역으로 위풍당당이 설 수 있게 된다. 이것은 이범석 자신에 의한 청산리전투의 재구성이었고, 사후적으로 소환된 지역 전투의 재의미화였다. 이에 따라 《한국의 분노: 청산리 혈전 실기》는 이범석이 이끈 제2중대의 전투 경과와 활약을 위주로 편성되었는데, 이를테면 다음과 같은 목차가 그러했다.

1. 대전의 서막 2. 조우 3. 준비 4. 암야에서 여명까지 5. 백운평白雲坪의 전투 6. 갑산촌甲山村으로 가는 도중 7. 천수평泉水坪의 전투 8. 마록구馬鹿溝의 전투 9. 피로 삭인 에피소드 10. 승리 11. 종결이다. 그 뒤의 부附 작자의 약력까지 합하면 총 12장으로 이루어진 목차 편성이었다. 그런데 무엇보다 청산리전투가 10여 차례의 크고 작은 전투들을 아우르는 개념이었음을 떠올려 보면, 이러한 목차 편제는 청산리전투를 다 담아내기에 당연히 무리가 있었다. 백운평·천수평·마록구 전투를 중심으로 청산리전투가 소묘되었기 때문이다. 이는 1920년 12월 25일자《독립신문》4면의 〈북간도北墾島에 재在한 아 독립군獨立軍의 전투정보戰鬪情報〉나 1920년 3월 12일자 북로군정서 소속 김훈의《북로아군실전기北路我軍實戰記》에서 비중 있게 다룬 완루구完樓溝와 어랑촌漁郞村 전투를 축소하거나 삭제함으로써 가능한 일이었다.

청산리전투의 대승을 견인한 전투들 중 백운평·천수평·마록구 전투의

어" 왔지만, "그 어느 것에서도 가져 보지 못한 흥분을 느끼면서 이 귀중한 피의 기록을 역출譯出"(4)했음을 밝히고 있기는 하다.

강조는 다른 전투들을 후경화하는 효력을 낳을 수밖에 없었다. 무기가 없는 비전투원들을 거느리고 일찌감치 전장을 벗어난 제1중대의 김좌진도 여기서는 주역이 될 수 없었던 이유이기도 했다. 오직 이범석이 지휘한 제2중대의 활약상만이 빛을 발할 수 있었음은 물론, 이들의 무용과 의협심 및 순수한 애국심과 정열이 그가 재구성한 전투의 신scene을 따라 가시화되었던 셈이다. 이와 동궤에서 "적의 사상관병은 삼천삼백여 인(加納 연대장도 사망), 우리 편은 전사가 육십여 인, 사상자가 구십여 인, 실종자가 이백여 인(실종자의 대부분은 본대로 돌아갔다)"이라는 "한국독립군의 한 사람의 목숨과 황군 스무 사람의 목숨과 바꾼" "귀중한 피의 기록"(77)으로 〈승리〉의 장은 장식되었다.

"한국이 왜적과 항쟁한 전투사상의 가장 영광스런 일 혈頁일 뿐만 아니라 또한 동방의 피被침략자가 왜적과 항쟁한 전투사상의 첫 장(방점은 필자)이 될 것이니 이 혈頁을 이해함이 없이는 한국의 모든 혁명에 대하여 이것을 인식하고 평가할 수가 없"(4)다는, 한국을 넘어 동방을 아우르는 청산리전투의 '최초'이자 '최고'의 자리매김은 그에 앞선 다른 지역전투들의 무화로 나타났다. 하지만 더 문제적인 것은, 이 청산리전투의 성과가 오롯이 이범석에게로 수렴되는 역사의 원근법에 있었다. 부록의 이범석 약력이 지닌 정보 제공 이상의 효력도 이로부터 배태된다. 즉, 그의 활약상은 위대한 인물에게 바치는 헌사와 다를 바 없게 되는 것이다. 이 첫 책을 기본 줄기로 이범석은 신주백이 말했듯이 "라디오방송을 통해 청산리전투에 관한 강연을 매년 실시"하고, "청산리전첩 기념 강연을 비롯한 다채로운 행사"(97)를 여는 등 그 보폭을 넓혀 갔다.

테사 모리스 스즈키Tessa Morris-Suzuki는 《우리 안의 과거》에서, 어떤 "사건이나 이미지를 되풀이하여 다룸으로써 역사의 특정한 부분은 매우 친숙하고 또렷한 이미지로 만들어지는 반면, 다른 부분은 낯설고 잘 알 수 없게"[23] 되는 반복과 삭제의 사후적 역사화를 지적한 바 있다. 이는 과거사의 한 지점이나 사건이 지속적 노출과 암묵적 방기로 대중적인 각인 효과를 달리한다는 뜻을 담고 있다. 재현 주체와 서술 방식 및 유통과 재생산 체계는 어떤 사건이나 인물을 집단기억으로 화하는 데 필수적인 의미 생산 장치로 기능한다. 이런 측면에서 청산리전투는 이범석의 재현 주체로서의 위상과 서술 방식 및 반복적 인용의 친숙함으로 "낯설고 잘 알 수 없게" 되는 부분을 제외한 특정한 공유기억의 상들을 만들어 갔다고 해도 과언이 아니다.

1946년 《한국의 분노: 청산리 혈전 실기》는 1948년 8월 15일 대한민국 정부 수립에 때맞춰 《혈전: 청산리 혈전 실기》(건국사)로 재출간되었다.[24] 《한국의 분노》의 재판이라고 해도 좋을 1948년의 《혈전》과 이 뒷부분을 압축해 1956년 6월 월간 《희망》에 수록된 〈청산리의 여명〉은 테사 모리스 스즈키가 언급한 반복적 친숙함과 선명함을 새겨 놓는다. 청산리전투

---

23 테사 모리스 스즈키Tessa Morris-Suzuki, 《우리 안의 과거》, 김경원 옮김, 휴머니스트, 2006, 33쪽.

24 《혈전: 청산리 혈전 실기》는 1946년 《한국의 분노: 청산리 혈전 실기》의 엄항섭과 김광주의 서문을 뒤로 돌리는 변화만 있을 뿐 내용과 체제는 동일했다. 그 외 복간된 《삼천리》 1948년 6월 〈삼천 명의 일군日軍 격멸하든 북만北滿 청산리의 격전激戰〉은 《한국의 분노: 청산리 혈전 실기》의 축약형으로 7~8쪽에 걸쳐 실려 있다. 이범석이 크게 부각된 것은 맞지만, 3쪽의 〈독립군의 전사초戰史抄〉에서는 청산리전투의 승전이 제1연대장 홍범도, 제2연대장 김좌진, 제3연대장 최진동의 합작품임을 명시하고 있어서 이때까지도 청산리전투가 이범석의 개인 회고에만 전적으로 의존하지 않았음을 알려 준다.

의 상징적 이름으로 김좌진이 호명되고는 있었지만, 전투 수행의 실질적 주역이 이범석이라고 하는 최초 판본을 벗어나지 않는 각인 효과였다.[25] 여기에 더해 대중적이고 학술적인 차원에서 이범석의 청산리전투를 깊숙이 뿌리내리는 계기가 된 것은, 1964년 5월과 6월에 (상)·(하)로 연재된 《사상계》의 〈청산리의 항전〉이었다. 《한국의 분노》와 상통하는 〈청산리의 항전〉은 1964년 6·3시위로 한일회담 반대투쟁이 절정에 달했던 1964년 5월과 6월에 연속으로 게재됨으로써 분노와 항전의 자연스러운 연결을 가능케 했다.

〈청산리의 항전〉은 한일회담 반대투쟁의 국면에서, 청산리전투를 '항(반)일'의 상징으로 소환하는 현재적 기획의 일환이었다. "한국의 항일전사상 가장 영광스러운 한 페이지를 차지할 뿐만 아니라 한국민족의 기개를 전 세계에 널리 과시한 〈청산리전투〉의 생생한 기록을 이제 40여년이 훨씬 지난 오늘에 와서 다시 되새길 것"을 다짐하는 〈편집자의 주〉도 여기에 초점을 맞추기는 마찬가지였다. "조국이 다시 온 국민의 관심을 모으며 한일국교정상화라는 숙제를 앞에 놓고 중대한 시련기에 들"어선 위기감이 〈청산리의 항전〉을 매개하며, "과거에 얽매여 대의를 그르치려 하지도 않으며 또한 과거의 굴욕적인 전철을 다시 밟기도 원치 않"는다는 균형 잡힌 시선을 강조하게 했던 것이다. "이 전투기록이 뜻있는 사람들에게 많은

---

25 김광주, 〈(실명소설) 청산리의 혈전〉, 《희망》, 1956. 6, 216~223쪽. 김광주는 '실명소설'이라는 타이틀로 《한국의 분노》에 기댄 〈청산리의 여명〉을 월간 《희망》에 싣는다. 자신의 작품이 아님에도 실명소설을 내걸고 《한국의 분노》 5장의 백운평전투를 단편소설로 게재한 것이었다. 그가 《한국의 분노》의 역자였다는 인연도 작용한 것이겠지만, 소설적 재미를 위한 약간의 각색 이외에 내용은 《한국의 분노》와 다르지 않았다.

시사를 던져줄 것"[26]이라는 전언에 담긴 항(반)일의 의미는 큰 변화 없이도 《한국의 분노》의 전투 신을 되살려 제2의 한일병합으로 간주된 박정희정권의 한일협정 체결에 저항하는 거점으로 삼을 수 있게 했던 셈이다.[27]

《한국의 분노: 청산리 혈전 실기》-《혈전: 청산리 혈전 실기》-〈청산리의 항전〉으로 거듭난 이범석의 청산리전투에 대한 몇 차례의 다시쓰기는 해방 이후 국가사를 둘러싸고 벌어진 정통성 경쟁과도 직결되어 있었다. 어떤 사건이 국가사로 그 합법적 지위를 인정받기까지는 일정한 기억 전유와 투쟁을 필요로 하기 때문이다. 해방과 국가 수립 및 한일협정 등의 민감한 국면과 조응해 가며 이를 적극적으로 각인시킨 이범석의 경험자 겸 증인/화자의 관여와 활동은 청산리전투를 국가사의 정전으로 확립시키는 데 일조했다. 청산리전투가 1960년대 후반 국정교과서를 통해 표준적인 국가사로 보급되고 유통되었음을 논한 신주백의 견해 또한 이러한 개인의 회고나 자서전이 국가사와 맺는 부단한 상호성을 환기시켰다. 청산리전투는 일회적 사건이 아닌 위기감의 고조 시마다 항(반)일의 상징으로 소구되고 육화되는 과정을 거쳐 현재에 이른 것이다. 특히 1964년 《사상계》의 〈청산리의 항전〉은 이의 한 결절점이기도 했음을 이범석의 향후 행보가 드러내 주는 바다.

《한국의 분노》를 필두로 청산리전투에 대한 특정한 역사상을 만들어

---

26 이범석, 〈청산리의 항전 (상)〉, 《사상계》, 1964. 5, 244쪽.

27 《사상계》의 핵심 인사인 김준엽과 장준하가 이범석과 광복군 활동을 같이 한 것에 대해서는 전재호, 〈해방 이후 이범석의 정치 이념: 민족주의와 반공주의 중심으로〉, 《사회과학연구》, 2013과 후지이 다케시, 《파시즘과 제3세계주의 사이에서: 족청계의 형성과 몰락을 통해 본 해방 8년사》, 2013을 참조할 수 있다.

왔던 이범석의 다시쓰기는 "1960년대 말이 되자 이범석의 증언이 정직한 것이 아님을 증거하는 자료들이 속속 세상"에 나타나기 시작하면서, 수정과 재고가 불가피해졌다. 무엇보다 "미 국립공문서관에 보관되어 있다가 1960년대 후기부터 공개"된 일본군 기밀문서는 "홍범도와 그의 부대가 청산리전투를 끝까지 버티며 싸워낸 실질적인 주역"[28]이었음을 방증하는 공적 사료로 이범석의 경험자 겸 증인/화자의 입지를 지극히 위태롭게 했다. 《간도출병사間島出兵史》와 《일본 외무성 경찰사日本 外務省 警察史》 및 《육군성陸軍省》의 문서가 보여 주는 또 다른 원천들은 이범석이 써 내려갔던 청산리전투의 신빙성을 의문에 부치게 했다. 이에 이범석은 해명과 옹호의 글을 내놓지 않을 수 없었는데, 그것이 바로 1971년 사상사에서 출간된 《우둥불》이었다.

《우둥불》은 2장에 〈청산리의 혈전〉을 배치하고, 대신 기존에 없었던 1장 〈조국〉을 새로 첨가했다. 〈조국〉에 이은 〈청산리의 혈전〉의 의도적인 지면 구성은 두 가지를 겨냥한 것이었다. 첫째는 예의 청산리전투가 지닌 "국망國亡 이래의 민족대일항전 사상 유일한 대규모, 조직적인 전역"[29]으로서의 성격 부여와 재확인이었다. 하지만 여기에 더해 1장 〈조국〉은 그가 얼마나 투철한 '조국애'의 소유자인지를 과시하는 데 모아졌다. 즉, 그의 갖가지 고난과 역경이 말해 주듯이 모든 것은 조국애의 순수한 발로일 뿐 다른 목적과 동기는 있을 수 없다는 결백의 수사였다. 이것은 새로 드러난

28   송우혜, 〈(유명인사 회고록 왜곡 심하다) 이범석의 《우둥불》〉, 《역사비평》, 1991, 396~397쪽.
29   이범석, 《우둥불》, 사상사, 1971, 86쪽.

증거로 인해 곤란해진 그를 구원하는 발화자의 신뢰 회복을 한편으로 새로 발견된 증거들을 격하하는 이중의 서술 전략과 맞닿아 있었다. "역사적 사실과 어긋난" 불완전한 출처일 뿐이라는 거짓과 음해의 가능성을 들어 그는 자신의 사심 없는 조국애와 대비시키는 방어 전략을 펼쳤다고 할 수 있다. 〈청산리의 혈전〉의 마지막 절인 "민족의 긍지인 역사적 사실을 흐릴 수 없다"는 이의 구체적인 표현이나 다름없었다.

별도로 마련된 이 절을 통해 그는 청산리전투의 진실이 자기에게 있으며, 새로 발견된 증거들은 자신의 실제 경험과 배리된다는 점을 앞세워 '진위 논쟁' 자체를 불필요한 것으로 만들고자 했다. 아울러 그는 홍범도가 청산리전투의 실제 주역일 수 있다는 주장을 배척하는 것으로 자신이 지휘한 제2중대가 5만의 대적에 맞서 싸운 주력부대였음을 다시금 확언하기에 이른다.[30] 조국의 상실과 비애의 정서에 기대어 그는 이전에는 전면화하지 않았던 반공을 항(反)일과 연결하는 항(反)일=반공의 태세로 돌아서는데, "중공은 홍위대 운동을 발동해서 태평양정복의 터전을 마련, 임전태세의 정비·강화에 광분하고 또 이에 부합하여 핵탄두와 그 수송무기의

---

30 강덕상姜德相,《조선》4, みすず書房, 1972도 비슷한 시기에 일본군 기밀문서 자료집을 출간해 간도 출병의 실상을 이해하는 데 도움을 주었다. "山田(야마다) 토벌대가 봉밀구와 청산리 부근"에서 김좌진과 홍범도 휘하의 각 부대원 6천여 명과 전투를 벌였는데, 이들은 신식 무기를 지닌 채 완강하게 저항했다고 조선군사령관이 육군대신에게 타전하는 내용 등도 담겨 있었다. 이 전문에 따르면, 일본군 사상자 수는 《독립신문》이 전한 것과는 큰 차이를 보였다. 아군(일본군)의 피해는 "보步 73, 전사 병졸 3, 부상 하사 1·병졸 3"인 데 반해, 적(독립군)의 피해는 "사체 16, 노획품鹵獲品 소총 1, 검 1, 탄약 약 천千, 기旗 3"(223)으로 일본군 사상자 수는 전부 합해도 7명을 넘지 않았기 때문이다. 전투의 속성상 아군의 피해는 최대한 줄이고 적의 손실은 크게 하려는 데서 빚어진 어쩔 수 없는 차이겠지만, 청산리전투에 대한 이범석의 주장을 곧이곧대로 믿지 못하게 하는 것도 사실이다. 이로부터 진위논쟁이 불붙었다.

질과 양의 발전에 총력을 경주"하고 있다는 고조된 경각심이 그것이었다. "그대로 두면 적염賊炎이 기하급수적으로 창궐할 것을 깨달"(19)아야 한다는 주장도 이 연장선상에서 발화되기는 마찬가지였다.

제2차 세계대전 말기 광복군 활동을 같이 했던 김준엽과 장준하에 의하면, 이범석은 "공산주의자들을 절대로 믿어서는 안 된다"[31]고 입버릇처럼 말했다고 한다. 이의 가시적 표명이기도 했을 터인 항(반)일=반공이 《우둥불》을 계기로 더욱 두드러지는 형국이었다. 항(반)일의 상징이던 청산리전투에 박정희정권의 국가사가 중첩된 반공의 상징으로 청산리전투는 재구성되었다. 항(반)일에 덧입혀진 반공의 표지는 곧 일본군의 간도와 연해주 출병의 명분이던 불령선인=과격파=반공/반소의 적화방지를 전도된 방식으로 이어받는 것이기도 했다. 또한 3·1운동과 5·4운동으로 촉발된 한국과 중국의 반일(반제)전선도 중공의 적화가 문제되어 대만(중국)과 한정적으로 공유되는 굴절과 왜곡을 피할 수 없게 했다. 청산리전투는 이범석의 조국애, 그것도 한반도 이남의 반공과 합치되는 조국애에 머무는 한, 항(반)일=반공의 협애화된 회로를 벗어날 수 없음을 그의 《우둥불》은 여실히 증명하고 있다 하겠다.[32]

---

31 이범석은 "적로군赤露軍의 총격으로 부상을 입었던 일과 김좌진 장군의 피살 및 시베리아의 톰스크에서 8개월간의 억류 생활을 당하는 동안에 보고 겪은 경험" 때문에 "입버릇처럼 공산주의자들을 절대로 믿어서는 안 된다"고 말했다고 한다. 김준엽, 《장정長征》 2, 나남, 1989, 514쪽.

32 여기에 맞춰 청산리전역과 청산리전투를 대신해 '청산리대첩'이 본격적으로 등장하기 시작한다. 청산리전투가 청산리대첩으로 옮겨 간 시점은, 희망사에서 《사실의 전부를 기술한다》〈이범석 편〉을 출간한 1966년이었다. 이것이 《우둥불》의 〈청산리의 혈전〉에서도 이어지며, 청산리전투의 일국적 맥락을 강화하게 된다. 공산화된 중국을 제외하는 자국 중심의 기술이 청산리대첩의 명명법을 구체화했기 때문이다.

'청산리전투'의 잊힌 기억들:
소련으로 넘어간 홍범도의 또 하나의 루트

안수길은 《문학예술》에 못다 실은 〈북간도〉 1부를 1959년 4월 《사상계》
에 600매로 전재하는 작가적 기염을 토했다.[33] 이후 1960년 4월에는 2부
를, 1963년 1월에는 3부를 연재하고, 4부와 5부를 합쳐 1967년 삼중당에
서 마침내 전작으로 펴냈다. 식민지 조선인들의 간도 이주와 귀환의 역사
를 처음으로 대하역사소설에 담아낸 《북간도》에 이르러 비로소 봉오동·
청산리전투도 이범석의 손을 떠나 형상화되는 전기를 맞았다고 할 수 있
다. 청산리전투를 대중화하는 데 안수길의 《북간도》가 끼친 영향력을 고
려해 봄직한 대목이다.

　청산리전투에서 홍범도의 역할을 부정하고 5만의 일본군이 무서워 도
망가 버린 졸장으로 묘사했던 이범석의 《우둥불》과 비교하면, 안수길의
《북간도》는 봉오동전투의 개과를 소설에 적극적으로 반영한다. 일본군
을 상대로 한 (동)아시아의 최초이자 최고의 승전으로 자찬했던 청산리전
투는 기실 한반도 국경에서 벌어진 대소 전투와 봉오동전투의 "전멸의 패
전을 거듭"한 "일본군경으로서는 이가 갈"려 "대부대를 동원해 독립군을

33　1959년 4월 《사상계》의 〈편집후기〉는 〈북간도〉 1부 전재의 의미를 다음과 같이 평했다.
　　"북간도를 배경으로 전개되는 민족 수난의 암담한 역사, 검은 대륙에서 휘몰아치는 흙바
　　람 속에 허덕이던 약소민족의 뼈아픈 모습들이 바로 눈앞에 살아서 꿈틀거리는 듯하다." 3
　　대에 걸친 북간도의 이주 조선인들의 삶을 소설로 형상화한 〈북간도〉 1부 600백매 전재는
　　잡지의 한정된 분량을 생각하면, 당시로서도 대단히 파격적인 시도였다.

씨알도 없이 잡아 없애지 않고는 견딜 수 없는 적개심"[34]에서 발생한 피전책避戰策을 앞둔 최후의 전투로 그 위상이 재조정된 것이다. 봉오동전투를 삭제하는 방식으로 청산리전투를 최정점에 올려놓을 수 있었던 이범석과는 분명 결을 달리하는 접근이었다. 그럼에도 청산리전투의 승리를 오로지 대한(북로)군정서의 몫으로 돌렸다는 점에서는 이범석과 다르지 않았다. 다만, 일본군끼리의 자상총질로 인한 승전을 이범석은 백운평전투 뒤에 일어난 것으로 기술한 데 비해, 안수길은 천수평전투에 연이은 사건으로 묘사했을 따름이다.

1990년 김세일은 홍범도가 주인공인 역사기록소설《홍범도》전5권을 제3문학사에서 출간하며, 이범석 위주의 청산리전투에 균열을 내게 된다. 역사기록소설이라고 하는 다소 낯선 장르 명칭을 동반하면서까지 김세일의《홍범도》는 국내에 제대로 알려지지 않았던 홍범도의 〈일지〉를 부록으로 첨부하여 역사기록소설에 값하는 현실감을 높였다.[35] 김세일은 자신의 소설이 단지 허구가 아님을 역사기록소설의 장르 명칭과 더불어 홍범도의 〈일지〉로 증명해 보인 셈이다. 이범석이《우둥불》에서 홍범도를 "갑산甲山 금광에서 일어난 한말의 의병으로 성명도 못 쓰는 무식인이었으나 애국심이 강하고 효용한 분"(90)으로 기술한 데서 엿보이는 양가감정을 일

---

34 안수길,《북간도》, 삼중당, 1967, 182쪽.

35 홍범도의 〈일지〉 원본은 김세일이《홍범도》를 탈고한 뒤인 1965년을 전후해 소실되었다고 한다. 원본 〈일지〉가 아쉽게도 사라졌지만, 다행히 이함덕이 1958년에 〈일지〉를 손으로 베껴 쓴 등사본이 남아 있어서 후세에 전할 수 있었다. 이에 관해서는 장세윤, 〈《홍범도일지》를 통해 본 홍범도의 생애와 항일무장투쟁〉,《한국독립운동사》, 1991, 252쪽에서 다루었다.

단 제쳐 놓으면, 같은 전투 장면을 묘사한 홍범도의 〈일지〉는 이범석의 유려한 글에 비해 확실히 가독성이 떨어진다.

가령 홍범도의 〈일지〉에서 청산리전투의 승리는 "군사를 취군"하여 "밤이 삼경 되도록 진을 풀지 못하고 답새우다나니 다 잡았"고 "뿔니묘트를 걸고 일병 대부대에다 내두르니 쓰러지는 것이 부지기수로 자빠지는 것을 보고 도망"했다는 짧은 소묘에 그친다. 오히려 "숱한 탄환을 피하여 부딪치고 산간으로 기어 올라간즉 부지하처라 갈 바를 모르고 헤매"고 "천리송밭을 께여 동남창 안도현 가는 골로 70리를 도망하여 오다가 홍우재 굴을 만나 때려 부수고 대양 7만 원과 소미 석 섬을 얻어 나눠지고 우두양창으로 안도현을 향"[36]했던 퇴각의 위급함이 더 생생하게 다가올 정도이다. 홍범도의 〈일지〉는 청산리전투에서 대한(북로)군정서뿐만 아니라 자신의 부대도 승전에 기여했음을 드러내고 있지만, 후퇴에 따르는 피해와 손실도 적지 않았음을 담담하게 써 내려가는 특징적인 일면을 보여 준다.

그렇다면 만약 1990년의 뒤늦은 시점이 아니라 홍범도의 〈일지〉가 이범석의 청산리전투와 나란히 소개되고 읽혔으면 어땠을까. 이범석이 청산리전투에 오롯이 부여했던 최초와 최고의 자리가 가능하기나 했을까. 이러한 의문은 이범석의 글에 내재된 (무)의식적인 배제와 침묵 및 망각을 향하게도 하지만, 더 중요하게는 소련행을 택했던 홍범도의 행보에 눈길을 쏟게 한다. 1937년 스탈린의 강제이주 정책으로 중앙아시아의 카자흐스탄 크질오르다KzylOrda에 추방된 홍범도는 모래바람이 심한 그곳에서 생

---

36 홍범도, 〈일지〉, 김세일, 《역사기록소설 홍범도》, 제3문학사, 1990, 25~26쪽.

을 달리했다. 1943년 10월 25일에 사
망한 홍범도는 설사 그의 사고와 인식
이 민족주의에 머물러 있었다 해도 대
륙 적화의 위험성을 띤 인물로 여겨질
수밖에 없었으며, 이것이 그의 업적을
평가하는 데 걸림돌로 작용했다. 그의
철비 앞면에 새겨진 "저명한 조선 빨찌
산 대장"[37]은 간도와 연해주의 접경지
대에서 카자흐스탄 크질오르다로 넘
어간 홍범도의 삶의 여정을 응축한 글
귀이기도 했을 터이다.

▌ 지금은 찾을 수 없는 '저명한 조선 빨
찌산 대장' 비문

　2019년 3·1운동 100주년을 즈음해 만들어진 영화 〈봉오동전투〉는 이
러한 홍범도의 잊혀진 루트를 스크린에 옮겨 놓았다는 점만으로도 얼마간
의 성공을 거둘 수 있었다. 물론 일국사적인 관점을 견지한 탓에, 봉오동·
청산리전투가 발발했던 (동)아시아 접경지대의 역동적 움직임과 반일(반
제)전선의 연대투쟁을 살리는 데는 역부족이었다. 그럼에도 영화 〈봉오동
전투〉는 한국의 국가사가 항(반)일을 반공과 일치시킴으로써 독립운동가

37　반병률, 〈홍범도장군의 무장독립운동과 러시아 관계〉, 《여천 홍범도 학술회의 종합논문
　　집》, 여천 홍범도기념사업회, 2016, 202쪽. 이 글에 따르면, 1943년에 사망한 홍범도의 분
　　묘는 임시 조성된 뒤 1951년 묘비 건립 기념식 거행으로 비로소 제 모습을 갖추게 된다.
　　분묘 앞에 세워진 철비 앞면에는 "저명한 조선 빨치산 대장 홍범도 묘"의 글귀가, 뒷면에
　　는 "조선의 자유독립을 위하여 제국주의 일본을 반대한 투쟁에 헌신한 조선 빨치산 대장
　　홍범도의 이름은 천추만대에 길이길이 전하여지리라"의 업적이 새겨져 있었다. 본문 사진
　　은 철비 앞면을 찍은 것이라 뒷면을 확인할 길은 없다. 다만 충분히 상상은 가능하다.

마저 선택적으로 소환하고 기념해 왔던 관행에 일침을 가할 수 있었다. 나아가, 이범석 개인에 의해 굴절된 당대 무장독립투쟁을 다른 시각과 지평에서 바라볼 수 있게 했다는 점도 평가할 부분이다. 홍범도의 사례가 단적으로 보여 주는 조선 빨치산 '공산주의자'의 낙인은 그간 그를 비롯해 숱한 독립운동가를 망각의 저편으로 밀어 버리는 공공연한 장벽과 다름없었기 때문이다.

항(반)일=반공의 단일 루트에서는 눈에 띄지 않은 독립운동가를 다채롭게 기억하고 재현할 수 있는 길을 터 주는 것은 여전히 중요하다. 영화 〈봉오동전투〉에서 독립군 분대장으로 분한 류준열의 뜬금없는 기관총 난사 장면은 일본군이 체코슬로바키아 포로군 구제를 명분으로 시베리아 출병을 감행했던 그 체코 군단의 무기를 대여받은 역사적 사실에서 비롯된다. 영화의 일국적 관점에서는 전혀 재현되지 못했던 이 전후 맥락은 (동)아시아의 접경지대에서 명멸했던 숱한 인간 행위자들의 예측할 수 없는 움직임과 관계의 복잡성을 일깨워 준다. 그 과정에서 빚어졌던 간도(경신)참변의 상흔과 좌절의 시간들 또한 3·1운동의 영광만큼이나 현재의 우리를 있게 한 중요한 결절점이었다. 그 크고 작은 우연과 필연들이 교직되어 만들어진 역사의 두터운 지층을 정시하려는 노력들이 더 절실해진 요즘이다. 지나간 과거와 다가올 미래를 살아가고 있는 역사적 인간으로서 현재의 우리는 봉오동전투·청산리전투 100주년의 숫자가 환기하는 무게만큼이나 그 심연을 들여다볼 용기 있는 한 발짝을 뗄 수 있어야 한다.

3장

이광수의 3·1운동-〈민족개조론〉-〈혁명가의 아내〉의
연쇄와 굴절

이광수의 귀국 전후:
조선-동경-상해와 상해-조선-동경의 괴리

1921년 3월 말경 이광수는 상해 임정 활동을 접고, 조선으로 돌아온다. 그의 귀환은 이른바 이성계의 위화도 회군에 비견될 만한 의혹과 불신, 비판과 물의를 낳았다. 〈2·8독립선언서〉를 기초하고 작성했을 뿐만 아니라, 근대 소설 〈무정〉을 통해 민족 지도자를 자임했던 그가 아무도 모르게 비밀리에 입국한 데 따른 충격파였다. 여기에 《조선일보》의 〈귀순증歸順證을 휴대하고 의주에 착着한 이광수〉와 같은 기사는 이 의혹에 더욱 불을 지폈다.[1] 조선-동경-상해의 궤적과 대비되는 상해-조선-동경의 행로는 이광수와 그를 둘러싼 조선 내 담론장의 결정적인 분기점으로 작용하게 된다. 이를 대변하듯 이광수의 지우이자 전후 그의 복권에 앞장섰던 박종화는 미공개 일기장에서 그의 귀국을 둘러싼 개운치 않은 뒷맛을 아래의 표현으로 가감없이 전해 준다.

　현시 소설가의 중진으로 또한 일찍이 독립운동의 대표자로 있던 이李와 여의女醫의 허許 사이의 관계는 누구나 다 알듯이 지금은 부부라는

---

1 〈귀순증 휴대하고 의주에 착着한 이광수〉, 《조선일보》, 1921. 4. 3. '귀순증'은 이광수의 임정에서 식민지 조선으로의 귀환을 투항으로 간주하는, 말하자면 세간의 의혹을 뒷받침하는 표현이었다. 이런 측면에서 이광수의 귀환이란 이미 상처 난 몸의 물적·정신적 각인을 동반했다. 이때부터 그의 발화는 소통의 굴절과 단절을 경험할 수밖에 없는 한계를 내장하게 되는데, 이는 식민권력의 통치술의 일환인 3·1운동 이후의 분열정책을 예비하는 것이기도 했다.

간판 밑에 지내지마는 이李라는 그가 어찌하여 조선에 더구나 경성이란 도시에 무사하게 지내게 되는가 함은 지금껏 사람 사람의 의심의 초점이었다. … 만일 그대(허)가 이李를 데리고 나오면 극력으로 이李와 그대를 보호할 터이요, 그뿐만이 아니라 생활에 곤란이 있다 할지라도 당국에서 보조하여 줄 것이니 그러한 염려는 절대로 생각할 필요가 없다 하였다. 허許는 이에 상해를 무사히 건너가서 은밀히 이李를 만났다. 그러한 뒤에 이李를 향하여 한 가지 조선으로 돌아가자 하였다. … 이리하여 이李는 허許를 따라 조선의 땅을 밟게 되었으며 또한 무사하게 오늘까지 지내게 되었다. … 이것이 인간의 고결한 체하는 반면半面이다. 지식 계급의 인물이라 하여 대구리 짓을 하는 자들의 진면목眞面目이다. 아! 이 추악! 어찌할꼬? 육肉의 패자敗者! 육肉의 부자腐者! 불쌍한 운명에 떠도느니 이춘원이여! 실로 가엾은 사람이다.[2]

박종화는 (미공개) 일기의 형식을 빌려 이광수의 귀국에 대한 분분한 세론을 전한다. "그가 어찌하여 조선에 더구나 경성이란 도시에 무사하게 지내게 되는가 함은 지금껏 사람 사람의 의심의 초점"이라는 것이다. "들은 바에 의하면"의 풍문과 유언에 기대어, 그는 이광수의 귀국이 본인의 의지나 결단이라기보다 허영숙과의 애정 행각이 빚어낸 충동과 치기의 산물이었음을 강조한다. 알려져 있다시피, 박종화는 이광수가 "연애지상주의를

---

2 박종화, 〈1922. 8. 1.~9.〉, 윤병로, 〈미공개 월탄 박종화 일기초〉, 《박종화의 삶과 문학》, 한국학술정보, 2001, 54~56쪽에서 재인용했다.

소설로 써서 구가하고, 논문으로 신여성 중심론을 써서 아무런 준비도 없는 조선의 수많은 청춘 남녀들"[3]을 미혹케 한 죄가 크다고 여겼다. 그는 이 광수의 귀국 또한 이 연장선상에서 이해함과 동시에 "불쌍한 운명에 떠"도는 "실로 가엾은 사람"으로 동정을 표하는 이중 심리와 태도를 보인다.[4]

박종화식의 모순된 반응과 인식은 비단 그 혼자만의 몫은 아니었을 것이다. 예기치 않게 돌출한 사건으로써 이광수의 귀국은 온갖 상상과 억측과 악의가 뒤섞인 이해와 반감을 오가게 했기 때문이다. 따라서 이광수의 귀국을 두 남녀 간의 애정 문제로 치환한 박종화식의 해법은 좀 더 손쉬운 것이었는지도 모른다. 이광수의 본의가 아니라 젊은 날에 저지를 법한 한 편의 해프닝으로 받아들여질 여지가 컸다는 측면에서 그러하다. 하지만 이광수의 귀국은 박종화식의 사적 차원을 뛰어넘는 '3·1운동'과 '이후'라고 하는 더 근본적인 물음을 향해 있었다. 이광수의 귀국은 바로 이 잠재되어 있던 중핵을 건드렸던 셈이며, 이로 인해 이광수의 귀국이 낳은 파문은 비상한 관심과 주시 아래 깊고 넓게 스며들어 갔다고 할 수 있다.

"이광수의 배신이 안겨준 고통을 쫓아내기 위한 (기나긴) 정화의 노력에도 불구하고 이광수에 대한 논쟁은 오늘날까지 계속되고 있으며, 여전히 학자들은 겉보기에 그토록 민족주의적인 자가 어떻게 부역자로 변신했는

---

3 박종화, 〈나의 청춘기〉, 1954.7.20, 《달과 구름과 사상과》, 미문출판사, 1965, 113~115쪽.

4 박종화의 미공개 일기가 상징적으로 보여 주듯이, 그는 이광수에 대한 분분한 세론을 허영숙과의 부적절한 관계로 돌려 버리는 자유연애에 깊은 불신감을 깔고 있었다. 그는 이광수가 미성숙한 조선의 청춘 남녀들을 자유연애를 기치로 하여 방종과 불륜마저도 허용케 한 죄가 작지 않다고 여겼던 것이다. 이 사고의 연장선상에서 그의 귀환도 평가되고 있음은 유념할 대목이다. 그는 이광수의 귀환을 사적 연애 감정이나 그로 인한 사건으로 치부함으로써 정작 이 사건이 지닌 시대사적 의미를 간취하지 못했던 셈이다.

지를 설명하는 데 골몰"해 있다는 마이클 신Michael D. Shin의 언급도 이 맥락에서 이해 가능하다. 그의 말마따나 "이광수에 대한 연구는 충격적이고 용서할 수 없는 범죄의 단서를 찾기 위해 그의 작품을 추적해 가는 추리소설 같은 면모"[5]를 띤 채 여전히 현재 진행 중이기 때문이다.

이 글은 이광수의 귀국에 얽힌 전/후의 이야기를 그의 텍스트를 단서 삼아 탐문하고 추적하는 추리소설가의 역할을 기꺼이 떠맡고자 한다. 이광수의 귀국은 공간 이동에 상응하는 이전과 이후의 시간대를 확연하게 대별시켰다. 이전의 시간이 3·1운동의 연장이기도 한 상해 임정의 기관지 《독립신문》과 연관되어 있다면, 이후의 시간은 조선의 공분과 비난의 타깃이 된 〈민족개조론〉과 맞닿아 있다. 아마도 그의 예상을 훨씬 초과했을 귀국이 '귀순歸順'이 되어 버린 불명예와 오명을 안고서, 그의 귀국은 그뿐만 아니라 조선의 전/후 분열상을 새겨 놓게 된다. 이 전/후의 간극과 단층은 그의 개인적 경험과 시간에 논전을 거듭해 간 조선의 공적 현실과 모순이 착종된 복합사건으로 자리매김하게 된다. 3·1운동의 여진과 동요

---

5 마이클 신Michael D. Shin, 〈내면 풍경: 이광수의 〈무정〉과 근대문학의 기원〉, 신기욱·마이클 로빈슨 편, 도면회 옮김, 《한국의 식민지 근대성》, 삼인, 2006, 356~357쪽. 마이클 신은 번역으로서의 근대를 추적하는 가운데, 이광수의 변절에 내재한 근대성의 역설과 모순을 포착한다. 그는 광복절이 되면, 대한민국의 기념비적 역사인 3·1운동을 주도했던 이광수가 그토록 반동적인 친일파가 되었다는 변절과 훼손의 드라마를 반복 상연하는 것에 대해 비판적인 시각을 내비친다. 그는 번역으로서의 근대가 지닌 이중성을 이해하지 않는 한, 이 드라마는 지속될 수밖에 없으리라는 점도 덧붙인다. 이 글은 마이클 신의 견해에 공명하면서도, 글쓰기 행위 자체에 한정하기보다 공간 이동과 인식의 변모 및 고투의 과정을 밝히기 위해 추리소설가의 자세라고 하는 그의 비유를 차용했다. 이광수라는 이름에 내재한 상처는 반공과 친일이 극적으로 교차했던 한반도의 냉전 국민사의 일부이자 에드워드 사이드Edward W. Said, 《권력과 지성인》, 전신욱·서봉석 옮김, 창, 1996, 19~20쪽에서 말했던 지식인의 책임과 사명에 상응하는 자기 변절의 역사적 자국들이기도 할 것이다.

가 계속되는 사이, 이광수의 귀국이 초래한 이 같은 복합사건의 면모는 도대체 무엇이 이광수로 하여금 귀국을 결행케 했는지에 대한 관심과 재검토를 요한다 하겠다. 이 글은 텍스트에 산포되어 있는 그의 발언들을 이어 붙이고 꿰맞추는 추리소설가의 자세로 이를 해명하고 고구해 보려 한다. 이것만이 이광수의 귀국이 조선에 던진 깊고도 넓은 파문에 다가서는 길이 될 것이라는 점을 새삼 환기하면서 말이다.

상해 임정과
'간도사변'의 참혹상

이광수는 상해 생활을 포함해 중국과 관련된 발언들을 여러 텍스트에 남긴 바 있다. 하지만 정작 초미의 관심사가 된 그의 귀국을 둘러싼 연유와 사정에 대해서는 식민지 시기 내내 침묵으로 일관했다. 이것은 물론 식민지 조선의 강력한 검열제도와 무관하지 않았을 터이다. 식민지 검열은 당대 텍스트를 굴절시키는 식민지배 체제의 핵심 기제였기 때문이다. 사전 검열을 비롯해 삭제와 복자 처리, 사후 압수와 발(판)매 금지 등의 조처는 식민지배자의 의중을 알아서 판단하고 규제하는 식민지민의 자발적인 순응과 복종을 이끌어 냈다. 이 제도적 기반 위에서 허용과 금지의 자의적 경계선이 합법성의 외피를 두른 채 공식화·일상화되었다.[6] 검열의 자

---

6 검열은 식민통치를 떠받치는 핵심 기제이자 장치였다. 무단통치기의 폭압적 지배를 거쳐

장 안에서, 이광수는 중국과 1917년 10월 혁명의 무대이기도 했던 소비에트 러시아의 북방 유랑과 체험을 형상화했다. 그의 전 생애를 일별해 보더라도 중요한 일부분을 차지하는 북방 경험담은 유독 그의 귀국의 발원지인 상해 임정 활동만은 공백으로 남겨 놓게 되는데, 그 원인의 일단을 엿보게 하는 것이 1936년 4월에서 6월까지 《조광》에 연재된 그의 〈다난한 반생의 도정〉의 다음과 같은 대목이다.

　　이러는 동안에 건강이 더욱 쇠하여서 졸업을 한 해 앞두고 일단 조선에 돌아왔으나 정양할 여유도 없어서 다시 동경으로 가서 학업을 계속하다가 구주대전이 끝나는 이듬해 봄에 대해大海로 탈주하게 된 것이었다. (이 동안의 사정은 쓸 자유가 없을 듯하기로 약略한다.) 내가 상해로부터 다시 조선에 들어온 것이 30세 되던 봄(금년이 45세). 내가 조선에 돌아오매 친지들의 내게 대한 비난이 자못 컸다. 첫째는 상해에서 돌아와서도 감옥에 가지 아니한 것이 비난이요, 둘째는 이혼한 것이 비난이었다. 이 비난 중에서도 나를 버리지 아니한 은혜로운 친구가 많았다. 세상이 다 나를 비난할 때에 나를 돌보아주는 친구에 대한 은의를 나는 잊을 수가 없었다.[7]

3·1운동에 힘입은 문화통치기로의 변모는 검열의 제도적 체계화와 조직화를 가져오는 전환점이 되었다. 미디어 환경의 급변과 맞물린 검열의 이러한 제도적 정비와 실행은 식민지 공론장의 상수로 기능하며, 담론의 수위와 정도를 조정하고 재구성하는 (비)가시적인 힘이 된다. 검열을 매개로 한 식민지 조선의 뒤틀린 공론장에 대해서는 한만수, 《허용된 불온》, 소명출판, 2015를 통해서 확인할 수 있다.

7　이광수, 〈다난한 반생의 도정〉, 《이광수전집》 8, 우신사, 1979, 453~454쪽.

문단 삼십 년의 소회를 겸한 〈다난한 반생의 도정〉은 1919년의 격변을 동경-상해와 상해-조선의 여로로만 제시하고 있을 뿐, 그가 상해에서 실제로 어떤 경험과 활동을 했는지는 생략하고 있다. 이에 대한 그의 해명은 "쓸 자유가 없을 듯하다"는 다분히 검열을 의식한 추정과 판단이다. 정작 말해져야 할 것이 말해지지 않는 이야기의 결락 속에서, 상해는 외려 금지와 숭고의 대상으로 화한다.[8]

이러한 억압된 봉인의 사슬이 풀린 것은 식민권력이 퇴각한 해방 후에야 가능해지는데, 이 점에서 《나의 고백》이 갖는 특별한 의미가 있다. 왜냐하면 1948년 12월 단행본으로 출간된 《나의 고백》은 그가 미처 말하지 못했던 〈다난한 반생의 도정〉을 보충하는 것이면서, 그 후속편의 역할을 담당하고 있기 때문이다. 그가 〈서문〉에서도 밝혔다시피 《나의 고백》은 "친일파의 누명을 쓰고" 나서게 된 "나로서의 이유"를 자신의 소년기부터 순차적으로 풀어 가는 명실상부한 생애사로 기능한다. "우리 민족 운동이 밟아온 경로"와 궤를 같이하는 "내가 민족의식이 싹틀 때부터의 나의 소경력"을 "합병 전후 방랑 생활, 삼일운동, 그 후 제2차 세계대전 중과 해방 직전의 민족적 움직임 중에 내가 몸소 관련한 것, 보고 들은 것, 접촉한 사람

---

8 리크 페리Luc Ferry, 방미경 옮김, 《미학적 인간》, 고려원, 1994, 170~186쪽에 따르면, 숭고는 우리 경험과 상상력의 실패와 무능에서 발생한다. 인간의 감각과 이해가 가닿을 수 있는 것을 훌쩍 넘어선 지점에서 숭고의 감정이 발현되는 이유이다. 초월적 대상과 존재를 향한 외경과 전율의 감정은 인간의 존재론적 제약을 들여다보게 하는 반성적 사유의 일부를 이룬다. 하지만 여기서 말하는 숭고는 식민권력에 의해 금지/봉쇄됨으로써 전이되는 침묵과 결핍의 감정에 가깝다. 즉, 숭고는 금지/봉쇄됨으로써 절대화되는 봉인의 주술에 가까운 것이다. 이 페티시fetish가 이광수의 3·1운동과 임정 경험을 에두르고 있었다.

들의 일"⁹을 중심으로 써내려 간 자전적 일대기에 다름 아닌 것이다. 반민
특위의 체포를 앞둔 지극히 현재적 기술인 동시에 〈다난한 반생의 도정〉
이 남겨 놓은 공백을 채우는 《나의 고백》은 특히 〈기미년과 나〉의 한 장을
빌려 상해 임정 시기를 대리 보충하게 된다.

〈2·8독립선언서〉를 작성하기까지의 경위와 상해로의 탈출, 상해에 망
명한 독립운동가와 명망가들과의 교류와 친분, 임정 수립과 조직 구성 및
《독립신문》 발간과 임시사료편찬회의 활동에 이르기까지 〈기미년과 나〉
는 식민지 시기 내내 공백으로 남아 있던 특정 시간대를 사후적으로 소구
하여 재구성한다. 이 많은 일들은 이미 짐작하거나 예측 가능했던 것일 수
도 있다. 하지만 〈기미년과 나〉의 서술 중에서, 그가 특별히 "큰 충동과 격
분"¹⁰을 준 사건으로 꼽고 있는 것이 이른바 간도사변이다. 여기서 간도사
변이란 1920년 9월과 10월에 각기 1·2차로 발생한 훈춘琿春사건과 경신庚
申참변을 아우르는 표현이다.(2장 참조) 지금은 훈춘사건과 경신참변을 구
분해 논하고 있지만, 〈기미년과 나〉에서 이광수는 "일병이 혼춘에서 우리
동포를 학살"(262)한 사건으로 통칭해 이를 특별히 언급하고 있다. 《나의
고백》에서 '혼춘'사건으로 이야기된 간도사변은 그가 남긴 《독립신문》의
시편에서도 중요하게 거론된다.

《독립신문》의 이광수 논설과 작품을 정리·분석한 김종욱과 김주현의
논문을 위시해 김사엽과 김원모의 편저를 참조하건대, 이광수의 시가는

9 이광수, 〈《나의 고백》 서문〉, 《이광수전집》 10, 우신사, 1979, 539쪽.
10 이광수, 〈나의 고백〉, 《이광수전집》 7, 우신사, 1979, 262~263쪽.

'10월의 변'으로 일컬어진 간도사변에 관한 시편이 여타 작품을 압도하고도 남음이 있다.[11] 상해 임정에 몸담고 있는 동안, 1920년 일제가 시베리아 출정을 명분으로 행한 간도사변이 그에게 끼친 적지 않은 영향력을 방증하는 사례이기도 하다. 더불어 그는 이 간도사변이 상해 임정의 파쟁을 촉발하고 가속화하는 계기가 되었다는 점도 강조하고 있다. 주전(혈전)론과 비전(준비)론이 팽팽하게 맞서는 노선과 이념 갈등이 간도사변을 기화로 더욱 노골화되었다는 것이다. 이 반목과 대립은 상해 임정 활동의 의미를 급속하게 퇴색시켰음은 물론, 안창호의 홍사단 가입을 매개로 귀국을 결행케 하는 데도 일조했음을 뒤늦은 대리 보충으로써《나의 고백》은 일깨워 주고 있다.

돌이켜보건대 3·1운동이 일어나기 전 이광수는 상해로 떠났다. 따라서 그는 3·1운동의 집단 만세 시위와 군중의 출현 및 광장의 점유와 억눌린 해방의 환희를 공유할 수 없었다. 여기에 일제의 대규모 검거와 학살이 동반된 잔인한 진압과 보복도 경험하지 못했다. 다만 "옷 속이나 구두 속에 넣어가지고 국경을 넘어온" "꼬깃꼬깃한 종잇조각"(254)에 실린 소식들

---

11 임정의 반≠관보로《독립신문》에 실린 이광수의 사설과 시가 및 소설의 원전 확정은 여전히 현재 진행형이다.《독립신문》의 주간과 사장으로 다방면으로 활동한 이광수의 작품은 넓게 보자면 전체에 걸쳐 있을 것이고, 좁게 보자면 그 자신이 쓴 글로 한정될 것이기 때문이다. 그럼에도 김종욱,〈변절 이전에 쓴 춘원의 항일 논설들〉,《광장》, 세계평화교수협의회, 1986과 김사엽 편,《독립신문: 춘원 이광수 애국의 글》, 문학생활사, 1988 및 김원모,《춘원의 광복론: 독립신문》, 단국대학교 출판부, 2009는《독립신문》에 게재된 이광수의 작품들을 발굴·정리하는 선구적인 작업들을 수행했다. 이 성과들에 힘입어 그동안 공백으로 남아 있던 이광수의 임정 활동과 작품 면모가 밝혀질 수 있었다. 이와 관련된 본격적인 연구로는 김주현,〈상해《독립신문》에 실린 이광수의 논설 발굴과 그 의미〉,《국어국문학》, 국어국문학회, 2016과 최주한,《독립신문》 소재 이광수 논설의 재검토〉,《민족문학사연구》, 민족문학사학회, 2019가 주목된다.

만을 대했을 뿐이다. 말하자면 그의 3·1운동은 만세 시위의 분출과 제어의 현장이었던 조선이 아니라 동경의 〈2·8독립선언서〉에서 상해 임정으로 건너뛰는 시간차를 지니고 있었던 것이다. 이 시간차를 그는 간도사변을 통해 비로소 감각할 수 있었던 셈이고, 이것이 경제적 궁핍과 악화된 건강에 더해진 불안한 삼각연애 등이 겹쳐져 그의 귀국을 결심케 하는 동인으로 작용했다고 할 수 있다.

그는 자신의 귀국이 투항이나 변절이 아닌 "적어도 인도의 간디를 기약"하고 "능히 민족을 온통으로 건지리라"(539)고 하는 크나큰 포부와 꿈의 소산이었음을 거듭 밝힌다. 간도사변이 그에게 알려 준 독립운동의 "원 길이요, 바른 길"은, 그에 따르면 중국의 방식이 아닌 인도의 독립운동에 비견될 만한 것이었다. "민족독립운동의 정로"는 해외의 "서·북간도와 아령의 교민동포로 독립군을 조직해 국내로 들이"치는 주전(혈전)론이나 "국제 정세를 이용"하는 외교(선전)론의 "요행을 바라고 남의 도움을 기다"리는 것일 수는 없다는 것이 그의 판단이었다. 간디의 '비폭력 무저항'처럼 그는 대다수 조선인이 일상을 영위하는 국내에서 합법적으로 "민족 자체의 힘을 기르는 것"(264)을 급선무로 여겼다.[12]

---

12 이광수가 당시 간디 사상을 전유하여 자신의 귀환 이후 행보의 근거로 삼았음은 1922. 8.16~1922.8.21까지 《동아일보》에 총 5회 연재된 〈간듸 사상의 연구〉를 통해 드러난다. 일아(一Y)의 필명으로 발표된 이 글은 '이광수전집'에도 실려 있지 않아 별반 주목받지 못했다. 그는 노서아의 폭력적 사회주의와 대비되는 것으로 간디의 무저항 이상주의를 지향하면서, 간디의 사상이 알려지지 않은 이유를 미답의 실험에서 찾았다. 하지만 간디의 사티아그라하satyāgraha는 무저항이라기보다 비폭력에 입각한 불복종과 비협력을 추구하는 사상이라는 점에서, 이광수의 간디 이해와는 차이가 있었다. 이광수는 합법적 문화운동의 전범으로 간디 사상을 끌어와 귀환 이후 자신이 보인 타협적 행동에 정당성을 부여코자 했기 때문이다.

여기서 그가 뜻하는 합법적으로 "민족 자체의 힘을 기르는 것"은 실력양성(준비)론에 해당한다. 외교(선전)론과 무장투쟁(혈전)론이 경합하고 충돌했던 상해 임정의 엇갈리는 노선은《독립신문》의 변화되는 논조에서도 충분히 확인 가능하다. 이 잠복된 긴장과 갈등이 간도사변으로 인해 더욱 첨예화되던 1920년 말에, 이광수는 〈간도사변과 독립운동 장래의 방침〉이라는 총 6회에 이르는 긴 논설로 자신의 입장을 개진하게 된다.《나의 고백》에서 "〈국민개업國民皆業〉, 〈국민개학國民皆學〉, 〈국민개병國民皆兵〉이라는 긴 글 한 편을 독립신문에 실리고는 그 신문에서 손을 떼고 국내로 뛰어들어 왔다"(264)고 밝힌 문제의 글이 바로 〈간도사변과 독립운동 장래의 방침〉이었음은 김주현의 꼼꼼한 연구로 적시된 바 있다.[13]

〈간도사변과 독립운동 장래의 방침〉의 첫 회가 실린 것은 1920년 12월 18일자《독립신문》이었다. 12월 18일자《독립신문》이 주목되는 이유는 1920년 6월 24일자를 발행한 뒤 일제의 프랑스 조계租界에 대한 항의로 제대로 나오지 못하다가 제87호인 12월 18일자로 속간하면서, 1면에 이 〈간도사변과 독립운동 장래의 방침〉의 첫 회가 실렸기 때문이다.[14] 그리고 1면 정중앙의 〈삼천의 원혼(三千의 怨魂)〉을 비롯해 2면의 〈저 바람소리〉와 3면의 〈간도동포의 참상〉이 춘원의 이름으로 한꺼번에 발표되면서, 논설

---

13 이광수가 상해에서 쓴 마지막 글에 대해서는 의견이 엇갈린다. 필자는 김주현의 논문에 기대어 〈간도사변과 독립운동 장래의 방침〉을 마지막 글로 보고 논의를 펼치고 있음을 밝혀 둔다.

14 《독립신문》의 휴간과 속간에 대한 연구로는 최기영,《식민지 시기 민족지성과 문화운동》, 한울, 2003이 상세하다. 1920년 6월 24일자(제86호)를 발행한 뒤 일제의 항의로 인쇄 기계를 외국인 소유주로 바꾸는 등의 조치 끝에,《독립신문》은 1920년 12월 18일자(제87호)로 속간될 수 있었다.

을 뒷받침하는 비장함을 더하게 된다. 그동안 싣지 못했던 시를 속간과 함께 1, 2, 3면에 모두 실었을 가능성이 크다.

면과 면을 잇는 세 편의 시는 간도사변이 초래한 해외동포의 처절한 고통과 희생을 정서적으로 환기하는 효력을 발휘했다.[15] 이 정서적 공감과 이입을 기저로 이광수는 자신이 진작부터 하고 싶었던 말을 〈간도사변과 독립운동 장래의 방침〉에 쏟아 부었다고 해도 과언은 아니었다. 그만둘 마음까지 먹었던 만큼 간도사변이 적나라하게 노정한 해외 독립운동의 문제점을 그는 직설적으로 꼬집었다. 이는 그의 귀국이 간도사변과 어떤 식으로든 연관되어 있었음을 말해 주는 것으로 봐도 무방할 터, 다음 장에서는 〈간도사변과 독립운동 장래의 방침〉을 단서로 〈민족개조론〉과의 접촉면을 논해 보고자 한다. 〈민족개조론〉은 상해발 〈간도사변과 독립운동 장래의 방침〉의 심화된 국내 판본이라는 점에서, 그의 귀국 전/후의 연쇄와 굴절을 살필 참조 대상으로 부족함이 없다. 이를 가로질러 〈혁명가의 아내〉를 둘러싸고 진영 간 논전을 가열시킨 소위 급진주의 혁명가의 부정적 초상이 간도사변의 상흔과 맺는 관련성을 간략하게나마 4장에서 짚어 보게 될 것이다.

---

15 《독립신문》에 실린 이광수의 작품들을 시가와 논설로 따로 분류한 작품집에서는 느낄 수 없는 간도사변에 대한 이광수의 충격과 실의는 1920년 12월 18일자 《독립신문》의 전면을 접할 때 좀 더 생생하게 다가온다. 또한, 이광수의 작품은 아니지만 4면의 간도참변의 '동포 구제 연설회'에서 불린 합창곡은 이광수의 시가와 어울려 감정의 증폭 현상을 낳는다.

〈민족개조론〉과 소위 급진혁명주의자에 대한 부정적 형상화

1920년 12월 18일자 1면을 장식한 〈간도사변과 독립운동 장래의 방침〉의 첫 회는 간도가 일본군에 의해 초토화되었음을 전하는 것으로 시작한다. "임진왜란 이래에 미증유한 참상"[16]으로 언급되는 간도사변의 실상을 전하는 목소리에는 전투에 참가한 독립군이 아니라 전투와 아무런 관계도 없는 3천 명의 무고한 동포가 살상된 데 따른 안타까움이 짙게 묻어 나온다. 이 무의미한 손실과 희생에 대한 임정 내부의 다수 의견은 일대 혈전을 결하자는 주전(급진)론에 기울어져 있었음을 이광수는 반박하고 있다. 주전론을 주장하는 급진주의자들은 다만 "구두口頭의 급진론"만을 앞세울 뿐 실은 어떤 준비도 실천도 대책도 없다는 것이 비판의 요지였다. 국치 후 10년뿐만 아니라 지난 3·1 독립선언 이래로도 그러했고, 현재 난립하고 있는 각 단체들도 마찬가지라는 것이 비판을 겸한 그의 진단이었던 것이다.

그가 지금이라도 이를 통합하고 재조정할 임정 산하의 단체 결성을 주장하며, 노선 전환을 강력하게 주창한 것도 이러한 인식에 기반한다. '대독립당'이라고 이름 붙인 임정 산하의 통합 정당은 안창호가 1920년 초 군사·외교·교육·사법·재정·통일에 기초한 〈우리 국민이 단정코 실행할 6대사〉와 이를 재차 피력한 11월 민단사무실 강연의 〈진정하고 명확한 진

---

16 이광수, 〈간도사변과 독립운동 장래의 방침 一〉, 《독립신문》, 1920.12.18.

로를 밝혀라〉의 '대독립당' 건설과도 맥을 같이하는 것이었다.[17]

주전론을 부르짖는 급진주의자들에 대한 신랄한 비판을 담은 첫 회에 이어 12월 25일자의 2회는 상해 임정을 위시해 현재 독립운동이 지닌 문제점을 중심으로 자신의 이론적 입각점을 표방한다. "북간도의 국민회와 군정서의 과거의 시설에 대하여서도 동양同樣의 유감이 없지 못하니 즉 무관학교라, 병영의 건축이라, 무기의 구입이라 하여 일변으로 일반 동포의 부담을 과중케 하고 일변으로는 적의 주의를 야기惹起하여써 금차의 참변을 초치招致한 것은 결코 책策의 득得한 자者"[18]가 아니라는 것이다. 어설픈 군사 행동주의가 낳은 가공할 결과는 단지 일반 동포의 과중한 부담에 그치지 않는 간도사변의 참상으로 귀결되었을 뿐임을 그는 지적한다. "차라리 견고영원堅固永遠한 단결을 작作하여 소小하더라도 연연히 일정한 수입을 득得할 재원을 만들고 소리 없이 청년을 교양하고 동포를 계몽하여써 장구히 독립운동을 계승할 뿐더러 차차 여력을 축적하여 장래에 대력大力을 발휘할 준비에 노력함이 지혜로운 일이었을 것"이라는 그의 비판적 입장은 설익은 무장투쟁의 위험성에 대한 경고를 발하는 것이었다.

주전론을 옹호하는 급진주의자들에 대한 이 같은 쓴소리는 간도사변

---

17 안창호, 〈우리 국민이 단정코 실행할 6대사〉 1-2, 《독립신문》 1면, 1920. 1. 8., 1920. 1. 10. 및 〈전도방침에 대하여〉, 《독립신문》 3면, 1920. 12. 25.를 참조했다. 두 글은 1월 3일 상해 대한민단 신년축하회 석상의 연설과 11월 27일 대한민단 사무실 연설을 각기 옮겨 적은 것이다. 안창호의 만류를 뿌리치고 조선으로 귀환한 이광수의 행동은 '문화의 탈정치화'를 우선시하는 향후 행보와 맞물려 안창호와 차별성을 드러냈다. 다만, '대독립당' 건설은 두 사람이 공유하는 바였다. 이광수와 안창호의 사상적 차이를 강조한 연구로는 박만규, 〈이광수의 안창호 이해와 그 문제점〉, 《역사학연구》, 2018이 있다.

18 이광수, 〈간도사변과 독립운동 장래의 방침 二〉, 《독립신문》, 1920. 12. 25.

이후 윤치호가 탄식한 "무장시위를 함으로써 다치는 사람은 결국 조선인 뿐"[19]이라고 하는 엄연한 현실의 환기이자 반향이기도 했다. 식민권력의 무자비한 폭력에 빌미를 주기보다 인재와 금력과 단결력을 확보할 수 있는 교육과 산업의 육성과 투자에 힘쓰기를 주장하는 그 근저에는, 간도사변이 초래한 방치된 자들의 벌거벗은 죽음에 대한 두려움과 공포가 또한 어른거리고 있었기에 말이다.

에메 세자르Aimé Césaire는 "문명화의 변두리에서 원시적 사고라는 음습한 영역"이 생겨난다는 것을 일찍이 일깨운 바 있다. 그에 따르면, 식민주의적 문명화의 폭력성은 바로 "사고하는 법을 아는 문명인"과 "참여라는 개념에 압도되어 있는 논리도 불완전하고 미숙한 사고의 전형인 야만인"[20]을 구획함으로써 실행된다. 이 양분된 선을 따라 법과 권리를 지닌 자와 그렇지 않은 자들이 나누어진다. 법과 권리를 향유하는 "사고하는 법을 아

---

19 윤치호, 박미경 옮김, 《(국역) 윤치호 영문 일기》 7, 국사편찬위원회, 2015, 182쪽. 18일자 일기에서도 그는 "간도에서 일본군이 조선인 가옥 1000여 채 이상을 불태우고 200명 이상을 학살했으며 20개의 교회당을 파괴"했음을 적고 있다. 덧붙여 "일본인은 독일식 테러리즘을 통해 독립운동을 근절하기로 결정한 모양"임을 강조하며, "언제 어디서든 구실을 찾"아 "무자비하게 마을과 주민을 말살시킬 것"(189)이라는 식민권력의 항상적인 폭력과 파괴를 환기시킨다. 그 또한 간도사변에서 법 바깥으로 추방된 벌거벗은 자들의 형상을 발견하기는 마찬가지였다. 이를 피하기 위한 교육지책이 곧 무장시위(투쟁)와 같은 무분별한 대항폭력을 감행하지 않는 것이었다.

20 에메 세자르Aimé Césaire, 《식민주의에 대한 담론》, 이석호 옮김, 그린비, 2015, 55쪽. 에메 세자르는 식민주의자의 문명화 논리가 사고/준비/교육=문명인 대 본능/감정/자연=야만인의 이분법적 위계화에 기초해 있음을 일갈했다. 그에 따르면, 문명화의 패러독스paradox는 바로 이 좁힐 수 없는 차이를 따라잡으려는 무한반복의 악순환에서 정초된다. 이광수는 간도사변을 통해 군사물리력의 압도적 격차를 뼈저리게 경험하고서, 문명인이 되기 위한 부단한 도정을 식민지 조선인에게로 되돌리는 문명화의 패러독스paradox에 빠져든 셈이다. 이것이 〈민족개조론〉을 추동하는 밑바탕이었음은 물론이다.

는 문명인"과 달리 야만인으로 낙인찍힌 법과 권리 바깥의 방치된 자들은 간도사변이 촉발한 "너의 시체를 묻어줄 이"도 없고 "집 잃고 헐벗은" 채 "눈 속으로 쫓기는 가련"한 자들의 초상과 다름없었다. 추방과 유랑 및 무 덤조차 없이 죽음으로 내몰린 이 배제와 절멸의 공포 앞에서, 그는 "망국亡 國 백성으로 태어난 죄"와 "못난 조상네의 끼친 얼孽을 받아 원통코 참혹한 이 꼴"을 당한 식민지 조선의 현실을 되새기게 된다. 말하자면 간도사변의 이 형연키 어려운 비참한 사태는 당장의 보복이나 복수심으로는 해소할 수 없는 "만사에 항상 원대한 계획을 립立하고 정경대도正經大道로 용왕매 진하는 대기백"의 실력양성(준비)론을 요한다는 것이었다.

그런데 문제는 "요행이나 고식姑息이나 기공奇功과 기득奇得"만이 판치는 이른바 야만의 현실 자체였다. 그가 보기에 단체와 집단을 통솔하고 지도 할 임시정부조차 "한갓 목전의 소사小事와 고식의 계計에 급급汲汲"하여 "우 리 운동을 구원久遠히 유지할 만한 실력의 기초"를 닦지 못하고 있었기 때 문이다. "요행과 고식으로 초조焦燥하는 유치幼稚한 민족"과 "한갓 그네의 심리를 이용하고 이에 영합하기를 시도"하는 지도자들만이 있는 한, 그는 간도사변과 같은 참상을 면할 수 없으리라는 비관적 인식과 전망을 굳혀 간다. "만일 금今에 지도자와 일반 동포가 번연翻然히 구습을 타파하고 신 로新路로 향함이 아니면 우리의 전도는 일보一步 일보一步 암담暗澹에서 암 담暗澹으로 추趨할 뿐이요, 결코 광명의 일日이 오지 못할 것"이라는 말도 이를 가리킨다. 상해 임정의 주류 견해와 구분되는 실력양성(준비)론을 자 신의 노선과 방침으로 재천명하며, 그는 방치된 자들의 야만적 존재 방식 이 아닌 "사고하는 법을 아는 문명인"으로 전신轉身해 가는 거시적이고 장기적인 프로젝트를 제안하고자 했다. 실력양성(준비)론을 관통하는 이 문명인으로의 전신은 시간을 다퉈 무력투쟁에 뛰어들 것을 주장하는 상해 임정의 급진주의와는 조화되기 힘든 상거相距가 있었다.

따라서 그는 자신의 주장이 받아들여지지 않으리라는 것을 너무나 잘 알았다고 할 수 있다. 그가 말하는 비상한 사태의 비상한 수단이란 적어도 눈앞의 작은 이해관계와 감정에 매몰된 사람들에게는 통할 리가 없었기 때문이다. 그는 철저하게 야만인과 문명인의 대별되는 처지와 위상을 근거로 주전(혈전)론을 역설하는 상해 임정에 반기를 들고, 그를 만류하는 안창호의 충고마저 뿌리친 채 조선으로 되돌아오게 된다. 진보 아니면 퇴행의 단계적이고 발전론적인 시간관념에 3·1운동을 추동한 제1차 세계대전의 새로운 시대사조인 개조를 더해 적어도 이 글을 쓰는 시점의 그는, '대독립당'으로 명명되는 통합과 준비론을 주전론을 옹호하는 급진적 행동주의에 맞세우고자 했던 셈이다.

《나의 고백》에서도 이야기했다시피 그는 이 글을 마지막으로 혹은 일종의 알리바이 삼아 "국내로 뛰어들어"(264) 왔다. 이런 점에서 6회에 이르는 〈간도사변과 독립운동 장래의 방침〉은 1919년 8월 1일에서 10월 18일까지 총 18회에 걸쳐 연재한 〈선전개조〉와 더불어 귀국 후 세인의 뭇 비판을 감수하면서까지 발표한 긴 논문의 〈민족개조론〉과 겹쳐 읽을 필요가 있다. 이를테면 〈민족개조론〉은 《독립신문》의 〈선전개조〉와 일면 상통하면서도 달라지는 지점이 분명 존재하기 때문이다. 그 단절점은 간도사변을 매개로 한 강자(열강)의 편재하는 폭력과 방치된 자들의 벌거벗은 죽음에 대한 잠재된 두려움이었다. 그는 주전(혈전)론의 급진주의가 마침내 귀결될 지점은 합법적 폭력을 독점한 식민권력의 더 큰 폭력일 뿐이라는, 도미야마 이치로富山一郎의 용어를 빌리자면 '폭력에의 예감'으로 자신의 운동 방침과 노선을 실력양성(준비)론으로 구체화해 갔다고 할 수 있다.[21] 〈민족개조론〉이 〈선전개조〉의 단순한 반복이나 연장이 아닌 이유도 여기에 있다. 〈민족개조론〉은 상해 임정의 경험을 바탕으로 재정립된 모든 급진주의에 대항하는 장기 지속 프로젝트였던 것이다.

이후 연구자들에 의해 이광수가 조선으로 돌아온 직후 조선 총독 사이토 마코토齋藤實에게 조선 통치 방략의 일환으로 〈재외조선인에 대한 긴급책으로 다음의 두 건을 건의함在外朝鮮人ニ對スル緊急ノ策トシテ, 左ノ一件ヲ建議議ス〉을 제출했음이 밝혀졌다. 이 건의서에서 그는 문화의 탈정치화를 명분으로 합법적 운동을 서약하고 또 보장받고자 했다. 그는 모든 급진주의를 예방할 나름의 고안과 대책을 식민권력에 제안하는 한편 조선 내부에도 알리고자 했던 것이며, 나아가 3·1운동 '이후'의 문화운동의 향방과 윤곽을 선취하고자 했다. 따라서 〈민족개조론〉이 던진 파문은 3·1운동 이후 문화의 탈정치화에 입각한 합법적 문화운동과 주전(혈전)론으로 대표되는 모든 급진주의에 대한 회의와 거부 및 그 폐기로 모아지는 행보를 예고하고 있었다.

---

21 도미야마 이치로富山一郎, 손지연·김우자·송석원 옮김, 《폭력의 예감》, 그린비, 2009. 전시 동원 속에서, 식민권력은 그 곁에 있는 자에게 공범자가 되어 식민지인의 고통과 죽음을 피해 갈지 아니면 같은 식민지인으로 고통과 죽음에 노출될지의 선택을 강제한다. 이 양자택일의 책략을 도미야마는 '폭력에의 예감'으로 부른다. 하지만 공범자가 되기로 한 순간에도 그는 언제 살해당할지 모른다는 절박감을 벗어날 수 없다. 이광수의 귀국 전/후를 이해하는 데 그의 이 논의는 유효한 참조점이 된다.

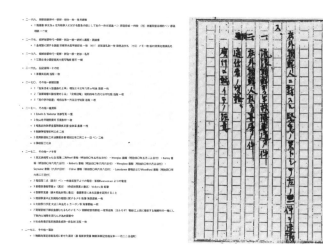

사이토 마코토 문서목록 일반의견서
류 2166

귀환 직후 이광수가 제출한 친필 〈건
의서〉

　"1919년 조선독립운동 발발 이래 중등정도 이상의 교육을 받은 자로 지
나 및 시베리아에 유랑하는 자 2천 이상에 달"하는 조선인은 "지식계급이
면서 동시에 애국지사로서 민심을 선동하는 데 막대한 세력"을 갖고 "과격
파의 사상에 기"울어져 이들의 지배 하에 있는 "연해주 및 만주에 있는 백
만의 인민"을 자신들의 계획과 실행에 끌어들임으로써 "일본의 국방상 간
과할 수 없는 위험"[22]이 되고 있다는 것이 이 건의서의 주된 내용이었다.

22　이광수가 자신의 귀국이 가져올 파장을 얼마나 예측했는지는 미지수다. 현정건이 아우 현
　　진건에게 《백조》에 이광수의 글이 실린 것을 질타했던 잘 알려진 일화는 이광수의 생각과
　　바깥의 시선 사이에 놓인 간극을 말해 주는 일례이기도 할 것이다. 이와 연관해 그는 〈다
　　난한 반생의 도정〉에서 "세상이 다 나를 비난할 때에 나를 돌보아주는 친구에 대한 사의"
　　로 이때의 곤혹스러움을 시사하고 있기는 하다. 그럼에도 아베 마츠에阿部充家를 통해
　　사이토 마코토齋藤實에게 전해진 〈재외조선인에 대한 긴급책으로 다음의 두 건을 건의함
　　在外朝鮮人ニ對スル緊急ノ策トシテ, 左ノ一件ヲ建議議ス〉에 대해서는 그 전모를 아는 사

우려와 경계를 잔뜩 머금은 채 이 사태를 "그대로 두면 필시 그들 2천여 명은 전부 과격화될 것"이라는 잠재적 불온성을 이유로 식민 당국의 관심과 주의를 촉구하고 있다. 해외 독립운동을 휩쓸고 있는 과격=급진주의는 "정치가 없고 법률이 없고 종교가 없고 교육도 예술도 없는" "거의 만민蠻民(야만인)으로 퇴화"해 가는 "연해주 및 만주에 있는 백만의 인민"을 오도하고 선동하는 감염원이다. 좁게는 일본의 국방상의 위험이 되고, 넓게는 식민통치의 안정과 질서를 헤친다는 점에서도 대책과 관리가 필요하다는 것이다. "거의 만민蠻民으로 퇴화"해 가고 있는 이 "백만의 인민"을 지금처럼 내버려 둘 경우, 이들은 "2천 이상에 달"하는 망명 유랑객들의 먹잇감이 될 것이라는 상해 임정의 경험과 인식을 농축한 이 건의서는 3·1운동 이후의 문화운동 지향점과도 보조를 맞추는 것이었다.

귀국 후 식민 당국을 향한 호소와 함께 조선 내부를 향한 발언도 이어졌다. 노아魯啞와 노아자魯啞子라는 필명으로 〈중추계급과 사회〉, 〈팔자설을 기초로 한 조선인의 인생관〉, 〈소년에게〉와 서경학인京西學人의 〈예술과 인생〉, 〈문학에 뜻을 두는 이에게〉 등은 모두 조선 내부를 향한 그의 발화들이었다. 귀국 후 필명으로 의견을 피력하던 이광수는 1922년 5월 드디어 이춘원 실명으로 기존 발화의 집대성이라 할 〈민족개조론〉을 《개벽》을 통해 발표하게 된다. 원고지 300매 분량의 54페이지를 한꺼번에 게재

람이 적었다. 현정건도 귀순증을 문제 삼았을 뿐, 이 건의서에 대해서는 언급하지 않기에 말이다. 사이토 마코토의 문서철에서 발견한 이 보고서는 하타노 세츠코波多野節子에 의해 전후 사정에 대한 해설과 함께 전문이 소개되었다. 편집부, 〈(자료) 건의서〉, 《근대서지》, 2013, 391~403쪽.

하는 이례적인 지면 배정에 힘입어 〈민족개조론〉은 모든 급진주의에 대항하는 준비(실력양성)론을 체계적으로 논리화하여 선보일 수 있었다.[23]

　이광수는 준비(실력양성)론의 이론적 정당성을 뒷받침하기 위해 3·1운동을 야만인의 차원으로 떨어뜨리는 모험을 감행한다. 3·1운동 이래로 조선의 정신 변화가 급격했음을 전제하면서도, 이것을 자연과 우연에 의한 "무지몽매한 야만인종이 자각 없이 추이하여 가는 변화와 같은 변화"[24]로 규정했기 때문이다. 이 발언은 참으로 문제적일 수밖에 없었다. 〈2·8 독립선언서〉의 작성자로 임정 수립에도 관여했던 그가 귀국 전 자신의 정치활동을 전적으로 부정하는 발언을 했다는 점에서 그러하다.[25] 다른 사람들에게는 변절과 배신의 증좌로 여겨질 3·1운동에 대한 평가 절하를 동반하며, 그는 "야만인종"의 자각 없는 변화와 대비되는 "문명인"의 "의식적 개조의 과정"을 역설하게 된다. "자기가 자기의 목적을 정하고 그 목적을 달하기 위하여 계획된 진로를 밟아 노력하면서 시각마다 자기의 속도를 측

23　이광수의 〈민족개조론〉은 원뜻대로라면, 조선민족(성)의 개조에 찬동하는 동조자를 늘려가는 덧셈의 방식이어야 했다. 하지만 본뜻과 달리 이 덧셈은 뺄셈을 포함하고 있었다는 점에서 문제적이었다. 이는 랑시에르Jacques Ranciere, 《불화》, 진태원 옮김, 길, 2015에서 언명한 정치가 아닌 '치안'에 가까운 것이었다. 일정한 행동 규범과 질서에 정초한 동조자 늘리기는 거기에 부합하지 않는 이른바 일탈자, 부랑자들을 배제하는 뺄셈을 동반했기 때문이다. 중추계급의 이상적 인간형을 전범으로 하는 이 장기 프로젝트는 유예된 미래를 대가로 현재를 저당 잡히는 전형적인 저개발 근대화 논리를 되비추고 있었다.

24　이광수, 〈민족개조론〉, 《이광수전집》 10, 우신사, 1979, 116쪽.

25　권보드래, 《3월 1일의 밤》, 돌베개, 2019, 532~534쪽은 상해 임정 시기 〈선전개조〉에서 반분의 희망과 더불어 위태롭게 공존하던 이광수의 민족적 회의가 집대성된 귀국 후 판본이 〈민족개조론〉이라고 지적한다. 이광수의 짙은 회의는 그 자신과 조선인 일반이 느끼고 있던 균열의 지점을 그만큼 정확하게 파고들며, 한때 자부심의 근거였던 운동을 반성의 출발점으로 바꿔 놓았다는 것이다. 이것이 3·1운동 이후의 후일담인 타락과 배신의 연애 서사로 치환되어 나타났다는 점도 강조하고 있다.

량"하고 "본능이나 충동을 따라 행行하지 아니하고 생활의 목적을 확립"하는 문명인의 의식적 개조야말로 식민지 조선이 나아가야 할 올바른 방향이라는 것이었다.

문명인의 합목적적이고 인위적인 변화와 구분되는 "원시민족, 미개민족의 오직 자연한 변천, 우연한 변천"(216)을 3·1운동과 동일시하는 그의 대담한 발언은, 〈2·8독립선언서〉에 실렸던 숱한 변화와 개혁의 말들을 그 스스로 거두어들이는 것이나 진배없었다. 더 중요하게는, 3·1운동 이후 변화된 사회정치적 지형에서 세계 조류인 개조사상을 전유한 그의 "민족(성)개조"는 문화의 탈정치화의 일환인 '덕·체·지'의 인격적이고 점진적인 개혁만을 "유일한 생로生路"(123)로 자리매김했다는 점이다. "오늘날 조선 사람으로서 시급히 하여야 할 개조는 실로 조선민족의 개조외다"로 압축되는 특수하고 종족적인 "민족(성)개조"는 "정치와 시사에 관계함이 없고 오직 각 개인의 수양과 문화 사업에만 종사하므로 정부의 해산을 당當할 염려"도 없는 "개조동맹과 그 단체"를 통한 "가장 조직적이요, 영구적이요, 포괄적인 문화운동"으로 고양된다. 이에 따라 그것과 배치되거나 어긋나는 움직임은 분열의 징조, 나아가 "쇠퇴 또 쇠퇴로 점점 떨어져가다가" "불식부지不識不知 중에 마침내 멸망"(146)에 이르게 하는 장애물로 배척될 여지 또한 짙게 남겨 놓게 된다.[26]

---

26 민족(성)개조의 시급성과 철저성은 당면한 현안에 집중하는 정치와도 눈앞의 이익에 매몰되는 경제와도 구분되는 문화의 장기적이고 항구적인 기획으로 마무리된다. 이것을 과거 역사, 특히 조선조와 개화기의 역사를 끌어와 반면교사로 삼고자 하는 그의 과도한 열망과 의도가 《개벽》 발표 당시 〈민족개조론〉의 부적절한 표현과 맞물려 논란을 증폭시켰다. 이를 의식해서인지 1923년 10월에 간행된 《조선의 현재와 장래》에서는 일부 문장을 삭제

점진적이며 항구적인 시간을 요하는 "민족(성)개조"의 탈정치화는 사회 제도적이고 구조적인 변혁을 목표로 하는 운동이나 단체와는 거리를 두는 정치에 반하는 문화의 위상을 재정립한다. 수양을 제일의로 하는 "민족(성)개조"가 민중을 오도하고 현혹하는 명망 높은 이른바 애국자에 대해 의혹의 눈길을 돌리게 되는 것도 이 때문이다. "그네의 명망의 기초가 무엇인지를 찾아보면 참으로 허무합니다. 다 그렇다고 하는 것은 아니나 대부분은 허명이외다. 그네의 명망의 유일한 기초는 떠드는 것과 감옥에 들어갔다가 나오는 것과 해외에 표박漂泊하는 것인 듯합니다. 나는 이곳에서 이러한 말을 좀 자세히 하고 싶지마는 여러 가지 사정으로 그러할 자유를 못 가진 것이 한"(139)이라는 상해 임정의 사례에 비추어 소위 애국자로 지칭되는 지사와 명망가, 망명객들의 존재를 문제시한다. 자칭·타칭의 이 애국자들, 그중에서도 "해외에 표박"하는 급진주의자들에 대한 그의 비판은 정치에 맞선 문화 및 주전(혈전)론에 반하는 비폭력(비전론)을 새겨 놓게 된다.

〈민족개조론〉 직후인 1923년 2월 《개벽》에 발표된 〈투쟁鬪爭의 세계로부터 부조扶助의 세계에〉서도 이 기조는 계속된다. 여기서 거부되고 있는 것은 "정치적 정견과 혁명"이며, 무엇보다 "일편一片의 법령과 일대一隊의

한 채로 〈민족개조론〉을 재수록하게 된다. 1962년 '이광수전집'을 발간하면서, 《개벽》 원문을 다시 살리긴 했지만 끝내 복원되지 않은 구절들이 있었다. 생략으로 처리된 이 구절들의 전체 단어 수는 108자였다. "일본인도 우리를 신용치 아니합니다"의 15자와 "아국俄國의 세력을 끌어들인 것이나 정말신조약丁未新條約 후에 미국에 밀의密依하려 한 것이나 모두 속이는 외교였던 것은 가릴 수 없는 사실이니"의 93자가 그것이다. 이에 대해서는 이재선, 〈〈민족개조론〉의 읽기와 반복, 다시 읽기〉, 《이광수 문학의 지적 편력》, 서강대학교 출판부, 2010, 340쪽에서 상세히 다루었다.

무장단체로 소기의 인생 생활을 규정하리라 함은 진실로 시대착오의 유상 謬想"[27]이 되는 급진적 행동주의다. "간디의 무저항無抵抗을 방법으로 하는 운동은 레닌의 무산자전제無産者專制를 목적으로 폭력과 정치를 수단으로 하는 운동"보다 훨씬 인류 이상에 가깝다는 그의 견해는 "오는 세기를 지배"할 "인류 구제의 정로正路"(172)로 정치와 계급투쟁이 아닌 사랑과 양심의 문화 수립과 "1명에서 2명·3명, 백 명에서 천 명, 만 명, 백만"(176)의 자각한 문명인들 간의 통합과 단결에 모아진다. 정치에 맞선 문화의 탈정치화를 기치로 모든 급진주의와 투쟁에 대한 거부가 그의 3·1운동 '이후'를 틀짓는 한, 급진주의의 육화이자 그 대행자인 애국자와 혁명가들은 안타고니스트antagonist의 부정적 형상으로 화할 수밖에 없다.

　귀국 후 김동인이 "문화적 의미를 가진 문학운동을 개척"하기 위해 쓴 "소설의 조건을 갖추지 못한 물어物語"[28]라고 혹평했던 1923년 〈허생전〉과 1926년 귀국 후 첫 장편소설에 해당하는 《재생》 및 1930년 '군상' 시리즈의 일부인 〈혁명가의 아내〉와 《삼봉이네 집》은 공히 급진주의자들의 부정적 백안시와 별개로 논할 수 없다. 해내외를 막론하고 급진주의자인 이들 애국자와 혁명가의 군상은 조선 내 일상을 뒤흔드는 폭력적 타자로 머무를 뿐이기 때문이다. 조선과 해외(국외) 혁명가들의 부정적 음화가 혁명가의 존재와 자질 여부로 비화되어 간 사정도 이와 무관하지 않을 터, 〈혁명

27　이광수, 〈상쟁의 세계에서 상애의 세계로〉, 《이광수전집》 10, 우신사, 1979, 172쪽. 애초 《개벽》의 원문은 〈투쟁鬪爭의 세계로부터 부조扶助의 세계에〉였다. 종결어미가 평서형에서 의고체로 바뀌었다는 변화가 있기는 하지만, 내용은 동일하다.
28　김동인, 〈춘원연구 六〉, 《삼천리》, 1935. 6, 262쪽.

가의 아내〉를 둘러싸고 벌어진 진영 간의 대립과 논전은 3·1운동 이후 식
민지 조선의 균열상이기도 했던 것이다.

〈혁명가의 아내〉에 맞서는 이기영의 〈변절자의 아내〉,
양 진영 간 대결의 전초전

이광수가 작품을 발표하고 3년여가 지난 시점에 이기영은 〈혁명가의
아내〉를 비판하며, 이광수가 혁명가가 아닌 그 혁명가의 아내에 초점을 맞
추었다고 하지만 곧이곧대로 믿기 어렵다고 일갈한다. 이광수는 〈혁명가
의 아내〉의 모델이 실제 인물인 사회주의자 이봉수임을 다음과 같이 밝혔
기 때문이다. "이 씨의 사상에 공명하여서 그랬다느니보다 그의 인격, 다
시 말하면 그의 송죽과 같은 맑고 꿋꿋한 절개와 견고한 지조를 무한히 존
경"하고 있던 차에, "병석에 누워 신음하는 이 씨를 끝없이 학대"[29]한 그의
아내의 인격에 경종을 울리고자 소설을 썼다는 것이다. 하지만 이기영은
이광수의 이 겉치레와 달리 소설 어디에 그가 말했던 "혁명가다운 무엇"[30]
이 있는지를 되물으며, 이 소설이 지닌 불순한 의도를 문제 삼았다. 훌륭
한 인격자인 사회주의자 이봉수의 처지가 안타까워 이 소설을 썼다고는
하지만, 아무리 뜯어봐도 혁명가는 간 데 없고 주인공 공산孔産과 여주인

---

29 이광수, 〈〈혁명가의 아내〉와 모델〉, 《이광수전집》 10, 우신사, 1979, 509쪽.
30 이기영, 〈〈혁명가의 아내〉와 이광수〉, 《신계단》, 1933. 4, 99쪽.

공 방정희方貞姬의 "그저 추잡한 치정痴情관계"만이 난무할 뿐이라는 것이다. "무산계급의 전위"를 천하의 "색마와 요부"(96)로 한없이 추락시킨 사생활 폭로의 이 소설은 사회주의자 이기영의 눈에 "해외에서 변절"하고 돌아와 "민족개량주의자로서의 실력주의"(99)를 부르짖는 이광수의 '척후병'으로밖에 보이지 않았던 셈이다.

"의식적으로 떼마(demagogy의 데마고기를 뜻하는)를 시작"한 것으로 의심을 샀던 〈혁명가의 아내〉는 주인공 공산孔産을 자구대로 풀어쓰면 공孔은 즉 영零이 되고, 이것은 "아무리 낳는대도生産 노상 영零밖에는 아니" 되는 "허사虛事"(99)의 혁명가를 비꼬기 위한 악의의 산물로 비춰졌다. 이기영의 분노에 찬 말을 잠시 걷어 내고 보면, 이기영의 비판이 반드시 반대 진영의 불신에서 비롯된 것만은 아님을 알 수 있다. 예컨대 허사의 공산주의자(사회주의자)의 표상은 모든 급진주의자들에 대한 이광수의 거부와 합치되는 측면이 있었기 때문이다. 그는 요행과 고식에 기댄 급진적 행동주의를 야만인의 무자각적인 변화와 동일시했고, 숱한 국외(해외) 망명 유랑객들의 존재 방식을 부정하는 발언을 여러 차례 남기기도 했다. 무엇보다도, 조선인의 근본 성격의 반면을 이룬다는 허위와 공상, 공론 등의 결함은 〈혁명가의 아내〉의 주인공인 사회주의자 공산으로 지칭되는 허사의 혁명가를 연상시키기에 충분했다. 이 누적된 반감이 이기영의 〈변절자의 아내〉라고 하는 맞불 창작으로 이어져 진영 간 작품 대결을 성사시키기에 이른다. 사회주의와 민족주의 간의 진영 대립이 작품 대결로 옮겨 간 희유의 사태

였다.[31]

 모든 급진주의적 색채를 띤 단체나 집단에 대한 이광수의 역연한 거부감과 어우러져, 비록 〈혁명가의 아내〉의 전체 구상과 의도는 그렇지 않았다 해도 곁에 있는 아내에 의해 위선의 탈을 쓴 '주의자'인 척, '사상가'인 척한다는 악담이 상대편에게 곱게 받아들여졌을 리는 만무했다. 더구나 공산의 아내인 정희 역시 성욕을 참지 못하는 "백퍼센트의 색정광"(100)인 팜므 파탈Femme fatale로 등장하며, 지나친 남성 편력으로 자멸의 길을 걷는 여성 사회주의 전위로 재현되었으니 이는 이광수의 말과 달리 그 불순한 의도에 촉각을 곤두세우게 했던 것이다. 그 빌미를 이광수가 제공했다고 해도 과언은 아니었다. 이기영은 이를 극단적으로 부각시킴으로써 작품 대결로까지 논전을 옮겨 갔던 셈이며, 공산과 방정희 같은 "사이비혁명가를 예술적으로 표현"해서 독자대중으로 하여금 "공산주의자와 이반시키자는 음험한 이간책"(104)을 쓴다는 의구심을 끝내 거두지 않았다.

 1930년대 초반 제2차 방향전환으로 전위와 당의 문학이 강조되던 시점에, "무산계급의 전위"를 사적 이해관계에 매몰된 색광과 요부로 전락시켰다는 것만으로도 그 진실성 여부를 떠나 진영 간 논전으로 비화될 여지는 다분했다. 급진 사회주의자의 전위인 혁명가 공산의 공적 행위는 지워지

---

31 이기영, 〈변절자의 아내〉,《신계단》, 1933. 5-6. 〈〈혁명가의 아내〉와 이광수〉의 신랄한 평문을 쓴 이기영은 〈변절자의 아내〉를 5-6월호에 연속으로 실으며, 이광수에 대한 비판을 이어 갔다. 이광수를 타깃으로 민족주의 진영을 싸잡아 공격하기 위함이었다. 특히 〈혁명가의 아내〉를 빌미로 문화민족주의를 표방했던 민족주의 우파에 대한 공격은 적의에 가까운 것이어서 그 진영 간 대립을 선명히 하게 된다. 반대로 그가 속한 사회주의 진영의 결속과 통합을 가져오는 데는 그만큼 효과적이었다.

고, 다만 폐병과 아내의 패륜으로 병사해 가는 사적인 치정 관계만을 전경
화한 데 따른 피할 수 없는 결과이기도 했다. 이광수는 사회주의자들의 비
판을 초래할 혁명가들의 부정적 초상을 그리는 한편, 수양동우회로 대변
되는 성실과 신뢰, 믿음과 실행의 인격을 갖춘 바람직한 지도자의 형상을
〈선도자〉를 비롯해 〈허생전〉, 《흙》 등으로 선보이게 된다.

김동인에게 소설과 사화에도 못 미치는 한갓 물어物語로 간주된 〈허생
전〉이 갖는 특정 의미망도 이 바람직한 프로타고니스트protagonist의 창출
과 연관지어 보면 더 뚜렷해진다. 효종대왕의 명을 받고 온 이완과 허생의
대화가 자못 의미심장한 까닭이다. "그까짓 무기와 화약을 가지고 청국과
싸울 작정이냐"를 반문하며, "얼마 되지 아니하는 무기와 화약을 쌓아두기
때문에 청국은 조선을 의심하게 되고 의심은 저편에서 우리보다 십 배 이
십 배의 무기와 화약을 준비"하게 되어 "도리어 큰 화단을 끄는 것"[32]이라
는 허생의 질타는 〈간도사변과 독립운동 장래의 방침〉을 되비추고 있다.
"늦더라도 금춘에는 거사를 하여야"(146) 한다는 이완의 주전(혈전)론에 대
해, 허생은 "저편의 의심을 활짝 풀어버리고 속으로 힘만 기르고 모든 준
비를 이루어"(420) 놓고 기다리다가 시기가 닥치면 그때 한꺼번에 일어서자
는 예의 실력양성(준비)론을 설파하기 때문이다. 이는 1920년을 독립전쟁
의 원년으로 선포하고 무력행동에 나서기를 주장했던 주전(혈전)론을 비
판하며 귀국을 결행했던 이광수 자신의 투영이기도 했다.[33] 급진적 행동주

---

32 이광수, 〈허생전〉, 《이광수전집》 1, 우신사, 1979, 420쪽.
33 1920년을 독립전쟁의 원년으로 설정한 것은 주전(혈전)론과 외교(선전)론의 타협과 절충
의 결과였다. 이동휘의 임정 초대 국무총리 취임은 독립전쟁에 대한 요구를 높였고, 안창

의는 오히려 상대방의 의심을 불러일으켜 더 큰 화단을 초래할 뿐이라는 이광수의 관점과 인식은 허생과 이완의 대화에서도 고스란히 묻어난다. 그나마 쌓아 두었던 생활의 기반마저 파괴되어 유리걸식하는 방치된 자들의 벌거벗은 죽음에 대한 그의 우려와 공포는, 이완에 반하는 허생의 발언으로 재차 확인되고 있다 할 것이다.

허생의 조언에 대해 이완은 그럼 상대방(적)은 우리(이쪽)에 대해 과연 의심과 경계를 풀겠느냐고 되받아쳐야 했다.[34] 하지만 그는 허생의 논리가 지닌 허점과 문제를 파고들기보다 허생의 말에 공감하여 효종대왕과의 협의 아래, 실력양성(준비)론을 대리 실천하는 조력자로 그 역할을 다하게 된다. 허생이 표상하는 바람직한 프로타고니스트의 면모와 다르게 진정한 혁명가의 초상을 찾기 힘든 이유의 일단이다. 이 글을 갈음하며 던지게 되는 질문도 이 언저리를 선회한다. 어쩌면 간도사변의 편재하는 폭력이 남긴 급진주의의 상흔과 금기가 이광수를 오래도록 붙잡았던 것은 아닌지,

---

호는 이를 수용하는 방식으로 1920년을 독립전쟁의 원년으로 공식화했기 때문이다. 하지만 간도사변 이후 이광수는 준비되지 않은 투쟁은 단지 보복을 부를 뿐이라는 이유를 들어 비전(준비)론으로 돌아섰다. 이것이 〈허생전〉에 그대로 반영된 셈이었다. 따라서 〈허생전〉은 과거 작품의 모방이나 패러디가 아니라 현재를 반영하는 과거의 재창조이자 재구성이었다. 기존 연구에서 이 점을 지적한 경우가 드물어 다시 한 번 강조해 둔다.

34 허생은 "모든 준비를 이루어놓았다가 정말 시기가 임한 때에 후다닥 후다닥 만들면 일 년이 못 되어 지금 있는 무기와 화약보다 몇 십 갑절이나 많이 만들 수가 있을 것이요, 또 저편에서는 맘을 놓고 방비를 아니 할 것이니 이것이 이른바 적은 것을 버려 큰 것을 취하는 법"이자 "虛를 보이면서 實를 짓는 법"(420)임을 주장한다. 이광수의 사고를 고스란히 투영한 허생의 이 말은 상대방이 이쪽을 전혀 의심하지 않는다는 가정 하에서만 성립 가능하다. 따라서 이완이 정작 물었어야 했던 것은 이를 되받아치는 '그렇다면 적은 가만히 있겠느냐'였다. 이광수가 일제 패망 직전까지 국책에 순응했던 의식의 전도도 이와 연관되어 있었을 것이다. 그는 그때까지도 조선은 실력을 갖추지 못했을뿐더러 준비가 되지 않았다고 여겼을 테니 말이다.

이로 인해 일제 말 식민지 지식인들의 명부를 만들어 구금과 여차하면 총살하리라는 소문에 그가 그토록 민감하게 반응했던 것은 아닌지 말이다.[35] 그것은 이광수를 넘어 우리 모두를 향한 또 다른 질문의 시작인지도 모르겠다.

---

[35] 이광수는 〈나의 고백〉에서 "일본 관헌은 민족주의적인 지식 계급 조선인의 명부를 만들었다 하며, 그 수는 삼만 내지 삼만 팔천이라 하여 혹은 이것을 예방 구금한다 하며 혹은 계엄령을 펴고 총살한다고 하여 총독부와 검사국과 용산국과 사이에 문제가 되고 있"(277)음을 근거로 자신의 친일을 옹호하게 된다. 소문의 사실화, 실체화에 다름 아닌 "삼만 내지 삼만 팔천"의 "민족주의적인 지식 계급 조선인"의 학살은 어느 정도의 과장에도 불구하고, 그의 사고와 의식을 사로잡았을 가능성이 크다. 이를 막기 위한 불가피한 예방 조치가 자신의 친일이었음을 강조하는 것으로 그는 자신의 친일 작품을 "민족정신의 밀수입의 포장"으로 방어할 수 있었다. 이 뿌리 깊은 절멸에의 공포는 간도사변의 경험도 한몫을 했으리라는 것이 이 글의 중심 논지이기도 하다.

2부

3·1의 계승을 둘러싼
해방기 갈등과 반탁의 테르미도르

4장

3·1의 역사적 기억과 배반 및 계승을 둘러싼
광장정치의 분열

종전과 전후의 보편(주의)적 규제력과
통국가화

이 글은 3·1운동의 역사적 기억과 의미화를 제2차 세계대전 종전과 전후의 세계사적 동시대성 속에서 살펴보고자 한다. 제2차 세계대전이 제1차 세계대전과 달리 국제적(세계적) 내전의 형태로 전개된 것은 유럽 중심의 국제법 질서와 규범이 국제연맹이라는 응급처방에도 불구하고 더 이상 지탱될 수 없었기 때문이다. 이것이 연합국과 추축국 간의 전면전으로 비화되었던 것이며, 이 때문에 제2차 세계대전은 세계 신질서의 기획과 구상이 보편(주의)적 이념정치와 결부되어 진행된 군사·경제전이자 정치·사상전이었다.[1]

제2차 세계대전의 이러한 국제적(세계적)인 내전은 카를 슈미트Carl Schmitt가 말한 '전 세계적인global 경계선의 사상'이 재정립되는 공간 창출과 상응

---

[1] 제1차 세계대전은 유럽 중심의 국제법 질서와 규범에 대한 문제를 노정하며, 이에 대한 해결책으로 국제연맹을 조직하게 된다. 하지만 국제연맹은 유럽 중심의 국제법 질서와 규범을 온존하는 방식으로 문제를 미봉하는 데 그쳤다. 이 때문에 국제연맹은 전간기戰間期 동안 그 역할과 기능에 한계를 드러냈고, 일본과 독일 등의 추축국에 의한 국제연맹 탈퇴로 이어졌다. 제2차 세계대전이 갖는 특징은 연합국과 추축국 모두 새로운 세계질서를 요청하고 있었다는 점이다. 그리고 이에 걸맞게 보편(주의)적인 정치·사상전을 수행했다는 사실에 있을 것이다. 총력전 체제 하에서 보자면, 전간기의 국제연맹과 제2차 세계대전 중에 설립된 국제연합은 동일한 것의 반복인 것처럼 여겨지지만, 그것이 유럽 중심의 국제법 질서와 규범의 해체 및 새로운 세계질서의 구축을 동반했다는 점에서 차이가 있다. 국제연맹을 국제연합의 전신前身으로 인식하던 종전 직후의 논의들도 국제연맹의 한계와 실패를 지적하기는 마찬가지였다. 이 맥락에서 국제연합은 국제연맹과 다른 전 세계적인 기구로 새로운 세계질서를 수립해야 한다는 주장에 지속적으로 직면해야 했던 것이다. 안토니오 네그리Antonio Negri·마이클 하트Michael Hardt, 《제국》, 윤수종 옮김, 이학, 2001, 28~33쪽도 이 지점을 문제 삼고 있다.

하는 방식으로 이루어졌다. 카를 슈미트가 《대지의 노모스》를 통해 선보인 '전 세계적인 경계선의 사상'은 기존 관념의 해체와 새로운 시대정신이 형성되는 사회역사적 분기점을 이르는 것이나 다름없었다. 소위 '공간혁명'이라고까지 지칭된 이 '전 세계적인 경계선의 사상'의 재정위 속에서, 기존 관념의 구현체라 할 국제연맹을 대체할 신국제법 질서와 규범이 또한 요청되고 있었다. '전 세계적인 경계선의 사상'이라는 인상적인 표현으로 카를 슈미트가 나타내고자 했던 것도 바로 이것이다. 따라서 그가 보기에 문제는 '전 세계적인 경계선의 사상'이 어떤 식으로 재구축되느냐였다. 이는 향후 세계 진로와 직결된 핵심 사안이기도 했다. 제2차 세계대전이 끝난 직후인 1950년에 그가 《대지의 노모스》를 출간하며, '전 세계적인 경계선의 사상'을 몇 단계로 나누어 역사적으로 고찰한 이유도 여기에 있었다. 종전 이후 몰아닥친 전 세계적인 변화에 변화에 맞선 그의 지적 긴장과 분투가 곧 '전 세계적인 경계선'의 사상으로 농축된 셈이었다.[2]

패전국 독일의 전범으로 뉘른베르크 국제전범재판에 회부되어 1년여에 걸쳐 베를린의 한 수용소에 감금된 역사적 일화는 카를 슈미트가 받은 위기감의 실체를 전해 주고도 남음이 있다. 왜냐하면 그는 뉘른베르크 국제

---

2 카를 슈미트는 1950년에 《대지의 노모스》를 출간한다. 카를 슈미트가 《대지의 노모스》에서 육지의 취득을 강조했음은 주지하는 바다. 그에 따르면, 육지의 취득은 전 세계적인 국제법 질서와 규범의 새로운 공간질서를 창출함으로써 비로소 지구적인 의미를 띨 수 있다. 이 차원에서, '전 세계적인global 경계선의 사상'이라고 그가 부른 역사적 이행은 언제나 가능한 것은 아니다. 그것은 구체적 장소를 지닌 육지의 취득과 분할의 법 창설적(정초적인) 계기를 지녀야 하기 때문이다. 이 같은 법 창설(정초)적인 계기를 동반한 '전 세계적인global 경계선의 사상'에 대해서는 카를 슈미트Carl Schmitt, 《대지의 노모스》, 최재훈 옮김, 민음사, 1995, 64~93쪽을 참조할 수 있다.

전범재판소가 〈평화에 대한 죄(공격전쟁)〉와 〈인도에 반한 죄〉를 평결의 근거로 삼은 것에 대해 깊은 충격을 받았기 때문이다.[3] 이 두 가지 범죄는 제1차 세계대전에서는 하등 문제가 되지 않았던 까닭이다. 제2차 세계대전은 제1차 세계대전과 같은 기존의 전쟁 관념을 불식시키며, 그 위에 새로운 국제법 질서와 상이한 규범을 도래시켰던 것이다. 그것이 도덕적 함의를 잔뜩 머금은 보편 개념과 보편(주의)적 국제법 질서로 나타났던 셈인데, 특히 〈평화에 대한 죄(공격전쟁)〉와 〈인도에 반한 죄〉는 보편(주의)적 국제법 질서와 규범을 현행화한 것이기도 했다.

지금까지 유럽과 그 외의 세계를 양분하여 유럽만을 국제법 질서와 규범의 특권적 장소로 간주해 왔던 유럽 공법의 세계질서에 비춰 보자면, 비록 유럽에 한정된 것이었다고는 하나 전쟁의 교전권이 동등하게 인정되었다. 주권국가의 정당한 권리 행사로 선전포고와 함께 전쟁 수행이 가능했던 데 비해, 카를 슈미트가 뉘른베르크 국제전범재판소에서 목도한 〈평화에 대한 죄(공격전쟁)〉와 〈인도에 반한 죄〉는 주권국가 간 동등한 교전권

---

3 카를 슈미트는 종전 직후인 1945년 9월 26일 미군에 체포되어 1946년 10월까지 베를린의 한 수용소에 감금되었다. 이 기간은 뉘른베르크 국제전범재판에 회부되어 심문을 받았던 5주 간을 포함한다. 뉘른베르크 국제전범재판에서 회부된 죄목은 크게 세 가지였다. 〈평화에 대한 죄(공격전쟁)〉, 〈전쟁 법률과 판례에 저촉되는 방법과 책략의 사용〉, 〈인도에 반한 죄〉가 그것이다. 채정근은 〈뉘른베르크 법정에 선 인류의 적 나치의 무리〉, 《신천지》, 1946년 6월 에서 인류가 이번 전쟁(제2차 세계대전)에서 발견한 두 가지의 가공할 만한 사실은 원자폭탄과 이후 다시 전쟁이 일어나면 인류 전체가 절명하리라는 것이라며, 이런 이유로 전쟁은 범죄이고 전쟁범죄자는 '인류문명'의 이름 아래 단죄되어야 함을 강조했다. 채정근의 설명에서 알 수 있듯이, 뉘른베르크 국제전범재판은 이 죄목으로 전범자들을 법정에 세웠다. 카를 슈미트가 충격을 받은 것은 기존에 전혀 죄로 인식되지 않았던 인류에 대한 죄의 법적 근거였다. 원자탄과 관련된 종전과 전후의 달라지는 세계상과 정치의 도덕화 및 도덕의 정치화에 대해서는 〈원자탄의 매개된 세계상과 재지역화의 균열들-종전과 전후, 한반도 해방자유화의 조건들〉, 《서강인문논총》, 2011에서 다루었다.

이 아닌 보편(주의)적 이념과 질서로 전쟁범죄를 '고발'하고 '단죄'하는 참으로 문제적인 현장이 아닐 수 없었던 것이다.

이처럼 제2차 세계대전 이후 도래한 세계상은 유럽 공법의 국제법 질서와 규범을 탈각시키고, 탈脫식민화의 전 세계적인 흐름 속에서 신국제법 질서와 규범을 창출시켰다. 다시 말해, 유럽과 나머지 식민지 간의 분할 구도에 입각해 있던 유럽 공법의 '전 세계적인 경계선의 사상'이 또 한 번의 변전을 맞게 된 것이었다. 유럽 내의 주권국가들에 한해 배타적으로 승인되던 유럽 공법의 국제법상 지위와 권리도 이제 구舊시대적인 것으로 간주되어 타기된다. 카를 슈미트는 이 지점에서 유럽 공법의 고유한 국제법 질서와 이념의 해체가 가져올 파괴적인 결과로 통국가화에 주목했다. 그는 이 통국가화의 전조를 무엇보다 전후 냉전의 두 주축인 미소에 의해 제2차 세계대전 중에 설립된 국제연합UN의 존재에서 찾고, 국제연합으로 표상되는 통국가화의 간섭과 개입이 유럽 공법을 떠받치던 주권국가의 자율적 기초를 훼손시킬 여지를 우려했다.[4]

카를 슈미트의 말마따나 보편(주의)적 이념과 질서에 근간한 통국가화의 역능은 (반)식민지로 분류되던 지역에서 족출한 신생국가들의 주권국가 만들기에 적지 않은 긴장과 모순을 초래하면서, 이 국가들이 향후 처하게 될 가능성과 한계를 예고하고 있었다. 카를 슈미트가 정치적인 것의 유

---

4 카를 슈미트는 냉전의 두 중추인 미소에 의한 '전 세계적인global 경계선의 사상'의 변용이 이전의 유럽 중심의 국제법 질서와 규범에서 볼 수 없는 형태로 체화되고 있음을 주장하며, 보편(주의)적 이념정치가 파상적으로 펼쳐지는 현실에 주의를 환기시켰다. 제2차 세계대전 이후 연합군이 점령한 패전국 일본과 독일뿐만 아니라 신생 독립국인 한반도는 이 단적인 현실로 비쳐졌다.

일한 행위자/결정자라고 했던 주권국가의 독립성이 심하게 제약받는 한편으로, 동시대적인 세계 인식과 개념은 국경을 횡단·교통하는 해방적 상상력과 사회정치적 운동을 촉발시켰기 때문이다. 패전국 일본뿐만 아니라 (반)식민지의 질곡을 국공내전으로 치른 중국을 포함해 식민지에서 갓 해방된 한반도도 예외는 아니었다.[5]

　동시대적인 연관성이 그 어느 때보다 민감하게 의식되던 때, 한반도는 해방 이후 첫 3·1절 기념행사를 가질 수 있었다. 1946년 제27주년 3·1절 기념행사가 그것이다. 좌·우파를 막론하고 한반도의 주권국가 건설과 관련된 공적 기념식이기도 했다. 하지만 알려졌다시피 첫 기념행사는 공동으로 치러지지 못한 채 분열된 광장정치로 귀결되고 말았다. 그토록 자랑스러운 기억으로 좌·우파 모두에게 호출되었던 3·1운동은 공동 기억과 기념으로 화하기보다 대립과 반목의 현장으로 찢겨졌다. 1946년 미군정이 3월 1일을 국경일로 제정되는 등 3·1운동은 국가사의 일부로 당당히 자리매김했지만, 갈라진 광장정치는 3·1운동을 공동 기억과 기념으로 수렴하지 못하는 한계를 드러냈다. 이 분열된 광장정치를 견인했던 것이 보

5　신도성은 〈전후세계체제론〉, 《신천지》, 1950. 3, 78~80쪽에서, 〈대서양헌장〉과 〈모스크바선언〉 및 〈포츠담선언〉이 지닌 의미를 되짚는다. "금차 대전을 일으킨 제국주의 침략 국가에 대해서는 그 무장을 해체하고 침략세력의 재건을 방지하기 위하여 모든 군국주의적 요소를 철저히 제거하며 정치·경제·문화의 모든 면에 있어서의 민주화를 촉진하고 전쟁범죄인을 처벌한다."(〈대서양헌장〉 제8항과 〈포츠담선언〉 제11항), "이상의 모든 목적을 달성하고 영구적인 국제 협조와 세계 평화를 실현하기 위하여 각국의 주권평등의 원칙에 입각한 전 세계적 규모의 일대국제기구 즉 《유엔》을 창설한다."(〈모스크바선언〉 제4항). 각각의 선언은 개별 국가의 자율성이 침략 전쟁을 비롯한 모든 군국주의적 요소의 배제, 민주화의 촉진, 전쟁범죄인의 처벌 등으로 언제든 훼손될 수 있음을 시사하는 것이었지만, 신도성의 인식은 여기에까지 가닿지는 않는다.

편(주의)적 규제력이었음을 살피는 데 이 글의 주된 목적이 있다. 3·1운동이 단순히 '국가'기념식으로만 그치지 않았던 저간의 배경을 다뤄 보고자 하는 것이다. 이때 첨예한 쟁점이 된 것은, 3·1운동을 둘러싼 참된 '계승'과 '대표자(지도자)'의 자질 여부였다. 정통성 문제와 착종된 참된 계승과 대표자(지도자)의 자질 여부는 헤게모니 쟁투를 야기하며, 탁치(신탁통치) 논쟁에 이어 분열된 광장정치를 심화시켰음을 또한 확인하게 될 것이다.

3·1의 참된 '계승'의 논리와
분열된 광장정치

1. 무릇 가정을 사랑하는 마음과 나라를 사랑하는 마음은 우리나라에서 특별히 그 열렬함을 본다. 이제 실로 이 마음을 확충하여 인류애의 완성을 향해 헌신적 노력을 기울여야 할 때다. 생각건대 오랜 기간에 걸친 전쟁이 패배로 끝난 결과, 우리 국민은 자칫 초조함으로 흘러 실의의 심연에 침윤되려는 경향이 있다. 궤격詭激한 풍조가 점차 거세져 도의를 지키는 마음이 몹시 쇠퇴하고 그로 인해 사상 혼란의 징조가 있음은 참으로 깊이 우려하지 않을 수 없다. 그래도 짐은 너희 국민과 함께 있으며, 늘 이해를 같이 하고 평안함과 근심걱정을 함께 나누고자 한다. 짐과 너희 국민 사이의 유대는 시종 상호 신뢰와 경애로 묶여지는 것이지 단순히 신화와 전설에 의해서 생기는 것이 아니다. 천황을 현인신賢御神으로 하고 또 일본 국민을 다른 민족보다 우월한 민족이라 하며, 나아가

세계를 지배할 운명을 가진다는 가공의 관념에 기초를 두고 있는 것도 아니다. … 이러한 것이 실로 우리 국민이 인류의 복지와 향상을 위해 절대적인 공헌을 할 까닭임을 의심치 않는다.

_ 히토裕仁, 〈연두조서〉, 쇼와 21년 (1946) 1월 1일[6]

　　2. 조선인인 우리들은 천황제 타도 문제에 관하여 여하한 태도를 취하여야 할 것인가? 일부 사람들 사이에서는 그 문제는 이미 일본인 자신의 문제이며 우리들 조선인이 이것에 관여할 문제가 아닐 뿐만 아니라 오히려 이것은 일본인의 조선인에 대한 증오심을 증대시키며 그것으로써 조선인과 일본인과의 사이에 감정상의 마찰 혹은 충돌을 분기시키는 원인을 만드는 것이라고 하여 이에 대해 반대하고 있다. 그런 고로 만약 조선인으로서 일본의 인민해방투쟁에 참가하여 천황제 타도 투쟁에 협력하는 자가 있다면 그것은 조선인의 이익을 배반하는 것이며 동시에 새로운 조선 건설 임무에 위배하는 것이라고 하여 여사한 투쟁에 참가하고 있는 조선의 민주주의자, 공산주의자에 대하여 반'민족적'이라는 명목으로써 위해를 가하려고 하고 있다. 그러나 이것은 큰 착오일 뿐만 아니라 사실은 정히 그 반대이며, 일본의 천황제에 대하여 그 타도를 위하여 투쟁하지 않는 자가 곧 조선인의 이익을 배반하는 행위이며 조선의 완전한 독립, 세계 민주주의 평화 정책을 부정하는 반민족적 배반 행

6　고모리 요이치小森陽一, 《1945년 8월 15일 천황 히로히토는 이렇게 말하였다》, 송태욱 옮김, 뿌리와 이파리, 2004, 170~171쪽에서 재인용했다.

동이다. _ 김두용, 〈조선인과 천황제 타도 문제〉, 《신천지》, 1946. 10.

　일단 두 인용문에서 출발해 보자. 1은 일본 천황 히로히토의 1946년 1월 1일 신년 〈연두조서〉이고, 2는 일본에서 천황제 폐지에 적극 나섰던 조선인 사회주의자 김두용의 글(《사회평론재건》, 1946.2)을 《신천지》에서 전재한 것이다.[7] 두 인용문의 논조 차이는 확연하다. 1은 현인신의 만세일계로 제2차 세계대전을 일으켰던 히로히토가 소위 인간선언을 통해 미일합작의 천황제 존속을 당연시하고 있다면, 2는 정반대로 조선과 일본 민중이 힘을 합쳐 그 천황제를 타도해야 한다고 주장하고 있기 때문이다.

　1에서 히로히토는 일본 국민을 대상으로 지금 "사상 혼란의 징조"가 있어 "참으로 깊이 우려"하지 않을 수 없지만, "그래도 짐은 너희 국민과 함께 있으며 늘 이해를 같이 하고 평안함과 근심 걱정을 함께 나누고자" 한다는 말로 자신의 통합적 권위를 보존한다. "우리 국민"과 "짐의 정부"라는 표현에 깃들어 있는 것도 그의 변치 않는 지위다. 그럼에도 이전의 현인신과 같을 수는 없는 법, 그는 패전국의 천황답게 상징 천황으로 스스로를 규

7　논의 맥락을 이해하기 위해 김두용을 잠시 소개하자면 다음과 같다. 김두용은 도쿄제국대학 미학과를 중퇴했지만 재학 중에 그는 무산자를 기본으로 한 새 사회 건설이 목적인 요시노 사쿠조吉野作造와 뜻을 같이 하는 신인회新人會에 가입했고 고경흠·이북만 등과 함께 무산자사를 조직했다(1장 참조). 일본에 거주하던 그가 귀국한 것은 해방 직후였다. 이때 그는 조선문학건설본부·조선문학가동맹·조선프롤레타리아예술가동맹에 가입했다. 동해 10월 그는 다시 일본으로 건너가 재일본조선인연맹 결성에 참여하게 된다. 1947년 북한으로 가기 전까지 그는 일본공산당 재건에 힘쓰며 12월에는 일본공산당 조선인부 부부장으로 활동하며 일본공산당 기관지 《전위前衛》에 한국인 문제에 관한 여러 편의 글을 발표하기도 했다. 위에서 인용된 글 역시 그가 일본에서 활동하던 당시 《사회평론재건》 2월호에 실린 것을 《신천지》에서 전재한 것이다.

정하고 과시한다. 이것이 "인류의 복지와 향상을 위해 절대적인 공헌을 해야" 한다는 보편(주의)적 규제력을 동원한 발언으로 뒷받침되고 있다는 점이 중요하다. 천황제는 존속시키되 이전처럼 신화와 전설에 기댄 만세일계의 현인신은 더 이상 성립될 수 없음을 그는 신년 〈연두조서〉로 재천명하고 있는 셈이었다.[8]

반면 2의 김두용은 일본의 천황제 존속이 지닌 문제점을 정면으로 반박한다. 일본의 천황제가 지속되는 한, "일본, 조선 양 민족의 일체의 민족적 편견을 해소시키고 참다운 평화와 제휴의 길은 이루어질 수 없"(48)기 때문이다. 일본의 천황제는 "과거 수십 년간 조선 민족을 억압하고 착취"했을 뿐더러 "조선을 침략하고 중국을 침략"해 왔을 따름이다. 따라서 일본의 천황제는 반드시 폐기되어야 한다는 것이 그의 주장이다. 만약 그렇게 하지 못할 경우 "연합국이 일본으로부터 그 진주를 중지하고 철퇴할 때" "야심만만한 일본의 자본가·지주들이 반드시 천황의 이름하에 〈실지회복〉혹은 〈일본 민족의 명예〉 등등과 같은 엉터리없는 화려한 어구로써 개시될 침략 전쟁에 몽매한 일본 인민"(46)을 앞세우리라는 테르미도르(반동)가 점쳐지기에 이른다.

천황제 존속과 타도의 상반된 이슈는 패전국 일본과 갓 해방된 한반도의 주권국가 건설의 긴장과 역설을 잘 보여 주는 실례이다. 어떤 주권국가

---

8 〈연두조서〉 전에 작성된 초고는 훨씬 더 보편(주의)적 성향이 짙었다. "이제 신년이고 신일본의 새로운 해다. 세계는 이제 국가보다 인류를 최대의 목표로 하는 새로운 이상을 가지고 있다. 동포애는 자연스러운 감정에 기초하는 것이고, 가족의 애정이며 국민의 애정이다. 그리하여 인류의 애정에 기초를 둔 것이다."(151-152) 몇 번의 개고 끝에, 보편(주의)적 지평의 통국가화는 많이 회석되고 말았다.

가 바람직한가를 놓고 구식민 본국과 구식민지 간에 정반대의 견해가 제출되고 있었기 때문이다. 한쪽은 "우리 국민"과 "짐의 정부"라는 수사로 천황제 존속을 정당화한다면, 다른 한쪽은 신생 독립국가로서 제국의 표징에 다름없는 천황제를 없애야지만 참된 평화와 안전을 담보할 수 있으리라는 인식차를 드러낸다. 천황제 존속과 폐지의 첨예한 전선은 결국 미일합작의 천황제 존속으로 귀결되었지만, 그럼에도 신국제법 질서와 이념의 보편(주의)적 규제력은 천황제를 놓고 경합과 대결을 가능케 했다.[9]

특히 "우리들 전부는 세계 더구나 극동에서 침략전쟁이 일어나지 않도록 이러한 근원이 되고 있는 일체의 요소 더구나 당면하고 있는 일본 천황제에 대하여서는 철저적으로 투쟁하지 않으면 아니 될 임무"(45)가 있음을 환기했던 김두용의 입장은 보편(주의)적 규제력을 무엇보다 앞세운다. 그 것은 "조선인 자신만의 힘으로써 해결될 것이 아니고 세계 민주주의의 반파시즘, 반군국주의적 투쟁 속에서 그것이 실현된 것인 것, 즉 국제정치 질서와 긴밀히 연결된 세계정세의 일부분"으로 "일체의 봉건적 군국주의적 잔재"를 소탕하는 "정치, 경제, 문화의 모든 방면에 긍하여 민주주의적 운동을 조성·촉진"(47)하기 위한 구체적 방도의 일환이라는 인식에서 재확인된다.

김두용이 주장하는 반파시즘·반군국주의 투쟁은 국제정치 질서와 긴밀히 연동하는 민주주의를 핵심 슬로건으로 했다. 일본 민중에게 손을 내

---

9 "제 국가는 민주혁명이 강제되며 이에 복종치 않으면 안 된다"는 일본 좌파 평론가인 마츠모토 신이치松本愼一의 견해와도 상통하는 발언이었다. 마츠모토 신이치松本愼一, 《신세계관과 일본》, 《신천지》, 1947. 11·12월 합병호, 22쪽.

밀며 천황제 타도의 공동전선을 요구할 수 있었던 것도 세계 언어로 화한 민주주의 덕택이었다. 민주주의는 연합국의 승리로 이미 검증된 통국가화의 지적 자산이자 수확에 다름없었기 때문이다. 갓 해방된 한반도의 대중매체가 〈상식 강좌〉 등의 타이틀로 민주주의의 전성기를 노래할 수 있었던 배경이기도 하다.[10] 예컨대 부르주아 민주주의, 진보적 민주주의, 프롤레타리아 민주주의, 인민민주주의, 신민주주의에서 심지어 미국식 민주주의, 소련식 민주주의까지 민주주의는 어느 말에나 통용될 수 있는 주술적 언어로 강력한 호소력을 발휘했던 드문 시대이기도 했던 것이다.

민주주의의 이러한 보편(주의)적 규제력은 민주주의의 실현을 또한 중심 과업으로 삼게 했다. 통국가화의 이념과 규준에 맞추어 민주주의를 주권국가 건설의 척도로 삼아야 한다는 의론이 비등했다. 이에 따라 민주주의 없는 주권국가 건설은 문제시될 수밖에 없었으며, 민주주의의 보편(주의)적 지평을 매개하지 않는 주권국가 건설은 의혹의 대상으로 떠올랐다. 민주주의의 시대정신과 부합하지 않는 주권국가 건설은 명백히 역행과 반동의 증좌로 간주되었던 것이다.[11] 민주주의가 유독 혁명의 언표와 결합하

---

10 갓 해방된 한반도에서 민주주의는 초미의 관심사였다. 각 잡지의 창간호는 한결같이 민주주의를 〈상식 강좌〉와 〈통속사회강좌〉 등의 형식으로 게재하거나 《개벽》처럼 '민주주의' 특집호로 내걸었다. 《신천지》의 창간호뿐만 아니라 《민성》과 우익 문예지로 알려진 《백민》 창간호는 모두 〈데모크라시〉의 이해와 설명에 지면을 할애하고 있다.

11 김두용을 비롯한 한반도의 이른바 급진(공산주의) 좌파들은 제2차 세계대전을 민주주의 연합국 대 파시즘 침략국가군으로 대별하고, 제2차 세계대전에서 제시된 세계사적 흐름과 역사적 과제를 민주주의 혁명으로 집약했다. 오쾌일의 〈민주주의노선의 세계적 전망〉, 《개벽》, 1946. 4, 103쪽은 민주주의 노선에 대해 다음과 같이 규정한다. "민주주의노선이란 민주주의를 가장 충실히 실행하고 옹호하는 대국大國 간의 견고한 공동전선이 없이는 전쟁의 종국적 승리를 재래할 수 없었으니 그는 전국의 구절을 검토할 것도 없이 구주에서는 영미에 의한 서부 제2전선 결성이 중대 역할을 한 것이요, 동아에 있어서는 소련에 의한

여 급진 세력의 대명사인 양 통용된 데도 카를 슈미트가 '전 세계적인 경계선의 사상'의 변동이라 일컬은 통국가화의 역능이 작용한 결과였음은 두말할 나위가 없다.

민주주의 혁명은 혁명 개념에 부수되는 기존 질서의 파괴와 단절을 중시한다. 민주주의 혁명이 과거가 아닌 현재와 미래의 이상을 기투한 '파괴를 통한 건설과 창조'에 역점을 두었던 것도 이로부터 말미암는다. 과거의 연장과 반복이 아닌 현재와 미래의 가치가 우선시됨에 따라 과거성의 지표는 배타시되었다. 즉, 결핍의 표상으로 과거가 환기되면서, 이를 만회하고 청산하려는 움직임도 가속화되었던 것이다. 과거의 부정적 유산과 연루된 물적·제도적·정신적 요소와 세력들이 비판과 견제의 핵심 대상으로 불려 나왔다. 이로 인한 왜곡과 변질도 적지 않아서 1946년 5월 오기영은 《신천지》의 〈삼면불〉을 통해 다음과 같은 비판적 관점을 노정하기도 했다. "국제노선을 지표로 하여 혹은 불란서혁명, 독일혁명, 소련혁명 혹은 모택동의 신민주주의 등에 부합시켜 보려는 것은 당연하지만 그에 공식적으로 추수한다거나 아전인수식으로 견강 부회코저 한다면 무리가 생길 것"[12]이라는 지적이었다. 이는 발리바르Étienne Balibar가 국가 건설의 필수적인 조건으로 언급했던 민족공동체의 상상적(허구적) 일체성과 통합성을

제2전선(대륙전선)이 결정적 의의를 가져온 것임을 명료히 하는 것"이었다. 또한 신생하는 민주주의 원칙은 "국제 파쇼 세력과 침략적 민족성의 복멸을 전제로 하는 진정한 민주주의의 세계적 건설이요, 진정한 민주주의적 방법에 의한 국가 재건"이었다. 오쾌일의 주장은 김두용의 논의와 겹쳐지며, 민주주의 혁명이 보편(주의)적 국제법 질서와 이념의 통국가화, 즉 세계노선에 부합하는 것이라는 점을 환기시켰다.

12 오기영(동전생), 〈삼면불〉, 《신천지》, 1946. 5, 22쪽.

훼손시키는 날카로운 분단선이 되고 있었다는 점에서, 오기영이 민주주의 혁명의 남용을 걱정했던 것도 무리는 아니었다.[13]

민주주의 혁명이 풍미하던 갓 해방된 한반도에서, 가장 큰 행사 중의 하나였던 1946년 3·1절 기념행사가 오기영의 우려대로 따로 개최되었던 것도 이 연장선상에 있었다. '기미' 측의 우파 진영과 '3·1' 측의 좌파 진영이 서울공설운동장과 남산공원에서 3·1절 기념행사를 각기 거행했기 때문이다. 탁치 논쟁에 이은 3·1절 기념행사의 별도 개최는 진영 간 힘겨루기의 현장으로 비쳐지며, 이에 대한 양보 없는 설전과 공격이 오갔다.[14] 홍종인은 "3·1측과 기미측을 합동시키기에 신문대표단이 출마한 것까지는 좋았으나 합동에 불응하는 측의 행사는 보도를 거부한다는 제재 규정을 내었던 것은 민족적 최대의 행사에 대한 신문기관으로서의 반민족적인 독단이요, 일종의 폭력행사"[15]임을 강조하며, 3·1절 기념행사를 따로 연 좌·우파 진영과 이를 합동공작으로 저지시키려던 언론계를 싸잡아 일갈하기도 했다.

---

13   발리바르Étienne Balibar는 *Race, Nation, Class*, Verso, 1991, 92~96쪽에서, 국민국가는 상상적(허구적) 민족성fictive ethnicity을 필요로 한다고 말한다. 상상적(허구적) 민족성은 한 국가의 외적 국경을 내집단의 인격체로 항구화하는 토대가 된다는 것이 그의 설명이다. 그는 상상적(허구적) 민족성이 지역 주민들을 과거에서 미래로 이어지는 자연적 공동체로 만듦은 물론, 집단적 동질성의 공동 운명과 계보를 만들어 내게 된다고 지적하고 있는데, 이는 어떠한 국민국가도 소여의 '민족적' 기초를 갖는 일은 없음을 의미하는 것이기도 하다. 정치투쟁과 권력화의 자원과 원천으로 민족은 발견되거나 사후적으로 형성될 뿐이다.

14   민전(민주주의민족전선)이 발간한 《조선해방연보》, 조선해방연보출판부, 1946을 재발간한 《해방조선》 I, 과학과 사상, 1988, 37쪽은 〈일지〉에서 1946년 3월 1일을 "3·1운동기념 시민대회를 남산공원에서 거행, 기미준비회측은 서울운동장에서 개최, 도쿄東京·오사카大阪·히로시마橫濱 등 각지에서 3·1기념으로 인민대회, 해방전사추도식 등을 거행"했다고 정리한다.

15   홍종인, 〈정계와 언론과 정당-언론자유는 과연 확보되고 있는가〉, 《신천지》, 1946. 6, 26쪽.

《신천지》 창간호 〈상식강좌─ 1946년 서울공설운동장에서 열린 3·1 기념행사
민주주의〉

탁치 논쟁에 이어 한반도의 찢긴 광장정치는 1946년 3·1절 기념행사로
재연되었다. 김민환은 〈한국의 국가기념일 설립에 관한 연구〉에서, "3·1
운동이라는 정당성의 원천을 누가 주도적으로 자신의 정당성으로 전환하
는가를 둘러싸고 피할 수 없는 충돌"이 벌어졌음을 지적한 바 있다. 3·1운
동의 공동 기억과 기념 대신 누가 3·1운동을 진정으로 계승할 자격과 지
위를 갖추었는지를 따지는 헤게모니 쟁투의 현장으로 변모했다는 것이다.
적어도 1946년까지 조직과 세력에서 앞섰던 좌파 진영은 둘로 나뉜 3·1
절 기념행사의 전국적인 주도권을 쥘 수 있었지만, 김민환에 따르면 "3·1
운동을 자신들의 상징적 자원으로 동원하고자 하는 능력에서는 우파"가
앞섰다. 서울공설운동장에서 개최된 우파 진영의 3·1절 기념행사(오른쪽
사진)는 임정의 얼굴인 김구를 위시해 "대한민국 28년 2월 28일로 표기하

여 3·1운동이 일어난 1919년을 자신들의 원년"으로 공표하는 발 빠른 움직임을 드러냈기 때문이다. 이를 통해 우파 진영은 "자신들(만)이 3·1운동의 적자"[16]임을 자부할 수 있었다.

1919년 3·1운동을 원년으로 한 임정 수립의 유산은 "3·1을 3·1답게 기념할 수 있는 대의와 명분"[17]을 우파 진영에게 제공했다. 이는 과거를 선점한 우파 진영에 대항해 좌파 진영의 논리를 보편(주의)적 규제력에 입각한 현재와 미래에 방점을 찍게 했다. 즉, 3·1절 기념행사에서 우파 진영이 발딛고 선 과거 유산이 아닌 현재와 미래의 이상을 기투한 민주주의 혁명의 관점에서 반파시즘과 반군국주의 저항 투쟁을 강조하는 식으로 의미의 전환이 일어났다는 뜻이다. 좌파 진영은 과거로 무한 회귀하는 기원의 절대화가 아닌 통국가화의 시대정신과 맞닿는 3·1운동 '이후'를 강조하는 형태로 임정 '법통'을 금과옥조처럼 내세우는 우파 진영에 맞서고자 했던 것이다. 좌파 진영이 다음 선언문처럼 3·1운동의 역사적 의미를 재구성하는 차이를 새겨 놓고자 했던 이유이기도 하다.

3천만 동포들이여! 형제들이여! 자매들이여! 1919년 3월 1일! 이 날을 기하여 일부 친일파를 제외한 전 조선민족은 남녀노유男女老幼 할 것 없이 강도 일본제국주의를 타도하기 위하여 일제히 궐기하였던 것이다. 천지를 진동시킨 독립만세의 함성은 무단정치의 철편鐵鞭으로 우리 민

---

16 김민환, 〈한국의 국가기념일 설립에 관한 연구〉, 서울대 석사논문, 1999, 30~31쪽.
17 〈3·1행사문제〉,《동아일보》, 1946. 3. 4-6.

족을 압박하고 착취하던 일본제국주의와 그 주구배의 간담을 서늘하게 하였다. … 실로 3·1운동은 조선민족이 해방과 독립을 전취하기 위한 피의 기록이었다는 의미에 있어서 그 후 27년간 해내·해외에서 전개된 반일혁명투쟁의 계기를 이루었다는 의미에 있어서 조선민족해방투쟁사의 첫 페이지를 장식하는 최초 차且 최대의 항쟁이었다고 할 수 있으며 또한 불멸의 기념탑을 이루었던 것이다. … 우리는 해방 후 처음 맞이하는 3·1기념사업을 민족통일촉성에 이바지함으로써 의의 있게 하려는 것이며, 이렇게 하는 것만이 3·1운동에 피 흘린 우리 동포들의 유지를 계승하는 소이라고 생각하는 것이다. 우리 3·1기념전국준비위원회가 실로 이와 같은 민족적 요청인 기념행사의 통일을 목적으로 한 신한민족당, 인민당, 독립동맹, 공산당, 조선민주당 등 5당회의의 공동성명에 의하여 전기 5당과 제 대중단체를 망라하여 조직된 것이다. … 우리는 가장 경건한 마음으로 맞아야 할 민족적 기념행사에 있어서 법통만을 주장하는 것은 한 개의 정치모략의 도구로 이용하는 것으로 단정(방점은 필자)할 것이며, 나아가서는 민족분열의 책임은 기미독립선언전국대회를 지도하고 있는 한민·국민 양 당의 지도자들이 져야 할 것을 3천만 동포에게 성명한다.[18]

3·1기념전국준비위원회, 즉 3·1 측의 좌파 진영은 3·1운동이 "일부 친일파를 제외한 전 조선민족이 남녀노유男女老幼 할 것 없이 강도 일본제국

---

18 〈3·1기념전국준비위원회, 기념행사에의 참석 호소〉, 《전단》, 1946. 2. 26.

주의를 타도하기 위하여 일제히 궐기"했던 사건으로 의미화한다. "천지를 진동시킨 독립만세의 함성은 무단정치의 철편鐵鞭으로 우리 민족을 압박하고 착취하던 일본제국주의와 그 주구배走狗輩의 간담을 서늘하게 한" 초유의 사건이라는 설명이다. "조선민족의 독립과 해방을 위한" 이 "간절한 외침"은 그러나 "인류 역사상 유례를 찾기 어려운" 일제의 무력 탄압으로 "피의 기록"을 이루고 말았지만, 이 피의 기록을 딛고서 3·1운동은 "조선민족해방투쟁사의 첫 페이지를 장식하는 최초 차且 최대의 항쟁"이자 "불멸의 기념탑"이 될 수 있었다는 것이다.

일부 친일파를 제외한 "전 조선민족"이 "조선의 해방과 독립을 전취"코자 했다는 위 선언문의 내용에 의하면, 3·1운동은 김구를 필두로 한 우파 진영의 전유물이 될 수 없었다. 더하여 "27년간 해내·해외에서 전개된 반일혁명투쟁"은 3·1운동을 이어 나갔던 진정한 혁명투쟁의 역사를 이루었다. "27년간 해내·해외에서 전개된 반일혁명투쟁"이 없었다면, 3·1운동의 "피의 기록"은 무의미해졌을 것이기에 말이다. 이는 "민족적 기념행사에 있어서 법통만을 주장하는" 우파 진영을 과거 망령에 사로잡힌 구(전)세력으로 동질화하는 것이기도 했지만, 민주주의 혁명에 입각한 반제국주의와 반파시즘의 저항 투쟁을 주도했던 좌파 진영을 부각시키는 것이기도 했다. 좌파 진영에 의한 이 같은 3·1운동의 역사적 재의미화에 따라 망국적인 분열 책동을 꾀하는 구(전)세력과 신세력 간의 전선 역시 명확해진다.

3·1운동을 둘러싸고 전개된 정당성 전유와 헤게모니 쟁투는 우파 진영의 1919년 3·1운동과 임정 수립의 기념비화에 맞서, 3·1운동 이후에 방점을 두는 좌파 진영과의 대립각을 빚어냈다. 1946년의 별도 기념행사는

우파 진영의 기원 회귀에 대항해 이후를 중시하는 좌파 진영 간의 선명한 대치선을 형성했던 것이다. 1946년 좌파 진영의 김오성이《지도자론》을 쓰면서 쏘아올린 대표자(지도자)의 자질 여부가 3·1운동의 정통성 경쟁과 연동하여 참된 '계승'의 문제를 점화시킨 것도 이 특정한 시대 흐름과 관련 깊다. 그의《지도자론》은 갓 해방된 한반도의 국가 건설에서 누가 대표자(지도자)로 적합한가를 3·1운동의 참된 계승과 직결된 것으로 사고하는 진영 간 경쟁에 불을 붙였기 때문이다.[19]

다음 장에서 살펴볼 것은 3·1운동의 찢겨진 광장정치가 현재의 권력 지형을 반영하는 대표자(지도자) 논쟁으로 비화되어 갔던 사정에 대한 이야기다. 누가 진정한 지도자의 자질을 갖추었는지를 둘러싼 격화된 갈등은 결국 1947년 3·1절 기념행사를 폭력으로 얼룩지게 했지만, 그 사이에서 오갔던 주권국가 만들기의 모순과 역설은 완전히 지워지지 않았다.[20] 전 세계적인 통국가화의 양상은 주권국가 건설에서 침범 불가능하다고 여겨진 '주권'을 제약하며, 반탁(신탁통치 반대)만이 능사는 아님을 또한 일깨워주었기 때문이다. 남과 북을 분할·점령한 미군정과 소군정의 존재가 그러하거니와 이 속에서 김오성의《지도자론》이 점화한 대표자(지도자) 경쟁은 남/남, 남/북, 북/북의 분열과 적대를 가속화하게 된다. 3장은 이를 중

---

19 김오성,《지도자론》, 조선인민보사후생부, 1946.

20 〈3·1절 기념식을 마친 좌우익 시위대가 충돌, 경찰 발포로 사상자〉,《조선일보》·《동아일보》·《서울신문》, 1947. 3. 2. 이 신문 기사에 따르면 3월 1일 오후 4시 3분 전 서울운동장에서 기념행사를 치른 전국학생연맹學聯과 남산공원에서 식을 마치고 내려오던 3·1 측이 서로 충돌을 빚어 경관 측에서 이들에게 발포하는 과정에서 다수의 사상자를 내었다고 한다. 이 신문 기사가 전하는 사상자의 명단은 다음과 같다. "朝鮮中學 1년생 鄭仁洙(16) 頭部貫通卽死, 서울中學 4년생 張永煥(18) 頭部輕傷, 女學生 1명 重傷, 女學生 1명 輕傷."

심으로 이광수의 《나의 고백》이 드러내는 신친일파의 형상을 재독해 보고
자 한다.

김오성의 《지도자론》과 이광수의 《나의 고백》 간 경쟁과 신친일파의 대두

김오성은 1946년 4월 《지도자론》을 펴냈다. 그 〈서문〉에서 "우리의 해방
은 자력에서가 아니라 연합국의 승리에 의해서 획득되었다. 그러나 만일
우리 민족이 36간의 집요한 반일투쟁이 없었다면 우리 민족의 자주독립의
실력이 국제적으로 인정되지 못했을 것"[5]이라고 주장했다. 이러한 전제
하에서, 그는 "일제와 싸우다가 쓰러진 혁명 선배 동지 즉 민족지도자인
선열들"의 "시체를 발판삼아 밟고 넘어온 혁명투사들이 민족의 지도자로
서 해방 후 건국공작에 착수하고 인민대중이 그들의 절규에 호응하여 모
이고 엉키게 된 것은 극히 당연"[5]하다는 견해를 내비친다.

　이 책을 쓸 당시 김오성은 민전의 상임위원과 선전위원을 겸임하며, 《조
선인민보》에도 참여하고 있었다. 그의 발언이 좌파 진영의 입장을 대변한
다고도 볼 수 있는 까닭이다. 그는 선전 책자형의 이 책을 통해 제2차 세계
대전으로 촉발된 현 정세를 세계사적 전형기轉形期(혹은 전환기)로 규정하
며, 군국주의적 파시즘에 대한 민주주의 시대의 승리로 규정짓는다. 다만
그는 지나간 것과 새로운 것이 교차하는 세기적 분기점에서, 새 세기의 표
상인 민주주의 시대는 저절로 도래하지는 않을 것임을 천명한다. 그것은

민주주의 시대가 실현되기 위해 "실제에 있어서 유능한 지도자"(37)가 있어야지만 가능하기 때문이다.

"민족 재건이 세계사적 전환의 시기와 보조를 같이하여 진행되고 있는 이때에 지도자의 조그만 오류가 민족 백년의 대계를 그르칠 뿐 아니라 세계평화를 교란하여 세계사의 행정을 지연시킬 우려"(37)가 있다고 김오성은 단언한다. 말하자면, 어떤 지도자를 선택하느냐에 따라 민주주의 시대를 실현할 수도 그렇지 않을 수도 있는 절박한 갈림길에 처해 있다는 것이 그의 진단이다. 따라서 그는 지도자상을 대별하며, 모범적 지도자의 윤곽을 그린다. "기성 규범의 수호가 아니라 세계사적 견지에서 파악된 새로운 규범"(42)을 수호하고, "세계사의 방향과 반대되는 낡은 규범에 대해서는 강력한 파궤자破潰者"(43)가 되는 것이 바로 모범적 지도자의 형상이었다. 민주주의 시대는 정확히 이 지점, 즉 민주주의 혁명의 세계사적 방향과 궤를 같이하는 참된 지도자를 절실히 요청하고 있다는 것이다.

이에 따른 지도자가 두 부류로 변별된다. 하나는 세계사적 과업과 임무를 구현할 진정한 지도자와 다른 하나는 이를 호도하고 변질시키는 사이비지도자이다. 이 같은 마니교적 이분법으로 김오성은 진짜 지도자 그룹과 이를 참칭하는 사이비지도자들의 면면을 그려가게 된다. 그가 사이비지도자로 분류한 그룹에는 자기 기만과 소위 '민족지사층' 및 자기 과오를 저지른 인물들이 포함되었다. 그중에서도 자칭 '민족지사층'의 위선은 더욱 문제시되었다. 무엇보다 이들을 형성하는 핵심층이라고 할 3·1운동의 '법통'을 자부하는 정통파들이 불려나오게 되는데, 3·1운동을 특권으로 여기는 이들에게 호된 비판이 가해진다.

"3·1운동을 지도하여 조선민족의 자주독립의 의지를 중외에 표명한" 소위 이 3·1운동의 정통파들은 "동양적인 조선의 봉건제도로 인하여 근대적 시민계급을 완전히 형성시키지 못해서 일본의 침략 이래로 망국지탄亡國之歎을 품고 조국광복의 뜻을 품어온 중간층에 속하는 민족지사 또는 사회유지군"(57)에 속한 인물들이다. 이들이 지닌 조국에 대한 충정과 나라 상실에 대한 울분은 식민지 시기의 특수성 하에서 그 빛을 발할 수 있었다. 하지만 이제 해방된 한반도에서 이들이 지닌 한계 역시 결정적이라고 김오성은 주장한다. 왜냐하면 이들은 "본래 특정한 계급적 이해를 갖지 못한 부동적 중간층이었으므로 그 뒤의 불리한 정세는 그들로 하여금 여러 가지 운명의 길을 걷게"(57) 하여 사이비지도자로 전락시키고 말았기 때문이다.

민족지사 또는 사회유지의 정통파라 볼 수 있는 일군이다. 3·1운동 이래 해외의 지사군에서는 진보파와 보수파와의 분열이 생겨 진보파는 세계사적 조류를 타고 적극적인 항일투쟁에로 매진하는 반대로 보수파는 적극적 항일은 단념하고 일종의 표랑객漂浪客으로 한낱 불우의 비극을 맛보게 되었으며 국내에서는 신간회운동을 최후로 그 지사적 기개도 진盡해서 일제의 유혹에 의해서 전락되고 남은 부분은 오직 퇴피책退避策으로서 민족적 양심을 유지해오다가 일본의 중국 침략의 개시 이래 혹자는 의식적으로 혹자는 유혹과 탄압으로 지원병, 학병, 징병, 징용, 공출 등의 권장·유설로서 침략전쟁에 일본을 방조幇助해온 것이다. 엄밀하게 따진다면 이들 중에서 소극적이나마 고절을 지켜온 분은 극히 희소하며 적극적 항일투쟁을 계속한 분은 더욱 희귀한 것이다. 이러한 소위 민족지사, 사회유지의 정통파들이 해방 후 태연히 민족의 지도자로서 자처하고 나선 것이다. 그러나 인민대중은 그들을 탐탁하게 환영하지 않았다. … 그러다가 옛날 3·1운동 당시의 같은 부류였던 해외의 표랑객들이 입국하자 그들과 합세하게 되었으며, 그러고도 지지하는 인민대중이 없음에 그들은 민족 반도叛徒와 합작해 가지고 한낱 반동적 세력을 형성하기에 이른 것이다.(58)

위 인용문은 3·1운동 이후 이들 '민족지사층'의 적극적인 항일투쟁이 유명무실해졌음을 날카롭게 파고든다. 진보파와 달리 한 무리의 표랑객이 되거나 "일본의 중국침략의 개시 이래 혹자는 의식적으로 혹자는 유혹과 탄압으로 지원병, 학병, 징병, 징용, 공출 등의 권장·유설로서 침략전쟁에 일본을 방조幇助해" 왔기 때문이다. 3·1운동 이후 이들의 지리멸렬함과 변절은 "일제의 온갖 잔학한 탄압에도 불구하고 반일투쟁을 계속해 온 진정한 민족지도자"와는 상치되는 행보를 보여 주었다. 이들은 3·1운동의 참된 정신을 배반했을뿐더러 현재의 국가 건설을 향한 도정에서도 "민족 반도叛徒와 합작해" 반동 세력으로 화했을 뿐이었다.

김오성이 사이비지도자로 분류한 '민족지사층'은 "현재만이 아니라 과거의 잔재까지 일체 거부하고 보담 이상以上의 것을 희구하며 갈망하는 심정에서 새겨지는 앞으로 나타나지 않으면 안 될 혁명적 정열"(18)의 진정한 지도자와는 판이했다. 3·1운동 이후 이들의 도정은 세기적 전환기의 시대적 과업을 맡기에 이미 흘러간 구시대의 잔재에 지나지 않는다는 거부감의 발로였다. 그런데 문제는 이들이 자신의 현재 위치를 알지 못한 채 부단한 권력욕으로 진정한 지도자인 양 자처하면서 인민대중을 호도하고 있다는 점이었다.

사이비지도자와 진정한 지도자를 구별하고 참된 지도자의 자질 여부를 문제 삼는 김오성의 《지도자론》은 당면한 권력 지형의 역학을 또한 반영하고 있었다. 3·1운동을 독점하려는 우파 진영의 논리에 맞서 한반도 주권국가 건설의 맥락을 통국가화의 보편(주의)적 지평으로 재구성하려는 김오성의 노력은 우파 진영이 한반도 이남인 대한민국의 실질적인 담당자가 됨으로써 억압/봉쇄되고 말았다. 이는 3·1운동의 적자임을 주장하며 임정 법통을 내세웠던 김구의 임정을 대한민국으로 추상화하는 과정과 동시에 진행되었다. 김구의 임정이 대한민국의 국체로 물(신)화되는 것과 병행해 대한민국은 좌파뿐만 아니라 김구로 대변되는 중도우파를 배제하는 반공우파의 지배세력화로 귀결되었던 것이다.

1947년 7월 《신천지》의 〈(민정장관을 사임하고) 기로에 선 조선민족〉에서, 안재홍은 다음과 같은 솔직한 소회를 토로한 적이 있었다. "법통으로 굳게 지키어 스스로 걸어 내려와 타협할 수 없는" 임정의 배타적 주장은 좌파 진영인 인공 측의 "양자 동시 해체, 평지재건식의 논법과는 조화될 길"이 없었다고 말이다. "중경의 임시정부는 이미 연합열국의 공식 승인을 얻었고 그 배하 십만의 독립군을 옹유하였으며 미국으로부터 십억 불의 차관이 성립되어 이미 일억 불의 전도금을 받고 있는 터인즉 일제 붕괴되는 때에 십만 군을 거느리고 십억 불의 거금을 들고 조선에 돌아와 친일

거두 몇 무리만 처단하고 그로써 행호시령行呼施令"[21]하리라는 초기 임정에 대한 과잉 인플레이션이 낳은 치명적 결과이기도 했다. 한반도 이북의 좌파 진영이 소군정의 비호 아래 상대적으로 안정된 권력 기반을 확보할 수 있었던 데 반해, 미군정의 압도적 물리력이 우파 진영에 현저히 기울어졌던 한반도 이남의 좌파 진영은 자신의 생사존망을 《지도자론》에 담아내며 항거했지만 역부족이었음을 1948년 7월 17일에 제정된 대한민국 헌법 〈전문〉은 여실히 드러내 준다.

"유구한 역사와 전통에 빛나는 우리들 대한민국은 기미삼일운동으로 대한민국을 건립하여 세계에 선포한 위대한 독립정신을 계승하여 이제 민주독립국가를 재건함에 있어서 정의인도와 동포애로써 민족의 단결을 견고히 하며 모든 사회적 폐습을 타파하고 민주주의 제 제도를 수립한다."[22] 1919년 3·1운동을 원년으로 한 임정의 단절 없는 연속체가 곧 대한민국이라는 함의이다. 뒤이어 민주주의 혁명을 전위하는 국제연합UN의 결정에 의해 한반도 이남은 5·10 총선거를 실시하여 제헌의회를 구성하고, 헌

---

21 안재홍, 〈(민정장관을 사임하고) 기로에 선 조선민족〉, 《신천지》, 1948. 7, 7~9쪽. 안재홍은 지식인을 망라한 일반 민중의 기대감이 곧 실망감으로 바뀌었음을 증언한다. "일주일이 지나 벌써 민중은 불안을 품었고 일 개월이 되어서는 초조하였다. 〈남북통일·좌우합작〉이 구호처럼 들렸고 임정부 내 좌방세력이 포섭되어 있느니만치 좌우협상이 상당히 되려니 하"였으나 그렇지 못했다는 것이다.

22 유진오, 《헌법해의》, 명세당, 1949, 15쪽. 대한민국 초대 헌법 〈전문〉은 김구의 임정이 의사-인격인 대한민국으로 통합되었음을 성문화했다. 임정의 상징적 인물이던 김구의 몰락과 죽음은 임정의 법통을 대한민국의 의사-인격화된 권위로 물(신)화하는 중요한 전환점으로 작용했다. 왜냐하면 김구로 표상되는 임정의 권위는 임정을 한 개인이나 집단으로 치부케 했으며 이들에 대한 공격을 임정에 대한 도전으로 여기게끔 했기 때문이다. 하지만 헌법 〈전문〉에 새겨진 임정 법통은 특정 인물이 아닌 대한민국을 가리키는 보편명사로 추상화하게 된다.

법을 제정하여 대한민국을 수립했다는 보편(주의)적 규제력의 통국가적 권위를 또한 확보하게 된다. 민주주의 혁명을 치환하는 대한민국의 이러한 외적 권위에 임정의 법통을 잇는다는 내적 계보화가 합쳐져 대한민국은 한반도의 유일무이한 합법정부로 스스로를 인격화·실체화할 수 있었던 셈이다.

임정의 법통을 대한민국의 자기 발생적 기원과 원형으로 되돌리는 이 공식 역사는 대한민국의 정통성을 재확인하는 것이기도 했다. 대한민국의 수립이라는 사후적 사건이 임정을 대한민국의 전사前史로 만드는 전도된 원근법이 자연화된다. 이로부터 대한민국은 임정의 자기 발생적 진화와 발전의 산물로 간주되며, 임정 법통의 후신이 대한민국이라는 공식 역사가 정착되어진다. 이 과정에서 통국가화의 민주주의 혁명으로 3·1운동의 참된 계승과 대표자(지도자) 자질을 문제 삼았던 다른 목소리와 인물들은 시야에서 사라졌다. 대한민국으로 일체화된 임정의 법통은 더 이상 합법성과 정통성 경쟁을 허락지 않는 단일체로 상상되거나 강제되었기 때문이다. 대한민국 수립과 임정 법통의 성문화가 이광수의 《나의 고백》이 발표된 1948년 12월의 시점과 긴밀히 맞물리는 것도 이와 연관하여 자못 의미심장하다.

이광수는 《나의 고백》을 간행하게 된 연유를 《나의 고백》의 〈서문〉에서 밝힌다. "친일파노릇을 한 데는 반드시 곡절이 있을 것이니 그 곡절"을 말하라는 친구들과 "무조건하고 잘못"[23]했다고 인정하고 사죄하라는 친구

23 이광수, 〈나의 고백 서문〉, 《이광수 전집》 16, 삼중당, 1963, 332쪽.

의 권유 사이에서 마음의 결정을 내리지 못한 채 망설이고만 있었음을 토로하는 가운데 말이다. 그런데 이 갈등과 번민을 접고 자신의 자전적 일대기인 《나의 고백》을 1948년 12월에 발표했던 것이다. 《나의 고백》은 고백이라는 사적 형식에 민족사를 중첩시키는 서술 전략을 선보였다. 민족사로 화한 자전적 일대기의 〈서문〉 말미에서 그는 자신의 지향점을 명시하기에 이른다.

이 서문을 쓸 때는 여수·순천 사건이 있은 후요, 구례·오대산 방면의 경보로 놀라는 때다. 유엔에서의 우리 문제는 금명간 상정된다 하고, 국내에서는 서울과 경기도에서만도 반란 혐의로 이천 명이나 검거가 되었으며 미군 철퇴설, 이북 인민군 공세설로 인심이 자못 흉흉하고 이에 대한 대책으로 국민조직법·징병법·국가보안법 등이 혹은 통과되고 혹은 토의되고 있는 때다. 나는 이런 위급한 때에 이러한 한가한 글을 쓰고 있는 것이 부끄럽다. 그러나 원컨댄, 이 글도 민족 위기를 면하는데 작은 도움이 되기를 바란다.

지금 대한민국은 지극히 혼란스럽다. 그런데 이 화급한 시기에 한가한 개인사나 쓰고 있는 나 자신이 부끄럽다. 하지만 이 책이 민족 위기를 모면하는 데 작은 도움이 될 것을 기대하기에 쓰고 있다. 이러한 일련의 진술은 책 부록에 실린 〈친일파의 변〉과 공명한다. 이광수의 《나의 고백》의 부록편인 〈친일파의 변〉은 대한민국이 한반도 이남의 좌파 진영을 제거해 가는 것과 조응하는 신친일파의 논리를 선취하며 재구성하고 있다는 점에서 눈여겨볼 만한 가치가 있다.

1948년 9월 22일 법률 제3호 〈반민족행위처벌법〉과 12월 7일 법률 제
14호 〈반민족행위특별조사기관조직법〉에 따라 조직된 반민특위에 의해
이광수는 1949년 2월 9일 체포되었다가 한 달도 채 되지 않아 슬그머니
석방되었다. 〈친일파의 변〉은 이 민감하고 급박한 시기에 쓰인 것이다.
그가 〈친일파의 변〉을 《나의 고백》의 부록으로 굳이 끼워 넣은 배경이기
도 할 것이다.[24] 하지만 이것만이 〈친일파의 변〉을 쓰게 된 전부는 아닐
터, 〈서문〉에서 언급했다시피 그는 이 책의 발표 시기를 신중하게 고려해
왔기 때문이다. 그 시점이 대한민국이 대내외적으로 자신의 존재를 가시
화하던 1948년 12월이었다. 이러한 시기상의 일치는 그가 대한민국의 수
립을 초조하게 지켜봤다는 증좌이며, 이때에 맞추어 〈친일파의 변〉을 부
록으로 한 《나의 고백》을 발표했다고 할 수 있다. 이러한 사회역사적 맥
락에 비추어 《나의 고백》은 대한민국의 탄생과 그 운명을 같이했다고 말
할 수 있을 정도이다.

이광수는 임정 수립에 기여한 자신의 행보와 더불어 3·1운동 이후의 한
반도(조선) 상황에 대해 꽤 많은 분량을 할애해 썼다. 3·1운동을 계기로

---

24 〈반민족행위처벌법 공포〉,《서울신문》, 1948. 9. 23.; 〈반민족행위특별조사기관조직법과 반
민족행위특별재판부부속기관조직법, 법률 제14호·제15호로 공포〉,《관보》, 1948. 12. 7이
법률 공포에 따라 이광수는 1949년 2월 9일 반민특위에 체포되었다가 3월 4일 보석으로
풀려나온다. 여기서 드러나듯이, 1948년 대한민국은 이미 친일의 의제 자체를 무력화하고
있었다. 이광수의 보석과 관련해서는 〈이광수, 반민족행위특별조사위원회의 조사를 받던
중 보석으로 석방〉,《서울신문》, 1949. 3. 6의 다음 기사에서 확인 가능하다. "반민특위에 2
월 7일 체포구금 이래 이병홍李炳洪 조사관의 준엄한 문초를 받아오던 친일문필가 이광수
를 4일 하오 4시경 돌연 보석하였다."

분출된 강렬한 민족의식이 당시 한반도의 억압적 상황으로 인해 제대로 충족되지 못하면서, 한반도(조선)에 공산주의자들이 대두했다는 진술이 그것이다. 그럼에도 자신은 3·1운동 이후에 전염병처럼 퍼진 공산주의자들과는 다른 길을 걸어왔노라고 주장한다. 그에 따르면, 민족주의자의 일관된 길이었고 자신의 친일도 3·1운동 이후 민족을 위한 알리바이의 일환이었다는 설명이다. 공산주의자와 대치하는 민족주의자의 한결같은 자세로 그는 자신의 친일을 "돈이나 권세나 명예가 생기는 노릇은 아니었지만 민족을 위해서"[25]라고 정당화했다. 마치 임정 법통이 대한민국의 공식 역사로 물신화되었듯이, 그의 친일도 민족을 위한 행위로 물신화되는 향후 이어질 신친일파의 형상을 만들어 내는 현장이었다.

〈친일파의 변〉의 한 장을 이루는 "대한민국과 〈친일파〉"에서, 그는 임정 법통을 이은 한반도의 유일무이한 합법정부인 대한민국의 진정한 적은 친일파가 아님을 적극 설파한다. 이들은 "현재 대한민국의 정면의 적이 된 공산당에 가담할 사람들이 아니요, 유식 유산층이라 하여 도리어 다른 대한민국 지지자와 함께 공산혁명의 숙청이 될 사람들이니 그들은 숙명적으로 대한민국을 사수할 사상과 처지"(285)에 있기 때문이다. 대한민국에 대한 적대성 여부가 친일파 옹호의 근거가 되는 셈이었다. 친일파 옹호에 대한 이광수 식의 논법은 3·1운동의 참된 계승과 대표자(지도자)에 대한 이의 제기를 했던 한반도 이남의 좌파들을 제거하고 배제하는 것을 당연한 것으로 상정하는 것이기도 하다. 이를 통해 친일파는 배제의 대상이 아닌

---

25   이광수, 《나의 고백》, 《이광수전집》 13, 삼중당, 1963, 271쪽.

대한민국 수립의 찬성자이자 동조자임이 공언되고 있는 것이다. 이 사이에 존재했던 보편(주의)적 규제력에 입각한 이념정치의 흔적도 무화되기는 마찬가지였다. 국제연합의 승인이 민주주의 혁명의 보편(주의)적 규제력을 대체해 간 대한민국의 탄생은 이광수가 의미하는 인화人和의 최대치가 어디인지를 말해 주고도 남음이 있다.

　건국 중에 있는 대한민국이 절실히 요구하는 것은 인화다. 힘은 인화에서 오기 때문이다. 천시와 지리가 다 합의하더라도 인화가 없으면 승리는 못하는 것이다. 그런데 미소의 대립과 삼팔선의 국토와 민족양단은 천지와 지리의 불리를 의미한다. 이 난조건을 극복하는 것은 오직 삼팔이남주민 이천만의 인화라고 할 수 있다. 그런데 이남의 인화의 정세는 어떠한가. 결코 화합이 성한 상태는 아니다. 5월 10일 총선거에서 헌법 제정, 대통령 취임까지가 아마 이남의 인화의 극치였을 것이다. 그때에는 좌익과 소위 남북협상계열을 제하고는 일심으로 협력하였었다. 남북협상이라는 중간파에서도 많이 대한민국 지지로 전향하여 왔었다. 적어도 민족진영이라고 칭할 세력만은 일치하는 감이 있었다. … 그러므로 좌익에서 친일파 숙청을 주장하는 것이 그것이 유산 유식계급 숙청이기 때문에 당연한 일이겠지만 우익을 주체로 하는 대한민국의 국회나 정부로서 소위 친일파를 숙청한다는 것은 결국 자기 진영의 전투력을 제 손으로 깎는 결과가 될 것이니 설사 그 숙청이 절대 불가피한 성질이라 하더라도 좌우·남북 대립 중에 이 일을 하는 것은 심히 부득책不得策이라 아니할 수 없다.(284-285)

3·1의 국가적 물(신)화,
대한민국의 반공=민주주의

카를 슈미트가 깊은 충격으로 써내려 간 제2차 세계대전의 통국가화는 종전 이후 한반도에서 재연되었다. 이 글은 3·1운동의 참된 계승과 대표자(지도자)에 초점을 맞추어 달라지는 세계상을 상기시키고자 했다. 3·1운동은 한반도의 역사에서 특기할 만한 역사적 사건임이 틀림없지만, 이것이 3·1운동의 참된 계승과 대표자(지도자)의 자질 문제로 첨예한 사회정치적 이념투쟁의 대상이 되었던 것은 이러한 특정 정세와 결코 무관할 수 없었다. 제2차 세계대전은 탈식민화의 전반적인 흐름 속에서, 유럽 중심의 국제법 질서와 규범을 탈각시키며 새로운 세계질서를 위한 보편(주의)적 이념정치의 통국가화를 전면화했다. 카를 슈미트가 통국가화의 전조를 전후 냉전의 두 주축인 미소에 의해 제2차 세계대전 중에 설립된 국제연합의 존재에서 찾으며, 국제연합으로 대표되는 통국가화의 관여가 주권국가의 자율적 기초인 주권을 제약할 위험성을 경고했던 것도 이와 연관 깊다. 보편(주의)적 규제력의 통국가화는 일본과 중국을 비롯해 갓 해방된 한반도의 지역적 현실을 뒤흔들며 국가 간 경계를 횡단하는 사회정치적 이념투쟁의 역장力場을 형성했음을 이 글은 살펴보았다.

　일본 천황제 존속과 타도에 대한 상반된 주장이 알려 주듯이, 종전 이후 동아시아의 주권국가 건설은 계급·지역·민족·인종이 접합된 통국가화의 보편(주의)적 규제력에서 자유롭지 않았다. 이 동아시아의 복잡한 정세와 더불어 갓 해방된 한반도 또한 3·1운동의 역사적 기억과 의미화 방식을 둘러싸고 내전에 준하는 사회정치적 이념투쟁을 겪었다. 한반도 이남의 좌파들은 보편(주의)적 규제력의 민주주의 혁명으로 3·1운동의 참된 계승과 대표자(지도자)의 자질을 이슈화했다. 이들은 3·1운동 '이후'에 방점을 두는 방식으로 3·1운동의 정통파라는 소위 임정의 배타적 특권화에 맞서 한반도 주권국가 건설의 대표재현성 경쟁을 벌였던 것이다.

하지만 한반도 이남에서는 우파 진영이 대한민국 정권 수립의 실질적인 주체가 됨으로써 좌파 진영이 제기했던 3·1운동의 참된 계승과 대표자(지도자)의 자질 문제는 철저히 망각되고 말았다. 좌파 진영은 임정에 대한 과도한 기대감과 맞물린 임정의 과잉대표성에 이의를 제기하며, 임정 법통을 동원한 우파 진영에 대항했다. 좌파 진영에 의한 이 같은 이질적인 목소리는 물리적 탄압과 함께 지워지고, 대한민국은 1919년 3·1운동을 원년으로 한 임정 법통을 국제연합의 승인으로 보충하는 대내외적 합법성을 획득해 갔다. 대한민국의 의사-인격화된 권위에 3·1운동과 임정 법통이 모조리 귀속되었다고 해도 과언은 아니다.

3·1운동과 임정 법통이 이처럼 대한민국과 일체화되면서, 3·1운동을 둘러싼 사회정치적 이념투쟁의 흔적들은 망각의 저편으로 밀려난 반면, 이광수는 자신의 자전적 일대기인 《나의 고백》을 통해 신친일파의 형상을 정립하게 된다. 이광수의 《나의 고백》은 대한민국이 선 자리가 어디인지를 보여 주었다. 그는 대한민국의 정체가 반공=민주주의임을 재확인시켰기 때문이다. 이는 3·1운동의 참된 계승과 대표자(지도자)의 자질 여부로 친일을 문제시했던, 나아가 민주주의 혁명이라고 하는 보편(주의)적 규제력으로 인민과 계급을 분절하며 주권국가 건설의 다른 기획을 모색했던

한반도 이남의 좌파들이 제거되는 것과 동시에 이루어졌다. 대한민국은 국제연합의 승인을 반공=민주주의로 단선화하며, 이 반공=민주주의의 경직된 이념으로 내부의 적들을 끊임없이 만들고 투사하며 강화했다. 아직도 실효성을 다하지 않은 빨갱이와 종북 좌파와의 싸움을 대한민국의 정체성 수호와 동일시하는 우파 진영의 주장도 여기에 맞닿아 있을 것이다. 현재를 만든 과거의 현장을 반추하는 것, 그것은 3·1운동의 역사적 기억과 의미화를 곱씹는 일과 직결되어 있음을 말해 두고 싶다.

5장

민주주의의 전유와 '토지개혁'을 둘러싼
김일성과 이승만의 정통성 경합

민주주의의 지역적 헤게모니화와 38 이북의 '토지개혁'

마르크스는《헤겔 법철학 비판 서문》에서 독일의 시대착오적 구체제로의 복귀와 반동을 경고하며, 역사 발전의 이행을 담당하는 부르주아 지배계급은 프롤레타리아트와 달리 자신의 부분적 이해(이익)를 보편화·전체화하고 타 집단(계급)을 철저하게 부정하는 적대화의 이중 과정을 동반한다고 일갈했다. 그에 따르면 이 보편화·전체화와 적대화의 이중과정을 통해 부르주아 지배계급은 자신의 적수로 프롤레타리아트를 생성하게 된다는 것이다. 부르주아 지배계급에 의해 적대시되는 프롤레타리아트는 "극도로 핍박받는 계급, 시민사회의 어떤 계급도 아닌 시민사회의 계급, 모든 신분의 해체인 신분, 보편적인 고통을 통해 보편적인 성향을 지니는, 그리고 특정한 부당함이 아니라 더 이상 역사적 이름이 아닌 인간적 이름으로 유발되는 완전한 부당함이 그 안에서 행해지기에 아무런 특별한 권리도 소유하지 못하는"[1] 이른바 소외의 비非계급 전체를 이르는 말이었다.

부르주아 지배계급이 생성해 낸 프롤레타리아트가 자신에 대한 적대를 혁명의 동력으로 삼아 역사 발전의 주체가 된다는 마르크스의 역사철학적 설명을 새삼 이 자리에서 하고자 함은 아니다. 오히려 그가 부정적으로 서

---

1 카를 마르크스Karl Marx, 〈헤겔 법철학 비판 서문〉,《마르크스》, 이희승 옮김, 생각의 나무, 2010, 179~180쪽. 〈헤겔 법철학 비판 서문〉에서 규정한 프롤레타리아트의 이른바 비非계급적 성격은 이후《공산당선언》에서 부르주아와 대결하는 프롤레타리아트의 대항적 성격이 부각되면서 변화가 초래되었다. 이는 프롤레타리아트를 지도하는 유일당 문제와 무관하지 않을 터였다.

술했던 부르주아 지배계급의 헤게모니 획득 과정이 더 큰 관심사이다. 그의 시대를 특징지은 혁명과 반혁명, 해방과 예속이 복잡하게 착종되던 격렬한 전환의 시대에, 마르크스는 한 사회의 지배블록이 형성되고 유지되는 메커니즘을 다음과 같은 날카로운 시선으로 포착해 내고 있기 때문이다.

> 시민사회의 어떤 계급도 자신과 대중 안에서 감격의 순간을 만들어 내지 않고서는 이런 (지배적) 역할을 수행할 수 없다. 그 감격의 순간이란 어떤 계급이 사회와 완전히 어우러져 사회와 혼동되는 그리하여 그 계급이 사회 전반을 대표하는 것으로 여겨지고 인정되는 순간, 그 계급의 요구와 정당성이 진정 그 사회 자체의 정당성과 요구가 되는 순간, 그 계급이 진정으로 사회의 머리와 사회의 가슴이 되는 순간을 말한다. … 동시에 그 사회의 모든 결점이 다른 한 계급에 집중되어 특정 신분이 보편적인 장애와 제약의 화신이 되어야 하며, 사회의 이 특정 영역이 공동체 전체의 악명 높은 침해라고 여겨져 이 영역으로부터의 해방이 보편적 자기 해방으로 나타날 수 있어야 한다.(176)

위 인용문은 한 사회의 지배블록이 형성되는 데 긴요한 이중의 계기와 운동을 적시한다. 물리적인 공권력과 제도적이고 법적인 구속력 못지않게 자신의 정당성과 정통성에 대한 자기방어와 확장의 보편화·전체화 및 적대화의 이중 계기와 운동이 그것이다. 즉, "어떤 계급이 사회와 완전히 어우러져 사회와 혼동되는 그리하여 그 계급이 사회 전반을 대표하는 것으로 여겨지고 인정되는 순간"의 보편화·전체화와 함께 "그 사회의 모든 결점이 다른 한 계급에 집중되어 특정 신분이 보편적인 장애와 제약의 화신이 되어야 하며, 사회의 이 특정 영역이 공동체 전체의 악명 높은 침해라고 여겨져 이 영역으로부터의 해방과 요구"가 절실해지는 순간의 적대화가 그 요체이다. 어떠한 이슈와 의제를 전체 사회의 보편 과제로 만들고 재구성하여 이를 방해하고 교란하는 적을 구체적으로 명명하고 배제하는 이중 계기와 운동은 지배블록의 형성에 본질적이라는 것을 마르크스는 일찍이 묘파했던 셈이다.

마르크스의 지배블록 형성 논의를 이어받아 이를 더욱 정교화한 그람시 Antonio Gramsci는 헤게모니적 우위를 획득하는 두 가지 방식을 나누어 설명했다. 하나는 "동맹집단에 의해서 산출된 적극적 요소와 심지어는 적대적 집단으로부터 나온 도저히 화해 불가능해 보이는 요소들까지도 점진적이지만 지속적으로 흡수하는 것이 내포"되어 있는 "혁명 없는 혁명"의 "수동적 합의"와 "수동 혁명"이다. 다른 하나는 헤게모니 계급이 대중의 일반이익(의지)을 통합적으로 수용함으로써 유래되는 능동적이고 직접적인 합의와 "능동 혁명"[2]이다. 비록 그람시는 두 혁명 간의 차이에 방점을 찍고 후자를 더 선호했지만, "다수의 동의에 의해 기초하고 있는 것처럼 보이게 하는" 유·무형의 헤게모니적 지배가 갖는 중요성을 일깨웠다는 점에서, 가히 마르크스의 후계자라고 할 만했다.

2　안토니오 그람시Antonio Gramsci, 《그람시의 옥중수고》 2, 이상훈 옮김, 거름, 1986, 79쪽. 그람시는 '수동 혁명'과 '능동적 참여'를 동반하는 '능동 혁명'을 구분하고 있지만, 이것을 엄밀히 나누기는 힘들다. 하나의 사건을 분석하는 연구자의 관점에 따라 그람시의 수동 혁명은 능동 혁명과 교차될 가능성이 크기 때문이다. 가령 북한의 '토지개혁'은 이 전형적인 사례에 해당된다 하겠다.

이는 갓 해방된 한반도를 돌이켜 보았을 때, 특히 유념할 대목이 아닐 수 없다. 일제 지배블록이 무너지고 새로운 지배블록이 막 형성되려던 1945년 8월 15일 이후의 한반도는 헤게모니 쟁투의 보편화·전체화 및 적대화가 격렬하게 펼쳐졌던 지역에 다름없었기 때문이다. 게다가 한반도를 분할 점령한 미소의 존재는 이 지배블록의 생성과 유지에 결정적인 변수로 등장함으로써 우위를 점하기 위한 헤게모니 쟁투는 내전에 준하는 갈등과 대립을 연출했다. 한반도는 마르크스와 그람시가 경험했던 저 시대적 격변을 시차를 두고 재연했다고도 볼 수 있을 정도였다. 1945년 12월 탁치 파동에서 불거진 민족독립(자결)에 더해 세계사적 필연성을 동반한 반反파시즘과 민주주의의 두 이념 자원은 이러한 지배블록 형성의 보편화·전체화 및 적대화의 이중운동을 매개하며, 정치 지형의 변동을 견인해 나갔다고 할 수 있다.

이 글은 반파시즘과 민주주의의 일환으로 선전된 38 이북의 '토지개혁'을 이 같은 지배블록 형성의 보편화·전체화 및 적대화의 측면에서 접근해 보려 한다. 1946년 3월 토지개혁의 선제적 공표와 실행은 김일성과 이승만의 지도자상에 적지 않은 영향력을 미쳤기 때문이다. 아직도 사람들의 뇌리에 박혀 있는 이른바 '북풍 효과'도 이때를 시발점으로 하고 있음을 떠올린다면, 이 국면이 지닌 의미는 아무리 강조해도 지나치지 않다. 38 이북이 발 빠르게 선점하고 이슈화했던 토지개혁은 반파시즘과 민주주의에 입각한 보편화·전체화의 지표가 되어 그에 반하는 세력들을 호명하고 규정하는 적대화의 이중 계기와 운동을 아우르고 있었다. 38 이북의 김일성이 민족·지역·세계의 영도자로 스스로를 자리매김할 수 있었던 것도 이

상호 역학을 통해서였던 만큼, 토지개혁을 둘러싼 남북한의 긴밀한 움직임을 살피는 것은 그 주목에 값한다 하겠다.

38 이북의 민주기지화와
김일성의 민족·지역·세계의 영도자상

38 이남이 미군정의 전폭적인 지지 아래 우파 진영의 헤게모니를 강화하는 사이, 38 이북은 반파시즘과 민주주의의 두 이념 자원을 전유한 좌파 진영의 헤게모니 구축이 발 빠르게 진행되었다. 1946년 4월 미소공위가 개최되기 전인 3월 5일 토지개혁 법령의 입안과 공표는 반파시즘과 민주주의의 세계사적 의미를 실행하고 구현하는 진정한 주체가 누구인지를 알리는 데 효과적으로 기여했다. 1946년 4월 19일자 《정로》의 〈토지개혁법령실시 결산에 대한 결정서〉는 토지개혁의 역사적 의미를 다음과 같이 정리하고 있다.

북조선 토지개혁은 아래와 같은 역사적 의의가 있음을 지적한다. 첫째 북조선 토지개혁은 북조선 농민을 토지예속에서 해방시켜 민주발전과 농촌경제발전에 위대한 역사적 의의가 있을 뿐만 아니라 남조선의 토지개혁과 민주발전에 거대한 추진력이 되는 것이다. 둘째 북조선 토지개혁은 모스크바 삼상회의의 조선 문제에 관한 결정을 일층 구체적으로 현실화하는 것이며 조선의 완전한 민주독립국가 건설의 기초적 의의가 있는 것이다. 셋째 북조선 토지개혁은 각 민주주의 정당과 사회단체의 굳은 동맹의 성과이며 북조선임시인민위원회가 인민이 지지하는 진정한 민주주의 통일정권임을 더 한층 증명하는 것이다. 넷째 북조선 토지개혁은 전 동양 각국의 토지문제 해결의 선봉적 역할을 할 것이며 전 동양 각국의 민주주의 발전에 서광을 비치는 위대한 의의를 가지는 것이다.[3]

위 결정서에서 강조하고 있는 토지개혁의 역사적 의의는 크게 네 가지다. 토지개혁은 38 이북의 "민주발전과 농촌경제발전"에 일익을 담당함은 물론, "모스크바 삼상회의의 조선 문제에 관한 결정을 일층 구체적으로 현실화"하는 시대사적 계기 그리고 "조선의 완전한 민주독립국가 건설"의 초석을 닦는 일이라는 점과 "전 동양 각국의 토지문제 해결의 선봉적 역할"을 담당하여 "전 동양 각국의 민주주의 발전에 서광"을 비추는 "위대한 의의"가 있다는 것이다. 3월 5일 토지개혁법령이 발표된 시점 직후에 열렸으리라 추정되는 공산당북조선분국 제5차 집행위원회에서 채택된 결정서에서도 토지개혁은 "진보적 민주주의 정부를 수립하여 모스크바 삼국외상회의 결정을 우리 조선에 구체화"했다는 데 중점을 놓기는 마찬가지였다.

또한 1946년 3월에 공표·시행된 토지개혁은 "1945년 8월 15일 직후에 있어서 주장된 토지개혁"과는 다르다는 점도 재차 강조되었다. 이번 토지

---

3 〈토지개혁법령실시 결산에 대한 결정서-북조선임시인민위원회 제 1회 확대위원회-〉, 《정로》, 1946. 4. 19.

개혁은 "인민위원 영내에 잠재하고 있는 반동성을 가진 비非민주주의적 분자들을 철저히 숙청"하고, "노동자와 농업노동자, 빈농민들을 정권기관에 다수 등용"[4]하는 전례 없는 기회로 공언되었기 때문이다. 토지개혁을 전후한 이 결정서의 내용들은 현 시대가 요구하는 민주주의 개혁의 진정한 표본이 바로 토지개혁이며, 이를 다른 누구도 아닌 38 이북이 주도하고 있다는 과시와 선전을 겸했다. 이 함의는 뚜렷했다. 국가주권의 작동이 공간질서의 창출과 정의에 있음을 개진했던 카를 슈미트Carl Schmitt의 논의에 기대자면, 이 차별화는 민주주의 개혁의 발원지와 중심지를 38 이북으로 확정짓는 것과 맞물린다. 민주주의라고 하는 세계사적 과업과 이념을 토지개혁을 통해서 구현하고 완성해 간다는 적극적이고 능동적인 자기상의 재현이었다고도 볼 수 있을 것이다.[5] 이로부터 38 이북은 38 이남과 다르다는 구별짓기가 가능해졌다. 민주주의의 사도로서 38 이북의 이러한 긍정적인 자기 재현과 이미지는 38 이남과 대척되는 38 이북의 헤게모니적 우위를 가시화하는 결정적인 이정표로 자리잡게 된다.

토지개혁이 지닌 세계사적 의미와 자기 긍정적 언술은 김일성의 〈토지개혁사업의 총결과 금후 과업에 대한 보고〉에서 밝힌 토지개혁에 대한 대내외적 성과로 인해 한층 두드러졌다. 이 자리에서 김일성은 "붉은 군대를 위수로 한 연합군이 동서방의 파쇼를 전승한 후에 동방 파쇼 일제가 구축驅逐된 동방에서 인민의 민주주의를 위한 투쟁은 각종 형식을 통하여 고

---

4 〈조선공산당북조선분국 제5차 집행위원회 결정서〉,《조선공산당문건자료집 1945~46》, 한림대학교출판부, 1993, 223~226쪽.
5 카를 슈미트Carl Schmitt,《대지의 노모스》, 최재훈 옮김, 민음사, 1995.

양"되고 있음에도, 이를 "근본적인 철저한 방식으로서 민주주의를 건설하는 것은 오직 조선"뿐임을 역설하고 있기 때문이다.

이는 반파시즘과 민주주의의 두 이념 자원을 전유해 38 이북을 새롭게 자리매김하는 극적인 위상 전도를 포함하고 있었다. 이를테면 "동방 파쇼 일제가 구축驅逐된 동방"에서 "근본적인 철저한 방식으로서 민주주의를 건설하는 것은 오직 조선"뿐이라는 이른바 38 이북의 선구적 모델화는 민족·국가는 물론이고, 더 의미심장하게는 아시아의 변경이자 주변이었던 '조선'을 아시아의 전위로 삼는 지정학적 재배치로 귀결되었기 때문이다. 토지개혁을 선제적으로 입안하고 실행한 38 이북의 혁명적 변화에 힘입은 이러한 위치 재조정은 적어도 38 이북에 한해서 기존의 착취와 소외의 식민지 조선이 아니라 탈식민화의 "민주주의 개혁의 책원지가 될 뿐만 아니라 전 동방에 있어서 민주주의의 발원지"가 되고 있다는 강렬한 메시지를 발하기에 충분했다. 이를 통해 38 이북은 타의 모범이 되는 세계사의 장소로 변모되거니와 무엇보다 "조선 인민은 민주주의의 조선을 건설하기 위하여 반드시 〈토지개혁〉의 민주주의를 철저히 시행한 북조선 임시인민위원회와 같은 임시정부를 요구"[6]한다는 38 이북의 지배블록에 정당성을 부여할 수 있게 했던 것이다.

"조선의 민주건설이 〈토지개혁〉의 민주주의의 토대가 없이는 도저히 완벽을 상상"할 수 없다는 38 이북의 민주기지화는 "〈개혁〉을 과단 실행"한

---

6 김일성, 〈토지개혁사업의 총결과 금후 과업에 대한 보고-조선공산당북조선분국 제6차 집행위원회〉, 《정로》, 1946. 4. 20.

아래로부터 "인민총의를 대표한 북조선 임시인민위원회가 통일 임시정부의 핵심이 되고 방양榜樣"이 되어야 한다는 보편화·전체화의 운동을 추동해 냈다. 이상적인 민주주의 거점으로 화한 38 이북의 지도력에 대한 적극적이고 공세적인 추인 및 재확인이나 다름없었다. 38 이북의 지도력을 시험대에 서게 했던 토지개혁의 성공적인 실시를 발판으로 "통일 임시정부의 핵심이 되고 방양榜樣"이 되는 유일한 정치세력으로 자신들을 규정하는 것이기도 했다. 토지개혁의 육화된 장소인 38 이북의 혁명적 선진성이 38 이북의 지도력을 보증해 주거니와 이것이 다시 38 이북을 민주기지로 만드는 재귀적 서사가 모습을 드러내는 순간이었다.

38 이북의 선제적인 헤게모니 공세와 우위 속에서, 38 이북의 지도력을 담보하는 세계사적 개인의 형상이 구체화되었다. 바로 김일성을 대상으로 한 세계사적 개인의 영도자상이었다. 이는 반파시즘과 민주주의의 두 이념 자원을 전유한 세계사적 지평의 시계열화가 기존의 위계질서를 뒤집고, 비교우위의 새로운 척도를 제공해 주었기에 또한 가능한 일이었다. 미소의 첨예한 진영 간 경합과 대결은 그 분단선을 따라 역내의 지도자들을 연결하고 교차시키는 동시대의 원근법을 작동시키는 극적인 경연장이 되어 다음과 같은 평가에 힘을 보탰다.

"오늘 스탈린 동지가 세계노동대중의 세계 인민들의 영수가 되기까지에는 스탈린 동지의 장구한 투쟁과 공로가 있는 것이요, 그 투쟁과정을 통하여 일정한 노선과 이론이 세워졌다는 점을 알아야 한다. 정확한 이론과 노선이 실제 투쟁을 통하여 군중을 파악하였고 인민 대중이 스스로 일어나 그를 받들 때 그는 영수가 되는 것이다. 오늘 중공당 영수 모택동 동지는 이십여 년 투쟁을 경과한 오늘에 와서 비로소 중공의 영수로 인정"받은 것이라는 상호 연루와 교섭의 동시대적 원근법은, "북조선 당에 있어서 그동안 노선을 바로잡고 각종 정책을 정확하게 세우고 당을 정말 노동대중 속에 건립하는데 있어서 일성 동지의 결정적인 영도"[7]를 동일선상에서 평가하고 해석하는 인식상의 변모와 확장을 가져왔다고 할 수 있다. 선전부장 김창만의 입을 빌려 행해진 이 같은 지도자 간 비교우위는 우선적으로 세계적 지도자인 스탈린과 동아시아의 거두인 모택동의 지도력을 환기하고 상찬하는 데서 시작한다. 그리고 뒤이어 이들 못지않게 영도력을 발휘한 김일성이 이들과 나란히 호명되었다. 토지개혁을 성공적으로 실시하여 38 이북을 타의 모범이 되는 한반도를 넘어 아시아의 민주기지로 변모시키는 데 결정적인 일익을 담당한 지도자가 다름 아닌 김일성이라는 동일평면상의 가치 부여였다.

소비에트의 스탈린과 중국의 모택동은 민주주의 개혁을 위해 온갖 역경과 시련을 이겨내고 그에 상응하는 업적과 성과를 이뤄낸 세계적 반열의 지도자들이었다. 이들의 행적에 비춰 김일성 또한 강렬한 개혁 의지로 갖은 방해와 장애물을 뚫고 토지개혁의 위대한 성과를 거두었다는 것이 이 주장을 관통했다. 이들이 점하고 있는 공통분모로 인해 세계-지역-민족을 잇는 지도자 그룹이 재조직될 수 있었다는 점도 긴요하다. 이는 곧 38 이북을 단순히 소비에트의 위성(국가)으로 간주하는 통상의 관념과는 거

---

7 김창만, 〈북조선 공산당 중앙위원회 제2차 각도 선전부장회의 총결보고 요지〉, 《정로》, 1946. 4.

리를 두게 한다.[8] 비록 소군정의 존재가 38 이북을 소비에트의 위성(국가)으로 여기게끔 하는 현실적 제약 조건을 이루었다 해도, 소련과 중국(중국공산당) 및 38 이북이 공유하는 민주주의 개혁의 이상과 당위가 일방적인 종속성과 주변화를 탈피하는 데 중요한 밑바탕이 되어 준 것도 사실이기 때문이다. 김일성의 지위 역시 스탈린의 아류이자 복사본으로 그치지 않는 지도자 그룹의 당당한 일원으로 자리매김해 갔음을 위 사례는 적실하게 보여 주고 있다.

"우리 민족의 위대한 영도자 김일성 동지의 옳은 지도 밑에서 북조선에서는 인민정권인 북조선 인민위원회의 수립을 비롯하여 토지개혁·노동법령·남녀평등권법령·산업국유화법령 등 우리가 일본제국주의자들과 피로써 싸우든 모든 민주주의 제 과업은 전 인민의 절대적 지지 밑에서 완전히 승리적으로 실시되었으며 이 경제적 정치적 토대 위에서 북조선의 민주역량은 급속도로 장성"했다는 38 이북의 헤게모니적 공세와 우위는 김일성을 "북조선 인민의 지도자뿐만 아니라 전 조선 인민의 지도자"라는 발산과 수렴의 정치적 신체로 고양시켰다. 정치적 신체는 푸코Michel Foucault가 자연적 신체와 다르게 주권의 영속성과 정통성을 담보하는 이른바 '의미로 직조된 신체'라고 명명했던 것으로, 그에 따르면 정치적 신체는 정치적 이데올로기와 규범 및 지식과 권력, 상징과 기호가 뒤섞인 생사여탈의

---

8 북한을 소비에트의 위성(국가)으로 보는 시각은 일부의 관점이 아니라 38 이북에 대한 38 이남의 지배적인 시각을 가리킨다. 이 소비에트의 위성(국가)이라는 비하적인 표현이 괴뢰였음은 두말할 나위가 없다. 이북(북한) 괴뢰는 38 이북을 꼭두각시로 일체화하는 것이자 비주체성과 비인간화의 장소로 타자화하는 것이기도 했다. 이를 통해 배제와 절멸의 수사가 통용될 수 있었다.

주권적 신체였다.[9] "우리는 근로인민의 이익을 위하여 복무하는 겸허하고 친절한 복무자가 되기 위하여 높은 규율로써 조직 생활을 강화하여 김일성 장군의 모범적인 사상과 작풍을 습득하고 우리의 영수 김일성 동지의 영명하신 지도하에 용감한 혁명전사가 되며 강철 같은 노동당의 단결"이 있어야 할 것을 주문하는 "우리의 위대한 지도자"이자 "우리 민족의 영웅이며 태양"인 김일성은 푸코가 말한 정치적 신체로 재구성되며, 그를 둘러싼 전부 아니면 전무의 극단적 투쟁과 대립의 막을 올리게 된다.

김일성의 영도자상을 통어하고 있는 보편화·전체화의 계기와 운동은 지배블록 형성의 필수적 요건인 적대화를 동시에 수반했다. 진정한 민주기지로 급속도로 변해 가는 38 이북과는 달리, 38 이남은 "아메리카군정과 그 주구배 김구, 이승만 무리의 아메리카 파쇼배들"에 의해 "아메리카 자본가"들의 배를 채우는 착취와 빈곤의 땅으로 묘사되었기 때문이다. 김일성의 뛰어난 영도력 아래 38 이북이 "민주주의 급속도의 발전과 민주 역량이 확대 강화"해 가는 것과 대조되는 38 이남의 비참한 현실이었다. "조선을 다시 팔아먹고 식민지화하고 반동주권을 요구하는 반동 파시스트 발악도 나날이 첨예화"해 간다는 부정성의 환기는 38 이남의 재식민화에 대한 비판과 경고이기도 했다. 탈식민화의 민주주의 거점으로 38 이북이 정위되는 것과 정반대로, 38 이남은 재식민화의 타락과 부패의 온상으로

---

9 미셸 푸코Michel Foucault,《감시와 처벌》, 오생근 옮김, 나남, 1994, 89쪽. 푸코의 자연적 신체와 정치적 신체의 구분은 지도자뿐만 아니라 그 주권의 기원이자 원천이라고 여겨지는 인민대중의 자연적 신체와 정치적 신체에도 그대로 적용되었다. 인민대중의 자연적 신체와 정치적 신체의 차이는 바로 인민대중의 집합적 신체인 인구로 가시화된다고 푸코는 지적한다.

지목되고 재현되었던 것이다. 자연히 38 이남의 지배블록인 이승만과 김구가 죄악시될 수밖에 없었는데, 이들은 아메리카군정의 "주구배"와 "반동 파시스트"[10]의 오명을 피할 수 없었다. 파시즘과 반민주주의의 퇴폐상을 체화하는 "국제파쇼반동"으로 이들은 정확히 38 이북의 김일성과 역상逆像을 이루었는데, 이로 인해 38 이북은 38 이남을 구원하고 교화해야 할 절대적 사명감과 책임감을 부여받게 된다. 그리고 이를 실현할 진정한 영도자가 김일성이었음을 간취하기란 어렵지 않다.

한반도 이남에 몰아닥친 토지개혁의 '북풍 효과'와 남한판 농지개혁

스탈린은 일찍 레닌에 대하여 〈대중의 창조력을 가장 굳게 믿는 사람이며 그것을 가장 잘 전개시킨 사람〉이라는 의미의 말을 한 일이 있다. 우리는 이 말을 우리 김일성장군에게 그대로 옮겨놓는 외에 장군의 진면목을 표현할 딴 말이 없다고 생각한다. 장군이 인민을 믿고 인민을 움직인 것은 위대한 혁명의 창조력이 역사의 진행과정에서 인민의 속에 심어지는 것을 장군이 철저히 인식하고 굳게 믿었기 때문이다. 그렇기 때문에 장군은 항상 혁명력의 보급을 인민에게서 받았고 또 그것은 인

---

10 〈북조선로동당창립대회 회의록-북조선로동당창립대회〉,《정로》, 1946. 8. 28.-8. 30.

민에게서 자랐다.[11]

1947년 한설야가 쓴 《영웅김일성장군》의 일부이다. 스탈린이 레닌에게 했던 말을 그대로 김일성에게 되돌리는 극도의 찬미와 숭배가 담겨 있다. 인민의 총의와 요구를 체현하는 인민대중의 정수로 김일성은 스탈린이 존경한 레닌과 동급의 영도자로 칭송되었다. 이는 이들의 정치적 신체가 인민대중과 분리 불가능한 유기적 일체성과 통합성을 지닌다는 데서 발원한 것이기도 하다. 즉, 이들이 하는 말은 인민대중의 의사인 것이며, 이들의 지시는 곧 인민대중의 욕구와 필요라고 하는 유기적 전일체로서의 정치적 신체였던 셈이다.

"할아버지는 그런 말 다 안 들으시고 창문만 쳐다보며 혼자 얘기뿐. 허어 땅을? 땅을 가져 허어. 내가 죽거든 샘터에 묻어다우. 허어. 땅을 다 그 어른의 덕이로구나."에서 할아버지의 오랜 숙원과 염원은 토지개혁을 지시한 김일성의 뜻과 하등의 차이가 없다. '그 어른의 덕'이 나타내고 있는 것도 이 인민대중의 의사와 요구를 대리 실행한 탁월한 영도자를 향한 감사와 찬양이다.[12] 27살의 새파랗게 젊은 김일성의 등장은 38 이북뿐만 아니라 38 이남에서 거짓 김일성 논란을 촉발시킨 원인이었다. 이런 점에서 '그 어른'이란 김일성의 생물학적인 나이, 즉 자연적 신체가 아니라 토지개혁을 과감하게 결단하고 실천한 김일성의 정치적 신체에 주어진 다른 이

---

11 한설야, 《영웅김일성장군》, 신생사, 1947, 17쪽.
12 백인준, 〈그날 할아버지-토지개혁의 날〉, 《문화전선》, 북조선예술총연맹, 1946년 7월, 111쪽.

름이라고 해야 옳을 것이다. 자연적 신체를 초월하는 상징과 의미 및 기호와 의례의 정치적 신체를 '그 어른'의 존칭은 담아내고 있기에 말이다.[13]

"김장군의 과거는 몰라도 좋았다. 우리는 우리 옆에 그를 찾아내었고 그가 하는 말은 우리의 마음이요, 우리의 할 일을 그가 할 뿐이다. … 김장군의 과거는 물어서 무엇하랴. 그대가 가는 곳에 인민이 있고 인민이 가는 곳에 장군이 있다."[14]도 마찬가지로 정치적 신체의 의미를 재확인시켜 준다. 현재의 그를 있게 한 과거는 사적 차원에서 되돌아봄직하지만, 인민대중의 총의와 욕구의 대행자인 그의 정치적 신체의 차원에서 이 과거라는 것은 생물학적 젊음만큼이나 무의미하다는 전언이다. 그는 특정 과거와 기억에 고착된 사적 개인이라기보다 인민대중의 총의와 욕구를 대행하는 자로 거듭 씌어져야 할 변화와 전진의 장소여야 했기 때문이다. 이러한 인민대중의 총의와 욕구를 매개하고 통합하는 유기적 전일체로서 그의 정치적 신체는 토지개혁의 선점으로 상당히 이른 시점에 지도자 경쟁을 점화시켰다고 할 수 있다. 38 이남의 정치세력들이 민감한 촉수를 뻗을 수밖에

---

13 김일성의 젊음이 갖는 진위 논란은 《스캔들과 반공국가주의》, 앨피, 2010에서 〈김일성을 둘러싼 남북한의 상징 투쟁〉의 장을 빌려 다룬 바 있다. 김일성의 생리적·자연적 신체성으로 인해 빚어진 진위 논란은 정치 지형의 헤게모니 쟁투로 곧 옮겨 졌다. 여기서 젊음이라는 코드는 미성숙과 미완성을 가리키는 지표가 되어 38 이북의 김일성을 거짓 김일성으로 낙인찍는 중요한 의미소로 작용했다. 혁명의 선도자인 양 자처하는 소련의 일개 꼭두각시, 한재덕의 표현에 따르자면 "소련 공민이면서 북괴 수상이 된" 천하에 없는 국제적 협잡의 연극배우라는 악의에 찬 선전을 뒷받침했다. 김일성의 젊음에 대한 38 이남의 공세는 김일성의 자연적 신체로 정치적 신체의 신뢰성을 떨어뜨리려는 데 목적이 있었다. 자연적 신체와 정치적 신체가 언제나 명확하게 구분되는 것은 아님을 말해 주는 것이기도 하다. 자연적 신체와 정치적 신체는 상호 결합과 분리를 따라 정치 행위를 다양하게 틀지었다.

14 박석, 〈김일성장군의 과거는 몰라도 좋았다〉, 《우리의 태양》, 북조선예술총연맹, 1946, 21~22쪽.

없었던 저간의 배경이기도 했다. 38 이남에 불어닥친 이 일련의 파장과 여진을 통칭해 '북풍 효과'라고 부른다면, 38 이북의 토지개혁은 그 급진성과 과격성 논란에도 불구하고 38 이남의 주민들에게 38 이북이 민주주의 개혁의 본무대가 되고 있다는 인식을 주기에 충분했다.[15]

38 이북의 토지개혁은 "토지개혁법을 (미소)공동위원회가 개최되기도 전인 3월 5일에 공포하고 즉시 실행해 버"렸다는 점에서, "한반도 문제에 관해서는 미국과 협상할 의도"[16]가 없었음을 주장하는 일부 견해도 타당성이 있다. 아니 이를 겨냥해 미소공동위원회 개최 전에 토지개혁을 실시했다는 의심과 혐의를 피할 수 없게 하는 것도 사실이다. 어쨌든 38 이북의 토지개혁은 민주주의 개혁을 가늠하는 바로미터가 되어 진정한 지도자의 자질 여부로 확산되어 갔다. 38선을 넘나드는 사람들의 입과 매체로 전해지는 38 이북의 소식은 소문과 뒤섞여 다양하게 변주되고 있었음을 알려주는 사례가 있다. "북도 소식을 몰라 궁금하던 중에 인편을 통하여" 들어온 소식을 전해 준다는 1945년 12월 《백민》의 〈독자통신〉이 그것이다.

〈독자통신〉의 기고자는 함흥 지방의 현재 정세를 담은 지인의 편지를 소개하면서, 38 이북의 개혁이 착착 진행 중임을 상세하게 전한다. 서울에는 "북도에서 도망간 민족반역자와 친일파 무리들이 득실거리면서 38 이북에 대해 악의적인 소문을 퍼뜨리고 부르주아 친일파들과 함께 정당운동"을 하는가 하면, "일인의 재산을 매수"하고 "악질의 통역관들이 기회를

---

15 브루스 커밍스, 《한국전쟁의 기원》, 김자동 옮김, 일월서각, 1986, 523쪽.
16 김학준, 《북한의 역사》, 서울대학교출판부, 2008, 251쪽은 이정식, 〈건국대통령으로서의 이승만: 단독정부론의 등장과 전개〉를 인용해 이러한 부정적 입장을 재확인하고 있다.

노리고 사리사욕"을 꿈꾸고 있다고 하는 38 이남에 대한 부정적인 이야기와 더불어 말이다. 38 이남과 달리 38 이북은 "토지는 〈농민에게〉라는 표어 하에 소작인과 지주 간에 3·7제를 확립"하고 "노동조합이 생겨 질소공장을 운영하고 지금 생산에 박차"[17]를 가하고 있다는 긍정적 전언이 38 이북의 지인을 출처로 하여 회자되고 유통되었음을 이 사례는 입증하고 있는 셈이었다.

이 사례에서 드러나듯이, 1947년 제2차 미소공위의 결렬 전까지 38 이남과 이북은 통일정부 수립의 기대와 좌절이 오가는 불확실성을 띠고 있었다. 38 이북의 토지개혁 소식이 일반인들의 민감한 반응을 이끌어 낼 정도의 강한 자기장을 형성하고 있었던 것이다. 38 이남의 정치세력들이 이 움직임을 예의주시했을 것은 당연할 터, 토지개혁 실시 후 38 이남의 좌파 진영에서 "원칙적이고 진보적"이며 그 내용에서는 "극히 전체적이며 평민적"이라는 환영 일색의 논평을 낸 것도 이 긴밀한 길항작용의 일례에 해당한다.

38 이북은 "해방 직후 모든 내정이 조선인의 손에 맡겨지고, 친일파·민족반역자와 모든 반민주주의적 세력이 숙청됨과 아울러 진실로 인민을 사랑하고 인민을 위하는 민주주의 지방정권이 수립"되었는 데 반해, 38 이남은 그렇지 않다는 민전民戰의 토지개혁에 대한 총체적인 지지는 38 이남도 38 이북처럼 "동일한 민주주의적, 진보적 방법으로 토지개혁을 실시"[18]

---

17 〈독자통신〉,《백민》, 1945. 12, 51쪽.
18 〈토지문제에 대하여 민전상위民戰常委의 발표〉,《해방일보》, 1946. 3. 21.

해야 한다는 주장으로 이어졌다. 민전의 전면적인 지지에는 못 미치지만, 38 이북의 토지개혁은 "모든 것의 선구적 혁명"이며, "농민이 80퍼센트나 점령한 우리나라"의 형편에서 "토지개혁은 응당 있어야 할 것이요, 그것이 없이는 우리민족문화의 위대한 건설은 없다고까지 할 수도 있으므로 원칙적으로는 북조선의 토지개혁은 좋다 하겠으나 중앙정부수립 이전에 서둘러서 좌익세력 부식을 꾀하고 단행한 것이라면 사회적 불안과 혼란과 공포까지를 빚어내어 여기에 (대한) 반동"[19]이 있을 것을 우려하는 온건한 입장 표명도 있었다. 반면 "북조선의 토지개혁령은 민주국에서는 있을 수 없는 것"으로 "5정보五町步 이상 소유자의 토지는 물론이요, 100평百坪 이상의 토지라도 소작시키는 토지는 전부 무상몰수하여 소작인에게 분여한다니 지주가 모두 역적이 아닌 이상 어찌 이 무모한 일"[20]이 있을 수 있겠느냐는 격렬한 비난도 뒤따랐다. 우파 진영을 대표하는 지주계급 중심의 한민당은 38 이북의 토지개혁이 38 이남에 미칠 파장에 신경을 곤두세웠다. 그 영향력을 최대한 차단하고 억제하려는 안간힘이 묻어나는 비난 일변도의 논평이었음은 두말할 나위가 없다.

토지개혁의 의도된 혹은 의도되지 않은 '북풍 효과'는 38 이남의 분열상을 재연하는 파급력을 발휘했다. 너나없이 토지개혁에 대한 정책과 법령 및 제도화의 필요성을 말하고는 있었지만, 토지개혁의 방식에 대한 첨예한 입장 차이로 38 이남의 토지개혁은 제자리걸음을 하고 있었기 때문이

---

19 이희철, 〈조선임시정부수립제의〉,《백민》, 1946. 5·6, 10쪽.
20 〈북조선 토지개혁에 반대, 한민당 담談〉,《자유신문》, 1946. 3. 20.

| 38 이북 토지개혁 법령 공표에 기뻐하는 주민

| 대한민국수립 후 발효된 농지개
혁법령

다. 38 이남의 지배블록은 토지개혁의 '북풍 효과'를 어떤 식으로든 견제하고 대체할 방안에 부심했지만, 한민당의 계급적 한계가 예시하듯이 주체 세력의 부재를 노정했다. 토지개혁의 진전을 가로막는 근본 원인이기도 했던 이 주체 세력의 결핍은 38 이남의 토지개혁을 상당히 더디게 했으며, 이는 "한국인에 의한 자치적 행정, 토지개혁, 노동자공장관리, 노동개혁 등 광범한 개혁"을 수행한 결과 "한반도 주민의 다수가 38 이북의 이러한 개혁에 대해 환영"[21]하고 있다는 미군정 당국의 부정적 보고서로 표출되기도 했다. 미군정 당국은 38 이북의 토지개혁으로 인한 '북풍 효과'를 우려했으

---

21 박찬표,《한국의 국가형성과 민주주의》, 후마니타스, 2007, 192쪽은 1946년 랭던이 제기한
    견해를 싣고 있는데, 본문의 인용문은 이 책에서 재인용한 것이다.

면서도, 한반도의 공식 정부가 들어설 때까지 이를 시행하지 않겠다는 유보적 입장을 계속 고수했다.

하지만 급박하게 변해 가는 유동적인 정세 속에서, 미군정은 1948년 5·10 단정 선거를 앞둔 1948년 3월 22일에 신한공사('동양척식주식회사'의 후신)가 관리해 오던 과거 일본인 소유 토지를 대상으로 법령 제174호를 공표하며 부분적인 토지개혁에 나서게 된다. "50만 세대와 3백31만8천1백15명의 소작농들이 토지를 분배·소유할 수 있게"[22]되는 법령 제174호의 발효는 한반도의 중요 문제에 대해서는 "조선인들이 해결하도록 하겠고 그런 문제는 미국인은 조정할 권리"가 없으며, "조선 토지를 어떤 방법으로 조선인에게 돌릴 것인가는 다 조선 사람이 결정할 것"이라고 했던 1946년 9월 8일 〈하지, 미군진주 1주년 기념일 맞아 성명 발표〉의 내용과는 결을 달리하는 것이었다. 법령 제174호로 공표된 토지개혁은 미군정이 1948년 5·10 단정 선거를 앞두고 민주주의 개혁 조치를 발하는 가운데 전격적으로 시행된 것이었다고 해도 과언은 아니었기 때문이다.

법령 제174호의 역사적 의의는 "첫째 조선의 소작농의 대부분이 자작농으로 되게 된 것. 둘째 조선역사상 최초로 그들이 토지를 소유케 된 것. 셋째 지주들의 지배를 받지 않도록 된 것. 넷째 이들 농가는 세금 외의 책임이 없는 것. 다섯째 50만 농가가 자유국가의 자유지주가 된 것"[23]의 총 5가지였다. 법령 제174호로 천명된 토지개혁의 역사적 의의는 38 이북의 토

---

22 〈농민착취의 아성 동척(신한공사)해체-오십만 농가 해방 침략적 토지정책 종언 〈딘〉 장관의 담화〉, 《동아일보》, 1948. 3. 23.
23 하지, 〈하지, 미군진주 1주년 기념일 맞아 성명 발표〉, 《조선일보》, 1946. 9. 8.

지개혁과 흡사했지만, 개인의 사적 소유와 매매를 인정하는 자유민주주의의 결실로 이야기되었다는 점이 달랐다. 민주주의를 가장한 소수계급의 독재인 소위 소련식 민주주의와 상반되게, "언론과 출판 및 집회의 자유"의 일환인 "개인의 사적 소유권을 보장하며 테러나 비밀경찰로 인민을 위협하지 않고 사상의 자유를 보장"(370-375)하는 미국식 민주주의의 진정한 실현이 곧 법령 제174호의 토지개혁이라는 주장이었다. 여기에 대해 38 이북의 토지개혁에 빗대 이러한 조치는 부분적·제한적·기만적임을 강하게 항의했던 좌파 진영과 적산을 우리 정부가 아닌 미군정이 처리하는 데 대한 일부 우파의 반발이 있긴 했지만,[24] 1948년 단정 선거를 앞두고 토지개혁이 비로소 물꼬를 트게 되었음을 말해 주는 현장이 아닐 수 없다.

　미군정의 법령 제174호로 구체화된 토지개혁은 "자유국가의 자유지주"의 사적 소유권과 결부된 38 이남의 자유민주주의로 화했다. 인민대중의 의사를 보통선거의 절차적 민주주의로 해소했던 1948년 38 이남의 단선·단정 국면이 법령 제174호의 부분적인 토지개혁을 추동하며, 민주주의의 이념 자원을 38 이북에 맞서는 형태로 극화했음을 이승만의 다음 담화는

---

[24] 신한공사의 해산과 이를 대신할 중앙토지행정처의 신설은 미군정이 부채로 남조선 농민들을 얽어매려는 술책이며, 이전 일제 파시즘의 인민대중 착취를 미군정이 계승하려는 것이라는 비판이 전농과 38 이북의 지배블록에 의해 제기되었다. 또한 신한공사 토지불하대금 280억 원을 미국 정부에 증서로 넘긴다는 풍설이 돌면서, 적산 처리가 한반도의 주권을 침해하는 행위라는 일부 우파의 불만도 터져 나왔다. 딘 군정장관은 〈군정장관 딘 기자회견〉, 《서울신문》, 1948. 4. 9.에서 "그것은 사실무근"이며, "장래의 조선정부는 전 일인 토지불하대금 전부를 차지하게 될 것"이며, 이러한 "일인 농토소작인들에게 현재 경작하고 있는 농토를 불하하고자 이번 그 실시를 보게 된 것인데 이 결과로 전선全鮮 농가의 28퍼센트가 자작농가로 될 것"이라는 일부에서 제기한 의혹을 일축하는 한편 법령 제 174호의 개혁 성과를 강조했다.

여실히 드러내 준다.

그는 38 이북의 토지개혁에 대해 "지주의 땅을 몰수해서 소작인에게 나누어 준다 하나 실상은 농민에게 주는 것"이 아니고 "인민에게 분배하는 것"도 아니며 정부에서 빼앗아서 정부가 대지주가 되고 농민들은 다 소작인으로 경작해서 정부에 받기만 할 뿐"이니 "전에는 부호에 노예되던 것이 지금은 정부에 노예"가 된 데 지나지 않음을 통박했다. 대한민국정부 수립 후 미군정의 부분적인 토지개혁을 마무리했다고 평가받는 1949년 6월 21일 법률 제31호의 농지개혁 실시를 앞둔 시점에서 행해진 이승만의 발언이었다. 1948년 12월 토지개혁 문제에 관한 방송연설에서, 그는 38 이북의 토지개혁을 단지 소련식 민주주의와 일맥상통하는 소수 계급과 공산당 독재 실현의 한 방편으로 폄하하며, 이것이 지닌 허위와 가면을 폭로하는 데 집중했던 것이다. 이는 종전 직후 한반도의 좌파 진영을 싸잡아 "〈민주주의의 승리〉와 〈국제노선〉이라는 구호"를 내걸고 "소련의 공산주의를 민주주의와 혼동하여 조선민중을 기만하고 국제노선을 강조함으로써" "조국의 자주독립을 방해"하고 "소련의 연방화를 획책"[25]하는 무리들이라고 매도했던 시각의 연장선상에 있었다.

'병든 가지는 쳐버리라'고 한 1948년 이승만의 발언과도 맞닿는 38 이북의 토지개혁에 대한 부정적 시선을 방패막이로, 그는 "지주의 소유권을 존중히 여겨서 정부에서 상당한 가격을 주고 토지를 매수하여 농민에게 분배해서 국유 처분하는 전례로 각 소작인에게 약조하고 나누어 맡겨서 그

---

25 양우정, 《이승만독립노선의 승리》, 독립정신보급회출판부, 1948, 38~40쪽.

소출로 먹고 남은 것으로 땅값을 필납畢納한 후에는 영영 자기 소유로 문권文券을 줄 것"이라는 사적 소유권과 매매를 정식화했다. 38 이북의 토지개혁이 무상몰수, 무상분배인 점을 오히려 전체주의적 획일성과 소수 계급 독재의 증거로 되받아치는 적대화의 발현 속에, 유상매수와 유상분배가 자유민주주의의 이념과 정신에 비추어 당연하다는 논리를 전개했던 셈이었다. 이는 한편으로 지주계급의 "농사짓지 못하는 사람이 많은 땅을 차지해서 농민들이 땀 흘린 소출로 대대 부자로 지낸다는 불공평한 폐단도 막"고, 다른 한편으로 "농민은 제 힘대로 제 땅을 파서 소출로 땅값을 완납한 후 생활을 개량하며 가정과 사회에 대한 직책을 행하여 문명발전이 날로 전진할 것이니 이것이 우리 경제개량의 근본적 대책"[26]이 될 것이라는 계층 간 단합의 메시지로 선전되고 있었다.

　미군정의 토지개혁을 대한민국 정부 수립 후 농지개혁으로 틀지으면서, 이승만은 38 이북의 무상몰수와 무상분배의 '북풍 효과'를 38 이남의 유상매수와 유상분배로 순치하고 완화하는 통치술을 보여 주었다. 소련식 민주주의와 대별되는 자유민주주의의 원리를 앞세운 이러한 맞대응은 38 이북에 대한 38 이남의 헤게모니적 우위를 점하려는 인정투쟁을 겸하고 있었다. 38 이북의 민주기지에 대비되는 38 이남의 자유민주주의의 천명은 김일성의 영도자상에 맞서 자유민주주의의 선구자로 이승만을 자리매김하는 것이기도 했다. 토지개혁의 뒤늦은 38 이남발 농지개혁은 그렇게 서로를 되비추며, 한국전쟁을 향한 발걸음을 빠르게 옮겨 놓고 있었다.

26　이승만, 〈이승만 대통령, '토지개혁문제'라는 제목으로 방송연설〉,《서울신문》, 1948. 12. 7.

김일성과 이승만, 다른 듯 닮은 적대적 공존과
절멸의 논리들: 승리자 없는 분단의 두 아이콘

일제 지배블록이 물러가고 새 지배블록이 형성되던, 갓 해방된 한반도는 반파시즘과 민주주의의 두 이념 자원을 전유한 보편화·전체화와 적대화의 이중 계기와 운동을 그야말로 활성화시켰다. 마르크스와 그람시가 지배블록 형성과 유지에 결정적인 관건이라고 했던 이 보편화·전체화와 적대화의 이중 계기와 운동이 1946년 3월 토지개혁의 공표와 실시로 본격적인 서막을 올렸음을 이 글은 검토했다. 반파시즘과 민주주의의 상징으로 토지개혁을 선제적으로 시행한 38 이북의 움직임은 38 이남보다 훨씬 빠르고 광범위했다는 점도 되짚었다. 1946년 3월 5일에 발효·공표되고 4월 말에 대부분 실시가 완료되었다고 선전된 38 이북의 토지개혁은 이른바 '북풍 효과'를 일으키며, 38 이남의 지배블록에도 적지 않은 영향을 끼쳤다. 하지만 38 이남의 지배블록은 토지개혁의 공세와 압력에 제대로 대응하지 못한 채 1948년 5·10 단정 선거를 앞두고서야 미군정에 의해 비로소 시행되는 지체를 면하지 못했는데, 그것이 1948년 3월 법령 제174호로 발효된 미군정의 부분적인 토지개혁이었다.

토지개혁을 둘러싸고 전개된 38 이남과 이북의 이 같은 시차는 토지개혁을 완화하고 순치한 대한민국 정부 수립 후 농지개혁으로 마무리되었다. 이 쌍방의 공방 속에서, 토지개혁을 선점한 38 이북의 김일성은 세계-지역-민족을 잇는 시계열화를 작동시키면서, 스탈린과 모택동에 비견되는 영도자로 스스로를 자리매김하게 된다. 김일성의 민족·지역·세계적인 영도자상은 38 이북을 민주기지로 만드는 것과 궤를 같이하는 것이었다. 38 이남보다 우월한 반파시즘과 민주주의의 첨병으로 38 이북을 재정위하는 것과 김일성의 영도자상은 하나의 흐름을 이루고 있었던 것이다. 반면 38 이남의 뒤늦은 토지개혁은 1948년 5·10 단선 직전 미군정에 의해 가까스로 실시되었다. 한반도의 중요 과제는 한반도 주민이 해결해야 한다는 미군정의 소극적 태도와 유예 방침으로 인해 미뤄지던 토지개혁이 개개인의 자유로운 의사 표시로 선전된 5·10 단선의 정당성을 뒷받침하기 위해 급속하게 도입되며 부분적인 실현을 보았다고 할 수 있다. 대한민국 정부 수립 후 이승만은 이를 농지개혁으로 모아 내며, 이것이 소수 계급의 독재에 불과한 소련식 민주주의와 대별되는 자유민주주의의 원칙임을 공언하게 된다. 자신은 38 이북의 소비에트 괴뢰인 김일성과 다르다는 적대화를 기조로 자유민주주의의 선구자를 자처할 수 있었다.

김일성은 38 이남의 토지개혁을 38 이북과 동일한 방식으로 수행하는 1949년의 별도 법령과 결정서 채택을 통해 이승만의 농지개혁이 지닌 반동성을 고발하며, 불완전한 토지개혁을 완수할 주체가 자기임을 공공연히 주지시켰다. 38 이북이 선점한 토지개혁의 보편화·전체화를 38 이남으로 확장시킨다는 민주기지화의 발로이기도 했다. 반파시즘과 민주주의에 입각한 토지의 무상몰수 무상분배의 원칙만이 올바르다는 인식 하에, 그는 1949년 토지개혁에 관한 법령을 한국전쟁 직후인 1950년 7월 4일에 실시하게 되는데, 한국전쟁 중에 취해진 이 조치는 그가 기대했던 바의 효력을 거두지 못했음은 익히 알려져 있다. 토지개혁을 둘러싸고 전개된 이 일련의 양상은 지배블록 형성의 보편화·전체화 및 적대화의 이중 계기와 운동을 살피는 역사적 참조점으로 손색이 없다. 하지만 더 중요하게는, 38 이북과 이남이 서로를 응시하며 부정과 배척, 나아가 절멸로 이어지는 길을 열었다는 점일 것이다. 1950년 한국전쟁은 적대화의 실천으로, 이것이 남긴 폐해는 참으로 깊다. 이 다른 듯 닮은 적대적 공존과 절멸을 비판적으로 심문하는 일, 그것은 세계에서 유일하게 분단체제를 겪고 있는 현재 우리의 몫임을 덧붙이지 않을 수 없다.

6장

국제연합에 의한 유일한 합법정부 승인투쟁과 여행기의 국가 서사: 조병옥의 《특사유엔기행》

1949년 우파연합의 대공세와
대한민국 주권의 현시

1949년 6월 국민보도연맹 결성식이 거행되었다. 국민보도연맹이 실제 만들어진 것은 4월 21일이었지만, 6월 5일 명동의 구舊국립극장에서 비로소 결성식을 개최함으로써 공식적인 출범을 본 셈이었다.[1] 이것은 국가권력에 의한 이른바 6월 총공세의 시작을 알리며, 국가주권의 현존을 가시화한 대표적인 사건으로 특기할 만하다. 곧이어 벌어진 6월 6일의 반민특위 습격 사건, 6월 21일과 25일 양일간에 펼쳐진 국회 프락치 사건 및 국회 소장파들의 긴급체포, 6월 26일 김구 암살 등은 국가권력의 무차별한 폭력성을 예증하기에 충분했다.[2] 하지만 이것을 국가 파시즘이나 전체주의 정권의 속성만으로 환원해 버릴 수 없는 것은 이 일련의 사태들이 정확히 국가주권의 극화와 전시에 있었기 때문이다.

---

1 국민보도연맹은 국가권력에 의한 민간인의 대량학살이라는 관점에서, 국가권력의 비인도적이고 야만적인 폭력 행사로 인식되기 쉽다. 이 연장선상에서 국가보안법과 국민보도연맹을 관련시켜 '국가보안법 체제'라고 부르기도 한다. 물론 국가보안법의 제정과 시행은 국민보도연맹의 결성으로 이어지는 중요한 계기가 되지만, 이 글은 국가권력에 의한 지배와 통제의 감시 체제만이 아니라 국가주권을 편재한 현실로 전시하는 과정에 좀 더 무게중심을 둔다. 반쪽짜리로 여겨진 정체를 국민의 총의를 대변하는 온전한 국민국가로 조형하는 데에 국가주권의 현시는 불가결했음을 드러내고자 한다.

2 서중석,《한국현대민족운동연구》2, 역사비평사, 1996은 국가보안법의 제정에 이은 '6월 공세'가 국가보안법 체제를 강고히 하는 국가 파시즘 체제였다고 말한다. 그는 1949년의 '6월 공세'가 국면 전환의 대계기가 되면서, 국가권력의 폭력성을 극대화하게 되었음을 상술하고 있다. 또한 국회 프락치 사건의 스파이 담론과 이것이 미제·소제 간첩단 사건으로 진영 논리로 확정되며 남북한의 데칼코마니를 이루게 되는 과정에 대해서는 〈냉전의 육화, 스파이의 비/가시적 신체 형상과 '최초'의 소제/미제 간첩단 사건〉,《현대문학의 연구》, 2015에서 다룬 바 있다.

국가주권은 눈에 보이지 않는 가공적이고 관념적인 구축물이다. 이 가공적 정체를 인지하고 체감할 수 있게 하려면 국가주권이 편재된 현실로 드러나야 한다. 탁치 논쟁과 한반도 이남에 한정된 5·10 총선거 그리고 단정 수립 파동 끝에 수립된 대한민국은 여전히 한반도 전체 주민의 의사를 온전히 대변하지 못한다고 여겨지는 상태였다. 이것이 중도파를 두텁게 산재시켰으며, 이들은 대한민국을 통일자주독립국가의 기준에 못 미치는 불완전한 지역 정체로 간주했다.[3] 즉, 대한민국의 국가주권이란 임시적/유예적일 뿐, 가급적 빠른 시간 내에 이 불완전한 정체를 탈피하여 온전한 근대 국민국가를 회복하고 구현하는 데 뜻을 같이했던 것이다. 비록 그 실현 방법에 대해서는 이견이 있었다 할지라도, 이들의 공통된 바람과 열망은 1949년 이 시점까지 분명 상존하고 있었다고 해야 옳을 터이다.

하지만 1949년 6월 총공세는 이러한 대한민국의 국가주권에 대한 이의와 불신을 전적으로 차단하는 새로운 국면으로의 전환이었다. 이제 누구도 대한민국의 국가주권을 의심하거나 회의해서는 안 된다는 경고와 명령이 뒤따랐다. 국민의 일반의지를 유일하게 위임받은 대한민국의 국가주권은 불신과 비판의 대상이 아니라 수호해야 할 절대 가치와 명제로 신성화되었다. 이것은 사회와 개인을 국가주권이 행사되고 관철되는 국민적 정체성의 투명하고 균질적인 장소로 만들겠다는 권력의지의 표현이자 실행

---

3 탁치 파동과 대한민국 정부 수립을 전후로 하여 중도파들은 대한민국을 온전한 근대 국민국가로 받아들이지 않았다. 국회의 소장파들은 물론 국회 바깥의 김구와 김규식 계열의 중도파들 역시 적어도 1949년 이 시점까지 이를 견지했다. 하지만 1949년 6월의 총공세는 이들의 입지를 거의 소멸시켜 대한민국의 국가주권에 대한 절대적인 지지와 충성을 표명해야 하는 상황에 처하게 된다.

이었다.

물론 권력의지와 그 실현이라는 것이 일관되게 작동한다거나 단일한 효력을 발생시킨다는 뜻은 아니다. 하지만 여기서 짚고 넘어가야 할 것은 이러한 권력의지와 그 실현의 매개된 장치와 기술들이 사회와 개인을 권력이 행사되고 실천되는 권력의 마디로 재구축하게 된다는 점이다. 다시 말해, 이렇게 행사된 권력 장치와 기술들이 국가주권을 사회와 개인보다 우위에 선 초월적 입법자(주재자)로 주조하게 되고, 이렇게 재구축된 국가주권의 편재된 현실이 역으로 사회와 개인을 법적으로나 정치적으로나 비교 우위가 가능한 국민으로 만들게 되는 것이다. 한 지역민들이 소위 국민으로 동질화되는 절차와 과정은 국가주권의 현시 없이 이루어지지 않는다고 할 때, 이로 인한 이율배반도 증대되기 마련이다. 왜냐하면 국민의 합의와 동의에 의해 양도되고 위임된 국가주권이 역으로 국민적 정체성을 구획하고 한정지음으로써 국민의 기본적 권리 행사를 국가주권의 수호와 방어로 제약하는 이율배반을 떠안을 수밖에 없기 때문이다.

국민보도연맹이 1949년 6월의 신국면에서 갖는 양가성도 여기에 있을 것이다. 1948년 12월 1일 법률 10호로 공포·시행된 국가보안법이 1949년 12월 19일 1차 개정을 거치는 동안, 국민보도연맹은 국가보안법이 규정한 반국가행위자들의 민간포섭단체로 전국적인 조직망을 갖추어 나갔다.[4] "민주주의민족전선, 남조선노동당중앙정치위원회, 조선인민공화국,

---

[4] 국민보도연맹이 전향자들의 자발적인 민간단체로 발족했다고는 하지만, 국민보도연맹의 운영 주체는 이태희 서울지검 검사장을 비롯해 오제도, 선우종원, 정희택 등 공안검사와 서울시경의 김태선 구장, 김준연 국회의원, 양우정 《연합신문사》 사장 등이었다. 이 조직 체

조선노동조합전국평의회, 전국농민연맹, 남조선민주여성동맹, 조선민주 애국청년동맹, 조선협동조합중앙연맹, 반일운동자구원회, 조선민주학생 연맹 등과 전기 조선노동조합 전국평의회에 가입하여 동同결사를 지원 육 성하는 전국적 산업별 각종 단일노동조합 위원장 등과 조선문화단체총연 맹에 가입하여 동결사를 지원 육성하는 각 문화부문별의 조선문학가동맹, 조선연극동맹, 조선미술동맹 … 보건연맹, 조선교육자협회 등의 위원장 또는 그와 동격자 등"5만이 아니라 이에 가입하거나 (물질적·심정적으로) 동조하고 공명한 모든 사람들이 잠정적인 국민보도연맹의 대상이 되는 역 설적 상황의 도래였다. 이들을 자수와 투항 및 신고가 필요한 잠정적 반역 (범죄)자로 규정하고, 일정한 처벌과 계도를 거쳐 대한민국의 온전한 국민 으로 개변시키겠다는 국민보도연맹의 결성 이념과 목적은 국가보안법의 초법적 구속력을 사회와 개인의 신체와 내면에 각인시키는 항상적인 전향 의 기도에 다름없었다.[6]

5·10 총선거의 보통선거권이 국민의 집단의사를 대변하는 "대한민국의

계가 전면적으로 드러난 것은 1949년 6월의 결성식을 통해서였으며, 이후 각 도 단위의 지 방지부가 결성되며 전국적인 망을 갖추게 된다. 강성현, 〈전향에서 감시·동원 그리고 학살 로-국민보도연맹 조직을 중심으로-〉, 《역사연구》, 2004를 참조.

5 오제도, 《국가보안법실무제요》 증보판, 남광문화사관, 1951, 51~52쪽. 오제도는 각 단체들 과 범죄 주체들을 세밀하게 선별하고 분류하여 이들에 대한 관리와 통제 시스템을 확립하 고자 했다. 경찰행정기술의 전형적인 모습에 다름 아닌 이 권력기술들은 경찰력의 행정기 술이 국가행정 전반으로 파급되는 경찰행정국가의 한 단면이기도 했다.

6 국민보도연맹은 사회와 개인을 국가의 법정 앞에 선 반역(범죄)자로 불러 세우는 효력을 낳 는다. 국가가 설령 보이지 않는다고 해도 잠정적 반역(범죄)자로 인지된 이들에게 국가는 초자아로 기능하기 때문이다. 이들은 전향을 공개적으로 표명하며 자신이 변했음을 증명해 야 했다. 온 국민이 전향의 사슬에서 자유롭지 못했음을 보여 주는 연구로는 이봉범, 〈단정 수립 후 전향의 문화사적 연구〉, 《대동문화연구》, 2008이 있다.

주권은 국민에게 있고 모든 권력은 국민으로부터 나"옴을 명시했지만, '국민'됨의 자격과 지위는 양도되고 위임된 국가권력 앞에 자신의 전향을 알리고 승인받는 인정 절차와 과정을 필요로 했음을 이 공세적 국면은 확연히 드러내고 있었다. 가정된 국가주권에 힘입은 국가=국민=영토(38선으로 분열되었지만 법적으로는 통일되었다고 선언된)의 삼위일체화는 국가권력의 생산·관리·통제를 뒷받침하며, 대한민국의 외부를 남겨 두지 않겠다는 의지를 실행하는 근거로 작동했다.[7] 한국전쟁 발발과 때맞추어 국민보도연맹 가맹자들을 대상으로 자행된 대량학살은 이 외부를 남겨 두지 않겠다는 항상적인 전향 논리가 제거/절멸로 이어진 비극적 참화였음은 물론이다.[8] 이는 국가보안법을 설계한 오제도의 다음과 같은 위협적인 말에서 이미 그 싹을 틔우고 있었다.

우리 국가는 국내적으로 국민총의로 결집된 역사적 국회를 통과한 국헌에 의거하여 수립 이후 절대 대다수인 48개국의 승인을 받아 한반도급 기期부속도서 전역에 긍亘해 통치권을 행사하는 당당한 성스러운 독립국가로써 세계열강에 일원이 되어 있는 것이다. 그러므로 삼천만 배

---

7 5·10 총선거는 국제연합UN의 감시 하에 전국적인(물론 국제연합의 감시를 거부한 38 이북의 북한을 제외한) 총선거를 실시했다는 참정권 보장과 민의의 표명으로 상찬되었다. 국제연합의 감시라는 민주주의 혁명을 대체한 보편(주의)적 규제력은 대한민국에서 "역사적 남조선 총선거가 실시되었고 5월 30일에는 이 나라에 국회가 생겼으며 헌법이 제정되고 초대 대통령에 이승만 박사가 선거되었으며 8월 15일 대한민국 정부 수립을 중외에 선포"했다는 메인 플롯을 지금까지도 가동 중이다.

8 한국전쟁기 국민보도연맹의 대량학살에 대해서는 김동춘, 《전쟁과 사회》, 돌베개, 2000과 김선호, 〈국민보도연맹사건의 과정과 성격〉, 경희대 석사논문, 2002에서 도움을 받았다.

달민족은 아 대한민국을 반세 위에 세세世世토록 확고부동한 체제를 갖추어 금후 다시 여하한 외국에 대하여서도 그 침범을 허용하지 못하게 수호 발전시킬 중차대하고 성스러운 영광의 의무를 다 같이 자부하며 총진군하여야 될 것임에도 불구하고 (중략) 여지껏 대한민국을 단정 운운의 불온 위험 사상을 일소하지 못하고 이북 괴뢰 집단과 동등시하여 그 위에 미소양군정시 사용하던 초연한 〈남북통일〉이라는 미명하에 국헌을 부정하고 이런 반국가주의운동을 전개함을 애국지사라고는 도저히 긍정할 수 없고 당연히 본법의 단속 대상으로 하며 민족정의를 살려 엄중 처단하여야 됨을 재언 불요일 것이다. (26-29)

오제도는 대한민국 수립을 "국민총의로 결집된 역사적 국회를 통과한 국헌"에 의해 그리고 "절대 대다수인 48개국의 승인"을 받아 이루어진 "성스러운 독립국가로써 세계열강에 일원"으로 우뚝 섰음을 부각한다. 이러한 자부심은 대한민국이 표방하는 자유민주주의의 원리라 할 국민의 권리 행사 대신에, "중차대하고 성스러운 영광의 의무"로 수렴된다. 이 뒤바뀐 권리와 의무의 자리 배치는 "여지껏 대한민국을 단정 운운의 불온 위험 사상을 일소하지 못하고 이북 괴뢰 집단과 동등시"하는 '반국가주의운동을 전개'하는 자들에 대한 처벌과 단속을 정당화하는 논리로 이어진다. 즉, "애국지사라고는 도저히 긍정"할 수 없는 이북 괴뢰 집단과 동일시된 잠정적 반역(범죄)자들을 단속하고 처벌하는 것은 마땅한 일이며, 나아가 처단과 사형도 필요하다는 인식의 발로였다.

국민보도연맹을 추동한 국가보안법의 초법적 권위는 "우리 대한민국을 보안하기 위해 제정된 특별형법"의 특수성과 예외성을 두드러지게 했다. 이 말은 곧 법의 행정기술화와 정지를 통한 예외의 실현을 항구화하는 조치이기도 했다. 국민 기본권을 초과하는 국가주권의 신성시와 절대화가 국민보도연맹의 창설을 가능케 했음을 이 인용문은 확인시켜 주고도 남음이 있다.

그렇다면 되묻게 되는 질문은 이것이다. 적어도 자유민주주의를 표방한 대한민국이 국민의 기본권 행사를 국가주권의 이름으로 철회하고 회수할 수 있었던 자기방어의 메커니즘은 과연 무엇이었던가? 무엇이 대한민국의 이러한 초법적 예외상태를 일상화하는 자기 논리와 서사를 개발할 수 있게 했던가? 이 글이 놓인 출발점이다. 여기서 중요한 알리바이로 작용하는 것 중의 하나가 때마다 대한민국의 메인 플롯으로 회자되는 국제연합UN의 승인임을 오제도의 인용문은 일깨워 준다. 오제도는 국제연합의 절대 대다수인 48개국이 승인한 대한민국만이 한반도의 유일무이한 합법정부임을 천명하며, 대한민국의 국가주권을 절대시하고 있기 때문이다. 일당 독재와 전체주의 정권의 공산 진영과 달리, 자유민주주의 국가들의 전폭적인 지원 아래 국제연합의 승인을 받았다고 하는 외적 권위에 기댄 철옹성 같은 방어 논리가 생성되는 현장이기도 했다.

오제도와 같이 초법적 국가권력의 기본 설계자들은 전가의 보도처럼 국제연합UN의 승인을 앞세우곤 했다. 오제도를 비롯하여 우파 지배그룹은 자유민주주의 국가를 표방한 대한민국의 권리와 의무 사이의 딜레마를 숙고하기보다 밀어붙이는 쪽을 택했지만, 두텁게 산재한 중도파 지식인들의 반응은 달랐다. 이들은 반쪽짜리 정부를 세우는 데 반대했을 뿐만 아니라,

그 절차와 과정의 하나였던 국제연합(임시)조선위원단의 내한에 대해서도 깊은 의구심을 표했기 때문이다. 다음 절은 국제연합(임시)조선위원단의 내한을 바라보는 편치 않은 시선들에 관한 이야기다. 국제연합 승인을 기꺼워했던 대한민국의 메인 플롯에서는 잘 드러나지 않은 긴장과 갈등이 녹아나는 두 번째 절은, 이 글의 세 번째 절에서 다룰 조병옥의 《특사유엔기행》과는 어긋남을 빚어낸다. 그것은 여행기(기행문)의 특정 서사 양식이 지닌 정치성을 비판적으로 재구하는 데도 목적이 있다. 세계-지역-국가를 왕복하는 여행기의 자기회귀적 구조에 내포된 그 지배 이데올로기의 정치성을 말이다.

국제연합의 승인을 둘러싼 갈등과 균열, 그 사이의 중도파

제2차 세계대전 중에 설립된 국제연합UN은 탈식민화의 전반적인 흐름 속에서 보편(주의)적 규제력의 통국가화를 반영하는 상징적 존재였다.(4장 참조) 하지만 이 보편주의적 입법과 실행자로서 국제연합의 위상은 추락을 면치 못했다. 왜냐하면 미소 주도의 첨예한 이해관계가 맞부딪히며, 국제연합은 국가 간·지역 간 상호협의체에 불과하다는 인식이 짙어졌기 때문이다. 더구나 그 과정에서 합의와 공조는커녕 불협화음이 반복되면서, 국제연합의 보편(주의)적 규제력과 그에 합당한 권위도 훼손되기에 충분

했다.[9]

　지구의 3분의 2를 차지하던 식민지에서 갓 벗어난 (구)식민지 지역들의
탈식민화에 대한 욕망은 국제연합의 보편(주의)적 규제력을 특히 시험대
에 들게 했다. 한반도는 물론이고 동남아시아와 그리스 및 발칸의 제 지역
들에서 벌어진 탈식민화 투쟁과 해방운동은 국제연합이 제국주의의 특수
하고 분파적인 이해관계를 대변하고 있다는 불만과 반발의 강도를 높였
다.[10] 유럽 부흥을 위한 미국의 다대한 노력에 비해 유럽 국가들의 동남아
시아에 대한 식민지 지배와 침략은 저지되기보다 심지어 동조하고 묵인
한다는 의구심을 부채질했다. 여기에 미소 간의 심화되는 냉전은 국제연
합을 단지 진영의 이해관계를 반영하는 지역정체로 여기게끔 만드는 핵
심 요인이었다. 이러한 국제연합의 위상 저하는 국가 간 현안의 특수한 이
해관계를 조정하는 공평한 중재자와는 거리가 먼 것이었기에, 한반도처럼
38선 분단으로 인해 정쟁의 이해 당사자가 직접 맞서는 지역에서는 더욱
문제시될 수밖에 없었다. 1947년 9월 한반도 문제가 국제연합으로 이관

9　국제연합은 특수한 이해관계들의 장이었음에도 불구하고, 시대 흐름이 강제한 국제연합의
　상징성은 누구도 부인할 수 없는 힘을 갖게 했다. 두 냉전 진영의 주축인 미소의 각축에도
　불구하고, 미소 모두 국제연합을 탈퇴하지 않았던 것도 이러한 시대 흐름이 강제한 상징성
　때문이었다. 냉전이 격화되며 팽배해졌던 미소 한 진영의 탈퇴와 국제연합의 지속적인 해
　체설에도 불구하고, 이러한 일은 일어나지 않았던 것도 국제연합이 전 세계를 포괄한다는
　상징성으로 인한 것이었음을 명기해 둘 필요가 있다.

10　(구)식민지 지역들의 탈식민지 해방 투쟁과 저항 및 약소민족의 유대를 통한 인민주권 원
　리에 대한 요구와 실제 현실과의 괴리에 대해서는 〈빨치산과 월남인, 이승만의 재현/대표
　성의 두 기표〉, 《스캔들과 반공국가주의》, 앨피, 2010에서 다루었다. 해방기의 시기별 국면
　마다 차이가 있기는 하지만, 갓 해방된 한반도의 지식인들은 같은 처지에 있었던 식민지
　내지 (구)식민지 지역에 대한 관심이 상당히 높았다. 이는 자연히 유럽 제국의 식민 체제
　를 해소하지 못하는 국제연합에 대한 실망을 낳았다.

된 후 미국 주도로 1948년 1월 8일에 입경한 국제연합(임시)조선위원단을 바라보는 한반도 지식인들의 복잡한 속내는 이로부터 기인했다.

오기영은 "UN총회가 비록 46대 0으로 조선 문제를 가결하였고 그 결의대로 추진하려 하나 막상 조선에 벌어진 냉엄한 현실은 1대 1이라는 그것임을 간과"할 수 없으며, "위원단이 북조선 혁명에 대한 허다한 절찬과 남조선 비민주 상태에 대한 신랄한 비난을 소련 대표에 의하여" 듣고 왔다고는 하지만 "이들이 남조선에 와서 그 〈비민주상태〉는 볼 수 있을 것이나 아마 북조선에 가서 그 역사적 민주혁명을 보고 이것을 세계에 보증하는 기회는 없을 것을 짐작할 때 이러한 추리의 산물은 결국에 있어서 장차 미국이 남조선에서 행할 대조선 정책이 UN총회 내의 미국 지지 국가군의 지지에 의하는 형식 하에 시행되는 그 이상의 아무것도 기대"할 수 없으리라는 우려를 표명케 했다. 그는 또한 이것이 결국 "하나의 통일정부가 아니라 두 개의 분열정부"를 초래할 것이며, "서로 자기가 지지하는 정부의 육성과 그 기반의 강화를 위하여 38장벽은 철폐가 아니라 더욱 철벽화"[11] 되리라는 점을 경고하기에 이른다.

오기영의 걱정대로 국제연합(임시)조선위원단은 남한만의 총선거를 권고·지원하는 보고서를 제출함으로써 1948년 2월 26일 국제연합 임시총회에서는 소총회의 보고서를 통과시키는 소위 합법적 절차를 통해 남한만의 단정 수립을 현실화하게 된다. 오기영만이 아니라 남한만의 총선거와 단정 수립을 반대하던 두터운 중도파에게 국제연합은 당파적인 이해관계

---

11 오기영, 〈UN과 조선독립-내조위원단에게 주노라〉, 《신천지》, 1948. 2, 30쪽.

의 대변자일 뿐이라는 회의감을 떨쳐 버릴 수 없게 했던 것이다.[12]

국제연합을 둘러싸고 벌어진 이 불신감은 국제연합을 통한 해결책보다 민족의 자주적 역량에 의한 해결책을 더 선호하게 만든 원인이기도 했다. 박기준은 "본시 UN이 발족할 때의 정신과 골자는 세계평화의 추진에 관하여 국제사회의 거지구적인 조직방법을 강구하자는 데 있었다는 것이 동同헌장을 일독하는 사람들의 인상"이었지만, "UN의 사업은 제2차 세계전쟁에 대한 포괄적 평화체제도 서기 전에 가장 서실적緒實的으로 이 문제, 저 문제에 손을 대기 시작"했음을 비판적으로 지적한다. 여기에 국제연합의 두 주축인 "미소는 자가선전을 위한 절호의 무대로, 특히 가맹국의 다수를 믿고 있는 미국은 UN을 소련 고립화의 무자비한 수단 도구로서 생각"해 "평화 도래와 함께 국제사회의 진정한 평화사업의 추진기관이 될 UN을 위하여 통분"을 금치 못하고 있다. 그는 이 연장선상에서 1948년 12월 대한민국 정부 승인을 논의할 제3차 파리총회의 전망을 어둡게 그린다. 만약 대한민국이 국제연합의 가맹국이 될 수 있다면, 그것은 이미 미국 지도 하의 UN에서 "소련이 이탈해 〈슬러브〉 연맹"을 만드는 것과 동궤의 과정에 지나지 않을 뿐이기 때문이다. 즉, 미국 주도의 "UN은 벌써 본래의 거지구적巨地區的 성격을 상실"해 "UN을 무대로 통일 조선을 기도한

---

12 해방기 국제연합과 국내의 세력 진영 간에 국제연합을 둘러싸고 벌어진 논란을 다룬 기존 연구 성과는 한정적이다. 위 본문에서도 밝혔듯이, 한반도 문제가 국제연합으로 이관되고 나서 국제연합의 결정 사항은 미소 주도로 움직였다 하더라도 한반도 정세에 미친 영향이 심대했기 때문에 중도파를 비롯한 좌우 양 진영 모두 촉각을 곤두세우게 했다. 제3차 파리 총회는 한반도의 유일한 합법정부로 대한민국을 승인하는 인정투쟁과 관련해서 더욱 중요한 의미를 갖는다. 이와 관련한 변동의 지점들을 읽어 내는 일이 중요한 이유이다.

다는 것은 이북 정부가 소련의 〈블록〉 안에 편입될 것을 생각"할 때, 국제 연합의 와해와 쇠퇴는 불을 보듯 뻔한 일일뿐더러 한반도 문제의 해결 자체도 난망하다는 비관적 진단이었다.

이 중도파 지식인들에게 대한민국의 국제연합 가입은 한반도 주민들이 모두 희구하는 '통일과업'과 '통일조선'에서 더욱 멀어지는 길일 따름이었다. "처음에는 미소의 외세에 의해 다음에는 이 외세에 의존하여 아부하는 남북의 〈두 정부〉에 의하여 분할되고 파괴되어가는 〈하나의 조국〉이 걸어가는 고난의 자취를 혈루를 머금고 응시"해야 하는 막다른 지경에 처할 수밖에 없으리라는 강한 문제의식이었다. 대한민국 정부 승인이 논의되던 파리의 제3차 국제연합 총회가 "남북 양 정권이 각기의 대표를 파견"하여 "조선인이 참석할 수 있는 귀중한 국제무대에서 남북과 좌우로 대립된 한 줄기 백의의 혈족이 수륙만리의 이경異境에서 골육상쟁"[13]하는 대립과 분열의 현장으로 화하고 말 것이라는 예고된 재난에 대한 경고도 잇따랐다. 이들에 의하면, 대한민국 정부 승인은 국제연합의 이상적 기획이라 할 세계 평화와 질서를 좌절시키는 패권주의의 제일보를 내딛는 것이나 다름없었다. 국제연합의 대한민국 정부 승인을 국제연합의 변질로 이해했던 중도파 지식인들의 한결같은 목소리였다.

한반도 문제를 오로지 국제연합의 승인에만 의존하려는 데 대한 중도파 지식인들의 깊은 우려에도 불구하고, 1948년 12월 12일 파리의 제3차 국제연합 총회는 대한민국 정부를 공식적으로 승인하는 것으로 끝이 났다.

---

13 박기준, 〈남한 신국가와 세계-대한민국과 UN〉, 《신천지》, 1948. 8, 16쪽.

이는 곧 중도파들의 입지가 약화되고, 오제도와 같은 대한민국 정부 수립과 승인을 강조하던 우파 진영의 설계자들이 그 주도권을 거머쥔다는 뜻이기도 했다. 대한민국의 초대 대통령이던 이승만의 첫 일성은 "UN총회에서 법적 승인을 얻음으로써 완전히 산 사람"이 되었다고 하는 것이었다. 그는 "이 세상에서 먹고사는 것만으로써 완전한 산 사람이 아니라" "육체와 정신이 합쳐져야 완전한 사람"[14]일 수 있음을 역설하며, "법적 승인을 얻지 못하면 법률상 보호를 받을 수 없고 타인을 고소할 수도 없"음을 재인식시켰다. 국제연합의 승인이라는 법적 권한을 십분 활용해 대한민국의 국가주권을 절대화하는 것이자, 합법과 비(불)법의 경계를 날카롭게 분절하는 국면 전환의 신호탄이기도 했다. 국제연합의 대한민국 정부 승인을 법적 테두리의 내집단과 외집단으로 구분하는 최전선이 이른바 무법과 불법의 주체 및 영토를 불러 세우는 효력을 발생시키고 있었다.

국제연합의 대한민국 정부 승인이 이루어지자마자 "소련군이 철퇴하는 순간부터 38도 경계선 이북에 하등 정부도 인정하지 않는다. 우리는 그 상실된 지역에 우리의 권한을 확대할 의도이다. 그리고 우리는 이를 평화적으로 수행할 것을 원한다. 우리는 북한 인민과 투쟁할 것을 원하지 않는다. 그러나 북한의 인민들이 합법적 정부의 권한에 저항한다면 우리는 이들을 정복하지 않으면 안"[15] 된다는 논란을 야기한 정부 당국자의 성명도 이 비(불)법한 존재에 대한 선전포고로 보기에 충분했다. 합법과 비(불)법

---

14 〈대한민국 유엔승인 경축대회, 전국에서 개최〉, 《서울신문》, 1948. 12. 26.
15 〈장택상張澤相 외무부장관, 소련군 철퇴 순간부터는 북한정권을 인정하지 않는다고 언명〉, 《평화신문》, 1948. 12. 22.

의 경계 재설정을 통해 법적 권한 밖의 존재를 징치하고 나아가 절멸시켜
도 무방하다는 적대와 혐오의 공식화였다. 이는 국제연합의 이해관계에
따른 합종연횡을 비판하며, 하나의 세계가 아닌 두 세계로 치달아 가는 작
금의 사태를 우려했던 중도파 지식인들과의 주장과는 확실히 상치되는 태
도였다.

국제연합의 대한민국 추인과 승인을 열렬히 환영했던 대한민국 정부의
태도가 언제나 일관되었던 것은 아니었다. 국제연합의 대한민국 정부 승
인 이후 한반도의 통일과 미소 양 점령군 철수를 감시하고 확인하기 위해
국제연합 총회의 결의에 따라 1949년 1월 29일에 내한한 국제연합(신)한
국위원단에게 보인 대한민국 정부의 부정적인 태도와 인식이 그 한 방증
이다. 대한민국 정부와 국제연합(신)한국위원단 간의 마찰은 국제연합(신)
한국위원단의 일원이었던 시리아 대표의 돌연 사퇴와 귀국으로 표면화되
었다. 그는 자신의 임무가 "화평통일"에 있으며 "무력행사는 위험하고 또
불가하다. 거듭 내 개인의 의견이지만 전 세계를 통해서 무력행사란 그 목
적 자체를 잊어버리게 해 왔다. 따라서 반드시 화평의 길"이어야 한다는
견해를 피력하며, 만약 "그것이 불가능하거나 그 실현 방도를 찾지 못하면
존재할 의의"[16]가 없다는 말로 정부 당국자와의 사이에 아무런 문제가 없
다는 본인의 부인에도 불구하고, 의견 차를 시사하며 귀국길에 올랐기 때
문이다.

---

16 〈무길 유엔한국위원단 시리아 대표, 출국 기자회견에서 (한국)정부와 위원단간의 의견 차
이를 부인〉, 《자유신문》, 1949. 3. 26.

"사실적·법리적"[17]으로 한반도의 유일무이한 합법정부라는 대한민국 정부의 강경한 입장과 국제연합(신)한국위원단 간의 마찰을 가시화했던 이 사건은 대한민국 정부가 국제연합의 승인을 필요에 따라 취사선택했음을 알려 준다. 국제연합(신)한국위원단을 맞이하는 환영사에서, 이승만은 "대한민국 승인의 성공은 정의와 민주주의의 성공"이며 "불행히 지금 온 세계가 공산주의와 민주주의 두 사상이 충돌되는 냉정전쟁에 휩쓸리고 있으니 이 큰 투쟁에는 나라마다 개인마다 두 가지 중에 한 가지만을 택하여야 할 것이요, 중간 길은 없어야 될 것"임을 천명했던 데서도 이는 재확인된다. 국제연합(신)한국위원단의 활동 반경을 미리 틀짓는 이승만의 이 협박에 가까운 언술은 "공산주의를 접수하는 것은 노예의 속박을 밟는 것이니 나라나 개인이 다 그 자유와 개성을 잃어버리는 것"이기 때문에 "우리는 자유와 독립을 대표한 민주주의를 붙잡고 기왕부터 투쟁"[18]해 왔다는 대한민국 국가주권의 일방통행로였다고 해도 과히 틀리지 않았다. 자연히 국제연합(신)한국위원단의 북한 정권(이승만 식의 논법으로는 단체)과 모스크바를 통한 접촉 시도는 월권으로 간주되었으며, 대한민국의 국가주권을 훼손하는 법적 권한 바깥의 비(불)법한 존재와의 어떠한 교섭이나 협상도 불가하다는 인식을 노골화했던 것이다.

《국제연합한국위원단 보고서 1949-1950》는 1949년 우파연합에 의한

---

17 〈尹致暎, 유엔한국위원단과의 협의에서 북한정권을 인정할 수 없다고 주장〉, 《서울신문》, 1949. 3. 10.

18 〈李承晩 대통령, 유엔한국위원단 환영국민대회 석상에서 공산당과 타협하지 않고 통일을 이룰 것이라는 내용으로 환영사〉, 《연합신문》, 1949. 2. 15.

6월의 대공세와 맞물려 대한민국의 주권을 현시한 공식적 기록으로 봄직하다. 한국에 입경한 국제연합(신)한국위원단이 임무를 마친 직후인 1949년 7월 29일에 만장일치로 채택하여 국제연합에 제출한 보고서에 따르면, "(한국)정부는 파리총회에서 내세운 주장을 조금도 굽히지 않았다. (한국)정부는 북한정권이 UN총회에 의하여 불법화되었으므로 위원단이나 (한국)정부는 북한과 상대하지 말아야 한다는 것을 완고하게 주장하였다. 또한 (한국)정부는 소련정부가 북한정권을 해체하고 위원단 감시 하에 (한국)정부가 북한에서 선거를 실시하는 것을 허락하도록 설복하기 위하여 위원단은 오직 소련정부만을 상대로 교섭하게 되어 있다고 주장"[19]했다는 저간의 공방을 전하고 있다. 국제연합(신)한국위원단과 대한민국 정부 간에 놓인 이 엄연한 시각차는 "북한정권이 UN총회에 의하여 불법화"되었다고 하는 대한민국의 반복된 주장으로 한 치의 진전도 볼 수 없었음을 말해 준다 하겠다.

당시 대한민국 언론에서도 심심찮게 거론된 이 같은 파열음은 대한민국의 국가주권을 신성시했던 우파 지배그룹의 태도를 단적으로 드러낸다. 이들은 대내적인 6월의 대공세와 함께 국제연합(신)한국위원단의 남북 협상 시도를 분쇄하는 한편, 진영 간 싸움이 불가피하다는 대외적인 호전적 언사와 발언을 태평양동맹 결성으로 또한 가시화하게 된다. 38선을 경계로 공산 진영의 위성국인 북한정권과 맞서고 있다는 위기감을 바탕으로

---

19 국제연합한국위원단, 《국제연합한국위원단보고서 1949·1950》, 대한민국국회도서관, 1965, 92쪽.

이들은 대외적 주권 수호를 태평양동맹 결성으로 구체화했던 셈이었는데, 이는 비(불)법한 존재를 포용과 대화가 아닌 제거와 절멸로 사고했던 대립적 인식의 연장선상이었다.[20]

태평양동맹은 1949년 3월 18일 미국을 비롯한 조약체결 12개국의 수도에서 일제히 발표된 대서양조약기구(당시에는 '대서양동맹'으로 더 자주 회자된)와 그 지역화를 본뜬 지역동맹의 일환으로 제기되었다.[21] 미국과 유럽의 안보동맹이 대서양조약기구로 명문화되었듯이, 태평양 지역도 대서양과 같은 안보동맹의 네트워크가 형성되어야 한다는 인식이 필리핀의 키리노 Elpidio Quirino와 대한민국의 이승만 및 중국 국민당 영수 장개석蔣介石의 일치된 공감과 원조로 1949년 3월부터 본격적으로 제창되었던 것이다. 이 포문을 연 것은 필리핀의 키리노였지만, 적극성의 측면에서 이승만은 이들을 초과하는 열의를 선보였다. 이승만의 강력한 의지는 3월 20일 키리노의 태평양동맹 결성이 제안되자마자 3월 23일 이를 전폭적으로 지지하는 담화로 드러났다.

이승만은 "태평양동맹이 가맹국의 활약 여하에 따라서는 유럽 국가의 안전보장을 확보하는 방편으로 그 역할"을 다할 것이라는 전제 하에, "일개一個를 위한 전부全部요, 전부全部를 위한 일개一個"가 되는 "이기적 동기를 초월한 평화 달성"[22]의 전 단계로 그 의미를 적극 부각시켰다. 태평양동

---

20 대한민국의 국제연합에 대한 강력한 의존성은 대한민국 정부가 그토록 주장하는 자율적 기초를 훼손시키는 일면이 있었지만, 대한민국의 집단자위권(안보권)을 주장할 수 있는 바탕이 되는 역설을 빚어냈다. 과히 억압된 것의 보상이라고 할 수 있는 사태였다.

21 노기영, 〈이승만정권의 태평양동맹 추진과 지역안보구상〉, 《지역과 역사》, 2005.

22 이승만, 〈태평양동맹에 기대함〉, 1949. 3. 23, 《대통령이승만박사담화집》, 공보처, 1953.

맹 결성에 대한 이승만의 고무된 기대는 미국의 부정적인 반응으로 일단 제지되고 오히려 1950년 5월 26일 대한민국과 중국 국민당을 제외한 동남아시아회의로 낙착되고 말았지만, 이 과정에서 태평양동맹 결성의 의의와 일정 및 경과에 대한 소개와 보고는 매체 여하를 가리지 않고 반복적으로 활자화되었다. 태평양동맹에 대한 지식 생산과 유통이 대한민국의 국가주권의 자명성을 실어 나르는 데 일조했음을 간과할 수 없게 하는 대목이다.

애초 국제연합이 표상하던 전 지구적인 세계 감각은 진영 논리에 상응하는 두 세계상으로 분할되고 말았다. 웬델 윌키w. L Willkie의 멋진 구절인 1943년 작《하나의 세계The One World》는 마침내 효력을 다하고, 이승만이 주장하는 두 세계의 분열상만이 남게 되는 형국이었다. 이러한 양단된 세계상은 대외적인 활동 반경을 넓혀 갔던 전문기술 관료들의 여행기 서사에도 고스란히 투영되었음을 조병옥의《특사유엔기행》은 잘 보여 주고 있다. 미군정 당시 경무부장을 지내며 친일파 등용에도 혁혁한 공을 세웠던 조병옥은 대한민국 주권 현시의 대리(대행자)가 되어 이를 재현하고 상연했다. 여행기 서사를 단순히 문학상의 일 장르로 한정지을 수 없는 까닭도 여기에 있을 터, 다음 절은 이것에 관한 이야기다.

조병옥의 《특사유엔기행》과
여행기의 자기회귀적 국가 서사

조병옥이 유엔특사의 임무를 부여받아 여행길에 오른 것은 1948년 9월이었다. 이때는 1948년 12월 12일 제3차 파리총회를 앞두고 국제연합의 승인을 받느냐 못 받느냐의 갈림길에 서 있던 시기였다. 때문에 "UN대표단 제1반은 장면 씨를 수석으로 하여 장기영, 김활란, 김규홍 3씨"가 "파리 UN총회에서 대한민국 정부의 승인을 구극적 목표로 하여 파리로 직행"하고, 조병옥이 속한 제2반은 "UN한국대표단을 협찬"하는 "임무를 수행한 후 파리에서 합류"[23]하기로 되어 있었다. 1948년 9월부터 "만 4월 8일" 간에 이르는 여정이었다. 하지만 《특사유엔기행》의 제목으로 이 여행기가 출간된 것은 대한민국 정부의 태평양동맹 결성에 대한 선전이 절정에 달했던 1949년 8월이었다. 거의 1년여의 시차였지만, 그는 이 시차에도 불구하고 기행문을 쓰기로 결심한 이유를 "한국의 당면한 긴급한 시국을 국제 정세에 관련하여 여러 동포들의 인식을 새롭게 하"기 위해서라고 〈머리말〉에서 밝히고 있다. 한국의 당면한 긴급한 시국이 그의 부족한 글쓰기 실력을 감안하고서라도 출간하게 만든 진정한 이유라는 설명이다.

실제 여정과 출간 시기의 격차에도 불구하고, 조병옥의 《특사유엔기행》은 별다른 위화감 없이 받아들여질 수 있었다. 그것은 여행기의 특정한 서사 양식이 지닌 효과 덕분이기도 했다. 여행기는 보고와 전달의 투명한 리

---

23 조병옥, 《특사유엔기행》, 덕흥서림, 1949, 1~2쪽.

| 1949년 출간된 조병옥의 《특사유엔기행》 | 1949년 내한한 국제연합한국위원단의 보고서 |

얼리티를 가정하기 때문이다. 즉, 체험과 사실에 바탕을 두고 있다는 여행기의 특정한 장르적 속성이 견문見聞, 이를테면 보고 들은 것을 있는 그대로 기술한다는 발화 주체의 신뢰성을 높이며 이야기의 진실성을 보증해주는 것이다. 이른바 진실-효과라 할 여행기의 이러한 장르적 속성에 힘입어 여론을 창출하고 주도하는 이니셔티브의 강력한 매개체가 될 수 있었다. 대중 출판물로서 여행기는 미지의 영역에 대한 지식과 정보를 제공하는 대중적 앎의 확산에 기여하지만, 동시에 체험의 '현존'을 무기로 발화 주체에게 해석상의 특권을 부여하는 것도 사실이다. 조병옥의 《특사유엔기행》은 UN특사라고 하는 위임된 권력에 여행기의 진실-효과가 가미되어 그의 사적인 견해와 인상은 공적인 발화와 이해로 전화되는 효력을 낳

는다.[24]

여정의 시작 부분인 〈길 떠나는 감상〉에서, 그는 자신의 두 가지 임무를 강조한다. 하나는 "미국 중국 비율빈 등의 우방을 예방禮訪하여 국교를 도모"하는 것이고, 다른 하나는 전술했던 "U·N한국대표단을 협찬"하는 일이었다. "이리하여 (그를 비롯한) 우리는 작년 9월 초 중앙청 광장에서 정부 요인 및 다수 동포들의 열렬한 환송을 받고 9월 9일 또 다시 많은 동포들의 격려와 축복 리에 김포비행장"을 떠나 "숙적의 지地 동경"으로 향하게 된다. 출발 전의 뜨거운 환송식과 "우리 민족은 5·10 총선거를 통하여 방공진영에 가담하여 민족적 운명을 개척하겠다는 배수진을 쳤으매 이 민족적 투쟁의 승부는 어떻게 될 것인지" 나아가 "일국의 국제 사절이 됨은 과연 통쾌하고도 영광스러운 일이지만은 우리 어깨에 놓은 이 중차대한 책임을 국민의 기대에 배치됨이 없도록 완수케 될 것인가 등등"의 상념은 그가 맡은 막중한 사명감을 환기시키기에 부족함이 없다. 대통령의 지시를 위임받아 "독립문명 국가"의 대표로 "국민의 기대"를 대리하고 있는 그의 위치는 곧 대한민국 주권의 대리 실행자로서의 면모를 재확언케 함과 동시에 그의 발언의 무게감을 배가시키는 데도 효과적으로 기여한다.

"남한의 공산당은 북한의 매국 도배와 통모하여 남한의 지역에 폭동을 전개하고 정부의 위신을 타락케 할 것이요 그리고 북한의 괴뢰정부는 피

---

[24] 여행기 특유의 장르적 속성은 현존과 직접성에 있다. 그렇지만 모든 발화 주체가 자동적으로 특권적 권위를 갖는 것은 아니다. 조병옥에게 위임된 유엔특사라는 자리는 대한민국의 국가주권과 국민 의사를 담보한다는 진실-효과를 동반하며, 대내외적인 효력을 발휘하게 된다. 1948년 대한민국 정부 수립 이후 쏟아져 나온 많은 여행기는 일차적으로 조병옥과 같은 우파 진영의 남성 지배그룹에서 나왔다는 점도 특기해 둘 부분이다.

등의 대표들을 파리에 발양케 하여 민족적 추태를 연출함으로서 민족적 독립을 방해"하리라는 그의 진술이 대한민국 주권과 국민 총의의 표현으로 자연화될 수 있었던 배경도 여기에 있었다. 조병옥은 자신의 발화 위치를 가로질러 자신의 의견을 국가와 국민의 공식 의사로 전치시키는 지적 권위와 진실의 체현자를 자처할 수 있었던 셈이다. 그가 수행하는 일정과 행사들은 사적 차원이 아닌 대한민국의 공적 의례로 간주되고 그가 방문하는 국가와 지역은 "민족적 독립을 방해"하는 세력과 대척되는 대한민국 주권을 전시하는 지역과 국가의 연결망이 되는 세계-지역-국가의 맵핑(지도그리기)이 새롭게 재주조된다.

서울 비행장을 떠나 그가 첫 번째로 방문한 국가는 일본이었다. 일본을 "숙적의 지地 동경"이라고 언급하면서도 첫 번째 방문지인 일본에 대한 시선은 기본적으로 우호적일 수밖에 없었다. 왜냐하면 "우리의 숙적인 군국주의 일본을 정복"한 "경앙과 감탄으로 머리가 숙여지는" 맥아더 장군과의 "두 시간의 간담"(4)을 위시해 재일동포와의 만남 및 동경 시내 관광 등의 여정이 그를 기다리고 있었기 때문이다. 여행과 임무가 불분명하게 착종되는 가운데, 그는 자신의 인상을 보고와 논평을 섞어 사실화하는 여행기 특유의 서술 전략을 선보인다. 예컨대 "북으로 검은 곰(熊)의 위협과 동으로는 바다뱀(海蛇)의 침략을 받을 숙명적 운명"(9)에 있는 대한민국의 지정학적 운명에 대한 언급이 그러하다. 여기서 북의 검은 곰인 소련과는 다르게 동의 바다뱀인 일본은 "지리적 또는 경제적으로 긴밀한 관계"에 있으므로 비록 "우리의 숙적"이라고 하더라도 "과거의 적개심을 속히 청산하고 장래의 친선을 도모"함이 옳다고 주장하는 식으로 말이다.

이는 당위를 현실로 만드는 착시 효과를 빚어낸다. "일본 민족의 군사적 인적 자원은 방공防共투쟁에 있어서 중대한 기여를 하리라고 세계"가 인정하는 만큼, 우리의 우방으로 일본을 재배치하는 "국교의 친선을 촉진함이 절대로 필요"(6)하다는 진영 감각이 보편적 현실로 화하기 때문이다. 북의 검은 곰인 소련을 배제하는 것은 당연한 반면, 동의 바다뱀인 일본은 "우리의 숙적"임에도 불구하고, "한일국교의 개시는 결국 연합국의 강화조약의 체결을 기다리지 않으면 안 될 것"이나 "그 전이라도 국교의 친선을 촉진함이 절대로 필요"하다는 지리적 방위를 넘어선 관계망의 재조직이었다. 이웃 나라에 대한 친밀감을 동반한 이러한 연결망의 재구성은 "일본의 법과 질서를 파괴하는 사건을 일으키고 심지어 정부의 위신을 추락시키고 정부를 파괴하려는 음모공작의 도구가 되"고 있는 "좌익계열의 지배"를 받는 재일동포 단체로 그 적대의 화살을 돌리게 했다. 재일동포의 처우와 지위에 대한 불만과 반발로 인해 야기된 재일동포들의 항거가 대한민국 주권을 대리(대행)하는 조병옥에 의해 잠재적 반역(범죄)으로 낙인찍히는 이른바 국민보도연맹의 연장선이기도 했던 것이다.

"일본에 기대어 북한의 공산당과 통모하여 정부를 공격 내지 전복하려는 자에 대하여는 정부는 맥아더 사령부의 협력으로써 본국에 회송 처벌"(5)하거나 "일본의 법과 질서에 순응케 하"(4)리라는 연이은 경고의 메시지도 발해졌다. "숙적의 지地"에 내포된 불신과 적대는 그렇게 맥아더가 의연히 버티고 선 일본 정권을 향해서가 아니라 재외동포들을 대상으로 표출되었던 것이며, 이는 두 세계의 최전선에서 스스로의 정체성을 확립해 갔던 대한민국 국가주권의 피할 수 없는 사태였다.

일본에 이은 다음 기착지는 중국공산당의 본토 점령으로 대만으로 밀려나기 전의 중국 국민당 치하의 중화민국이었다. 조병옥이 유엔특사사절단으로 방문하던 때는 아직 중국 국민당 정부가 중국 본토를 장악하고 있던 시기였다. 중국 국민당 정부는 "열광적인 환영으로써 국빈의 대우"를 조병옥 일행에게 베풀어 주었다. "일주간 체재하는 동안" "정중하면서도 치밀緻密을 가하여 그 일례를 들면 우리 일행 숙사에는 외교부원을 한명씩 특파하여 심지어 담배의 결핍 여부까지 심려하는 정도"(17)의 "융성한 국빈 대우"였다. 국민당 정부의 중화민국이 조병옥의 유엔특사사절단에게 베푼 각별한 접대와 호의는 태평양동맹 결성의 공동 주창자로 대한민국 정부와 국민당 정부가 맺은 친분을 생각해 보면 쉽사리 짐작할 수 있는 일이었다.

장개석의 국민당 정부는 중화민국을 대표하는 어엿한 정체政體이자 그래야 한다는 조병옥의 인식이 여과 없이 투영되었던 것도 이 때문이다. "친절한 태도와 중대한 관심을 표시"하는 "나와 대화하는 인물은 20세기의 세계적 위인의 하나"라고 하는 장개석에 대한 극도의 존경과 찬사가 뒤따랐다. 장개석은 "중국이 낳은 애국자요 군략가요 정치가의 소질을 겸비한 희세希世의 영웅"임을 그는 거듭 강조한다. 조병옥이 책을 발간하던 시점은 국민당 정부가 중국 본토에서 패퇴하던 시점으로 이 정세 변화로 인해 장개석이 고향으로 물러나게 된 것을 조병옥은 대단히 아쉬워했다. 이는 "중화민국 발전"을 "방공진영의 중요한 일익"(21)으로 여기는 그의 분열된 세계상이 반영된 결과였음은 두말할 나위가 없다.

"살아 있는 자유를 가진 남한의 이천만이라도 정치적으로 주권을 회복하고 공산주의 독재에 비참하게 시련받는 구백만의 동포를 구출하는 민족적 최대 최후의 사업 완수"와 "대한민국이란 신생국가의 안전을 위해서는 한국이 자위상 충분한 군사력을 확보할 때까지 우방과 UN의 군사상 안전보장의 대책을 강구"해야 될 "대한민국 정부에 대한 원조"(11-12)는 이처럼 선별적 친선과 우의를 과시하며 이루어졌다. 그의 제한된 메시지와 한정된 경계선을 따라 대한민국의 국가주권은 현시되고 확증될 수 있었다. 그의 여정의 마침표를 찍게 될 곳이 다름 아닌 제3차 파리총회의 국제연합이고 보면,《특사유엔기행》은 국제연합을 종점으로 하여 대한민국으로 되돌아오는 자기회귀적 순환 구조를 지니고 있었음을 되짚게 한다.

　무릇 떠남은 돌아옴을 전제로 하는 것이다. 여행기가 귀속의 지점을 부단히 환기시키는 자의식의 원근법이 되는 이유이기도 할 것이다. 귀환과 회귀라는 말이 함축하듯이, 귀환의 여정인 여행기는 출발점을 그 기원으로 하는 통합의 서사에 정초해 있다. 여행기가 제국 팽창과 확장의 시기에 제국의 권력과 권위를 표상하고 재현하는 대표적인 서사 장르로 기능했듯이, 조병옥의 《특사유엔기행》은 대한민국의 기원을 재차 확인하는 국가 서사로 그 역할을 다하게 된다. 여행기의 특정 사회역사적 맥락과 정치성을 조병옥의 《특사유엔기행》은 잘 보여 주고 있는 셈이다. 그것은 대한민국의 국가주권을 구획하고 전시하는 지식/권력의 매개 장치가 되어 대한민국-미국 점령 하의 일본-중국 국민당의 중화민국-비율빈(필리핀)의 태평양/아시아와 미국-캐나다-영국의 대서양/서구를 횡단하여 마침내 제3차 파리총회에 이르는 여정으로 마무리되었다. 여행기와 국가사의 이러한 교착과 혼효混淆 속에서, 한반도의 유일무이한 합법정부인 대한민국의 배타적 국가주권은 적대와 분열을 내장한 채로 의연히 그 위용을 뽐내고 있었다.

여행기의 역사지정학과
은폐된 국가폭력의 거울상

조병옥은 경무국장을 역임하며 경찰행정의 틀을 닦고, 대한민국을 경찰행정국가로 변모시키는 데 일익을 담당했던 인물이다. 그의 이력과 여행기의 국가 서사를 연결시켜 바라볼 수밖에 없게 하는 주된 요인일 것이다. 그는 자신이 경무국장으로 재직하던 당시 처음 착수한 사업이 한국 군사력의 결여와 빈약함을 타파할 국립경찰의 창설과 확충에 있었다고 자부하기도 했다. 이를 위해 국립경찰 병력을 2만 5천 명으로 책정하고 계통적인 경찰 조직을 만드는 데 전력을 기울였다는 것이다.

또한 러치Archer L. Lerch가 군정장관으로 취임하고 나서 서북청년단의 해체를 명했을 때, 그는 "북한 공산치하에서 가혹한 비민주적 독재 정치에 시달려 갖은 고역을 다 맛본 젊은 청년들이 고향과 부모형제들과 생이별을 하고 월남한 그들에게 다소 불법성이 있었다고 해서 서북청년단과 같은 열렬한 우익단체를 해체"할 수는 없다는 강력한 항의 끝에 서북청년단을 온존시켰다. 다른 단체와 기관들에 대해서는 유독 법의 엄정함을 강조하던 그였지만, 서북청년단의 비(불)법에 대해서는 눈을 감았던 셈이다. 이는 월남한 대규모의 청년층을 (준)사설 청년단체와 경찰 조직에 가담시켜 잠재적 반역(범죄)자를 감시하고 통제하는 경찰행정기술의 발현과 잇닿아 있었다. 경찰행정기술의 고안자로서 서북청년단의 비(불)법성에 대해서는

"한민족의 자유 독립"[25]을 명분으로 용인하는 법의 자의적 판단과 모순을 그는 몸소 체현했다고 봐도 무방한 대목이다.

　경무국장에서 물러난 후 그는 1948년 9월 유엔특사로 임명되어 "UN한국대표단을 협찬"하는 막중한 임무를 부여받고, "만 4월 8일" 동안의 여정을 1949년 8월의 여행기로 남기게 된다. 그의 《특사유엔기행》은 제3차 국제연합 총회의 개최지인 파리에서의 고투와 승전보를 전하는 것으로 마침표를 찍었다. 책의 서두에서부터 밝힌 대한민국 승인이 제3차 파리총회에서 48 대 6의 숫자로 통과되는 기쁨을 그는 책에 고스란히 담아냈다. 대한민국의 국가주권과 국민의 일반 의사의 대리(대행)자로서 그는 이 승리를 곧 국가와 국민의 승리로 기록했다. 여기서 대표하는 자인 그와 대표되는 자인 국민(한반도 주민) 간의 차이와 간극은 전혀 없었다. 아니 있으면 안 된다는 것이 1949년 6월 우파연합에 의한 대공세는 시현했다. 대한민국의 국가주권과 국민의 일반 의사를 대변하는 권위자의 위치에서, 그가 전하는 제3차 국제연합 총회는 그렇게 오로지 승리의 환희와 기쁨으로만 양각되었을 뿐이다.

　"세계여론의 압도적 여론"(87)을 방증하는 48 대 6의 우위는 다음과 같은 세 가지 의미로 해석된다. "소련의 부정의가 한국의 정의 앞에 굴복한 첫 계단의 승리", "미국을 위시한 민주주의 진영에 속한 국가군이 소련 및 소련 블록에 대한 유화정책을 포기"한 것, "한국이 그 정부의 수립으로써 최대 최고의 목표인 남북통일을 완수할 수 있을 것." 자유민주주의 진영 전

25　조병옥, 《나의 회고록》, 해동, 1986, 149쪽.

체가 대한민국 수립을 인정했다는 것이며, 대한민국이 "방공진영의 일익으로써 그 국력을 방공 투쟁에 충실히 가담할 것을 믿고 기대"(93)하는 의사 표시라고 그는 자신의 기대감을 뒤섞어 결론지었다.

대한민국-태평양/대서양동맹의 제 국가군-국제연합(-대한민국)의 여정은 대한민국의 완벽한 도덕적 승리, 민주주의 진영과의 동맹 및 세계적 방공투쟁과 겹쳐진 두 개의 분열된 세계상을 노정시켰다. 여행기의 역사지정학을 되새기게끔 하는 조병옥의 《특사유엔기행》은 국제연합의 승인이라는 대한민국의 메인 플롯 뒤에 가려진 국가폭력의 실상과 현실에 대해서는 말해 주는 바가 없다. "평화적 통일이 불가능한 경우에는 국권의 발동으로써 통일을 꾀하는 최후수단까지 없어야 한다는 전제는 당당한 주권정부가 수립된 금일에 이르러서는 용인치 못할 일"(95)이 되는 무력통일도 이 맥락에서 공공연히 발화될 수 있었던 것이다. "남북통일의 유일한 방법은 국력을 배경으로 한 주권의 발동이란 것이 법리적으로나 현실적으로 규정되어야 하는"(96) 국가주권에 대한 전일적 긍정도 마찬가지다.

조병옥의 《특사유엔기행》이 1949년의 신국면에서 갖는 의미라면, 국제연합과 지역동맹 간의 그리고 국가와 국민 의사 간의 불일치와 간극을 부르짖었던 중도파 지식인들의 목소리를 잠재우는 국가주권의 물신화와 더불어 경찰행정기술을 소위 자유민주주의 국가인 대한민국의 전면적인 통치술로 화했다는 점에 있을 터이다. 국가보안법에 근거한 한국전쟁 당시 국민보도연맹의 대량학살은 이 일련의 절차와 과정들의 누적된 산물이었음을 잊지 말아야 할 이유이다.

7장

박종화와 김동리의 자리, "반탁운동의 후예들"과 한국의 우익 문단

4·19의 '만송족' 청산과
5·16 최초의 '찬탁' 옹호 필화사건

한국 사회에서 '애국' 담론이 대중적으로 유통되고 번성된 시점은 언제일까? 그 기원을 찾자면 근대 초도 가능하고, 원형적 민족주의의 연장인 근대 이전까지도 거슬러 올라갈 수 있을 것이다. 하지만 엄밀히 말해, 애국 담론은 근대 국민국가의 설립을 빼놓고는 논할 수 없다. 이러한 측면에서 해방과 더불어 근대 국민국가의 설립이 가시화되는 신탁통치 국면이 갖는 중요성은 아무리 강조해도 지나침이 없다.

1960년 4·19혁명의 여파가 채 가시기도 전인 5·16쿠데타 직후 하나의 필화사건이 발생한다. 주지하다시피 5·16쿠데타 직후 군부 세력이 구질서의 본보기로 삼았던 것은 깡패와 용공 세력이었다. 이 대대적인 검거의 와중에 A급 거물깡패로 분류되어 이정재와 함께 당대 문화계를 주름잡던 임화수가 처형되었다.[1] 반공예술인 단장으로서 전권을 휘둘러온 임화수의 처형은 관제 행사의 단골 배역이었던 문화계 전반에 대한 비판적 목소리를 드높이며, 이에 따른 후속 조치를 필수적으로 요구했다. 특히 문총(전국문화단체총연합회의 약칭, 이후 '문총'으로 통일)과 임화수의 연루설이 불거졌던 문학계는 더더욱 그러했다.[2]

---

1 이와 관련해서는 〈빈곤의 포비아, 순치되는 혁명과 깡패/여공의 젠더 분할〉, 《여성문학연구》, 2014에서 다루었다.

2 임화수와 문총 간의 연루설은 4·19 이후 본격적으로 터져 나왔다. 〈독설의 변명〉, 《경향신문》, 1961. 1. 17에서 김선태는 "임화수와 같이 일자무식이요 깡패 출신인 자가 문총 최고위원 자리를 노린다는 어처구니없는 세상이 되었고, 더욱 놀라게 한 것은 존경과 신뢰를

이기붕을 찬양한 '만송족晚松族'이라는 불미스러운 이름만을 남긴 채 자진 해체의 길을 걸었던 문총 산하의 자유문협(한국자유문학자협회의 약칭, 자유당 중앙위원으로 활동하며 만송족의 대다수를 차지했던 문학단체였다)에 뒤이어 5·16 군부 세력은 문단 쇄신과 정화의 요구를 전용하는 방식으로 모든 문학단체를 강제로 통폐합시키게 된다. 이 결과로 탄생한 거대 조직이 바로 한국문인협회였다.[3] 이 거대 공룡의 탄생은 역으로 이른바 만송족들을 구제하는 효과를 낳았지만, 이보다 앞서 향후 문학계의 방향타가 되어 준 사건이 다름 아닌 5·16쿠데타 직후 최초의 문단 필화사건으로 기록된 신문연재소설 〈여수旅愁〉의 강제 중단이었다. 대표적인 반공 문인이자 월남 작가로 대중적 명성을 누리던 박계주의 작품이었던 만큼, 그 충격파는 적지 않았다. 정부 당국이 직접 나서 게재 중단을 지시하게 된 원인은 무엇일까. 그것은 〈여수〉의 한 장면 때문인데, 사건 발단의 원인이 된 문제의 장면은 다음과 같았다.

받았던 문화계의 일부 중진들이 이러한 운동을 일언반구 없이 좌시만 하고 있"었다는 것이다. "임화수의 제명 처분이니 관련성이 없느니 라는 따위의 변명"을 일삼는 문총을 곱지 않은 시선으로 바라보기는 김광주, 〈애국愛國·애전愛錢·애당愛黨·애권愛權〉,《경향신문》, 1960. 5. 5도 마찬가지였다. 여기서 애국은 애전과 애권의 들러리로 전락하고 말았다는 애국 담론의 변질이 강도 높게 비판되었다.

3 '만송족'이란 이기붕의 호인 만송으로부터 유래한 만송 찬양 무리들을 일컫는 말이었다. 이승만정권 말기 제1인자였던 만송을 당선시키기 위해 선거전에 참여하거나 동원된 문화(학)계 사람들이 그들이었다. 4·19 이후 만송족(혹은 만송 작가들)에 대한 문제 제기는 오상원으로부터 출발했다. 그는 〈인간 만송기〉를 썼던 작가들 가운데 간단한 사죄문 하나 발표한 작가가 없다는 점을 들어 철저한 반성과 자각을 촉구했다. 문필가가 아닌 문단인만이 횡행하는 문단의 현 상태를 보여 주는 지표가 바로 만송족임을 지적한 그는, 문총으로 대표되는 문학단체의 해산과 새로운 조직화의 필요성을 역설했다. 그러나 만송족이라 불린 문인들의 자숙과 정화는 5·16쿠데타의 발발로 흐지부지되고 말았다. 한국문인협회의 탄생은 결과적으로 이 쇄신의 대상이었던 만송족이 재등장하는 데 일조했기 때문이다.

춘우는 문득 고하 송진우를 생각했다. 그는 신탁통치를 찬성했기 때문에 암살당했던 것이다. 그러나 지금 와서 생각하면 그 당시 송진우의 의견대로 오 년 간의 국제신탁통치를 받았던들 오 년 뒤엔 국제기구인 UN에 의해 오스트리아처럼 통일되었을 것이다. 국제신탁통치를 하게 되면 북한 남한으로 양단되지 않은 채 몇 개 통치국가들이 남북을 공동 감시하며 공동 통치하기 때문에 양립된 불가침의 군정은 없었을 것이다. 신탁통치를 반대한 이승만, 김구, 이시영 등의 인사들은 독립투쟁을 한 애국자이기는 하지만 앞을 내다보거나 앞을 저울질할 줄 아는 정치가가 못 되는 반면, 송진우는 독립투쟁은 하지 못하였을망정 앞을 내다보는 구안具眼의 정치가라 할 수 있다. 대체 해방 직후 아무런 경제적 지반도 없고 경찰력도 군대력도 없고 행정적, 정치적 훈련도 없고 산업도 마비된 상태였는데 〈독립국가〉라는 문패만 붙잡고 어쩌자는 것이었는지 한심하기 짝이 없는 일이 아닐 수 없다.[4]

해방 정국의 신탁통치 논쟁을 쓴 것이 화근이었다. 춘우라는 등장인물을 빌려 송진우의 신탁통치 찬성, 즉 찬탁이 올바른 것이었다는 발언으로

---

[4] 박계주, 〈여수旅愁 170〉,《동아일보》, 1961. 11. 28.《동아일보》는 1961년 11월 29일의 〈사고〉를 통해 "비록 소설이라 할지라도 지난 27일자 조간 게재 내용이 본사의 견해와 현저히 상이하므로 본사는 해亥소설을 금후 게재 중단"하기로 했음을 알린다. 〈여수〉가 부득이하게 중단된 것은 동아일보의 사시社是와 맞지 않아서라는 주장을 표면적으로 내세우긴 했지만, 실상 〈여수〉의 중단은 군정의 압력에 의한 것이었음은 그의 다음과 같은 발언에서 엿볼 수 있다. "때마침 연재소설 〈여수〉의 필화사건으로 내가 투옥되자 이 책은 일단 중지되었다가 일 개월 만에 무죄 석방되어 다시 손을 되게" 되었다는 발언이 그것이다. 박계주, 1962, 〈후기〉,《춘원 이광수》, 548쪽. 이 필화사건과 박계주의 개인적 비극에 대해서는 박연희, 〈고故박계주 형의 영전에〉,《동아일보》, 1966. 4. 9가 대표적이다.

인해 게재 중단의 필화사건을 겪었음을 이 인용문은 여실히 보여 준다. 탁치 논쟁을 끄집어낼 수 있었던 것, 그것도 찬탁의 입장을 소설에서나마 발화할 수 있었던 것은 4·19혁명을 거치면서 겨우 가능했다. 게다가 찬탁을 주도했던 좌파 진영도 아니고, 우파 진영의 거두였던 송진우를 거론했음에도 말이다. "이승만, 김구, 이시영 등의 인사들은 독립투쟁을 한 애국자이기는 하지만 앞을 내다보거나 앞을 저울질할 줄 아는 작가"가 아니었던 데 반해, 찬탁을 주장했던 송진우는 "독립투쟁은 하지 못하였을망정 앞을 내다보는 구안具眼의 정치가"였다는 짙은 아쉬움의 토로이기도 했다. "아무런 경제적 지반도 없고 경찰력도 군대력도 없고 행정적, 정치적 훈련"도 더욱이 "산업도 마비된 상태"에서 "〈독립국가〉"를 부르짖은 결과는 남북 양단의 현실뿐이었다는 사후적 반성을 겸한 내적 토로였다.

이 뜻하지 않은 필화사건이 남긴 후유증은 컸다. 이 사건으로 박계주는 더 이상 집필 활동을 이어 갈 수 없었기 때문이다. 더욱이 1963년 그가 연탄중독으로 사망하면서, 이 사건은 여러모로 세간의 입방아에 오르내렸다. 한 개인의 비극이 겹쳐진 5·16쿠데타 직후 최초의 이 문단 필화사건은 1965년 남정현의 〈분지〉 사건을 예고하는 신호탄이 되어 문학계를 강타했다. 적어도 이 사건은 박정희 군부정권의 외곽 친위부대로 활동하게 될 한국문인협회의 탄생과 더불어 문학계의 자기 보신과 직결된 일종의 가이드라인을 제공했기 때문이다. 무엇을 써야 할 것인가에 선행하는 무엇을 써서는 안 되는가를 알려 주는 경고장이나 다름없었다. 이를테면 박계주의 〈여수〉처럼 반탁이 아닌 찬탁의 옹호, 나아가 반탁 국면을 주도했던 이승만과 김구 등의 인물들에 대한 부정적인 평가가 금기의 대상이었다.

4·19혁명의 뜨거운 통일론의 열기와 만나 '오스트리아'식 중립화 통일론의 맥락에서 발화된 박계주의 찬탁 입장은 5·16쿠데타로 철퇴를 맞으면서 다시금 수면 아래로 잠복하고 말았다. 이는 한국 사회의 민감한 뇌관이 어디에 있는지를 재확인시키기에 충분했다. 다시 말해, 대한민국의 자기 존립 토대인 탁치 국면은 설령 그것이 신문연재소설과 같은 대중문학(예)이라 해도 결단코 찬탁과 같은 입장에 서서는 안 된다는 국가권력 차원의 명시적 메시지였다. 4·19혁명의 분위기에 힘입어 터져 나오기 시작했던 반탁의 일방적인 독주에 대한 문제 제기는 이렇게 다시 봉쇄되고 차단되었다. 따라서 "시도 소설도 제대로 돼먹지 않은 작품이 걸려서 물의를 일으킨다면 그것은 작가나 사회에 대해 다 같이 미안한 일"[5]이라고 하는 문단 내부의 자발적 규제와 협력의 움직임이 강화되어 간 것도 필연적 사태였다.

문제는 이 움직임을 주도했던 인물들의 면면이다. 이들이 곧 4·19혁명을 맞아 문단 쇄신과 숙정의 대상으로 지목되었던 인물들이었기 때문이다. 조연현의 표현대로라면, 대한민국 정부 수립 이후 그를 포함한 "문단의 주체세력"[6]이 4·19혁명에 이어 5·16쿠데타가 전개되는 급변의 시

---

5 이철범, 〈필화사건〉, 한국문인협회 편, 《해방문학20년》, 정음사, 1966, 125쪽. 《해방문학20년》은 군정이 통폐합시킨 한국문인협회가 편한 것이었다. 이 책의 발간은 한국문인협회의 탄생 내력과 무관치 않다는 점에서, 발언의 진실 여부는 교차 검토를 요한다.

6 조연현, 〈내가 살아온 한국문단〉, 《조연현 문학전집》 I, 1977, 238쪽. 조연현이 규정한 "문단의 주체세력"이란 "해방 직후부터 그때까지 대공문화전선을 조직·지휘해온 문단의 투사"를 뜻한다. 이 표현은 한국 우파 문단의 주류 세력을 가리키는 용어로 널리 통용되었다.

기 속에서 기사회생하며 정권의 가신 그룹으로 부활했다고도 볼 수 있었다. 게다가 문단 어용화의 표상이던 '만송족'들 또한 문단으로 속속 복귀하며, 박계주와 남정현으로 대표되는 필화사건을 공공연히 경계하는 한편, "5·16혁명의 민족혼을 기념하기 위해"[7] 문교부와 예술원이 공동주최한 '5월문예상'의 후보를 한국문인협회를 통해서 추천하는 등 정권 친화적인 행보를 거듭해 갔던 것이다.

박계주의 〈여수〉 파동이 빚어낸 한국 사회의 이 같은 단면은 탁치 국면이 지닌 뿌리 깊은 상흔을 증명한다. 이는 정병준이 말한 소위 "3·1운동의 후예들"을 뛰어넘는 "반탁운동의 후예들"[8]이라고 할 만한 존재들을 되짚게 하는데, 이 글은 여기에 초점을 맞춘다. 한국 우파 문단의 형성과 재생산에 깊숙이 관여한 "반탁운동의 후예들"이 갖는 역할과 위상은 결코 간과할 수 없기 때문이다. 이 글은 한국 우파 문단의 두 거두인 김동리와 박종화

---

7 〈5월문예상을 마련〉,《경향신문》, 1962. 2. 19. '5월문예상'의 시상은 그 이름이 알려 주듯이 5·16을 기념하기 위해 제정된 관제 행사였다. '5월문예상'의 주최자와 심사자는 모두 4·19혁명 당시 비판과 청산의 대상이었던 인물들이 대다수를 차지했다. 따라서 이 상의 파행과 곡절은 충분히 예상할 수 있는 것이었다. 참고로 '5월문예상'의 첫 문학 수상자는 예술원회장 박종화의 심사 아래 서정주에게 돌아갔다. '5월문예상'은 1965년 조연현의 수상을 끝으로 1966년 '5·16민족상'으로 바뀌었다. 이 첫 수상자가 '5월문예상'의 심사자였던 박종화였고, 그는 이 상금과 예·학술원 기금을 합쳐 1966년 월탄문학상을 만들게 된다. 총 36회, 연 인원 37명에 이르는 문인들이 이 상을 받았다. 자유당 지지 강연의 '만송족'으로, 한국문인협회의 2대 회장으로, 5·16민족상의 주역으로 박종화는 정권과 유착된 양지의 삶을 산 대표적인 문인이었다.

8 정병준,《현 앨리스와 그의 시대》, 돌베개, 2015, 79쪽. 정병준은 이 책에서 "3·1운동의 후예들"이라는 표현을 쓴다. 이 용어는 현 앨리스를 둘러싼 좌파 그룹과의 연관성을 가리키기 위함이었다. 그는 "3·1운동의 후예들"에게 돌려질 참된 의미는 사회주의·러시아·혁명에 있다고 말한다. 이런 측면에서 그가 쓴 "3·1운동의 후예들"은 "반탁운동의 후예들"과는 결을 달리하는 것이다. 3·1운동과 반탁운동 간의 어긋남은 김구와 이승만을 둘러싸고 벌어지는 현재의 논란과도 관련 깊다.

를 매개로 탁치와 그 사이의 애국자 형상을 두고 벌어진 한국 사회의 서사
와 기억화를 주된 논점으로 삼아 보려 한다.

당의 문학과 인간의 문학:
애국/탁치 논쟁의 전초전

본격적인 논의에 들어가기 전에, 한 편의 에피소드에서 출발해 보자. 1903
년 양계초는 미국을 여행하던 도중, 영국 동인도회사의 차 세제에 반대하
여 자신들이 애써 재배한 차를 바다에 던져 버린 보스턴 항구를 방문했다.
이전에 벌어졌던 이 사건을 중국의 아편전쟁과 오버랩하면서 말이다. 그
가 왜 하필 이 사건을 중국의 아편전쟁과 결부하여 사고했는지는 당시 중
국이 놓인 반￦식민지 상황과 무관하지 않았다. 동양의 맹주였던 중국이
미국과는 달리 제국 열강들의 반￦식민지로 전락해 버린 원인을 그는 이
한 편의 에피소드로 압축해 내고자 했기 때문이다.

중국의 아편전쟁은 제국 열강인 영국에 저항한 사건이라는 점에서는 보
스턴의 차 사건과 흡사했다. 그런데 두 나라의 운명은 확연히 갈라져 버렸
다는 것이 양계초의 판단이었다. 미국은 이 사건을 겪으면서 번영의 가도
를 달린 데 반해, 중국은 아편전쟁으로 인해 "실로 약체화"[9]되어 버렸다는

---

9 요시자와 세이치로吉澤成一郎, 《애국주의의 형성-내셔널리즘으로 본 근대 중국》, 정지호
   옮김, 논형, 2006, 21쪽. 동시에 루쉰이 중국인을 대상화하여 바라본 근대 서구의 시각 테크
   놀로지가 그의 민족주의를 추동했음을 지적한 레이 초우Rey Chow, 정재서 옮김, 《원시적

양계초의 상반된 시선이 착잡한 상념을 불러일으켰다. 양자 사이에 놓인 이 극적인 운명의 대조는 중국이 현재 처한 상황의 반영이기도 했다. 그는 미국이라는 창을 통해 현재 중국의 모습을 되비추는 식민주의적 문명화뿐만 아니라 중국과 자신을 완벽하게 일체화시키기에 이른다. 이러한 동일시의 양상은 비단 양계초만이 아니라 모든 (구)식민지 지식인들의 공통된 특징이었다. (구)식민지 지식인의 위치에서 발원하는 민족국가와의 동일시는 양계초의 사례가 입증하듯이, 어떤 하나의 사건이라도 전체사의 일부로 만들어 버리는 마술적magic 위력을 발휘하게 된다. 이성과 논리 이전에 작동하는 이러한 (무)의식적인 정념과 운동이 곧 내셔널리즘이 자라나는 토양이라고 한다면, 개체'들'을 전체로 귀속시키는 이 (무)의식적인 정념과 운동의 작동은 참으로 중요하다 하지 않을 수 없다. 따라서 내셔널리즘을 통어하는 "집단적 동일성이 어떻게 해서 변화하는지가 아니라 허구로서의 집단 동일성이 각 순간마다 구성 또는 재구성"(방점은 필자)[10]되는 과정을 해명하는 일은 정념과 운동의 (무)의식적인 작동을 비판적으로 검토하는 작업과 상관성을 갖는다 하겠다.

이와 관련하여 5·16쿠데타 직후 최초의 필화사건을 불러온 박계주의 "그러나 지금 와서 생각하면"의 발언이 지닌 문제성이 새삼 곱씹어진다. 왜냐하면 그는 탁치와 애국자 형상을 재론하는 과정에서, 정념과 운동의 (무)의식적인 작동이 생성해 내는 집단적 동일시의 마술적magic 효력을 그

열정》, 이산, 2004도 이 연장선상에서 논할 수 있다.

10 　고자카이 도시아키小坂井敏晶, 방광석 옮김,《민족은 없다》, 뿌리와이파리, 2003, 200쪽.

야말로 '탈'마법화하는 이성과 논리를 요청했기 때문이다. 이는 박명림이 "해방 직후의 국면에서 45년 8월보다 46년 1월의 폭발이 더 격렬하고 투쟁적"이라고 말했던, 이른바 "이성적 판단과 호소가 틈입할 여유"를 주지 않았던 탁치 국면의 "집단적 휩쓸림"[11]과도 일맥상통한다. 비록 《동아일보》의 왜곡 보도로 촉발된 것이었다고 해도, 탁치 국면의 "집단적 휩쓸림"은 항일과 친일의 탈脫식민 과제를 극단적인 애국과 매국의 생사여탈의 현장으로 뒤바꾸는 결정적인 변곡점으로 작용했기 때문이다. 오기영이 "(《사슬이 풀린 뒤》의) 미정고未定稿가 발표될 때에는 이 남조선에서도 누구나 일제에 반항한 것에 의하여 혁명가의 대우"를 받을 수 있었지만, "이제는 그들이 공산주의였다는 사실만으로 그들의 혁명적 가치는 무시"[12]되었다고 탄식할 정도로 달라진 현실 지형이었다.

반탁=반공=애국애족에 반하는 찬탁=친공=매국매족의 공식은 "찬탁하는 유파는 좌익 계열일 것이고 반탁하는 부류는 우익의 계열일 것"이라는 대립 지형을 가속화했다. "그럼으로 과거 1년간의 문학 조류는 공산파와 민족파로 이분할 것"이지 "나는 무색중립이요 하는 문사가 있"다면 그것은 "곧이들을 수 없는 농담弄談"[13]이라고 매도되는 문단 내부의 양극화도 빠르게 진행되었던 것이다. 탁치 국면이 초래한 애국/애족과 매국/매족의 분단선은 그 사이에 존재하던 여타의 지류들을 급속하게 빨아들이면서,

---

11 박명림,《한국전쟁의 발발과 기원》Ⅱ, 나남출판, 1996, 137~149쪽.

12 오기영, 〈서문〉,《사슬이 풀린 뒤》, 성균관대학교 출판부, 2002, 8쪽. 이 책은 1948년 성각사에서 발간한 책을 저본으로 한 것이다. 따라서 〈서문〉도 이 시기를 전후한 발언임을 염두에 둘 필요가 있다.

13 주기순, 〈문학과 정치〉,《백민》, 1946. 4, 17쪽.

애국과 매국의 선점을 위한 극단적인 투쟁을 본격화했다. 이의 한 방증이 식민지 시기 대표적인 통속작가로 알려진 방인근의 〈애국자〉였다. 이 소설은 미완으로 끝맺어졌지만, 대표적인 친일파 중 한 사람인 이종영이 사주로 있던 극우지《대동신문》에 1946년 2월 21일부터 5월 20일까지 약 3개월에 걸쳐 연재되었다.

　박명림이 언급했듯이 "천형 같은 '친일파'의 굴레를 벗어 버리려는 분투"(140)는 반탁운동을 더욱 격화했고 적대를 극단으로 끌어올렸다. 이렇게 정념과 운동이 맞물린 시너지 효과는 "타협의 소멸"과 "애국독점주의"(148)를 가시화했던 것이다. 이 현실 지형의 급격한 변동 속에서, 방인근의 〈애국자〉가 그것도 극우지《대동신문》의 장편연재소설로 실렸던 것이다. 이 소설을 연재하는 〈작자의 말〉을 통해 방인근은 한 민족을 인도하는 "위대한 선장과 선부가 있어야 하니 그들은 철두철미한 정당한 애국자라야" 한다는 주장으로 "그런 시대와 인물을 이 소설에 그리려"[14] 했음을 밝혔다.

　무엇보다 이 소설의 제목인 〈애국자〉가 1949년 삼팔사에서 단행본으로 출간되었을 때는《혁명가의 일생》으로 개작되었다는 점이다. 소설 내용을 비교하면, 전반부는 차이가 없고 미완인 후반부가 보충되었음을 알 수 있는데, 원제인 애국자가 아니라 왜《혁명가의 일생》으로 제목을 바꾸었는지 그 연유는 책 〈서문〉을 비롯해 어디에서도 찾아볼 수 없다. 다만, 그는 "이 소설을 구상하기는 해방 후 얼마 되지 않아서"라는 지적으로 이 소

14　방인근, 〈작자의 말〉,《대동신문》, 1946. 2. 20.

설이 〈애국자〉를 전신으로 했던 것과 "소설의 주인공을 이승만 박사나 김구 선생이나 이시영 선생으로 모실까" 했으나 사정이 여의치 않아 "이상 세 명과 지명知名 혁명가 몇 분의 편모片貌"[15]를 결합한 사실(경험)과 허구(상상)의 산물임을 책 〈서문〉에서 피력하기는 했다. 이로 미루어보건대, 그가 단행본의 제목으로 삼은 혁명가는 신문연재 당시의 애국자와 크게 다르지 않음을 알 수 있다.

그럼에도 이 연재소설의 발표 시점인 1946년 탁치 국면은 '혁명가'보다 '애국자'의 정파적 입장이 선행했음을 강조하지 않을 수 없다. 방인근의 〈애국자〉가 연재되던 때,《대동신문》은 1946년 3월 6일에서 8일까지 총 3회에 걸쳐 사주 이종영의 〈애국과 매국〉을 내보내는 것으로 보조를 맞추고자 했다는 점도 이의 강력한 방증이다. 여기서 이종영은 "민족을 분열시키고 외국의 연방되기를 원하여 신탁통치를 지지하여 이민족의 간섭을 받도록 노예적 대우"를 감수케 하는 "매국노"가 오히려 "해외에서 악전고투하던 애국지사를 민족반역자, 파쇼, 친일파 등으로 함부로 모욕"[16]하려 든다는 애국자와 매국노 간의 날선 대비로 탁치 국면을 뒤흔든 극단적 "애국독점주의"에 편승하고 있기 때문이다. 박명림이 "민족애"(140)의 착종이라고 불렀던 이러한 전세 역전 속에서, 한국 사회의 탈脫식민 과제였던 친일과 항일의 문제는 찬탁=친공=매국노 대 반탁=반공=애국자의 도식과 혼재되

---

15 방인근, 〈서문〉,《혁명가의 일생》, 평범사, 1957. 아쉽게도 삼팔사에서 나온 방인근의《혁명가의 일생》초판본은 찾지 못했다. 여러 경로를 통해 구해 보았으나 찾지 못했다. 그래서 위 본문의 인용은 부득이 1957년 평범사의 단행본을 텍스트로 했음을 밝혀 둔다. 또한 연재된 〈애국자〉와의 비교도 이 텍스트를 저본으로 삼았다.

16 이종영, 〈애국과 매국 상上〉,《대동신문》, 1946. 3. 6.

는 혼란과 모순을 피해 갈 수 없었던 셈이다.

여기에 맞서 좌파 진영인 민전(민주주의민족전선)은 선전부장 겸 문학평론가인 김오성을 내세워 1946년 4월 조선인민보사에서 《지도자론》을 펴냈다. 세계사적·인류적 파토스pathos와 지방적·국민적 파토스pathos를 구분하며, 그는 세계사적 대전환기에 요구되는 세계사적·인류적 파토스와 달리 지방적·국민적 파토스의 과잉이 갖는 위험성과 반동성을 지적했다. 그에 따르면, 이 차이는 인민대중을 호도하는 '애국심'의 고취와 선동에 있었다. 그는 이를 아직도 기억에 선연한 독일 나치즘과 일본 군국주의를 전거로 하여 주의를 환기시킨다. 그는 "지방적 국민적인 격정 위에서 국민적 민족적 영웅"으로 자처하는 이들이 나타나지만, 실상 이들은 "국민 중의 소수 특권계급의 대행"[17]에 지나지 않음을 역설했다. "허망한 애국심"을 부추기며 신화와 전통에 기댄 복고주의와 국수주의는 이미 독일과 일본의 패전이 상징하듯이 철 지난 것임에도, 이에 기대어 "민족반도叛徒와 불순한 정치 브로커와 역사의 진행을 이해치 못하는 완고한 국수주의자"가 애국자를 참칭하는 위험한 형세가 펼쳐지고 있다는 것이었다. 따라서 지금 필요한 것은 "우리 민족을 세계사적 방향에서 재건"(6)하려는 진정한 지도자의 식별이었다. 그것만이 민심을 현혹하는 "애국독점주의"의 횡행을 바로잡을 유일한 방도임이 주창되었던 것이다.

좌파 진영의 일방적 우위에서 탁치 정국을 거치며 우파 진영의 세력 균형이 도모되던 사이, 청문협(조선청년문학가협회)과 문총(전국문화단체총연

---

17 김오성,《지도자론》, 조선인민보사후생부, 1946, 15~16쪽.

합회)의 결성과 함께 우익 문단 또한 문맹(조선문학가동맹)과 문련(조선문화단체총연맹)의 좌익 문단과 대결 구도를 형성하게 된다. 특히 우익 문단의 젊은 친위부대를 자임한 청문협의 결성은 "모스코바 삼상결정이라는 〈조선신탁통치안〉이 발표되자 그들은 처음에는 이 안을 반대하고 나섰다가 당의 지령에 의해 하루아침에 태도를 표변하여 다음날은 신탁통치를 찬성"하고 나선 좌익 문단에 대한 대립각을 선명히 했다. "민족진영 문화인들의 총궐기"(142-144)를 캐치프레이즈로 좌익 문단에 맞섰던 청문협의 결성은 탁치 국면이 지닌 정념과 운동의 마술적 효력에 힘입은 이념 간 각축장을 연출하게 된다. 브루스 커밍스가 말했던 "적극적이고 호소력 있는 강령, 보다 우월한 조직력, 지지자를 확보"[18]할 수 없었던 우익 문단의 열세는 탁치 국면을 계기로 극적인 반전을 맞게 된 셈이었다. 이는 조연현 자신을 포함해 "문단의 주체세력"으로 자부한 인물들의 내집단을 공고히 하는 것이기도 했다. 한국 사회를 틀지은 "3·1운동의 후예들"을 대신해 "반탁운동의 후예들"이 모습을 드러낸 순간이라고 해도 무방하겠다. 이들은 "첫 출발부터 해산하는 날까지 순전히 좌익투쟁 단체"(145)로 시종하는 일종의 전사warrior로 자처하기를 마다하지 않았기 때문이다.

청문협을 위시한 우익 문단의 좌익투쟁 전선은 우익 문인들을 총망라해 1947년 2월 12일에 발족식을 가졌던 문총 또한 다르지 않았다. 문총의 대표적 사업 중의 하나가 여순사건 발발 당시 '반란지구 문인조사반'으로 파견되어 보도집인 《반란과 민족의 각오》를 펴낸 것이라는 점도 이를 뒷받

---

18 브루스 커밍스Bruce Comings, 김자동 옮김, 《한국전쟁의 기원》, 일월서각, 1986, 142~143쪽.

침한다. "반란사건이 일어나자 각계각층을 움직인 중 문화계를 대표하여 문화단체총연합회 간부 제씨와 문교장관, 문화국장의 연대회담의 결과"[19]로 꾸려진 '반란지구 문인조사반'은 관제 스피커로 그 역할을 다하며, 《반란과 민족의 각오》를 좌익투쟁 전선의 일환으로 삼게 된다. "탕탕"으로 시작되는 김영랑의 〈새벽의 처형장〉이나 카빈총의 '여학생 신화'를 확산시킨 박종화의 〈남행록〉은 이후 벌어질 문총 주도의 '민족정신앙양 전국문화인총궐기대회'를 예고하는 서막이나 다름없었다. 1948년 12월 27일과 28일 양일간에 걸쳐 개최된 '민족정신앙양 전국문화인총궐기대회'는 좌익 문단과의 대결이 마침내 그 최종점에 이르렀음을 선언하는 자리이기도 했기 때문이다. 이 대회의 총 6개조에 이르는 〈결정서〉는 대한민국 국시의 재천명이기도 했거니와 무엇보다 "일부 독선적 유령幽靈적 문자 〈인공〉을 국호로 참칭하는 다수 문화인들이 각 신문, 잡지, 통신, 교육기관을 전횡좌담專橫左擔하고 있으며 이들로 인하여 대한민국은 통일과 성장보다 교란과 파괴에 직면"[20]하고 있다는 적대와 추방을 공식화하는 것이기도 했기에 말

---

19 전국문화단체총연합회, 《반란과 민족의 각오》, 문진문화사, 1949, 5쪽. 문인조사반의 활동과 《반란과 민족의 각오》에 대한 논의로는 김득중, 《빨갱이의 탄생》, 선인, 2009을 들 수 있다. 아쉬운 점은 이 책 발간 당시 문총의 명칭이 잘못 표기되어 나왔음에도 이것이 그대로 인용되고 있다는 점일 것이다. 문총의 정확한 명칭은 '전국문화단체총연합회'인데, 《반란과 민족의 각오》에서는 '전국문화단체총연맹'으로 표기되어 있다. 좌익의 조선문화단체총연맹, 즉 문련에 맞서는 조직이 문총이었음을 감안하면, 이 혼동도 이해가 간다. 좌익의 문련이 결성되면, 여기에 맞서 문총을 결성하는 식으로 대응한 결과였기 때문이다. 하지만 유념해야 할 대목은 좌익이 연맹을, 반면 우익은 연맹 대신 연합회를 선호했다는 점이다. 즉 연합회로 통일함으로써 좌익의 표지인 연맹을 피해 가려는 나름의 궁여지책이었다.

20 '민족정신앙양 전국문화인총궐기대회'의 〈결정서〉는 〈전국문인총궐기대회〉, 《경향신문》, 1948. 12. 29과 조연현, 1977, 앞의 책, 260쪽을 참조할 수 있다. 6개조에 이르는 〈결정서〉는 남한 단정 수립에 힘입은 우익 문단의 총공세였다고 봐도 무방하다. 이와 관련한 연구로는 이봉범, 〈잡지《신천지》의 매체 전략과 문학〉, 《한국문학연구》, 2010이 상세하다.

이다.

좌익 문인들의 북한행 엑소더스exodus가 1947년 절정을 이룬 후 소위 중도파로 불린 인물들만이 남아 있던 1948년 말경의 '민족정신앙양 전국문화인총궐기대회'는 유력 중도지인《서울신문》과《신천지》를 탈환하는 데 화력을 집중했다. "모모 일간신문은 제 일면에 있어 민국정부에의 협력을 가장하고 있으나 문화면에 있어서는 악랄한 파괴 교란에 적극 협력하고 있으며 잡지《신천지》,《민성》,《문학》,《문장》,《신세대》와 출판업《백양당》,《아문각》 등은 소위 〈인공〉 지하운동의 총량總量이며 심장적心臟的 기관"이라고 하는 붉은 낙인이 그러했다.

이 대회를 기점으로 거론된 신문과 잡지들의 개편 및 폐간이 강행되었는데, 이는 열세였던 우익 문단의 미디어 지형을 일거에 변전시킬 수 있는 기회였던 만큼이나 우익 문단이 가장 수중에 넣고 싶어 했던《서울신문》과《신천지》의 무혈입성을 가능케 했다. 우익 문단의 창구였던《민중일보》와《민국일보》 등이 폐간되고 나서 구심점을 잃고 절치부심하던 그들로서는 참으로 절호의 기회가 아닐 수 없었다.《반란과 민족의 각오》로 자신의 존재증명을 하는 한편으로, 어쩌면 더 절실했던 "제 일면에 있어 민국정부에의 협력을 가장"하고 있으나 실상 "문화면에 있어서는 악랄한 파괴 교란에 적극 협력"한다는 양두구육을 명분으로 그토록 원하던 서울신문사라는 물적 토대를 확보하게 되었기 때문이다. 이로부터 우익 문단의 교두보를 마련했음은 물론, "'문맹(조선문학가동맹)'의 공공연한 한 기관지적인 존재"로 "그들의 문학 행위를 감행"해 왔다는 회심의 반격을 가해 이로써 조성된 미디어 공백을 자신들이 속속 채워 나갔다. 예컨대 서울신문사의 경우 문총 중심의 우익 문인들이 대부분의 요직을 차지했다. 문총의 부위원장이던 박종화가 사장 겸 취체取締, 출판국장에 김진섭, 차장에 김동리, 문화부장 김송 등 이른바 "문총계 문화인들"[21]의 대거 입성이었다.

국정교과서에까지 대한민국을 거부하는 사람들의 글이 실려 있다는 공격 끝에, 문교부장관 안호상의 지시로 월북문인들의 작품이 검은 먹칠로 지워진 채 일선 학교에 배포되는 등 우익 문인들의 활동은 여타 문화계 인사들과 비교해서도 상당히 압도적이었다. "문화계의 문련文聯적 요소와 문총文總적 요소와의 투쟁은 그 모든 것이 문단 투쟁에 집중적으로 표현"되었다는 주장으로 "〈문련〉에 있어서나 〈문총〉에 있어서나 그러한 조직과 역량을 집결시키고 지도한 것은 다 같이 문단인들이 중심(방점은 필자)이되"[22]었다고 하는 조연현의 진술과도 합치되는 일면이었다. 문단뿐만 아니라 문화계 전반에서 이 우익 문인들의 행보가 한국의 문단제도와 매체 변용 및 재편성에 중요한 의미를 띠게 되는 이유이기도 할 것이다. "이 땅의 문화 정세는 처음으로 그 정당한 질서를 유지"(323)하게 되었음을 과시한 서울신문사의 진용 개편은 동사同社의 사장이자 《신천지》 편집 겸 발행인의 요직을 맡은 문총의 부위원장 박종화와 청문협 회장인 김동리의 넓어진 보폭으로 인해 더욱 두드러졌다.

박종화는 1949년 5월 3일 정간된 후 정부 주도의 진용 개편을 거쳐 그해 6월 20일에 복간된 서울신문사의 사장 겸 취체로 활동하며, 1950년 1

---

21 조석제(조연현), 〈해방문단 5년의 회고 4〉, 《신천지》, 1950. 1, 322~323쪽.

22 조연현, 〈한국해방문단 십년사十年史〉, 《문학예술》, 1954. 2, 135쪽.

월 《신천지》의 〈신년사〉에 다음과 같은 적대감으로 가득 찬 사설을 싣게 된다.[23] "무장폭도들은 험산준령 산악지대를 타고 울창한 삼림 속에서 이 동하면서 전라·경상을 남하하여 게릴라식의 작전으로 무고한 인명을 살상하고, … 심한 자에 이르러서는 농촌의 전 부락을 없애 오유烏有에 귀케 하니 이미 동족이면서 동포 아니라"[24]고 하는 동족과 동포 간의 첨예한 분절선이 그것이었다. 동족과 동포의 한끗 차이가 이 적대 가득한 말에 실려 생과 사를 가르는 아我/적敵의 구분선으로 화해 버린 셈이었다.

자연히 동족과 동포를 포괄하던 민족의 동질적 함의 역시 그의 편 가르기를 따라 좁혀질 수 없는 차이와 간극을 드러냈다. 이 지점에서 박종화의 핵심 주장이라 할 민족과 애국이 문제시된다. 왜냐하면 동포와 동족은 민족을 공통항으로 하지만, 대한민국의 인정 여부가 관건인 국민의 범주는 그렇지 않았기 때문이다. 국민의 배타적 위계화는 동족과 동포를 아우르던 민족 개념과 의미의 굴절로 이어졌는데, 이를 재조정할 우익 문단의 이데올로그가 절실해졌던 이유이기도 했다. 이 역할을 자의든 타의든 수행하며 우익 문단의 거두로 입지를 굳혀 간 인물이 바로 김동리였다. 그의 대표적 이론으로 말해지는 '순수문학론'은 우익 문단의 이 상호역학 관계 속에서 변주를 거듭하게 되는데, 이어지는 절들에서 이와 연관된 두 인물의 행적을 한번 더듬어 볼 참이다.

---

23 〈서울신문 진용 결정〉, 《동아일보》, 1949. 6. 18.
24 박종화, 〈신년사-득민심得民心〉, 《신천지》, 1950. 1, 6쪽.

박종화와 김동리의 자리:
"반탁운동의 후예들"과 민족과 순수의 체제 미학

1945년 10월 20일 《자유신문》에 한 편의 〈헌시〉가 발표되었다. 그것은 "민족의 거인―우남 이승만 선생께"라는 시였다. 제목 그대로 박종화가 이승만을 향해 쓴 헌사였다. 이 〈헌시〉에서 그는 "염통에 뛰노는 시뻘건 피는 조국광복의 정열뿐이었다. 민족을 살리려는 단심뿐이었다. 당신의 청춘도 겨레 위해 바치시었고 당신의 사랑도 나라 위해 던지시었다"는 최대의 찬사를 이승만에게 보내게 된다. 이 〈헌시〉의 결구가 "당신은 새 조선의 은인恩人이외다"[25]인 것도 어쩌면 당연해 보인다.

이 〈헌시〉에 이어 박종화는 1946년 5월 21일 《한성일보》에 〈이승만 박사론―백대광망, 민족의 거성〉을 썼다. 이 신문 기사가 눈길을 끄는 이유는 그가 당대에 유행한 '영도자론'을 또 한 편 썼다는 사실에 있지 않았다. 그것보다 그가 여전히 이승만을 "백대광망, 민족의 거성"이라고 하는 화려한 수사로 찬양한 전후 맥락에 있다. 박종화는 이승만에 대한 일반 민중들의 열기가 식어 가고 있음을 인정하면서도, 그 원인에 대해 이승만을 비난하는 일부 몰지각한 사람들의 탓으로 돌린다. "어떠한 층에서는 박사를 호명까지 하고 모욕하는 무식한 사람"들이 문제라는 것이었다. "조선 사람의 혼을 가졌다면 박사의 과거의 업적과 해외풍상 수십 년을 생각해서라도 이렇게 말할" 수는 없으리라는 개탄은 곧 이승만 영도자상이 놓인 핵심

---

25 박종화, 〈헌시―민족의 거인 우남 이승만 선생께〉, 《자유신문》, 1945. 10. 20.

┃ 이승만·이기붕 유세단에 이름을 올린 박종화 ┃ 박종화, 〈이승만 박사론〉과 영도자론

줄기를 짐작케 한다. 왜냐하면 "조선 사람의 혼"을 지닌 자라야 "우리 민족을 지지 수호하는 민족의 유일한 지도자"인 이승만을 떠받들 것이라는 순환논법이 거기에 도사리고 있었기 때문이다. 조선 민족의 혼을 지닌 사람이라면 누구나 조선 민족의 영도자인 이승만을 지지할 수밖에 없으리라고 하는 정언명제는 조선 민족의 영도자인 이승만을 따르지 않는 사람들은 조선 민족의 혼을 지닌 자가 아니라고 하는 기묘한 전도와 역설을 만들어 내고 있었던 것이다.

따라서 "조선민중이 진실로 박사께 기대하는 바는 새로이 오늘부터"라는 그의 발언은 "조선 사람의 혼"과 어울려 마술적magic 효력을 발한다. 그가 말하는 '오늘'이 "미소공동위원회가 분열된 이후부터"를 뜻하는 것임을 감안한다면 더욱 그러했다. 제1차 미소공위가 1946년 5월 6일 별다른 성과 없이 무기휴회에 들어간 그 시점에, 박종화는 오히려 "미소공위가 분열된" 오늘부터 "조선민중이 진실로 박사께 기대"[26]하는 염원이 커진다고 웅변했던 셈이다. 이는 아무리 좋게 봐도 한 인물에 대한 단순한 지지 여부를 넘어선 발언이었다. 제1차 미소공위 결렬로 인해 한반도의 분단 시간표가 어느 때보다 빨라지고 있었기 때문이다. 그런데 이 민감한 시점에 그는 "조선 사람의 혼"이라는 무정형의 집단적 동일시로 이승만을 옹호하고 정당화했다. 때맞춰 1946년 6월 3일 이승만은 정읍 발언을 통해 한반도의 통일정부가 아닌 남한만의 단선·단정을 주장하면서, 마치 박종화의 염원에 화답하는 듯한 문제적 발언을 남기게 된다.

이런 측면에서 박종화의 '민족' 담론이 지닌 간단치 않은 무게가 드러난다. 그는 조선 사람의 혼, 즉 민족혼을 끌어와 이승만을 지지했을 뿐만 아니라 민족문학을 이 맥락에 자리매김하고자 했기 때문이다. 좌익 투쟁 전선에서 여타 문화인들을 압도했던 우익 문단의 대부로서, 그는 이승만에 대한 지지 입장과 더불어 민족문학의 제창자로도 복무했다. 이 출발점이 바로 1946년 12월 5일 《경향신문》에 발표된 〈민족문학의 원리〉였다. 이 글에서 그는 민족문학의 존립 근거를 민족혼과 민족의식에서 찾고 있는데, 이는 이승만의 지지 논리와도 일맥상통하는 일종의 동형성同形性을 이루었다.

도대체 민족문학이란 무엇을 의미하는 어떠한 문학이냐? 우리는 민

---

26 박종화, 〈이승만 박사론-백대광망, 민족의 거성〉, 《한성일보》, 1946. 5. 21.

족문학을 알기 전에 먼저 민족의 개념을 파악해야 할 것이다. 문화 또는 역사적으로 민족개념은 과학적 의미로서의 인종이란 개념과는 전연 판이한 것이다. 인종이란 기후와 지형과 혹은 혈연관계와 같은 자연적 조건의 결과로 생성된 외모의 특징을 총괄해서 말하는 것이요, 민족이란 인생사회의 일정한 발전단계에서 출현된 면면한 역사적 사실에서 조직되는 것이다. … 8월 15일 해방의 소식이 전하자 방방곡곡의 삼천리강산에는 우리의 2세 어린이 입에서 '동해물과 백두산이 마르고 닳도록' 하는 40년 전의 우리의 입으로 몰래몰래 부르던 애국가가 다시 터져 나오지 않았는가? 이것이 불멸의 민족혼이요, 민족의식이요, 또한 민족문학의 모태가 되는 것이다.

　해방 후 오늘의 조선의 상태는 어떠한가. 누구이 내가 다시 말하지 않더라도 조선민족의 한 사람으로도 가슴을 치지 않을 사람이 없으리라. 가장 민족의식을 고조해야 할 이때이다. 우리의 2세에게 충무공의 소설을 지어 읽혀주자. 우리들의 딸에게 논개로 희곡을 써서 읽혀주자. 오달재, 윤집, 홍익한 삼학사三學士의 백절불굴의 의기를 시를 지어 들려주자. 지금 조선민족은 진정한 민족문화 수립이 활발하게 전개되기를 바라고 있다.[27]

이 인용문에서, 박종화는 민족문학을 말하기 전에 먼저 민족의 개념을 규정하고 있다. 그에 따르면, 민족이란 "인생사회의 일정한 발전단계에서

27　박종화, 〈민족문학의 원리〉, 《경향신문》, 1946. 12. 5.

출현된 면면한 역사적 사실에서 조직"된다. "전통적인 심리를 기초로 하여 신화가 같고 전통이 같고 언어를 같이 하고 문자를 같이 하고 풍속습관이 같고 생활하는 풍토를 함께 보장·유지하고 자족적 이해관계에 있어서 희로애락을 같이 하는 때문에, 비로소 집단의식이 성립되고 이 집단의식은 곧 강렬한 민족의식"으로 생성된 공동체가 민족이라는 것이다. 민족에 대한 이러한 정의를 바탕으로 그가 말하고자 했던 핵심은 "불멸의 민족혼이요, 민족의식이요, 또한 민족문학의 모태"에 있었다. 8월 15일 해방의 순간에 자연스럽게 터져 나온 애국가는 이러한 불멸의 민족혼과 민족의식을 증거하는 지표였다. 일제 36년을 거친 한민족의 공통적 삶과 경험은 이러한 민족혼과 민족의식의 원천이 되어 줄 터였다.

　그런데 문제는 이 한민족을 지탱하던 민족혼과 민족의식이 위기에 처했다는 당면한 현실이었다. "조선민족의 한 사람으로도 가슴을 치지 않을 사람이 없으리라"고 하는 구절에서 묻어나는 것도 이 절박한 위기감이었다. 민족애에 정초한 민족혼과 민족의식의 고양을 그가 긴급하게 요청하게 된 이유이기도 했다. 이를 위해 반드시 필요한 것이 진정한 민족문학의 수립임을 그는 역설하게 된다. 이에 따른 대비책 역시 여기에 맞추어져 있었다. "충무공의 소설을 지어 읽혀 주"고 "논개로 희곡을 써서 읽혀주자. 오달재, 윤집, 홍익한 삼학사三學士의 백절불굴의 의기를 시를 지어 들려주자"는 제안이 보여 주듯이 말이다. 이는 민족문학의 재정립을 통한 민족혼과 민족의식의 고취에 다름 아니었다. 이처럼 민족문학은 민족혼 및 민족의식과 불가분의 관계를 맺으면서, 그 정수로 간주되었다. 민족문학의 방향성과 결부된 〈민족문학의 원리〉를 거쳐 박종화는 해방 이후 첫 소설을 발표하게 되는데, 그것이 '민족'을 타이틀로 내건 〈민족〉이라는 작품이었다.

〈민족〉은 《중앙일보》에 1945년 11월 5일부터 1946년 7월 22일까지 총 205회에 걸쳐 연재된 중편 분량의 소설이었다. 연재가 끝난 다음 해인 1947년에 단행본으로 출간되어 문단 안팎의 상당한 관심을 받았다. 〈민족〉은 일제 말기 〈전야〉(1940), 〈여명〉(1943)의 연작이라는 평가가 다수를 이루지만, 이 시기 그가 부르짖은 민족 담론과 연동해 보자면 이 작품을 연작의 하나로 돌려 버리기에는 무리가 있다.[28] 〈민족〉 연재를 시작하는 〈작자의 말〉에서, 그는 "반만년의 아득하고 오랜 역사를 가져 찬연히 아세아 동반구에 중핵을 차지했던 대조선 시운이 이롭지 못하여 … 서른여섯 해 동안의 눈물 나는 노예 생활"을 청산하고 "해방과 독립이 약속"되고 있는 이때를 맞아 "꾸준히 불의와 싸워온 우리 민족의 끓는 피, 뛰노는 맥박을 그리"[29]고자 한다는 포부를 밝히기도 했다.

그의 의도대로라면 이 작품은 한민족의 항쟁의 역사에 해당된다. 적어도 신문연재 당시 그가 표명한 뜻은 그러했는데, 1947년 단행본으로 출간된 《민족》의 〈서설〉은 그 강조점을 달리하게 된다. 단행본 〈서설〉은 "조선 민족은 하나요, 둘이 아니다. 조선 사람은 삼천만이나 조선 민족은 다만 하나다. … 신라의 김유신은 제 민족을 안 사람이요, 고구려의 을지문

---

[28] 박종화의 〈민족〉은 역사소설의 장르적 성격에 입각해 논의가 이루어지는 경우 주로 일제 말기부터 이어지는 3부 연작으로 접근된다. 개별 작가론의 통시적 관점도 물론 긴요하지만, 당대를 가로지르는 공시적 측면이 함께 고려될 때 비로소 〈민족〉이 지닌 '시대착오'의 의미가 온전하게 드러날 것이다. 연작의 측면에서 〈민족〉이 지닌 위상과 의미는 별도의 고찰을 요하는 주제이다.

[29] 〈연재소설 《민족》 5일부터 1면에 연재─작자의 말〉, 《중앙일보》, 1945. 11. 4.

덕은 민족애 곧 조국을 안 사람이다. … 민족은 곧 나의 모체요, 나는 곧 민족의 한 분자"[30]라고 하는 민족과 개인의 통합적 일체성이 우선시되었기 때문이다. 동일한 민족 담론이라 해도 그의 민족과 민족애가 조국애로 미끄러져 갔음을 방증하는 대목이 아닐 수 없다. 이는 요동쳤던 정국만큼이나 그의 민족 개념과 함의가 유동적이었음을 일깨워 준다.

《중앙신문》은 애초 박종화의 〈민족〉 근대 편에 이어 이태준의 〈민족〉 현대 편을 실을 예정이었다. 창간을 맞아 《중앙신문》은 "해방과 독립을 기념하는 이대二大 장편소설을 재연"키로 하고 박종화와 이태준에게 각각 원고를 의뢰했다. 그런데 공교롭게도 "두 분의 소설 제목이 민족으로 일치"한 까닭에 "두 분의 의사를 존중하는 의미일 뿐 아니라 오늘날에 있어 두 분 작가의 제목이 민족에 일치됨이 우연이 아님을 깨닫고 역시 이 《민족》이라는 공동 제목 하에 두 소설을 연재"[31]키로 했음을 신문지상을 통해 알렸다. 이태준도 다른 석상에서, "수년 전에 무리한 줄 알면서도 매신 지상에 그 일부로서 〈사상의 월야〉를 쓰다가 수십 회의 삭제를 거듭했고 결국 중단되고 만"[32] 〈사상의 월야〉 3부작을 〈민족〉 현대 편으로 쓰겠다는 야심찬 포부를 밝혔는지라 두 대가들의 손에 의해 완성될 '민족' 근현대 편에 이목이 모아졌다. 하지만 이태준의 바람과는 달리 급변하는 정세 속에서, 그의 월북은 〈민족〉 현대 편을 좌절시키고 만다. 이로써 애초 근현대 편으

30 박종화, 〈서설〉, 《월탄 박종화문학전집 6-민족·청춘승리》, 삼경출판사, 1980, 15~17쪽. 《민족》 단행본은 1947년 예문각에서 발간되었다. 인용한 출처는 박종화전집에 실린 《민족》이다.

31 〈민족-본지가 자랑하는 이대二大 연재소설의 공동 제목〉, 《중앙신문》, 1945. 11. 3.

32 〈문학자의 자기비판-좌담회〉, 《인민예술》, 1946. 10, 40쪽.

로 예정되어 있던 '민족' 시리즈는 이태준이 탈락하면서, 온전히 박종화의 〈민족〉 근대 편만 남기는 결과를 초래했다.[33]

좌익 문단을 대변하는 이태준의 〈민족〉 현대 편이 쓰이지 않은 상태에서, 박종화의 〈민족〉은 신문을 비롯해 단행본으로 유통·소비됨으로써 '민족'이 마치 그를 상징하는 트레이드마크처럼 인식되었다. 〈민족〉 근대 편은 대원군 즉위부터 한일병합까지를 그 대상 시기로 삼고 있다. 민족의 항쟁사를 다룬다는 취지에 맞게 이 소설에서 가장 중요하게 다뤄지는 사건은 동학 봉기였다. 특히 "터지는 분화구"와 "노예의 등 뒤에서" 및 "전주 함락"은 동학 봉기를 그린 이 소설의 백미에 속한다. 그런데 이 중요 장면을 이루는 동학 봉기에서 박종화의 민족 담론이 등장인물을 매개로 하여 직설적으로 토로되는데, 전봉준이 관군에 대패하여 철군을 앞두고 행한 다음의 연설이 그것이다.

"나라가 흥하고 망하는 기로에 서고 민족이 지옥 속에 떨어지고 백성들이 노예가 되려는 이 위급하기 일각이 천추 같은 이때에 처해서 자기 민족의 계급투쟁만을 일삼고 집안 살림의 봉건 타파만을 주장한다면 최후에 남는 것은 무엇이 있겠소? … 우리는 먼저 우리 민족을 구원하고 우리 강토를 보장(방점은 필자)해야겠소. 무엇보다도 민족이요!" 전봉준의 이 말에

---

33 〈민족〉 근대 편에 이어 이태준의 〈민족〉 현대 편이 계획되어 있었다는 점을 지적한 연구는 없다. 하지만 이것이 지닌 의미는 짚고 넘어 갈 대목이다. 좌우를 각기 대변하는 두 대가의 작품이라는 점도 그렇지만, '민족'이라는 동일한 언표 하에 써 내려갈 근현대사 편의 서술 내용도 분명 차이가 있었을 것이기 때문이다. 민족의 구성과 범주를 둘러싼 역사 기술과 서사는 곧 당대 좌우익의 입장차를 드러내는 바로미터로 볼 수 있었다. 이런 점에서 이태준이 미처 쓰지 못한 〈민족〉 현대 편은 여운을 남긴다.

이어 부하 손천민은 여기서 한 발짝 더 나아간다. 전봉준의 연설에 찬동하며, 그는 "이 앞날 오십년 뒤나 백년 뒤에 우리가 지금 실천하고 있는 우리의 사상! 봉건 타파와 계급투쟁을 더욱 발전시키고 앙양시키기 위해서 민족과 민족이라는 존재를 말살시켜 버리고 세계 만국 무산자와 농민과 노동자는 단결하라는 구호를 높이 부를 사람이 있을는지도 모를 일이요. 그러나 이것은 한낱 꿈이고 한낱 이상에 지나지 않을 것"이라는 격정의 연설을 토하고 있기 때문이다. 마치 미래를 예견하는 듯한 선지자의 자세로 그는 "오십년 뒤나 백년 뒤"에 계급투쟁을 부르짖는 일파의 사람들이 있겠지만, 그것은 "한낱 꿈이고 한낱 이상에 지나지 않을 것"이라는 경계심을 잔뜩 머금은 주장을 펼치기에 이른다.

"자기 민족의 계급투쟁만을 일삼고 집안 살림의 봉건 타파만을 주장"(205)하는 근시안적인 시선이 아닌 민족 보존과 통합의 대승적 결단이 전봉준과 손천민의 입을 빌려 공히 주장되었다. 동학 봉기가 부패한 양반 계급의 학정과 반상차별에 맞서 인간평등을 기치로 궐기했다는 역사적 사실에 비춰 참으로 무리한 설정이었다. 다시 말해, 박종화의 현재적 관점과 욕망이 동학 봉기의 역사적 장면을 민족 담론의 재연 무대로 탈바꿈시켰다고 해도 과언이 아닐 정도다. 이 문제의 장면을 끝으로 전봉준이 이끈 동학군은 관군과의 전투를 마치고, "다시 귀거래"의 해산 길에 오르게 된다.

한민족의 투쟁사를 목표로 〈민족〉의 중심 사건을 이루던 동학 봉기는 계급보다 민족을 앞세운 민족 담론의 일부로 화하고 말았다. 〈민족〉은 '민족'이라는 제목답게 민족을 불변의 심급으로 물신화하는 서사를 노정했던 것이다. 〈민족〉의 이 같은 서사적 재구성은 뒤이은 그의 후속 작업과 맞물려 3·1운동의 전사前史로서 위치하게 되는데, 왜냐하면 박종화는 《민족》 단행본 출간을 전후해 3·1운동을 모티프로 한 〈청춘승리〉를 《자유신문》에 1947년 9월 1일부터 12월 27일까지 총 109회에 걸쳐 연재했기 때문이다. 여기서 주되게 거론된 사건은 3·1운동과 광주학생의거였다.[34] 이는 각도를 달리하자면, 〈민족〉 근대 편을 이을 예정이던 이태준의 〈민족〉 현대 편을 자신이 완성하겠다는 속내의 발현일 수 있었다. 월북한 좌익 문단의 대가를 대신해 우익 문단의 헤게모니가 현저해진 지금 자신이 근현대 편을 완성하겠다는 자신감의 표출이었을 수 있다는 말이다. 이태준의 〈민족〉 현대 편은 끝내 쓰이지 못한 만큼 그 실체를 논하기는 어렵지만, 적어도 이승만과 임시정부의 환국으로 끝이 나는 〈청춘승리〉의 해방 편과는 결을 달리했을 것임은 분명하다. 하지만 박종화는 동학 봉기-3·1운동·광주학생의거-해방의 임정 환국-대한민국 수립의 동질적 서사로 그만의 〈민족〉 근현대 편을 완성하게 된다.

이를 위해 그는 동학 봉기의 반봉건과 계급투쟁을 치환하는 민족 담론에 포커스를 맞추는 '시대착오'를 의도적으로 행했다. 동학 봉기를 이끈 두 지도자 전봉준과 손천민을 동원한 이러한 역사소설의 시대착오는 그가 주장한 민족 담론을 과거로 투사하는 전형적인 역사의 재서사화이자 과거

---

34 박종화의 〈청춘승리〉는 《자유신문》에 1945년 10월 15일에서 1946년 6월 27일까지 연재된 미완성작 김남천의 〈1945년 8·15〉와 겹치는 일면이 있다. 〈민족〉 근대 편에 이어 〈청춘승리〉를 〈민족〉 현대 편으로 삼은 박종화는 3·1운동과 광주학생의거 및 임정 환국으로 이어지는 민족사의 계보를 완성했다. 이는 3·1운동과 임정 환국의 동질적 서사 대신 사회주의자를 등장시켜 새 국가 건설을 타진했던 김남천의 〈1945년 8·15〉의 이른바 우익 판본이라고도 할 법했다. 〈청춘승리〉가 갖는 이중의 성격을 고려할 때, 〈민족〉에 이은 〈청춘승리〉의 당대적 의미망이 가시화된다.

의 현재화였다. 문제는 역사소설에 으레 따르기 마련인 시대착오가 아니라 이러한 시대착오가 무엇을 중심으로 짜여졌는지일 것이다. 과거 역사를 틀짓는 현재적 민족 담론이 동학 봉기의 시대착오를 야기하며,《반란과 민족의 각오》의 〈남행록〉에서는 여순사건의 "민족혼을 잊은 날 불행은 온다!"(48)고 하는 한쪽의 배제와 분리로, "동족이면서 동포 아니라"라고 하는 극단의 "애국독점주의"로 치닫게 되는 연쇄 고리를 정초했던 셈이다.

"애국독점주의"에 근거한 그의 민족 담론이 지닌 배제와 분할의 역학은 "불굴의 민족혼"에 대한 비판과 반발을 불러일으킬 수밖에 없었다. 그가 선 우익 문단에서의 핵심 지위가 그의 민족 담론이 지닌 문제성을 더욱 두드러지게 했다. 김오성이 지방적·국지적 애국심에 기댄 소위 사이비지도자/애국자의 반동성과 퇴행성을 경고했듯이, 박종화의 "불굴의 민족혼"은 "아직도 기억에 새로운 대화혼大和魂이 연상되고, 그가 충무공, 논개, 삼학사를 찾을 때에 우리는 이광수의《단종애사》,《이순신》등의 작품이 연상"된다고 하는 파시즘의 불길한 징조로 백안시되었다. "일제의 혹독한 문화정책 속에서는 그래도 다소나마 존재 의의가 있었으나 현 단계에 있어서는 도리어 우리가 가장 경계하고 배격해야" 할 "국수주의 봉건사상의 새로운 표현"[35]에 불과하다는 혹독한 비난 속에서, "불굴의 민족혼"은 외적인 통합과 단결의 주장과는 달리 정세 변화를 반영하는 체제 이념, 즉 남한 단정의 체제 이념으로 경화되어 갔던 것이다.

그러니 박종화의 민족 담론은 통합과 단결을 말하되 대결과 분리를 내

---

35 이명선, 〈민족문학과 민족주의문학〉,《신조선》, 1947. 2, 33쪽.

포하는 이중성을 면할 수 없었다. 이 모순과 한계를 누구보다 민감하게 알아차린 인물이 김동리였다. 자신보다 윗세대인 박종화를 문단의 얼굴로 하여 우익 문단의 실권을 쥐고 있던 김동리는 박종화의 민족 담론이 지닌 문제를 한편 방어하고 한편 보완하는 우익 문단의 이데올로그로 변신해 갔다. 박종화의 민족 담론을 다른 것으로 전이하고 재구성하는 파수꾼으로서, 김동리는 박종화의 민족 담론이 채울 수 없는 문학 장의 언어와 논리를 고안하고 정교화해 갔다고 할 수 있다.

김동리를 축으로 한 청문협의 '순수' 담론은 이로부터 배태되었다. 따라서 기존 연구에서 말하듯 박종화의 민족 담론이 있고 김동리의 순수 담론이 따로 존재하는 것이 아니라 두 담론 간의 교착과 연루가 중요해진다. 박종화가 선 자리 못지않게 김동리가 선 자리가 논해져야 할 이유이기도 하다. 두 사람은 개인적 차원을 넘어선 우익 문단의 자기 정체성 확립과 헤게모니 구축의 측면에서, 훨씬 더 밀접하게 연관되어 있었다. 덧붙여 그는 3·1운동을 경험한 박종화와 달리 이 시기를 겪지 못한 청년 세대 특유의 역사적 시야와 지평을 선보였다. 이런 의미에서, 그는 이 글이 말하고자 하는 진정한 "반탁운동의 후예들"에 가깝다고 해야 할지도 모르겠다. 김동리의 순수 담론이 어떤 식으로 변주되었는지가 궁금해지는 대목이다.

우익 문단의 문학사,
그 정전화의 욕망과 제도교육의 재생산

김동리의 〈자전기自傳記〉는 해방기의 어떤 장면을 사후적으로 되새기는 자전적 회고담이다. 프로이드의 원형적 장면처럼 반복 회귀하는 이 장면은 정념과 운동이 휩쓸고 간 탁치 국면을 담아냈다. 그중에서도 "잊어지지 않는 데모"는 "임정 지지파-우익-나 인민공화국 지지파-좌익-가 다 같이 이것을 반대한다는 의견"으로 나왔다가 "그 다음날인 정월 초하루엔 〈삼상결정 지지〉, 〈막부 결정지지〉, 〈신탁통치안 지지〉 따위의 플래카드 아래 어저께와 같은 일대 시위 행렬이 서울 거리를 메"우는 돌변의 풍경이었다. "하룻밤 사이에 반탁에서 찬탁으로 정책이 백팔십도로 바"뀐다는 것도 그렇지만, 그를 더 놀라게 했던 것은 전날과 다름없이 "수많은 인원이 동원"되었다는 사실이었다. 하룻밤 사이에 반탁과 찬탁이 손바닥 뒤집히듯 바뀌고 그럼에도 수많은 사람들이 이 시위 행렬에 동참하는 낯선 풍경을 그는 전율과 경멸이 뒤섞인 시선으로 바라보았던 것이다.

그는 또한 이 시위 행렬에서 "우리가 아는 얼굴들—그들은 대개가 문학동맹에 가입되어 있는 문인들이 끼어" 있음을 발견하게 된다. 이때부터 "좌우익의 명분도 임정 지지파(우익)와 인공 지지파(좌익)에서 반탁파(우익)와 찬탁파(좌익)"[36]로 확연하게 나뉘어졌다는 것이 그의 주장이다. 이러한 돌변 과정을 지켜본 증언자로 그가 전하고자 하는 메시지는 크게 두 가지

---

36 김동리, 〈자전기自傳記〉, 《한국삼대작가전집 3-김동리 편》, 삼성출판사, 1970, 458~459쪽.

다. 하나는 우익이 임정 지지파에서 '반탁파'로 결정적으로 변모했다는 것이고, 다른 하나는 그 자신도 예외일 수 없다는 것이다. 김윤식도 언급했다시피 임정 지지파라고 하는 느슨한 연합은 반탁파라는 특정 명명 아래 좌 아니면 우로 양극화되었고, 이 선택의 갈림길에서 그는 조금치의 망설임도 없이 반탁파의 자리를 고수했다는 식이다.[37] 김동리가 소위 "반탁운동의 후예들"로 재탄생하는 순간이기도 했다.

"신탁통치 절대 반대를 주장해온 사람 중의 하나"로 자신을 부각시키면서, 그는 《동아일보》의 〈제5성명의 내용과 선전〉으로 반탁과 찬탁(수탁)의 경계선을 긋는 한편 이를 문단 내부로 고스란히 옮겨 오게 된다. 찬탁(수탁)에 맞서는 반탁파를 그는 "정통파"로 명명하기도 했는데, 이 용법대로라면 반탁파는 "정통파"가 되는 셈이고, 자동적으로 찬탁(수탁)파는 비非/반反정통파로 분류되는 형국이었다. 찬/반탁파가 정통/비정통의 옳고 그름을 가르는 가치의 준거점이 되었음을 알 수 있다. 이 명명의 정치학을 동반한 반탁 "정통파"는 문단 "정통파"와 등치되어 권위와 정당성을 부여받게 된다. 반탁 "정통파"[38]의 특정한 포지션과 연관된 문단 "정통파"의 이같은 위상 재정립 속에서, 김동리는 우익 문단의 선봉에서 문단 "정통파"

---

37 김윤식, 《해방공간 문단의 내면 풍경-김동리와 그의 시대》 2, 민음사, 1996, 68~73쪽. 김윤식은 김동리 특유의 승부 근성으로 이 장면을 해석한다. 일제 말기 〈신세대의 정신〉에서, 이미 기존의 (구)카프계와 대립했던 김동리의 행적을 해방기로 이어 간 설명이라고도 여겨진다. 하지만 김동리를 좌장으로 한 청문협의 멤버들인 서정주, 조연현, 곽학송, 조지훈 등 이른바 "반탁운동의 후예들"은 반탁으로 자신들의 멤버십을 집단적으로 키워 갔음을 간과해서는 안 될 것이다. 일제 시기와 해방기의 연속성 못지않게 이들이 따로 또 같이 나눴던 한국 우익 문단의 형성 과정은 여전히 논구의 대상이다.

38 김동리, 〈제5성명의 내용과 선전〉, 《동아일보》, 1946. 4. 22~4. 23.

에 어울리는 이론과 논리 개발에 부심했던 것이다.

박종화의 민족 담론이 다른 누구도 아닌 김동리에 의해 견인된 사정도 여기에 있었다. "애국 정열에 있어서는 독자의 폐부를 찌르고 있으나 한 개 문학 이론들로서는 통틀어 단편적이요, 체계성이 결여"[39]되어 있다는 김동리의 비판은 박종화의 민족 담론을 폐기하기 위해서가 아니라 방어하고 보완하기 위해서였다. 그는 박종화의 민족 담론에 기댄 작품들을 애국문학의 일종으로 규정함으로써 좌익 문단의 "계급문학으로서의 민족문학"과 대별한다. 이 입각점에서, 그는 박종화의 민족 담론에 내재해 있는 애국과 민족 간의 봉합할 수 없는 차이를 명시하는 서술 전략과 방식을 택하게 된다. 즉, 박종화의 민족 담론이 탁치 국면의 "애국독점주의"와 불가분의 관계에 있음을 드러내는 방식으로 김동리는 박종화의 민족 담론을 애국문학으로 수렴코자 했던 것이다. 다만, 애국문학의 존재 가치에도 불구하고, 참된 "민족문학"을 위해서는 이론적 체계화가 필요하다는 제언을 덧붙이면서 말이다.

적어도 1946년의 시점에서 좌익 문단의 "계급문학"에 대항하는 우익 문단은 크게 "애국문학으로서의 민족문학"과 "순수문학으로서의 민족문학"[40]으로 세분되었다. 이 양 조류를 바탕으로 그는 1947년 문단의 탁치

---

39 김동리, 〈문단 일 년의 개관-1946년도의 평론·시·소설에 대하여〉, 《문학과 인간》, 백민문화사, 1948, 183~184쪽.

40 문단의 '응향' 사건이 갖는 파장은 컸다. 문단의 탁치 논쟁으로 불린 '응향' 사건은 1947년 1월 시집 《응향》을 북문예총(북조선문학예술총동맹)이 규탄하고 이를 압수 조치함으로써 불거졌다. 이 사건을 좌익의 교조적인 문단 박해와 탄압으로 간주한 김동리는 38 이북을 대리한다는 이유로 좌익 문단 전체를 싸잡아 "당의 문학"으로 규정하며, 여기에 대한 전면전을 선포했다. 그는 "문학은 현대의 신, 인민도 거부"해야 하는 "영원히 작가 자신(인

파동으로 불린 '응향' 사건을 계기로 7월 11일과 12일에 걸쳐 〈순수문학의 정의〉를《민주일보》에, 9월 15일에는《서울신문》에 〈순수문학의 진의〉를 발표하게 된다. 여기서 그가 중점을 둔 것은 순수문학의 개념과 의미였다. 그가 순수문학에 이토록 공을 들인 이유는 순수문학이 단순히 한 개인이나 분파의 주장을 넘어 우익 문단 전체의 이론으로 구현되어야 했기 때문이다. 그래서 그는 〈순수문학의 정의〉를 다시 〈순수문학의 진의〉로 거듭 쓰는 작업을 해 나갔다. 〈순수문학의 진의〉의 부제가 "민족문학의 당면과제로서"인 데서도 드러나듯이, 그는 순수문학이 좌익 문단과 대결할 우익 문단의 표준이자 지침이 될 수 있어야 한다고 여겼다. 순수문학에 대한 좌익 문인들의 공세에 대응해 가며, 그는 순수문학에 대한 세간의 오해와 비판에 답하는 형식의 글을 여러 편 남기기도 했다. 이를테면 1947년《대조》의 〈순수문학과 제3세계관〉, 1948년《해동공론》의 〈문학과 문학정신〉,《백민》의 〈문학하는 것에 대한 사고〉, 동지의 〈문학적 사상의 주체와 그 환경〉 등이 그것이다. 이 일련의 글들은 모두 순수문학을 둘러싸고 벌어진 공격과 반박 및 재교정의 흔적들이었다. "내가 주장하여 온 것은 〈문학 정신의 본령〉이지 순수문학이란 표어가 아"니라는 전언도 이 와중에 제출되었다.

"순수문학이란 표어"가 자신의 목적이 아니었다는 그의 항변은 해방 이

류 전체에 환원할 수 있는)에 복무할 따름"이라는 "인간의 문학"으로 맞서야 한다는 주장으로 대립 전선을 노골화했던 것이다. 애국문학과 순수문학 간의 우익 문단 내 차이가 축소되고, "당의 문학"에 대항하는 "인간의 문학"이 전면화된 것은 이 1947년의 정세와 연관 깊다. 우익 문단의 언어와 논리가 균질적이기보다 상황과 정세에 따른 유동적 산물로 보는 것이 타당한 이유이다.

후 줄곧 순수문학을 주창해 온 입장과는 괴리가 있었다. "순수문학이란 것이 거북하면 본격문학이라고 해도 그만"이라는 그의 유보적 언술은 순수문학의 철회까지도 암시했기 때문이다. 그가 순수문학을 철회할 수도 있다고 밝힌 것은 순수와 비순수의 격렬한 논쟁으로 순수를 가장한 정치주의자라는 신랄한 비난을 무릅써야 했던 곤혹감에서 비롯되었을 여지가 크다.[41] 하지만 더 중요하게는 "문학정신의 본령이 인간성 옹호에 있다고 볼 때 오늘날과 같은 민족적 현실에서의 인간성의 구체적 앙양은 조국애나 민족혼을 통하여 발휘되어 있는 것이며 이것의 진정한 문학적 구현이야말로 문학 이외의 목적의식에서 경화한 것이 아니라면-참된 순수의 정신"(152-153)과 통한다는 이른바 박종화의 민족 담론을 의식한 순수문학의 자기 변신에 있었음을 기억해 둘 필요가 있다.

1946년 애국문학과 순수문학을 우익 문단의 양 조류로 간주했던 것과 비교하면, 1947년 '응향' 사건을 계기로 좌익 문단에 대응할 우익 문단의 재정비는 어떤 식으로든 "조국애와 민족혼"의 당대적 이념을 순수문학으로 아우르는 움직임을 활성화시켰다. 이것이 "정치적, 사회적, 민족적 현실의 본질을 문학적 세포 속에 구현"하고 있다면, "순수성의 본질"(151)에 상응하는 것이라는 순수문학론의 외연 확대 및 재생산을 가져온 이유이기

---

[41] 김동리의 순수문학에 대한 좌익 문단의 공격은 대립이 격화될수록 고조되는 양상을 띠었다. 김남천의 〈순수문학의 제태〉,《서울신문》, 1946. 6. 30과 이원조의 〈허구와 진실〉,《서울신문》, 1946. 9. 1을 포함해 김병규와 김동석 간의 논전이 대표적이다. 여기에 대해서는 홍기돈,《김동리 연구》, 소명출판, 2010에서 상세히 다루고 있다. 덧붙여 그의 순수문학이 본격문학과 민족문학으로 옮겨 가는 변주의 양상에 대한 고찰도 좀 더 심도 깊게 논할 필요가 있다.

도 했을 것이다. 순수문학이 본격문학과 민족문학으로 자리를 옮겨 가며 진자운동을 했던 것도 이와 무관치 않았다. 그는 "문학 이외의 목적의식에서 경화한 것이 아니라면"의 단서를 붙여 좌익 문단의 계급과 정치 우위의 문학과는 차별화를 꾀했지만, 이 과정에서 순수문학 또한 그 유동성을 피해 갈 수 없게 했다. 이것이 우익 문단에 대한 좌익 문단의 공세가 박종화보다 김동리에게 집중되었던 불가피한 원인을 이루었다. "청년문학가협회에 적을 둔 김동리 씨가 또한 반탁당의 파이터fighter"라는 비아냥거림에서 "소설에서 못 다한 반탁운동의 문학적 임무를 평론으로 보충"하는 "8·15 이후 누구보다도 전투적 정치문학자"[42]라는 원색적 힐난에 이르기까지 순수문학가라는 이름에 걸맞지 않는 정치색 짙은 문학자의 오명이 그에게 덧씌워졌다. 이는 "반탁운동의 후예들"로 좌익 문단과의 치열한 각축전을 벌였던 그가 걸머져야 했던 몫이었음은 물론이다.

이후 김동리는 1949년 9월 1일부터 1950년 2월 26일까지 총 156회에 이르는 〈해방〉을 《동아일보》의 신문지상에 펼쳐 놓았다. 〈해방〉에서 그는 대한민국의 체제 이념과 합치되는 두 개의 세계(진영)론을 강조하며 결국 "정치를 한다는 것은 이 두 개의 싸움에 끼어드는 것"이며 "어느 하나의

---

[42] 김영석, 〈매국문학론〉, 《문학》, 1947. 4, 8~9쪽. 동지에 실린 김영석의 〈매국문학론〉과 김상동의 〈테러문학론〉은 기존의 공격에 비해 발언 수위가 더 세고 거칠었다. 이는 제1차 미소공위가 결렬된 후 제2차 미소공위가 재개되는 시점과 맞물려 공격의 강도를 한층 높인 데 따른 결과였다. 이 공격의 최전선에 김동리가 놓여 있었는데, 이는 그만큼 그가 우익 문단의 핵심 거두였음을 말해 준다. 하지만 단순히 그가 우익 문단의 핵심 논객으로 활동했다는 점뿐만 아니라 "반탁운동의 후예들"의 좌장이었다는 점도 중요하게 작용했다. "반탁당의 파이터"가 가리키는 것도 정확히 이 부분일 것이다.

세계에 가담하여 다른 한 개의 세계와 싸우는 것"[43]임을 주인공 이장우의 발화로 선명히 했다. 〈해방〉은 비록 미완의 작품으로 남겨졌지만, 적대를 통한 자기 귀속성을 확실히 했다는 데 그 의미가 있었다. 이 이념투쟁을 통해 그는 우익 문단의 대가로 자신의 입지를 굳힐 수 있었다. 문협의 부위원장, 예술원 파동의 주역으로 한바탕 홍역을 치른 끝에 예술원 회원 피선, 한국 유네스코 위원, 아시아재단 주최의 자유문학상 수상, 5·16쿠데타 후 탄생한 문협의 부이사장, 국민훈장 동백장 수상, 한국소설가협회장 등의 화려한 이력이 언제나 그의 뒤를 따라다녔다. 김동리의 이 같은 명성과 지위는 대한민국 수립과 함께 "반탁운동의 후예들"로 전투력을 발휘했던 데 대한 보상이자 권한이었음을 부인하기는 어려울 것이다.

마지막으로 덧붙여 두고 싶은 글이 있다. 1949년 9월호 《신천지》에 조석제라는 필명으로 게재된 〈해방문단 5년의 회고〉가 그것이다. 1950년 2월 총 5회로 마무리된 이 연재는 김동리 못지않게 "반탁운동의 후예들" 중 한 명인 조연현의 글이었다. 여기서 그는 좌익 문단이 제거된 우익 문단의 승리를 확정짓는 동시에 그 투쟁사를 한국 문단사로 공인하는 기술을 보여 준다. 1945년부터 1949년 8월까지의 기간을 "혼란기", "정치주의문학의 전성기", "투쟁기", "정돈기", "재건기"로 구분하는 투쟁과 역경을 건넌 승리의 서사가 이 〈해방문단 5년의 회고〉를 틀지었다. "혼란기"와 "정치주의문학의 전성기"는 좌익 문단의 공세와 활보로, 반면 "투쟁기"를 거쳐 "정돈기"와 "재건기"는 우익 문단의 반격과 그 승리로 기록되었던 것이다. 이

---

43 김동리, 〈해방 149〉, 《동아일보》, 1950. 2. 9.

문단사의 자기충족적 기술이 문학사로 이월된 것이 또한 그의 《한국현대문학사》(1969)였다.

이처럼 문단사가 문학사로 재정위되는 한에 있어서, 한국문학사는 이 문단사의 주역들이 써 내려간 자기 정당화에서 자유로울 수 없다. 문학제도와 매체 및 교육 시스템이 맞물린 주류 문학사가 여전히 힘을 잃지 않고 있는 이유이기도 할 것이다. 하지만 이로 인해 밀려난 숱한 작가와 작품들도 존재했음을 잊어서는 안 된다. 우익 문단의 구축과 문학사 및 정전화의 욕망이 뒤섞인 채로 한국문학은 오늘에 이르렀다. "반탁운동의 후예들"을 굳이 불러내어 조명하고자 했던 의도도 여기에 있다. 이들에 관한 이야기가 단지 흘러간 옛 노래가 아님을 반추하는 공동의 장으로 말이다.

8장

최정희의 해방 전/후와 친일·좌익
이중 '부역'의 젠더정치

'여류다움'의 방향 전환과
여성 작가의 포지션position

최정희는 1931년 《삼천리》에 〈정당한 스파이〉로 등단한 이래 1980년 〈화
투기〉까지 거의 50년에 걸쳐 작품 활동을 했다. 제2기 여성 작가군을 형성
했던 강경애, 지하련 등의 여성 작가들이 어떤 식으로든 시대적 상황과 흐
름에 밀려 문학 활동을 접어야 했던 것과 비교하면,[1] 그녀는 식민지, 해방,
한국전쟁, 4·19, 5·16, 나아가 한국군 최초의 파병이었던 베트남전쟁까지
굴곡진 역사를 함께 넘어 온 인물이다. 여성 작가로서는 상당히 드문 이러
한 지치지 않은 작품 활동은 가장 '여류다운 여류'에서 남성을 떠올리게 하
는 '여성답지 않은' 작가의 대명사로 양 극단의 평가를 점하게 했다.[2]

이 글은 최정희의 작품 세계가 지닌 변모와 굴절을 감안하면서, 해방

---

1 김윤식, 〈인형의식의 파멸〉, 《한국문학사 논고》, 법문사, 1973, 228쪽. 식민지 시기 여성 작
가 그룹에 대한 그의 분류는 아직도 유효한 기준점이 되고 있다. 그의 3단계 분류법에 따르
면, 최정희는 김명순·김일엽·나혜석 등의 제1기를 거쳐 박화성·강경애·김말봉·이선
희·백신애·장덕조·송계월·노천명·모윤숙 등과 나란히 제2기 여성 작가로 성공적인
데뷔를 했다. 반면 제3기는 이 제2기 여성 작가 그룹 중 친일 작품 활동을 했던 여성들을
가리킨다.

2 김기림, 〈여류문인〉, 《신가정》, 1934. 2, 87쪽. 김기림은 최정희의 동반자적 작품 세계에 대
해 "항상 여성이 아"니라 "남성적 패기"에 가득 찬 "남성으로서는 도저히 흉내"낼 수 없는
여성다운 "순탄한 감성"이 부족하다는 점을 문제 삼았다. 이것이 "씨의 글의 한 병환病患"
이라고까지 이야기되었다. 김문집은 여기서 한 발짝 더 나아가 〈여류작가의 성적 귀환론〉,
《비평문학》, 청색지사青色紙社, 1938, 355~359쪽에서, "여류 프롤레타리아 소설가!"의 독
설로 자칭 프롤레타리아적 경향을 표방하는 여성 작가들에 대한 거부감을 노골적으로 드
러냈다. 본연의 성에 맞는 문학 세계를 고수하라는 조롱 섞인 그의 비난은 최정희의 성공
작으로 대부분이 인정하는 〈흉가〉 대신 그녀의 여성성이 풍부하게 담겨 있다는 이유로 〈애
닮은 가을 화초〉를 수작으로 꼽는 이례적인 비평을 보여 주기도 했다.

전/후에 초점을 맞춘다. 이 시기는 일제의 전시 동원과 해방 및 한국전쟁의 급변하는 정세 속에서, 첨예한 시대적 화두로 '부역'이 문제시되었던 때이다. 부역은 이 시기에 작품 활동을 했던 작가라면 누구도 피해 갈 수 없었던 문제였지만, 부역의 오명과 이에 따른 변명과 참회 및 반성의 양태는 제각기 달랐다. 이 글은 최정희의 해방 전/후를 관통하는 요소로 부역의 문제를 초창기 동반자적 경향에서 '맥 삼부작(지맥·인맥·천맥)'으로 대변되는 '여류다움'의 방향 전환과 결부시켜 논하는 데 그 목적을 둔다.

해방 전/후 두 차례의 전시戰時 국면은 협력과 동조의 자원이 된 모성 담론을 그야말로 활성화시켰다. 최정희는 모성 담론의 국가적 전환과 요구를 여류다움으로 대응하며 국가모성의 일익을 담당하게 된다. 이 글은 최정희의 여류다움의 방향 전환이 전시 국면의 모성 담론과 별개로 논해질 수 없음을 밝히고자 한다. 이를 위해 '모성 동맹'을 분석의 입각점으로 삼는다. 동맹은 흔히 국가 간에 이루어지는 전략적 제휴와 협력을 일컫는 개념이지만, 여기서 말하는 모성 동맹은 약자의 무기weapons of the weak로써 그 의미를 갖는다.[3]

식민종주국인 일본이 치른 1937년 중일전쟁과 1941년 아시아/태평양 전쟁은 모든 인적 자원을 총동원하려는 국가적 필요에 의해 역설적이게도 약자들의 지위 상승 욕망과 기대를 자극했다. 즉, 식민지를 망라한 총동원령으로 모든 개인들을 포섭하고 활용하려는 국가권력의 일방적 행사였음

---

3 '약자의 무기'라는 표현은 김재은의 용어를 원용한 차미령, 〈한국전쟁과 신원 증명 장치의 기원〉, 《구보학보》, 2018을 참조했다.

에도, 지금까지 사회의 열외자로 머물던 사람들에게는 흔치 않은 기회로 다가왔던 것이다. 식민지 조선 여성, 그중에서도 최정희가 처해 있던 제2부인(당시 첩으로 불렸던)의 형편도 다르지 않았다. 그녀는 인적 자원의 총동원이라고 하는 국가권력의 명령과 요구에 순응하면서도 이를 자신의 불우한 현실을 타개할 적극적인 반전의 계기로 삼고자 했다. 비록 비대칭적인 국가권력의 필요와 수요에 맞춘 모성 동맹의 일시적 활로였다손 치더라도, 그녀는 이 약자의 무기로써 모성 동맹의 타협과 조정으로 평등한 제국 국민으로서의 삶을 꿈꾸었던 것이며, 이것이 또한 국가모성의 극한에 다름 아닌 '전장에 나가라!'의 군국의 어머니와 만나게 했던 것이다.

이런 견지에서 해방 후 사후적인 심문과 단죄의 대상이 된 친일 부역은 갖가지 약자들의 무기와 맞물려 복잡하고 다기한 인식과 감정을 정초할 수밖에 없었다. 제각기 다른 욕망과 이해관계가 교차했던 친일 부역의 정도만큼이나 침묵과 방조 또는 변명과 반성의 스펙트럼이 넓게 펼쳐졌던 이유이기도 했다. 따라서 해방은 왜 일제에 협력했는지를 근본적으로 되물을 결정적인 시간대가 될 수 있었다. 하지만 급변하는 정세는 왜 협력했는지라는 물음 대신 누가 협력했는지만을 좌우 이념의 틈바구니 속에서 부각하고 선전했을 따름이다.

물론 몇몇 대표적인 친일 인사들이 반민특위의 발족과 함께 체포와 구금에 처해지긴 했다. 민족을 위해 친일했다든가 혹은 반공에 앞장선 자신과 같은 애국자를 가두는 것은 잘못이라는 발언도 이때 회자되었다. 하지만 정작 물어야 했던 친일 부역의 역사적 의미와 지평은 제대로 검토되지도 숙고되지도 못한 채, 한국전쟁의 혼돈을 겪으며 좌익 부역으로 미끄러져 갔던 것이 사실이다. '적'에게 협력했다는 다른 듯 닮은 이 이중의 부역 혐의는 여류다움의 가장 본원적 발로로 여겨진 모성 담론과 불가분의 관계를 맺고 있었다는 점에서 문제의 소지를 내장한 것이었다. 이중 부역으로 점철된 삶을 살아야 했던 최정희의 사례는 여류다움과 모성성의 딜레마와 모순을 보여 주는 랑시에르Jacques Rancière의 저 불화와 이견의 수행인 계쟁係爭을 떠올리게 한다.[4] 어쩌면 '오래된 미래'로 잠복해 있을지도 모를 이 문제에 다가갈 길을 여는 단초로 그녀의 해방 전/후와 이중 부역은 여전히 현재적 사건으로 우리를 초대하고 있다.

약자의 무기로써 '모성 동맹'과
군국의 어머니상

곽종원은 1949년 《문예》지의 〈최정희〉론에서, 최정희의 해방 전과 후의 작품 세계가 마치 딴사람이 쓴 것 같은 착각을 불러일으킨다는 견해를 밝힌 바 있다.[5] 여기에 깔린 저변의 심리는 좌우파의 진영 논리를 반영하는

---

4 자크 랑시에르Jacques Rancière, 《불화》, 진태원 옮김, 길, 2015. 랑시에르는 계쟁이 정치의 출발점이라고 말한다. 합의민주주의가 정치의 전체가 될 수 없다는 것이 랑시에르의 주장이다. 계쟁은 논쟁과 토론의 무대를 제공하고 생산하며, 당연한 몫과 자리를 의문시한다. 이 계쟁으로 인해 평등은 기입되거나 사고될 수 있음을 그는 강조한다. 이 맥락에서 계쟁은 젠더정치의 중요한 자원이기도 할 것이다.
5 곽종원, 〈최정희론〉, 《문예》, 1949. 8, 164쪽. 곽종원은 해방 전 최정희의 작품 세계를 "시종일관 여성의 사회적인 지위와 여성이기에 구박받는 수다한 문제 등을 테마로 하는" 여류다움의 전형으로 꼽으며, 해방 이후 달라진 그녀의 작품 세계를 비판하는 전거로 삼는다.

것일 터이지만, 해방 후 그녀의 작품 세계를 해방 전과 별개로 놓을 만큼 유독 차이와 단절이 강조되었다. 이 분절과 구획의 감각은 역으로 해방 전 최정희의 작품 세계가 지닌 어떤 특색을 말해 주기에 충분했다. 해방 전과 후를 나누는 비교우위의 시선이 해방 후가 아닌 해방 전의 여류다움을 더욱 도드라지게 했기 때문이다. 이는 해방 전 그녀 특유의 작품 세계로 고평된 여류다움이 방향 전환을 거친 변화의 산물임을 지우는 효력을 발휘하게 된다. 이 사후적 망각과 재구성을 토대로 해방 전 그녀의 작품 세계는 여류다움으로 오롯이 한정되었던 셈인데, 문제는 그녀 역시 이 같은 평가에 힘을 보탰다는 점이다.

그러다가 소위 카프 사건이라고도 하고 신건설 사건이라고도 하는 건에 내가 어째서 걸렸든지 걸려서 나는 형무소에 한 8개월 간 잘 있게 된 일이 있었다. … 비로소 나는 〈문학〉을 깨달았다. 문학은 나를 위해서 생긴 것이고, 나는 문학을 하지 않으면 구원의 길이 없을 것 같았다. 옥에서 나와서 처음 쓴 것이 〈흉가凶家〉였다. 이것이 물론 나의 처녀작이다. 전에 쓴 것은 최정희의 아무것도 없는 글이다. 찾아다니며 없애 버렸다. 그러니까 나의 문학생활이라고 하면 〈흉가〉에서 시작되는 셈이겠다. … 〈흉가〉 이후로 언제나 외롭고 슬프고 약한—밤낮 세상에 처負만 가는—여자들(방점은 필자)을 써왔다. 참정권 한번 부르짖는 일도 남녀동등을 한번 말해보는 일도 못하는 지질이 못난 여자들을 써왔다.[6]

---

6 최정희, 〈나의 문학생활자서文學生活自叙〉, 《백민》, 1948. 3, 47쪽.

해방 후에 쓴 〈나의 문학생활자서文學生活自敍〉에서, 최정희는 이전의 작품들을 "찾아다니며 없애 버"렸다고 전한다. 이전의 작품에 대한 어떠한 정보나 언질도 없이, 자신의 진짜 작품들은 "언제나 외롭고 슬프고 약한 여자들"만을 써 왔다는 것이다. 이러한 의도적인 선택과 망각은 여류다움의 전형이라고 할 법한 작품들만을 전경화하면서, 그녀의 초창기 동반자적 경향의 작품들을 분리시키는 결과를 가져왔다.[7]

그녀가 "언제나 외롭고 슬프고 약한 여자들", "지질이도 못난 여자들"로 말한 작품들은 김동리가 "자궁의 슬픔"으로 계열화한 것들이기도 했다. 최정희의 해방 전 문학 세계를 가리키는 단적인 표현으로 등장하는 이 "자궁의 슬픔"은 1938년 〈정적기靜寂記〉를 전범으로 한 이후 작품들을 통칭하는 표현이었다.[8] "나와 어머니의 운명은 누가 이렇게 만들어 놓았는지 몰라. 여자의 운명이란 태초부터 이렇게 고달프기만 했을까. 아니 이 뒤로 몇 십만 년을 두고도 여자는 늘 이렇게 슬프기만 할까. 여자에게 자궁子宮이란 달갑지 않은 주머니 한 개가 더 달린 까닭이 아닐까"를 반문하는 여자의 숙명과도 같은 굴레는 그 모체母體인 '자궁'을 향하게 된다.

"수없이 많은 여자의 비극이 자궁으로 해서 생기는 것이라면 그놈의 것

---

7 해방 후 발표작인 〈나의 문학생활자서〉에서 그녀는 처녀작을 〈흉가〉로 내세우지만, 해방 전인 〈여류작가 좌담회〉, 《삼천리》, 1936. 2, 227쪽에서는 〈정당한 스파이〉를 자신의 처녀작으로 들었다. 이는 그녀의 방향 전환을 시사하는 달라지는 언술이었다. 그녀의 여류다움이 애초부터 특화된 것이 아니었음을 방증하는 것이기도 했다. 해방 후 그녀는 초창기 동반자적 경향의 작품들을 일체 언급하지 않음으로써 소위 여류다움의 전형으로 인식되는 작품들만을 자신의 대표작으로 남기게 되는데, 〈흉가〉 이후 '맥 삼부작' 계열이 이를 뒷받침하는 유력한 증거로 활용되었음은 물론이다.

8 김동리, 〈여류작가의 회고와 전망〉, 《문화》, 1947. 7, 47쪽.

을 도려내는 것도 좋으련만"이라는 자궁에 대한 그녀의 달갑지 않은 반응은 그러나 곧 "자궁 없는 여자는 더 불행할 것도 같다"고 하는 심경 변화를 일으킨다. 덧붙여 "어머니는 불행하면서도 그 불행한 중에서 선을 알고 진리를 깨달을 수 있으니까. 되려 행복할지도 모른다"[9]는 불행 속 구원과 승화의 계기는 정확히 어머니, 즉 모성성에서 찾아졌던 것이다. 1941년《문화조선文化朝鮮》일본어판 〈靜寂記(정적기)〉에서는 찾아볼 수 없는 이 두 구절은 남성과 구분되는 여성의 신체적 징표인 자궁의 존재론적 구속을 환기시키는 한편으로, 자궁 있는 존재로 어머니의 역할과 비중을 재확인시키고 있었다.[10]

자궁이 있는 존재로 남성과 확연히 구분되는 여성으로 살아간다는 것의 고통과 불행은 〈지맥〉(1939)을 통해서도 명시된다. 〈정적기〉에서 자궁의 존재론적 구속과 "자궁의 슬픔"을 피력했던 최정희는, 1939년 〈지맥〉에서는 모계母系로 대물림되는 여성 일반의 공통적인 운명이 아닌 여성 간 차이와 위계화를 새겨 놓는다. 사회제도와 인습의 장벽이 만들어 놓은 이 엄연한 현실은 서로에게 반목과 적대를 남길 뿐이다. "큰마누라" 호칭이 대변

---

9 최정희, 〈정적기靜寂記〉,《삼천리문학》, 1938. 1, 56~57쪽.

10 일본어판 〈정적기靜寂記〉는 1941년 5월 일본여행협회 조선지부日本旅行協會 朝鮮支部에서 발간한《문화조선文化朝鮮》에 실린 것이다. 본문에서 인용한 "수없이 많은 여자의 비극이 자궁으로 해서 생기는 것이라면 그놈의 것을 도려내는 것도 좋으련만"의 일본어 표현은 다음과 같다. "多くの女の悲劇が子宮の所爲なら切り取つてしまつてもいい. しかし子宮ッのない女はもつと不幸なのかも知れない."(22) 이 구절 뒤에 이어지는 "어머니는 불행하면서도 그 불행한 중에서 선을 알고 진리를 깨달을 수 있으니까. 되려 행복할지도 모른다"는 삭제되었다. 제국의 언어인 일어(당시 국어) 번역 과정에서 일부 개작이나 누락, 첨가가 일어났음을 알 수 있다. 지면상 문제인지 혹은 서사 전개상의 필요에 의한 것인지는 별도의 논문을 요한다.

하듯이, 호적상의 본부인은 남편이 죽고 난 후 "당당히 남편 시체 앞에 머리를 풀어헤치고 모여든 일가친척들에게 아주 자긍스런(자랑스런) 자세로 남편의 죽음을 혼자 서러워하는 체"했다. 반면 남편이 "죽지 않고 있는 날까진 그의 아내로 아이들의 행복한 어머니로서 당당히 살아"왔던 나는 그가 죽고 나서 "세상에 가장 불행한 운명의 소유자"로 바뀌고 말았다. 왜냐하면 "남의 등록 없는 아내라는 탓으로, 다시 말하면 나를 증명해주는 관청의 공증이 없는 까닭"에 "세상의 도덕"과 "인습"과 "법규가 나를 버린"[11] 탓이었다.

사회적 제도와 관습이 보호하는 여성과 "관청의 공증이 없"어 법 바깥으로 밀려난 여성 간에 존재하는 간극과 차별은 모계 일반의 공통운명으로 수렴되지 않았다. 알렉산드라 콜론타이Alexandra Kollantai와 엘렌 케이Ellen Key의 여성 해방론에 힘입어 근대 진입의 사다리에 올라탔던 화자이자 주인공인 나는 일본 유학과 이른바 가장 선진적이라는 사회주의 사상도 호흡했다. 하지만 지적 동료였던 사회주의자 남편이 죽자 "때때로 아이들과 함께 죽음을 생각해 보는 약한 여자"(55)로 한없이 추락하고 말았다. 〈지맥〉은 바로 이 지점에서 〈야국초野菊抄〉의 군국의 어머니와 조우하게 되는데,

---

11 최정희, 〈지맥〉, 《문장》, 1939. 9, 본문 인용은 최정희, 《천맥》, 성바오르 출판사, 1977, 10쪽. 판본마다 본문의 구절들에 약간씩 차이가 있어서 《최정희선집》 대신 1977년에 간행된 《천맥》을 인용했다. 예컨대 《문장》에 실린 "남편이 죽던 날부터 나는 헌신짝 같이 비지발 없는 여자가 되었다"는 표현은 1948년 '맥 삼부작'의 첫 단행본 《천맥》에도 똑같이 쓰여 있으나, 이후 "남편이 죽던 날부터 나는 헌신짝 같이 하잘 것 없는 여자가 되었다"로 바뀌었다가, 《최정희선집》에서는 이 문장이 완전히 사라지고 없다. 작품집을 재간행하면서 출판사와 저자의 의사가 반영된 결과이겠지만, 이 미묘하게 달라지는 구절을 주목한 기존 연구가 드물어 이를 환기해 둔다.

사회적 상승의 기회와 권리를 박탈당한 엘리트 여성의 좌절감과 모성성의 극한적 위기는 역으로 전시총동원령이 요구했던 군국의 어머니를 엔진 삼아 반전의 모멘텀momentum을 마련케 했다고 할 수 있다.

1942년 1월 《국민문학》에 발표된 〈야국초〉는 군국의 어머니를 대표하는 작품이다. 화자이자 주인공인 나의 위치는 〈지맥〉의 나와 마찬가지로 불우하기 그지없다. 그녀 또한 법적 등기부가 없는 제2부인으로 세상에서 인정받지 못하는 사생아를 키우고 있기는 마찬가지이기 때문이다. 그런데 〈지맥〉과 달리 〈야국초〉는 "자라나는 자식의 초라함"을 만회할 극적 사건으로 "지원병 훈련소로 가는 길"[12]을 배치했다는 결정적인 차이점을 지니고 있다.

당신을 수신자로 한 편지 형식의 이 소설에서, 나는 자궁 있는 존재로 열정적인 사랑을 했고 그 결실인 아이를 낳았음을 항변한다. 아들 승일勝一의 존재가 그 증거였다. 하지만 수신자로 설정된 "지위와 명예와 인격과 지식"(175)을 지닌 당신은 이러한 열정적인 사랑의 결실인 아이를 받아들이지 않았다. 아니 "어째서 주의하지 않았지?"(174)라는 비수에 찬 말을 나에게 쏟아 부었을 뿐이었다. 그리고 그는 "한층 높은 지위와 명예가 있는" 자리를 얻어 "싫어서 견딜 수 없다던 부인"에게로 되돌아갔던 것이다. 그 빈자리는 온전히 자궁을 지닌 내 몫으로 남겨졌다. 홀로 힘들게 승일을 낳고 키운 인고의 세월을 견딘 끝에, 비로소 나는 11살이 된 승일의 손을 잡고

---

12 최정희, 〈야국초野菊抄〉, 《국민문학》, 1942. 11. 본문은 일본어 원문을 참조하면서, 다음의 번역본을 인용했다. 최정희, 〈야국초〉, 김병걸·김규동 편, 《친일문학작품전집》 2, 실천문학사, 1986, 172쪽.

"지원병 훈련소로 가는 길"에 올랐음을 과거와 현재의 병치를 통해 드러내고 있다.

"징병령徵兵令이 포고된 후"(179)[13] 하라다原田 교관에게 특별히 부탁해서 이루어진 지원병 훈련소 견학은 혈육인 당신마저 외면해 왔던 가족애의 대리 체험장으로 화했다. 엄격하지만 인자한 상관과 서로를 돌보고 아끼는 동료 병사들은 예의 승일이 결여한 가족적 이상과 기대를 구현하고 있었다. "반도의 청년이 훌륭한 군인이 되려면 우선 무엇보다도 어머니들의 힘이 크다"(180)는 하라다 교관의 말은 승일이 결여한 근대 가족의 이상을 매개로 어머니의 새로운 역할과 책임을 부과했다. "훌륭한 군인의 양성은 어머니 손에 달"렸음을 천명한 미나미南 총독의 담화와도 공명하는 예비 황군 승일의 어머니인 나는, 본능적인 자식 사랑으로 황군의 의미를 깨닫지 못하는 조선의 무지한 모성과는 대척되는 자리를 점한다. 즉, 전시총동원령에 따라 부족한 병력을 충원할 (예비) 황군과 그 (예비) 황군을 양육하는 어머니에 대한 국가적 관심과 선전은 본능적 육친애에 얽매인 조선의 관습적 모성을 대치할 군국의 어머니를 이상으로 한 위치 재조정을 가능케 했던 셈이다.[14]

따라서 예비 황군인 승일의 손을 잡고 하라다 교관의 설명을 듣고 있는

---

13 번역본의 "징병령이 실시된 후"의 일본어 원문은 "徵兵令がしかれて後"이다. 징병제가 실시되었다는 것은 정황상 맞지 않다. 징병령이 시행된 해는 1944년이기 때문이다. 이 작품이 발표된 1942년 일제는 각의 발의로 5월 9일 징병제 시행 방침을 천명했다. 따라서 이를 감안한 번역은 실시가 아니라 포고의 일본어 원뜻을 살린 "징병령이 포고된 후"로 고치는 것이 타당하다.

14 〈훌륭한 군인의 양성은 어머니 손에 달렸다〉, 《매일신보》, 1942. 5. 13.

나는 타기해야 할 조선의 구식 모성과는 구분되는 바람직한 모성으로 자리매김한다. 무엇보다 사회적 지위와 신분 및 재산과 지역의 차이마저도 무화시키는 "대일본제국의 평등한 국민이면 그만"[15]이라는 누구에게나 열린 보편적인 기회와 권리 추구는 '사생아를 가진 제2부인'의 전락한 지위를 일거에 만회할 수 있는 모성 동맹의 가능성을 열어 놓았다고 해도 과언이 아니다. 〈야국초〉와 겹치는 《경성일보》의 〈황국의 아이의 어머니에게 御國の子の母に〉는 더 직설적으로 이를 표현하고 있다. "5월 9일, 이 날부터 나는 누가 무엇이라고 말해도 불안한 자세 등을 보이지 않을 자신"이 있다는 달라진 마음가짐이 그것이었다. '징병제 포고'의 날을 맞아 이제 아이가 "돈이 없어도 아버지가 없어도 병사가 됩니까?"라고 물어도 나는 예전처럼 더 이상 "어두운 얼굴을 하지 않고 명랑하게 자신과 용기를 갖고 대"[16]할 수 있게 되는 새로운 국면의 전환이었다.

"돈이 없어도, 아버지가 없"어도 황군이 될 수 있느냐는 아이의 질문과 나의 답변은 〈야국초〉를 지탱하는 제국 국민화의 문법과도 상응했다. 우에노 치즈코上野千鶴子가 "전쟁은 국민화 프로젝트 과정 속의 일화가 아니라 오히려 그것을 촉진시킨 혁신이며 일종의 극한적 형태"[17]라고 주창했듯이, 전시총동원령은 부족한 병력을 충원할 (예비) 황군과 그 (예비) 황군을

---

15 모윤숙, 〈여성도 전사다〉, 《삼천리》, 1942. 3, 114쪽.

16 최정희, 〈황국의 아이의 어머니에게御國の子の母に〉, 《경성일보》, 1942. 5. 19. 이 글은 〈반도의 징병제와 문화인半島の徵兵制と文化人〉 시리즈 중 여덟 번째 연재 수필이었다. 모윤숙이 가정과 공적 활동의 최전선에서 활약하는 전사로서의 여성상을 강조한 데 비해, 최정희는 모성에 기반한 군국의 어머니상을 제창했다.

17 우에노 치즈코上野千鶴子, 《내셔널리즘과 젠더》, 이선이 옮김, 박종철 출판사, 1999, 20~21쪽.

양육하는 군국의 어머니로 조선의 모성성을 변전시키고자 했다. 이 과정에서 누구나 황군의 어머니가 될 수 있다고 하는 의무와 강제만이 아닌 기회와 권리의 전도가 일어났던 것이다. 자신처럼 군국의 어머니가 될 여성들을 수신자로 한 〈황국의 아이의 어머니에게〉나 자신을 버린 이기적이고 위선적인 조선의 엘리트 남성에게 보내는 〈야국초〉는 공히 불안과 비판과 각성과 희망이 착종된 복합적인 심리 상태를 내재한 채 이 군국의 어머니를 전시하고 연출케 했던 셈인데, 이는 '사생아를 가진 제2부인'의 전락한 지위에 대한 도전과 반격이 가닿을 수 있었던 최대치(극한)의 현실이기도 했다.

최정희의 일제 말기 작품을 관통하는 중요한 자산인 군국의 어머니는 최전선의 병사로 자식들을 내보내는 죽음의 그림자를 드리우고 있었다는 점에서 양가성을 피할 수 없었다. 즉, 삶을 죽음과 뒤바꾸는 전장에 그것도 자식을 기쁜 마음으로 출정시킨다는 모성의 파괴가 모성의 구원과 승화로 전치된 데 따르는 불가피한 귀결이기도 했던 것이다. 아이가 죽어도 "울지 않을 테야"[18]를 반복적으로 되뇌는 군국의 어머니는 국책 모성의 극한을 시현하며, 죽음의 값(비)싼 대가로 누구나 평등한 황군이 된다고 하는 미래를 건 청사진을 펼쳐 놓았음을 알 수 있다.

"아무 값없고 힘없는 개, 돼지 값에나 가는 구실"[19]에 지나지 않았던 그

---

18 최정희, 〈군국의 어머니〉, 《대동아》, 1942. 3. 1, 117쪽. 모윤숙과 함께 조선임전보국단이 주최한 대회에 참석한 최정희는 〈군국의 어머니〉를 주제로 강연했다. 아들의 뜻을 받드는 군국의 어머니만이 "남과 같은 여자구실"에 값하는 길이라는 이전 주장의 변주이자 반복이었다.

19 군국의 어머니는 울지 않는 데서 그치지 않고, '나가라!' 말하는 강인한 어머니상이었다. 여기에 대해서는 〈가난과 국가, 군국모의 연기하는 신체정치〉, 《동악어문학》 61, 2013과 《식민지 시기 야담의 오락성과 프로파간다》, 앨피, 2013에서 논했다.

녀와 아이는 "지원병 훈련소로 가는 길"의 입사식을 거쳐 마침내 "사람값을 하"고 "세상에 나온 보람이 있다고"[20] 느낄 수 있는 극적 반전의 기회를 맞게 된다. 사회의 열외자로서 숨죽여 살아야 하는 삶에서 벗어나 정당한 자신의 몫과 자리를 찾고자 하는 몸부림이기도 했다. 하지만 약자의 무기로써 이러한 자발적인 체제 협력이란 곧 해방 후 친일 부역으로 이어지는 교량이었을 터, 최정희의 해방 후는 이 친일 부역과 무관할 수 없는 행적을 띠고 있었다. 해방 전과 후가 다르지 않다는 그녀의 주장에 실린 함의가 간단치 않은 이유일 것이다. 친일 부역 혐의에 직면했던 남성 작가들이 대단히 예외적으로 자기고백체 서사를 양산했던 것과 비교해, 해방 후 그녀 특유의 자기고백체 서사의 실종은 이러한 친일 부역을 선회하고 있었다는 점에서 주목할 부분이다. 대신 그녀는 초창기 사회주의의 동반자적 경향으로 회귀한 듯한 작품 세계를 선보이게 되는데, 이는 친일 부역을 우회하는 해방기 사실주의의 성취로 결실을 맺는 긴장과 역설을 내재하고 있었다.

이중 '부역' 혐의와
반공 여류작가로 거듭나기

최정희는 해방 직전인 1945년 2월까지 군국의 어머니와 관련된 논설과 산문 등을 꾸준히 발표했다.(마지막 부록 참조) 해방 직전까지 그녀의 국책 협

---

20 최정희, 〈5월 9일〉, 《半島の光》, 1942. 7, 16쪽.

력과 동참이 이어졌음을 말해 준다. 해방 후 그녀는 1948년 초반까지 덕소에 머물렀다. 그녀의 회상기마다 덕소에 머무른 시기는 조금씩 차이가 난다. 이것은 그녀의 단순한 기억 착오에서 비롯된 것일 수도 있고, 쓰는 시점의 상황과 조건으로 인한 결과일 수도 있다. 어떤 이유에서든지 앞뒤 정황을 살펴보건대, 그녀는 남편 김동환이 《삼천리》를 속간하는 1948년 5월을 즈음해 서울로 되돌아오게 된다.

해방 직후 문단의 활발한 재편이 일어나던 서울과는 거리를 둔 덕소에서의 삶은 민족국가 건설의 유예와 좌절을 문제 삼는 '친일' 이슈가 해방 정국을 뜨겁게 달군 것과도 무관하지 않았다. 더구나 문인들 중 이광수와 함께 김동환은 친일파의 거두로 꼽혀 반민특위에 소환되어 7년의 공민권 박탈을 선고받은 참이었다.[21] 해방 직후 몇 편의 소설과 산문을 제외하면, 그녀의 활동은 거의 눈에 띄지 않았다. 이것이 김동환의 《삼천리》 속간에 발맞추어 서울로 거처를 옮긴 1948년을 경과하며, 그녀의 활동도 그만큼 두드러졌던 것이다. 이 시기는 주지하다시피 대한민국 수립이 가시화되던 때이기도 했다.

---

21 김동환이 이광수와 함께 문인들 중 핵심 친일파로 반민특위에 소환되어 7년의 공민권 박탈을 받은 것은 당시 신문에서 확인 가능하다. 신문 기사를 검토한 결과, 김동환은 애초 3년 구형에서 공민권 7년 박탈로 최종 언도되었다. 김동환의 공민권 7년 박탈이 그녀의 회상기에서는 5년의 공민권 박탈로 거듭 제시된다. 평소에도 숫자에 약했던 최정희가 착각한 것인지 아니면 다른 이유에서인지 판단하기 어렵다. 다만 분명한 것은 최정희가 김동환의 보석 신청도 만류할 만큼, 반민특위의 조사와 활동에 부정적인 인식을 보였다는 점이다. 돈과 권력이 있는 사람들은 구류 처분에도 불구하고 형무소 생활을 하지 않고 다 빠져나갔다는 이유에서였는데, 그녀는 대한민국의 자의적 법망을 빌미로 반민특위 활동 자체를 문제시했던 것이다. 김동환의 최종 언도에 관한 기사로는 〈반민족행위처벌법 발동 8개월간의 실적〉, 《조선중앙일보》, 1949. 8. 10. 등을 꼽을 수 있다.

최정희는 남편 김동환과 본사 주최의 좌담회에 참석하는 등 활동 반경을 넓혀 갔다. 문단 교우록 시리즈의 하나였던 〈최정희론〉에서, 친분이 깊던 노천명이 특별히 질색했던 것도 이 부분이었다. 향후 두 사람의 어긋나는 관계의 예고편인 양, 노천명은 이 시기 최정희의 넓어진 보폭에 대해 다음과 같은 말로 꼬집기도 했다. "다만 그 나이와 그 오랜 경력에서 싫증도 안 나는지 부군을 도와 《삼천리》지를 만든다고 무슨 장관을 찾으니 장관 부인을 뵙느니 하며 인터뷰를 다니는 데는 잠깐 질색이다. 당당한 여류작가 최 여사가 그래 하필 장관부인들 가서 뵈어야 할 것이냐."[22]

해방 전 '맥 삼부작'을 엮은 《천맥》이 1948년 수선사에서, 그리고 〈흉가〉를 제외한 해방 후 작품집인 《풍류 잡히는 마을》이 1949년 아문각에서 출간되었다. 해방 전 불륜 장면으로 판금 조치를 당했던 '맥 삼부작'은 해방 후인 1948년에야 《천맥》을 제호로 비로소 세상의 빛을 볼 수 있게 되었다. 하지만 엄밀히 말해 《천맥》은 해방 전 작품집이라는 점에서, 해방 후 작품들이 주종을 이룬 《풍류 잡히는 마을》과는 엄연한 차이가 있었다. 이를 의식하듯 그녀는 《풍류 잡히는 마을》의 〈뒷말 몇 마디〉를 통해 다음과 같은 주장을 펼친다. "해방 후의 내 작품 세계가 달라졌거니 아시는 분들이 계신 듯하나 소재가 달라졌을 뿐이지 작품 세계는 전이나 후이나 조금도 다르지 않"[23]다는 변명을 겸한 소회였다.

그녀의 이 발언은 완전히 딴사람이 쓴 것 같다고 평했던 곽종원이나,

22 노천명, 〈최정희론〉, 구명숙 편, 《한국여성수필선집 1945-1953》 4, 역락, 2012, 118쪽.
23 최정희, 〈뒷말 몇 마디〉, 《풍류 잡히는 마을》, 아문각, 1949, 221쪽.

"《천맥》에서는 볼 수 없던 작자의 새로운 경향"을 드러낸다고 지적했던 조연현의 견해와는 대비되는 면모였다. 특히 조연현은 《풍류 잡히는 마을》에 대해 "일부의 경향문학이 가졌던 공식적인 관념을 완전히 지양하지 못"했음을 언급하며, 이를 작품의 한계로까지 들었기 때문이다. 해방 전 "《천맥》이 가졌던 감명과 감격을 독자에게 주지 못"[24]한다는 점을 이유로, 그는 해방 후 선보인 작품 세계의 질적 차이와 실패를 논했던 것이다. 이는 해방 전과 후가 같다는 최정희와는 상반되는 견해였다. 기존의 여류다움에서 벗어나 사회주의적 경향성에 기울어진 해방 후 작품 세계에 대한 두 우익 남성 작가들의 비판적 입장은 한국전쟁의 좌익 부역을 둘러싸고 재연될 소지를 남겼다. 친일 부역과 좌익 부역이 요동쳤던 정국은 여류다움에 관한 각기 다른 시각차를 노정시켰던 셈이다.

단지 소재만 바뀌었을 뿐이라는 최정희의 주장에 맞서 여류다움의 상실을 아쉬워하는 이 일단의 시선은 무엇보다 해방 전의 작품 세계에 최정희를 고정시키는 것이기도 했다. 더 중요하게는, 그녀 특유의 작품 세계가 드러나지 않는 데 대한 민감한 자의식의 발로였음도 분명했다. 그렇다면 최정희가 극구 부인했음에도 이 차이를 발생시킨 원인이 중요해진다. 먼저 해방 정국의 판도 변화가 초창기 사회주의의 동반자적 경향을 자연스럽게 이끌어 내는 요인이 되었다. 단절 속 연속과 변용이라고 해도 좋을 만큼, 초창기 동반자적 경향과 해방 후 작품 세계의 상동성을 전제로 한 해석이다. 다음으로, 친일 부역과 관련된 (무)의식적인 거리두기가 해방 전

---

24 조연현, 〈감명의 소재-〈풍류 잡히는 마을〉을 읽고〉, 《문예》, 1949. 10, 168~169쪽.

여류다움의 작품 세계와 일정한 차별성을 초래했을 가능성이다. 여류다움의 방향 전환을 거쳐 일제 말 전시 국가모성인 군국의 어머니로 나아가는 도정에서 〈야국초〉로 대변되는 그녀 특유의 자기고백체 서사가 해방 정국을 뒤흔든 친일 부역의 자장 속에서 오히려 실종되고 만 것과도 맥을 같이한다.[25]

   친일 부역 혐의에 자의든 타의든 연루되었던 남성 작가들의 자기고백체 서사가 예외적이리만치 분출되었던 때가 바로 해방기였다. 이광수의 대표적 자서전이라고 해야 할 《나의 고백》을 비롯해 김동인의 〈망국인기〉, 채만식의 〈민족의 죄인〉, 이석훈의 〈고백〉 등은 친일 부역 혐의에 연루된 남성들의 자기고백체 서사들을 추동해 냈기 때문이다. 친일 부역 혐의는 부당하다며 자신은 민족을 위해 친일했다는 민족주의자의 자기 항변으로 일관했던 이광수의 《나의 고백》이나, 생존을 위해 협력할 수밖에 없었던 자신의 비겁한 과거를 곱씹으며 진정한 민족적 자아로 거듭나기를 희구했던 채만식의 〈민족의 죄인〉 등은 백철이 여류다움의 전형으로 손꼽았던 "일종의 자기 폭로의 작품"(339)을 전면화했던 것이다. 하물며 김윤식이 "여성다운 여류라면 아마도 최정희의 고백체밖에 없을지도 모"(244)른다고 했던

---

25 기존 논의에서 이 같은 해석은 찾아보기 힘들다. 최정희의 발언에 기댄 사회의식의 확대라든지 혹은 기회주의적 태도를 문제 삼고 있을 뿐이다. 해방 정국에서 최정희 특유의 자기 고백체 서사의 실종을 다른 각도에서 볼 여지가 있음에도, 이에 대한 심도 있는 논의는 이루어지지 않았다. 초창기 동반자적 경향과 해방기를 잇는 상동성에 대한 지적은 있었지만, 두 번째 해석은 해방 후 여성 작가의 생존법과 관련해 충분한 고려가 필요하다. 모윤숙과 최정희는 남성 작가들의 친일을 옹호하는 것으로 자신들의 지난 행적을 변호하는 젠더정치를 공통적으로 보여 준다. 이에 대한 고찰로는 〈여류명사 모윤숙, 친일과 반공의 이중주〉, 《스캔들과 반공국가주의》, 앨피, 2010을 참조할 수 있을 것이다.

그 전매특허나 다를 바 없는 자기고백체 서사가 남성 작가들에 의해 전유되는 사이, 최정희는 정반대로 자기고백체 서사와는 거리를 두는 작품 세계를 선보이게 된다. 이것이 자신의 작품 세계는 전혀 바뀐 것이 없다고 하는 그녀의 주장에도 불구하고, 그 차이에 주목하게 만든 저간의 배경이었다.

최정희의 해방 후 작품 세계는 이 두 가지 측면을 아우르는 어떤 (무)의식적 징후를 함유한다. 남성 작가들이 자기고백체 서사로 친일 부역의 정도와 경중을 심문하고/받는 사이, 그녀는 정작 초창기 동반자적 경향을 연상시키는 관찰자적 시선으로 농촌사회의 피폐와 곤경의 디테일에 충실한 해방기 사실주의를 고수했기 때문이다.[26] "내 눈앞에 쓰려 한 비참한 사실을 목도하면서, 그것들을 보아가는 사이에 내 피가 뛰고 내 붓대가 가만있으려 들지 않는 것을 내가 어떻게 적지 않고 있을 것이냐"(47)고 했던 그녀의 해방 후 작품 세계의 뚜렷한 성취는 한편으로 친일 부역의 침묵과 망각을 대가로 한 치명적인 자기 한계를 내장하고 있었던 것이다.[27]

그러던 그녀 특유의 자기고백체 서사는 한국전쟁 발발로 이른바 좌익 부역이 문제시되던 1950년대를 맞아 완전히 개화하게 된다. 초반 파죽지세로 몰려든 북한군에 의해 수도 서울이 함락되고 대구까지 밀려났던 한

---

26 김복순,《"나는 여자다": 방법으로서의 젠더》, 소명출판, 2012, 121쪽.

27 페미니즘 리부트의 흐름을 타고 여성 작가라는 이유만으로 이전 행적이나 발언에 지나친 면죄부가 주어지는 경향이 없지 않다. 죄 없는 자가 나에게 돌을 던지라고 했던 이광수를 떠올리게도 한다. 해방기 사실주의를 개척한 최정희의 성과는 성과대로 평가하면서도 그 배면에 존재했던 친일 부역의 성찰적 시선의 부재가 군국의 어머니에서 국군의 어머니로 나아가게 했음을 잊어서는 안 될 것이다.

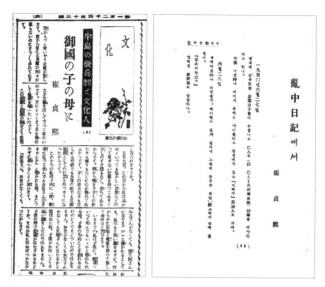

┃ 《경성일보》의 〈御國の子の 　┃ 《적화삼삭구인집》의 〈난중일기에서〉
　母に〉

국군이 서울을 수복하는 일진일퇴의 공방전은 남북한 가릴 것 없이 부역
을 첨예한 이슈로 만들었다. 피난하지 않고 적 치하에서 생존했다는 사실
만으로 '잔류파'로 불리던 사람들이 심판과 처벌의 대상이었다. 전쟁이 초
래한 가혹한 구분선을 따라 적과 아(우리)가 구분되고, 삶과 죽음이 나뉘
어졌다. 최정희는 피난하지 않고 수도 서울에 잔류하면서, 적 치하에서 재
건된 문학가동맹에 출입했다는 죄목으로 부역자로 지목되어 구류 생활 후
에 방면되었다. 고은에 따르면, 그녀는 도강파 동료 문인들이 사형과 장기
형에 해당하는 A와 B급 대신 "부역작가–잔류작가를 일괄적으로 D와 E로
평가"한 덕에 무사할 수 있었다. "가장 열성분자였던 문학가동맹의 노천명
도 훈방되고 적치 3개월 동안 미온적으로 그들을 추종했던 백철도 E급으

로 무죄" 방면되었던 것과 동궤에서, 최정희도 "부역작가-잔류작가"의 낙인에도 불구하고 목숨을 건질 수 있었다고 봐도 무방하다.

하지만 "부역작가-잔류작가"의 낙인은 저절로 사라지거나 지워지지 않았다. "보도연맹의 부역 자수자"로 공안검사 "오제도와 정희택의 진두지휘, 군의 김종문과 최태응의 간여"로 "일단 문단의 배후에서 일종의 자기반성 기간"[28]을 거쳐야 했다. 1951년 오제도가 주도한 국제보도연맹의《적화삼삭구인집赤禍三朔九人集》에 이 "부역작가-잔류작가"의 속죄를 겸한 고해성사로 그녀 역시 필진으로 참여했다.

《적화삼삭구인집》의 〈난중일기에서〉를 필두로 한 최정희의 자기고백체 서사 목록은 다음과 같다. 《사랑의 이력》(1952), 연작 〈탄금의 서〉 시리즈를 이루는 1장 〈해당화 피는 언덕〉(《신천지》, 1953), 2장 〈산가초〉(《신천지》, 1954), 3장 〈반주〉(《문학과 예술》, 1954), 4장 〈그와 나와의 대화〉(《신태양》, 1955), 5장 〈수난의 장〉(《현대문학》, 1955), 6장 〈속續 수난의 장〉(《새벽》, 1955) 등이 1950년대 그녀의 작품 세계를 틀지은 이른바 자기고백체 서사들이다. 이 자기고백체 서사들을 통해 그녀가 해방 후 작품 세계에서는 찾아볼 수 없었던 일제 말 친일 부역을 발화하기 시작했다는 점도 눈에 띈다. 완강하게 침묵을 이어 가던 그녀의 친일 부역은 한국전쟁의 좌익 부역을 매개로 몇 줄의 문장으로 겨우 가시화될 수 있었던 셈이다. 이를테면 "평탄하기만 할 것 같던 우리 생활에 돌개바람이 불어 왔다. 파인이 반민특위에 걸리게 된 것이다. 반민특위라는 것은 해방 후 친일파를 처단하느라고 생긴 기관"이라고 하

---

28 고은, 《1950년대》, 민음사, 1973, 155~156쪽.

는 일상을 파괴해 버린 폭압적 기억으로 혹은 김동환에게 배달된 한 장의 정체 모를 삐라로 일본 경관에게 몇 차례의 빰과 머리통을 얻어맞은 동일한 탄압의 수난자이거나 하는 방식으로 말이다.

"경제적으로 곤궁했던 원인도 있지만 더 많이는 일제의 탄압이 말할 수 없이 힘들"[29]어 덕소로 소개疏開했다는 친일 부역에 대한 자기 회고는 약자의 무기로써의 모성 동맹과 그 극한인 군국의 어머니에 대한 (무)의식적 억압과 망각을 낳았을 뿐만 아니라, 더 문제적이게도 군국의 어머니의 재판再版이라고 할 수 있는 한국전쟁발 '국군의 어머니'를 도래시켰다.

익조가 돌아왔다. 엄마가 죽었다는 소문을 듣고도 살던 집터라도 보고 가려고 왔다고 한다. 밖에서 〈아란아〉 부르는 익조의 음성을 알아들으면서도 나는 그냥 앉은 채 일어설 수가 없다. 8월 20일에 대구에서 입대했다는 소식만 듣고, 다시 소식을 못 들었던 익조가 키도 크고 음성도 부풀어 훌륭한 군인이 되어 문턱 안에 들어서는 데 나는 그냥 앉은 채 일어서지 못한다. 그저 그를 쳐다보며, 〈네가 몸 바쳐 피 흘리는 국가를 위하여 엄마도 몸 바쳐 피를 흘리겠다〉고 이렇게 속으로 부르짖었다. 실상 나는 이때까지―그를 만나지 않은 이때까지―민족은 사랑했어도 국가는 사랑해 보지 못한 것 같다. 이제 나는 익조와 함께 피 흘려 바치는 국가를 위해 나도 바치기를 맹세한다.[30]

---

29 최정희, 〈탄금의 서〉, 《찬란한 대낮》, 문학과 지성사, 1976, 214~219쪽.
30 최정희, 〈난중일기에서〉, 《적화삼삭구인집》, 국제보도연맹, 1951, 52쪽.

익조와 그 어머니는 〈야국초〉의 예비 황군이던 승일과 그 어머니를 반향한다. 〈야국초〉의 승일은 미래 황군이 될 11살의 어린 소국민이었지만, 익조는 전쟁에 참전한 국군이 되어 어머니인 나를 찾아왔던 것이다. "키도 크고 음성도 부풀어 훌륭한 군인"으로 돌아온 익조를 바라보며, 나는 "네가 몸 바쳐 피 흘리는 국가를 위하여 엄마도 몸 바쳐 피를 흘"리겠다는 국군의 어머니로서의 삶을 다짐한다. 이 다짐은 낯설지 않다. 일제 말 군국의 어머니의 공식 문구와 너무나 닮아 있기 때문이다. 전선과 후방의 유기적 일체성을 강조하던 제국 국민화의 문법이 대한민국 국민화의 문법으로 재탄생해 군국의 어머니와 흡사한 한국전쟁발 국군의 어머니를 각인시키는 형국이었다. 군국의 어머니로 제2부인의 전락한 지위를 일거에 만회하고자 했던 모성 동맹의 일제 말 판본은 그렇게 한국전쟁의 좌익 부역을 상쇄할 국군의 어머니로 되돌아오고 있었던 것이다.

군국의 어머니가 개인적 안위와 육친애의 맹목적 사랑을 초월하는 국가모성의 위대한 힘을 설파했듯이, 1952년 〈임하사와 그 어머니〉와 1954년 〈출동전야〉는 "아들을 병정으로 보내지 않으려고 하던 일도 아들을 후방에 남게 하자고 하던 일도 잊어버리고 승수더러 〈가라〉고 〈가라〉고 소리"[31]치는 국군의 어머니의 헌신과 희생을 새겨 놓는다. 모성의 파괴를 통

---

[31] 최정희, 〈출동전야〉, 《전시 한국문학선》, 1954, 260쪽. 〈출동전야〉는 〈나와 군인〉, 《사랑의 이력》, 계몽사, 1952의 변주와 각색이다. 〈난중일기에서〉의 국군 익조의 등장과 그 어머니는 〈나와 군인〉에서도 되풀이된다. 국군 익조의 어머니로 나는 "야미 장사"를 하는 궁핍한 살림살이에도 익조를 위해 음식을 장만해 부대를 방문하는 등 정성을 아끼지 않는다. 좌익 부역 혐의를 상쇄해 줄 극적 장면이 국군 익조의 등장이었음을 감안하면, 익조는 단순한 개인을 넘어 대한민국을 상징하는 존재이어야 했다. 그 어머니인 나 역시 익조의 어머니를 넘어 대한민국 국군의 어머니가 되기는 마찬가지였다.

한 모성의 구원과 승화가 군국의 어머니를 이어 국군의 어머니로 재연했다고도 볼 수 있는 대목이다. 이러한 반복 속 차이는 여류다움의 근원이라 여겨진 모성의 국가화와 자기고백체 서사의 정치성을 되비추며, 해소되지 않는 이율배반을 남겨 놓게 된다.

한국전쟁발 국군의 어머니를 한편으로, 그녀는 〈피난민이 되어〉와 〈피난행〉 등의 자기고백체 서사로 한국전쟁이라는 국가 수난에 자신의 수난을 또한 겹쳐 놓았다. 개인의 수난을 국가 수난의 일부로 정위하는 이러한 수난의 내화된 서사는 "부역작가–잔류작가"가 될 수밖에 없었던 피난의 좌절과 이로 인해 초래된 김동환의 피랍(납북)이라고 하는 비극적 사건을 상기시키는 데 효과적으로 기여했다. 김동환의 피랍(납북)은 국군 익조의 등장 못지않게 반공국민을 보증하는 확실한 물증이나 다름없었기 때문이다. 이광수의 부인 허영숙과 함께 그녀가 〈납치명사 부인 좌담회〉 등의 단골 참석자로 불우한 전쟁미망인의 처지를 공유하며, 잔인한 북한 괴뢰군에게 사랑하는 남편을 빼앗긴 전쟁의 수난자이자 희생자임을 자처했던 것도 이와 연관 깊다.[32] 아이들을 무척이나 사랑하고 부인을 존중했던 자상한 가장의 빈자리를 책임져야 했던 피랍(납치) 미망인의 모습은 애상

---

[32] 피랍(납북)이 지닌 역사적 분기점과 이광수 상실의 물신화에 대해서는 〈이광수 복권과 문학사 기술의 관련 양상〉,《춘원연구학보》, 2016에서 다루었다. 또한 최정희의 피랍(납북) 미망인의 활동과 자리매김에 대한 연구로는 허윤, 〈기억의 역사화와 사이의 정치학〉,《한국문화연구》, 2015가 있다. 이광수의 피랍(납북)이 유가족을 비롯해 주요한 등의 지식인들에 의해 공적 차원에서 문제 제기되었다면, 상대적으로 김동환의 피랍(납북)에 대한 관심은 적었다고 할 수 있다. 최정희는 김동환의 피랍(납북)을 공적으로 인정받기 위해 각별한 노력을 기울였다. 이중 부역에 연루된 데다가 김동환의 피랍(납북)이 겹쳐 그녀의 지위는 언제나 불안정했다. 그녀가 피난의 수난사를 거듭 썼던 것도 이 불안정한 위치와 무관하지 않았을 것이다. 생존과 명예가 착종된 최정희의 고투는 눈물겨운 바가 있었다.

8장 최정희의 해방 전/후와 친일 · 좌익 이중 '부역'의 젠더정치 **285**

과 고적의 정조를 띠며 두 아이를 건사하는 억척 어머니의 한국전쟁 후 재건 담론과 접속한다. 국군의 어머니와 피랍(납북) 미망인은 두 차례에 걸친 친일·좌익 부역을 벗어나 반공국민으로 한국 사회에 안착할 수 있게 하는 확실한 신원증명이 되어 줬던 셈이다.

이후 최정희는 베트남전의 '위문연예단' 단장으로 월남 전선에도 다녀오는 등 국군의 어머니 역할과 자리를 이어 갔다.[33] 박정희 내외와도 가까웠다고 알려진 최정희의 베트남전 파병 지지와 동참은 가장 여류다운 작가로 제2부인의 불우한 처지와 친일·좌익 부역의 무게와 씨름했던 그녀의 굴곡진 삶의 여정을 되짚게 한다. 군국의 어머니와 국군의 어머니의 연쇄적 선분은 왜 협력했는가의 성찰 없는 진전이 낳은 문제점을 아프게 파고든다. 모성성과 국가모성의 거리가 그리 멀지 않음을, 나아가 어머니의 이름 뒤에 어른거리는 사회역사적 제약과 구속의 무게를 말이다. 무엇보다 이 일련의 사건들은 사이드가 '실패한 신'에 빗대어 말한 모든 신성화에 따르는 위험과 함정을 직시케 하는데,[34] 모성성도 그 예외일 수 없음을 최정희의 지난한 행보는 잘 보여 주고 있다 하겠다.

---

[33] 군국의 어머니와 국군의 어머니를 수행했던 그녀는 베트남전쟁의 '위문연예단' 단장으로 노익장을 과시했다. 박정희 내외와도 가까웠을 뿐만 아니라, 국가모성의 대모로 주변의 만류에도 불구하고 직접 현지를 방문하는 등의 열성을 보였던 것이다. 이와 관련해서는 최정희, 〈사랑하는 병사들에게〉, 《동아일보》, 1967. 2. 26.에서 확인 가능하다.

[34] 에드워드 사이드Edward W. Said, 《권력과 지성인》, 전신욱 옮김, 창, 2011. 이 책 6장 "언제나 실패하는 신들"을 참조한 명명이다.

'여류다움'의 이율배반,
친일과 반공의 그늘

식민지 조선인을 동원한 일본의 전시와 패전 후를 젠더사의 관점에서 재해석한 우에노 치즈코는 일본 엘리트 여성들이 권리 신장과 획득을 위한 전시 협력의 연장선으로 패전 후를 바라보았음을 지적한 바 있다. 즉, 전시 하 자신들의 협조는 여성들의 지위 향상을 위한 불가피한 자구책이었다는 입장에 근거해 전후에도 동일한 운동과 활동을 펼치게 된다는 것이다. 이는 일제 말 전시총동원령에 따라 전시 협력을 했던 조선 엘리트 여성의 경우와도 조응하는 지점이 아닐 수 없다. 당대를 초월한 사후적 위치에서 이들의 행위를 고발하고 폭로하기는 쉽지만, 그것이 후대의 특권일 수 있다는 우에노 치즈코의 우려는 일면 타당하다. 약자의 무기로써 모성 동맹의 가능성을 타진했던 조선 엘리트 여성들의 열악한 처지를 생각하면 경청할 대목이다.

그럼에도 전시와 전후의 성찰 없는 진전은 국가모성의 극한에 다름없었던 군국의 어머니에서 한국전쟁발 국군의 어머니로, 나아가 베트남전 파병의 어머니로 이어지는 연쇄 고리를 이룬 것도 사실이다. 즉, 모성의 파괴를 모성의 구원과 승화로 전치하는 이율배반이 최정희뿐만 아니라 이등국민으로의 삶을 영위했던 여성들의 자발적 전시 동원으로 나타났음을 외면하기 힘들다. 여성 작가의 포지션position과 여류다움을 부단히 역사화하고 재맥락화해야 할 필요성도 여기서 찾을 수 있다. 조앤 스콧Joan Scott이 〈젠더: 역사 분석의 유용한 범주〉에서, "젠더 이분법의 고정적이고 영속적인 성격을 거부하고 젠더 조건을 진정으로 역사화하고 해체할 필요"[35]가 있음을 역설한 것도 젠더와 권력이 맺는 복잡한 연루와 길항작용을 비판적으로 성찰하기 위함이었다. 그래서 여전히 사적인 것은 정치적이다.[36]

〈부록 – 전시총동원 시기 최정희의 이중어 글쓰기 목록–조선어로만 씌어진 것은 제외〉[37]

작품명	발표 시기	발표 매체	이중어 글쓰기의 양상(일어와 조선어, 일어)
정적기(靜寂記)	1938.1, 1941.5	《삼천리문학》, 《문화조선文化朝鮮》	조선어, 일어
지맥(地脈)	1939.1, 1940.9	《문장》, 《조선문학선집朝鮮文學選集》	조선어, 일어
그럼 무사히(では無事で)	1939.12	《국민신보國民新報》	일어
친애하는 내지의 작가에게 (親愛なる内地の作家へ)	1940.8	《모던일본モダン日本》	일어
두 가지의 이야기(二つのお話)	1941.1.5.	《경성일보京城日報》	일어
환영 속의 병사(幻の兵士)	1941.2	《국민총력國民總力》	일어
첫 가을의 편지(初秋の手紙)	1941.9.23~26	《경성일보京城日報》	일어
하야시 후미코와 나 (林芙美子と私)	1941.12	《삼천리》	일어
덕수궁의 아침(德壽宮の朝)	1942.1	《국민문학國民文學》	일어

35 조앤 스콧Joan Scott, 〈젠더: 역사 분석의 유용한 범주〉, 송희영 옮김, 《국어문학》, 1996, 311쪽.

36 여성을 사적 영역에 가두어 참정권을 박탈해 온 역사는 무엇보다 사적인 것의 경계와 그 이행을 되묻게 한다. 이를 네 명의 페미니스트 참정권운동가로 규명한 논의가 조앤 스콧 Joan Scott, 공임순·이화진·최영석 옮김, 《페미니즘 위대한 역사》, 앨피, 2017이다.

37 따로 부록을 단 것은 최정희의 일제 말기 연보가 아직 제대로 정리되지 않거나 잘못 표기된 경우가 있어서이다. 특히 일어와 조선어의 이중어 글쓰기는 독자를 달리해서인지 형식과 내용이 조금씩 달라진다. 여기에 대한 연구가 아직 부족한 편이라 일단 목록 제시로 후속 작업을 기약한다.

야국초(野菊抄)	1942.2	《국민문학國民文學》	일어
2월 15일의 밤(2月15日の夜), 장미의 집	1942.4, 1942.7	《신시대新時代》,《대동아》	조선어, 일어
황국의 아이의 어머니에게 (御國の子の母に)	1942.5.19	《경성일보京城日報》	일어
아이를 데리고(子をつれて)	1942.5	《국민문학國民文學》	일어
귀환용사와 문인 (歸還勇士と文人)	1942.7	《녹기綠旗》	일어

9장

1949년 이래 잊혀진 '김구':
1960년과 추모·진상규명·통일론의 다이어그램

'김구'라는 문제계問題界, 그를 둘러싼 기억투쟁과 경합

깃발과 만세 소리 진동하는 조국 땅에 돌아오신 지 엊그제 같은 데 님이 가신 지 몇 해나이까. 동족의 흉탄에 쓰러져 억울하게 가신 지 몇 해나이까. 낯설은 이역에서 삼십여 성상星霜 그토록 몸 바치신 독립에의 염원이 이룩되지 못하시고 가셨나이까. 그토록 바라시던 남북통일도 이룩하지 못하시고 가셨나이까. … 님이 남기신 고귀한 뜻 받들어 남북이 통일되는 여명의 언덕으로 저희들은 한데 뭉쳐 나아가리니.

− 장수철, 〈거성 잃은 6월에−백범 김구 11주기를 맞이하여〉−[1]

이 글은 김구를 1960년대의 맥락에서 다시 읽는 데 목적을 둔다. 김구는 한국의 근현대사와 그 명맥을 같이했던 인물이다. 적어도 한일병합 이후 그가 지닌 상징성을 생각하면, 어느 시기를 특정해 논하는 것은 무리가 있을 수 있다. 그럼에도 이 글이 1960년대의 맥락에서 김구를 다시 읽으려 하는 데는 다음과 같은 몇 가지 이유가 있다.

첫째, 김구의 공적 복권이 1960년 4·19를 맞아 비로소 모색되기 시작했다는 점이다. 주지하다시피 1949년 6월 26일 김구가 암살된 후, 그는 공적인 추모와 기념의 대상이 되지 못했다. 이는 한국전쟁을 거치며 반공독재체제를 강화시켜간 이승만정권에 의해 철저히 배제된 결과였다. 1949년 7

---

1 장수철, 〈거성 잃은 6월에−백범김구 11주기를 맞이하여〉,《경향신문》, 1960. 6. 26.

월 5일의 '국민장' 이후 그의 공적인 추도식은 무려 11주년이 되는 1960년 6월 26일에야 비로소 열릴 수 있었다. 이 점을 고려하면, 1960년대는 아주 특별한 해로 기억될 만했다.

둘째, 1960년 4·19를 맞아 활발하게 전개된 김구의 공적 복권 움직임 은 그러나 5·16군정에 의해 재전용되면서 변용과 굴절의 양상을 드러낸 다는 점이다. 5·16군정은 김구에 대한 공적 추모의 분위기를 발 빠르게 체제(국가)화하는 행보를 보여 주었다. 이는 김구의 공적 복권을 둘러싸고 벌어진 치열한 헤게모니 각축전을 한편으로 억누르면서 진행된 결과였다. 5·16군정은 김구의 아들인 김신을 내세워 김구를 체제(국가)화하게 되는 데, 이것은 4·19와 5·16의 달라지는 사회정치적·문화적인 현실을 매개 하고 있었다. 따라서 이 시기 김구의 공적 복권을 에워싸고 펼쳐진 유동적 정세는 1960년대 초의 급변하는 현실을 이해할 바로미터가 될 수 있을 것 이다.

셋째, 5·16군정에 의한 김구의 체제(국가)화는 이후 김구를 소환하고 기 술하는 주체들의 사유와 상상력을 무/의식적으로 규정하게 된다는 점이 다. 5·16군정에 의한 김구의 체제(국가)화는 김구를 애국선열로 기념하며 '건국'의 아버지로 재정위하는 것과 동시적이었다. 이는 해방기와 미군정 시기 동안 그가 이승만과 정권을 다투었던 한 명의 주역(정적)이자 '48년 체제'로 불리는 이른바 두 지역 정치체(남과 북)의 인정 여부를 둘러싼 치열 한 대치 속에서 그가 수행했던 역할과 위상을 지움으로써 또한 가능한 일 이었다.

넷째, 5·16군정에 의한 이러한 김구의 독점적 체제(국가)화가 한일협정과 베트남 파병의 충돌 국면을 지나며 대항 세력들의 저항적 전거로 재인식되기 시작했다는 점이다. 특히 1966년 《사상계》에 발표된 장준하의 〈백범 김구 선생을 모시고 6개월 1-4〉와 1963~64년 《세대》에 연재된 〈회색인〉(원제목은 〈회색의 의자〉)을 필두로 한 〈서유기〉, 〈총독의 소리〉 및 1969년 〈주석의 소리〉에 이르는 일련의 계열화가 그러하다. 이 중첩되면서도 갈라지는 대항적 기억서사는 4·19 국면에서 터져 나온 김구의 공적 복권이 지녔던 남북교류(협상)론의 폭발적 움직임과 무관하지 않았다는 점에서 중요하다. 다시 말해, 김구라는 특정 인물에 실린 당대적 맥락은 그가 어떤 방식으로 소환되고 기술되느냐의 여부와 맞물린 역사적 의미망에 민감한 촉수를 뻗게 하는 원인이 되는 것이다.

이 글은 전술한 네 가지 문제의식을 중심으로 논의를 진행해 볼까 한다. 이를 위해 위대한 인물들에 항용 따라붙기 쉬운 생애사적 접근과 관점은 취하지 않는다. 그의 탄생부터 성장과 죽음의 일대기는 대중신화로 굳어진 김구의 이미지를 벗어나기가 쉽지 않은 까닭이다.[2] 대신 김구라고 하는 특정한 역사적 인물의 소환은 단지 그의 생존 시 업적과 활동뿐만 아니

---

2 역사학계의 김구와 관련된 논의는 주로 임정 시기와 해방기에 집중되어 있다. 이러한 역사학계의 연구 경향은 김구의 주된 활동 시기가 이 시기라는 점과 무관하지 않다. 반면 김구에 관한 대중서는 기왕의 인물론이 갖는 생애사가 핵심 줄기다. 그의 탄생부터 성장, 고난과 역경, 영웅적 투쟁과 극복이 하나의 사이클을 이루며, 김구에 관한 정형화된 패턴을 재생산하고 있다. 여기에 더하여 이순신과 함께 그의 비극적 최후는 실현되지 못한 민족국가의 이상을 투영함으로써 노스탤지어를 부추기곤 한다. 만약 그때 김구가 죽지 않았더라면 하는 역사의 가정법을 동반한 노스탤지어는 반대급부를 초래하기도 하는데, 김구를 실패한 정치가의 한 명으로 격하하는 시선이 그것이다. 좌·우파를 막론하고 김구를 바라보는 한국 사회의 양가적 시선과 관점은 그를 여전히 문제계問題界로 만드는 원인이다.

라 이른바 "어떠한 전달transmission도 재창조"[3]임을 주장했던 두아라Prasentjit Duara를 참조한 한국 사회의 부단한 기억투쟁과 항전의 산물이었음을 밝히려고 하는 것이다.

김구의 무엇은 '전달'되었고 또 어떤 것은 전달되지 않았는지는 한국 사회의 보수와 진보를 가르는 집단감각과 인식 및 그 실현되지 않은 가능성까지 포함하는 중요한 결절점이다. 이 글은 김구를 하나의 단일한 이름이 아닌 문제계問題界로서 자리매김한다. 1960년대 김구를 소환했던 각 세력들의 엇갈리는 욕구와 희망 및 기대와 좌절은 4·19와 5·16을 거치며 변모해 간 한국 사회를 파악할 유효한 입각점이 된다. 한국 사회가 김구와 어떻게 대면하고 관계 맺어 왔는지를 살피는 일은 현재까지도 이어지고 있는 김구에 대한 한국 사회의 양가적 시선을 규명하는 데도 일정 부분 기여할 수 있을 것이다.

김구의 11주기 추도식과
쫓는 자/쫓기는 자의 진상규명'투쟁'

김구 선생과 조봉암 씨 사건의 배후 조종자는 이 전 대통령을 비롯한 여당간부 및 군 수사 관계자라고 폭로한 고정훈 씨의 폭탄선언은 4·19

---

3 프라센지트 두아라Prasentjit Duara, 《민족으로부터 역사를 구출하기》, 문명기·손승회 옮김, 삼인, 2004, 117쪽.

혁명 이후 가장 큰 센세이션을 일으켰다. 그렇다면 그 발언의 신빙성은 어느 정도이며, 앞으로 이 사건은 어떻게 될 것인가를 살펴보자.

'고선언'의 신빙성은 먼저 그가 (1) 언론인이면서 학생 서클을 가진 정치인이라는 점 (2) 국군과 유엔군의 정보기관에서 요직을 역임했다는 점 (3) 현재까지도 내외정보기관에 사적인 광범한 정보망을 갖고 있다는 점 (4) 내외기자 앞에서 이 사건을 정식으로 폭로한 점 (5) 모든 인적 물적 증거가 있다고 공언한 점 (6) 사건 관계자가 대부분 살아 있다는 점 (7) 정식 고발코 법정투쟁을 하겠다고 선언한 점 등으로 미루어 의심의 여지는 적다.… 이 두 사건은 두고두고 국내외적으로 지대한 관심을 집중케 한 바 있으며 많은 의혹을 남긴 채 이 폭정 아래에 종결되었던 만큼 이 기회에 철저히 흑백을 가려 모든 사람들의 의혹을 완전히 씻어주게 될는지의 여부는 미증유의 관심사가 아닐 수 없다.[4]

다음 논의를 시작하기 전에, 1960년 5월 26일 《세계일보》의 기사부터 살펴보자. 이 신문 기사는 〈고폭탄 선언의 문제점〉이라는 제목으로 "4·19혁명 이후 가장 큰 센세이션"을 불러일으킨 고정훈의 발언을 상세하게 전하고 있다. "4·19혁명 이후 가장 큰 센세이션"이라고 불릴 만큼 한국 사회에 커다란 충격을 안겨 준 고정훈의 폭탄선언이란 그럼 무엇이었던가.

가칭 '구국청년당'(실제 창당명은 사회혁신당, 이후 통일사회당으로 변경) 당수임을 자처하며, "4·19혁명 이후 가장 큰 센세이션"을 불러일으킨 고정

---

4 〈고폭탄 선언의 문제점〉, 《세계일보》, 1960. 5. 26.

훈의 폭탄선언이란 다름 아닌 김구와 조봉암 사건의 배후 음모에 관한 고발과 폭로였다. 이 신문 기사는 고정훈의 폭탄선언이 단순한 허언이 아님을 총 7가지의 사실을 들어 적시하고 있다. 그것도 일일이 숫자를 붙여 가며 그의 발언의 신뢰성에 더 무게중심을 두고 있다. 뒤이어 그의 폭탄선언이 남긴 한국 사회의 과제가 제시된다. 즉, "많은 의혹을 남긴 채 이(이승만) 폭정 아래에 종결"된 두 사건이 "이 기회에 철저히 흑백"을 가려 "모든 사람들의 의혹을 완전히 씻어주게 될는지의 여부"가 관건이라는 것이다.

'고선언'으로 지칭된 이 폭탄 발언이 한국 사회에 끼친 파장은 실로 컸다. 이 신문 기사의 표현을 빌리자면, "이 사건의 밑바닥까지 파헤치자면 아직도 많은 힘이 있는 사람들도 섞여 있다는" 엄연한 현실을 무시할 수 없었기 때문이다. 이를 반영이라도 하듯이 배후로 거론된 인물들은 하나같이 "그 사건에 관련이 있다는 보도는 청천벽력과 같은 것"[5]이라며 자신의 연루설을 부정하거나 잘 몰랐다던가 하는 진술로 일관했다. 더 극적이게는, 이 발언이 있은 지 딱 3일 만인 5월 29일에 이승만 부처가 "하야 후 대통령 재직 당시의 정치적인 범죄가 속속 폭로되고 국고금 부정 지출로 입건될까 두려워" "극비리에 미국 대사관측과 교섭"하여 "상오 8시 30분 극비밀리에 CAT 전세기"[6]를 타고 하와이로 망명한 사건이었다. 여기에

---

5 〈고 씨를 고발 암살 관련 없다 임병직 씨의 말〉, 《경향신문》, 1960. 5. 28.

6 〈(국내의 움직임) 이승만부처의 탈출〉, 《사상계》, 1960. 7, 127쪽. 이승만의 하와이 망명과 관련된 또 하나의 믿을 만한 증언은 주한 미대사관 문정관을 10년 이상 역임한 그레고리 헨더슨Gregory Henderson의 다음과 같은 언급이다. 그레고리 헨더슨은 1965년 미국무부 초청으로 2개월간 미국 각지를 시찰한 이상돈과 만난 자리에서, "우남 이승만이 왜 하와이로 망명"했는지 아느냐고 물었다고 한다. 그는 "만약에 한국에서 백범 암살 사건 진상 규명 운동이 일어나지 않았으면, 우남은 한국 땅을 떠나지 않았을 것"이라고 답했다고 하는데,

다 전前국방부장관이었던 신성모가 "최근 지상에서 널리 보도된 신 씨 자신의 문제는 그에게는 적지 않은 쇼크"[7]를 주어 뇌일혈로 사망했다는 부고 소식은 흉흉한 소문에 불을 지폈다.

유족도 아닌 제3자가 고소인이 되어 법정투쟁도 불사하겠다는 그의 발언의 진위 여부와 정체 논란도 가중되었다. 무엇보다 그가 터뜨린 이 메가톤급의 폭탄 발언은 "정력이 좋은 것도 좋지만 좌충우돌격하는 연일 성명서만 내는 폭로당수"[8]라고 하는 곱지 않은 별명을 그에게 선사하기도 했다. 7·29총선을 앞둔 한 정치인의 과장된 인기 전술일 뿐이라고 하는, 그의 발언 자체를 무화시키는 폄하도 이어졌다.[9] 고소를 자초한 셈이라는 비아냥거림 속에서, 그는 결국 김준연(당시 통일당위원장)과 장인근(당시 육군본부장) 등에 의해 명예훼손죄로 고소되어 철창 신세를 져야 했지만, "위대한 애국자 김구 선생과 혁신운동의 선구자 조봉암 선생"[10] 사건의 진상을 밝혀야 한다는 그의 목소리는 4·19를 맞아 분출된 이승만정권의 두 정적에 대한 공적 복권 움직임과도 긴밀하게 연동된 것이었다. 한국 사회를 떠들썩하게 했던 그의 폭탄 발언을 한바탕의 해프닝으로 돌려 버릴 수 없는 이유가 또한 여기에 있었다.

그레고리 헨더슨의 이 발언은 4·19를 맞아 불거진 조봉암과 김구의 진상 규명 투쟁이 우파 단정 세력의 핵심부를 겨냥했음을 예중하는 것으로도 볼 수 있을 것이다. 이상돈, 〈내가 겪은 체험, 내가 본 사건〉, 《조선일보》, 1990. 5. 8.

7 〈신성모 씨 위독, 이대부속병원 입원〉, 《동아일보》, 1960. 5. 26.

8 〈몸부림 같은 일장 토로, 감옥에 가서 흑백을 가리겠다〉, 《경향신문》, 1960. 5. 26.

9 〈이번에는〈고소 자초〉 인기전술은 정신적인 증회贈賄〉, 《경향신문》, 1960. 5. 27.

10 〈제시할 증거 있다〉, 《경향신문》, 1960. 5. 25.

┃ 추도식에 맞춰 재판再版된 《백범일지》

고정훈의 폭탄 발언이 있었던 것은 1960년 5월 24일이었다. 그런데 이 고정훈의 폭탄 발언을 전후로 하여 가장 활발하게 공적 복권을 추진했던 세력은 5월 21일에 발족했던 김구 추도(준비)위원회였다. 이 김구 추도(준비)위원회는 5월 4일 첫 모임을 가진 후 5월 21일에 약 천여 명의 대표자들이 참석한 가운데 결성되었다. 이 김구 추도(준비)위원회는 "故 백범 김구 선생의 11주기"를 맞아 "이때까지 당국의 지시로 제대로 제사도 지내지 못했던 과거 10년간을 생각"하여 "대대적으로 거행할 방침"[11]임을 표방하며, 김창숙을 위원장으로 한 (구)한독당 계열의 인물들을 대거 포진시켰다.

이 단체의 결성 시기는 고정훈의 폭탄 발언이 있었던 시기와 겹쳐진다. 이것은 김구를 비롯한 이승만정권의 두 정적을 공적으로 복권하려는 움직임이 "숨은커녕 아주 깊숙이 동면 아니 가사 상태로 묻혀"[12] 있던 사람들을 다시 불러 모으는 정치세력화의 신호탄이기도 했다. "4·19혁명 직후였다.

11 〈백범 추도식 준비〉,《동아일보》, 1960. 5. 18.
12 〈제2공화국에의 고동 2, 재야정당〉,《동아일보》, 1960. 5. 5.

백범 김구 선생 기념사업회가 결성된다는 발기회 준비대회엘 잠시 참석했던 생각이 새삼스럽게 난다. 여기서도 어떤 주도권 문제 때문에 옥신각신 회는 좀처럼 진행되지 않고 여러 사람이 언성을 높이고 핏대를 올려가며 각자의 주장을 고집하고 떠들었다"[13]는 김광주의 회고는 이를 단적으로 증거한다. 11주기 추도식은 그간 각개 분산되어 있던 세력들의 긴 동면이 끝나고 부활할 수 있는 절호의 기회였음을 알려 주고도 남음이 있다.

이런 점에서도 김구의 11주기 추도식은 각별한 의미를 띨 수밖에 없다. 조봉암 사건의 배후 음모에 관한 꾸준한 의혹 제기에도 불구하고 추모식이나 기념식 등의 집단적 복권 움직임이 없었던 데 비해, 김구의 11주기 추도식은 위원장, 부위원장, 상임위원들 및 총무·재무·전례·안내·섭외·의료의 각 부서를 갖춘 추도(준비)위원회의 결성을 거쳐 11주기 추도식을 알리는 〈공고〉가 신문사에 일제히 게재되었기 때문이다.[14] 이러한 조직 정비와 체계 하에서, 1960년 6월 26일 "사실상 제1회 추도식"이 되는 김구의 11주기 추도식은 다음 사진에서 드러나듯이 수많은 사람들이 모인 가운데 성대하게 거행되었다.

"줄기차게 내리는 비를 무릅쓰고 모여든 수천 명의 시민들"은 "선생을 잃은 11년 전의 슬픔"[15]을 되새겼다. 그의 위대한 행적과 억울한 죽음은 "선생이 돌아가신 후 몇 해 동안은 선생 묘지로 되어 있는 효창공원에는 형사를 배치해 놓고 특별히 이름 있는 날이면 오고가는 사람까지 감시 대

---

13 김광주, 〈보경리普慶里 24호와 백범〉, 《사상계》, 1962. 8, 205쪽.
14 〈공고〉, 《동아일보》, 1960. 6. 1.
15 〈풍우 속에 수천 시민이 오열〉, 《동아일보》, 1960. 6. 27.

▌1960년 6월 22일에 열린 김구 11주기 추도식 광경

상"으로 삼았던 과거 이승만정권의 폭정과 대비되는 짙은 아쉬움을 남기기에 충분했다. "4·19학생의 피로써 민주혁명이 시작된 이 날, 선생의 추도행사"[16]가 열리는 뜻 깊은 자리를 빌려 백범 김구 선생 살해 진상규명투쟁위원회가 만장일치로 새롭게 발족했다. 이는 중요한 진전으로 기록될 만했는데, 왜냐하면 이 위원회 결성으로 김구의 공적 추모는 그 배후 음모를 밝히고자 하는 정치투쟁으로 한 걸음을 더 내딛게 했기 때문이다.

백범 김구 선생 살해 진상규명투쟁위원회는 "4·26혁명 이후" "24일자로 최초의 정당등록을 신청"[17]한 (신)한독당을 비롯하여 "광복동지회, 광복군정우회, 독립운동자협의회, 국민자주연맹, 혁신당, 사회대중당, 4월혁명

---

16 김학규, 〈혈루血淚의 고백〉, 백범김구선생전집 편찬위원회, 《백범김구전집》 12, 대한매일신보사, 1999, 353~354쪽.

17 〈한독당 등록 신청 혁명 후 최초로〉, 《경향신문》, 1960. 5. 28.

유족회" 등 40여 개에 이르는 단체를 망라하고 있었다. 각종 의혹 사건에 대한 이승만정권 하의 억눌린 진상 규명 요구가 4·19를 맞아 폭발하던 차에, 그 대표적 상징인 김구의 암살 배후를 찾으려는 노력이 위원회 결성으로 공식화된 셈이기도 했다. 1960년 4·19가 열어 놓은 김구의 11주기 추도식은 이처럼 공적인 의례와 예식을 넘어 이승만정권의 치부를 직접적으로 겨냥하는 진상 규명 의지를 천명함으로써 지금까지 이에 동조하거나 편승했던 세력들과의 일전을 불사하는 새로운 국면으로 접어들게 된다. 한국 사회에서 대단히 희유하다 싶은 배후를 밝히려는 자와 숨기려는 자 혹은 쫓는 자와 쫓기는 자 간의 힘겨루기가 펼쳐졌던 이유이기도 하다.

"한독당이 김구 선생의 저격 경위를 만인 앞에 밝히라는 격문을 발표"한데 이어 "8개 정당 단체가 공동으로 백범 김구 선생을 살해한 진상을 만천하에 밝혀 달라는 건의서를 관계 요로"[18]에 제출하는 등 김구 암살의 배후를 밝히려는 노력은 집요하게 계속되었다. 김구의 암살자 안두희에 대한 조속한 체포 요구는 그 배후의 핵심 인물들을 정조준하고 있었다는 점에서 한국 사회를 뒤흔들 핵이 될 수 있었다. 군과 검찰은 4·19의 혁명적 분위기 속에서 진상 규명을 요구하는 여론의 눈치를 살펴 가며 수사에 착수하는 등의 제스처를 보이기는 했지만, 그렇다고 한국 사회의 지배집단인 이른바 우파 단정 세력들과 이해관계를 달리했던 것은 아니었다. 이들은

---

18 〈김구 선생 살해 진상 밝히라〉,《동아일보》, 1960. 6. 29. 이뿐만 아니라 〈안두희의 체포 15개 단체서 요구〉,《경향신문》, 1960. 7. 29는 조속한 해결을 촉구하는 정당 단체들이 주로 혁신 계열이었음을 보여 준다. 이는 김구 암살의 배후를 둘러싼 한국 사회의 힘겨루기가 기득권자인 우파 단정 세력과 혁신진영 간의 대립으로 옮겨 가고 있었음을 말해 주는 것이기도 하다.

진상 규명 요구에 일면 호응하는 듯했지만, 뒤로는 증거 인멸뿐만 아니라 명예훼손죄로 이들을 고소하는 등의 우회와 거부 전략을 적절히 구사하는 식으로 우파 단정 세력들을 비호하는 데 부심했기 때문이다.[19]

이의 한 정점이 되는 사건이 바로 진상규명투쟁위원회의 간사 김용희가 안두희를 종로에서 붙잡아 경찰에 넘긴 1961년 4월 17일의 대격돌이었다. 이 사건은 그동안 지지부진하게 끌어 오던 김구 암살의 배후 음모에 관한 진상 규명 요구를 재점화했다. 세간의 비상한 관심과 주목을 끈 안두희 체포 사건은 "민족정기를 바로잡기 위해 백범 김구 살해범 안(안두희)을 잡으려고 거듭 맹세"하고 "안을 국민의 이름 밑에 잡기까지에는 어려운 고비"가 많았음을 토로한 김용희의 〈석 달 굶으며 가마니 덮고─흉한 안두희를 이렇게 잡았다〉가 《민족일보》에 대서특필될 정도였다. 이 기사에 따르면, 김용희를 비롯한 진상규명투쟁위원회의 조사원들은 그야말로 집요한 추격전을 펼쳤다. 이를테면 그의 소재와 행방을 찾기 위해 3개월에 걸친 잠복과 미행은 물론 "한 달 여 동안 처제의 집 마루 밑에서 교대로" 장기

---

[19] 1960년 4·19가 갖는 아래로부터의 혁명은 김구 암살 배후를 밝히려는 진상규명투쟁에서도 예외는 아니었다. 왜냐하면 4월 25일 경북 대구의 〈백범 선생 살해를 규명하라〉는 1인 시위가 촉발한 아래로부터의 진상 규명 요구는 4월 30일 법무부 연석회의에서 "애국지사 살해범으로서 형집행 정지 결정으로 석방된 자에 대한 재수사 여부를 토의"하게끔 했기 때문이다. 법무부와 검찰 간의 연석회의로 열린 정치인 범죄에 대한 재수사는 당시 여론에 쫓긴 땜질식 처방에 불과했다. 실제로 이루어진 것이 아무것도 없었던 데서도 잘 드러난다. 군과 검찰은 안두희에 관한 기록 분실과 형집행 면제의 사유를 들어 안두희에 대한 재조사를 차일피일 미루다가 이마저도 5·16과 함께 완전히 중단하고 말았다. 김구 암살 사건은 안두희라는 명확한 살해범이 있었음에도 5·16쿠데타 발발과 함께 영원한 미제 사건으로 남겨진 셈인데, 이는 그만큼 우파 단정 세력의 조직적 저항이 컸음을 의미하는 것이기도 했다. 이들은 군과 검찰뿐만 아니라 정계의 요직에 광범위하게 퍼져 있었고, 황공렬과 같은 일개 담당 검사가 해결할 수 있는 사안이 아니었던 것이다.

철야를 하는 등의 수고를 아끼지 않았던 것이다.

이러한 집요한 추격전 끝에 안두희의 소재와 행방을 알아낼 수 있었으며, 차량 추격전과 "세 시간 차내에서의 격론"[20] 후 안두희를 생포해 경찰에 넘길 수 있었다. 마치 한 편의 활극을 연상시키는 이러한 쫓고 쫓기는 추격전은 그럼에도 안두희의 구속과 체포로 이어지지 않았다. 이에 진상규명투쟁위원회는 "각 정당사회단체의 이름으로 전 민족 앞에 호소하여 부정과 불의에 항거하고 이 사건의 진상을 규명코자 단호한 전 국민적 투쟁을 통하여 목적을 달성코자" 한다는 〈호소문〉을 1961년 5·16을 얼마 남겨 두지 않은 시점인 4월 22일에 발표하게 된다.

"'이북동포도 내 동포요, 이남동포도 내 동포인데 분열하면 민족상잔의 유혈로 이 강산을 비참하게 만들 것이고 합하면 자유와 행복을 누릴 수 있다'고 하시던 그 말씀이 이제 우리들을 불러일으키고 있다"는 요지의 이 〈호소문〉은 "백범 김구 선생의 그 거룩한 이념과 고귀한 정신"을 살리기 위해서라도 "안두희 배후의 정치적 음모를 철저히 규명"(426)해야 할 것임을 천명했다. 김구 암살의 배후를 밝히려는 자/쫓는 자와 그렇지 않은 자 간에 놓인 한국 사회의 분열상이 그대로 묻어나는 대목이다. 하지만 무엇보다 이 〈호소문〉이 갖는 특별한 의미라면, 김구 암살 배후에 관한 철저한 재조사 못지않게 그의 이념과 대의를 남북통일로 명시했다는 점에 있을 것이다. 즉, "백범 김구 선생의 그 거룩한 이념과 고귀한 정신"을 "이북동포와 이남동포가 분열"되지 않는 남북통일로 화했다는 뜻이다. 이는 김구의 11

---

20 김용희, 〈석 달 굶으며 가마니 덮고 – 흉한 안두희를 이렇게 잡았다〉, 《민족일보》, 1961. 5. 1.

주기 추도식을 맞아 《경향신문》이 〈사설〉에서, "김구 선생의 추도식을 준비하는 문하인들에게 당부하고 싶은 것은 고인의 무덤을 새삼 정치무대화하지 말 것이며, 한독당 등 일부파의 수령으로만 팔지 말 것이며 오로지 전민족의 귀감으로 추존"[21]케 할 것을 주문했던 것과는 어긋나는 행보였다.

김구에 대한 추모가 진상규명투쟁으로 나아가는 사이, 쫓고 쫓기는 추격전은 한국 사회의 잠재된 갈등과 균열을 가시화했다. 더불어 1961년 4월 22일 〈호소문〉이 보여 주듯 이전의 건의문이나 진정서에서 드러나지 않던 남북통일에 대한 방향성 역시 확연해졌다.[22] 이는 김구의 공적 복권 움직임이 한국 사회의 뜨거운 통일론의 열기와 만나 전화해 갔기 때문이다. 4·19 이후 터져 나온 통일운동의 열기는 그의 정신과 노선을 반反단정 통일(협상)론으로 급속하게 이동시키는 배경이 되었음을 이 달라진 〈호소문〉은 방증하고 있는 셈이었다.

1961년 5·16을 얼마 남겨 놓지 않은 시점에서 불거진 이 남북통일(협상)론은 김구의 공적 복권을 둘러싸고 벌어질 또 한 차례의 격동을 예고하는 것이나 다름없었다. 5·16군정은 4·19를 단지 억압하기만 했던 것이 아니라 4·19의 요구와 논리를 흡수하며 그 통치 기반을 확보해 갔음을 떠올린다면, 이 변모와 이행은 아무리 강조해도 지나치지 않다. 또한 이에

---

21 〈서슴없는 평화통일론〉, 《경향신문》, 1960. 5. 8.

22 진상규명투쟁위원회의 명의로 제출된 건의서나 진정서는 김구 암살의 배후 흑막을 밝히라는 요구가 주조를 이루었다. 그런데 1961년 4월 22일의 이 〈호소문〉은 여기에 더해 김구의 정신과 이념이 남과 북의 화합과 통일에 있음을 부각시켰다는 점에서 이채를 띠었다. 특히 이 〈호소문〉은 김구가 1948년 국면에서 이승만정권의 단선단정과 맞서 남북협상을 추진한 주역이었음을 새삼 일깨우고 있었다. 이는 한국의 지배집단인 우파 단정 세력들을 곤혹스럽게 만들었다.

대한 고려 없이 《사상계》를 대표하는 장준하와 같은 진보적 지식인들이 어째서 5·16을 지지했다가 철회하게 되는지를 이해할 길이 없다. 김구의 특정 형상은 4·19와 5·16의 급변하는 현실을 매개하는 행위 주체들의 욕구와 열망을 반영하는 스크린이 되어 당대의 정치 지형과 접속했다. 그 막전막후가 중요해지는 이유도 여기에 있을 터, 소용돌이 속 한국 사회는 그 파고를 김구와 함께 넘어갔다고 해도 과언은 아니었다.

5·16에 의한 김구의 체제(국가)화와 억압되는 남북(교류)협상론

김용희가 안두희를 종로에서 붙잡아 경찰에 넘긴 1961년 4월 17일의 사건은 4월 22일 〈호소문〉과 4월 27일 진상규명투쟁위원회의 "13년 만에 폭로되는 김구 선생 살해의 내막이라는 악의 진상" 공개 및 28일 "백범 김구 선생 살해범 배후자 규탄대회"가 동同위원회의 주최로 "시내 효창공원에 있는 묘소 앞에서 수천 명의 시민들이 참여한 가운데"[23] 대규모로 개최되는 등 일련의 파급효과를 낳았다. 이 고조되는 투쟁 열기는 대회에 참석한 수천 명의 시민들 중 5백여 명이 대회가 끝난 후 거리 투쟁에 나서는 집단행동으로 표출되었다. 안두희의 신변을 넘겨받은 수사당국이 "막상 〈안〉이 출현하자 적용 법조가 없어서 구속은 못하고 하루 동안 연금했다가 그

---

23 〈백범암살사건 배후자 규탄 대회〉, 《동아일보》, 1961. 4. 29.

것도 법적 근거가 없어 연금 상태를 풀어주려고 했으나 오히려 안 자신이 지금 나가면 맞아 죽을지도 모"[24]른다는 이유로 그를 보호해 준 격이 된 데 따른 분노와 항의의 표시이기도 했다. 수사 당국의 공식적 표명과 달리 수사 의지를 심히 의심케 하는 경찰의 이 불가해한 행보는 안두희의 발언으로 더욱 배가되었는데, 여기서 그는 자신의 입장을 다음과 같은 말로 변호하는 대담함을 선보였다.

백범선생 살해범 안(안두희)은 20일 상호 경찰 심문에서 "김(김구)선생을 죽인 것은 그가 용공세력이기 때문에 살해한 것이며 현재의 심경도 국민의 입장으로서는 잘한 일로 생각한다"라고 진술했다. 〈안〉은 백범 선생이 용공세력이었기 때문에 우발적으로 살해한 것이며 사전 계획이나 살해와 관련된 또 다른 비밀은 없다고 잡아뗐다. 그러면서도 〈안〉은 인간적인 면에서 〈김구〉 씨를 살해했다는 점은 무척 고통스럽다고 말했다. 〈안〉은 이날 심문에서 백범 선생이 용공세력이라는 것은 현재의 한독당이 혁신계와 손을 잡는 것을 보아도 충분히 알 수 있지 않느냐는 진술까지 했다 한다.[25]

안두희의 경찰 심문 내용을 전하는 신문 기사에 따르면, 안두희는 김구 암살의 우발성과 그 배후 음모는 없었다는 기존 주장을 되풀이했다. 암살

---

24 〈안두희 처리는 어떻게 될까〉, 《경향신문》, 1961. 4. 20.
25 〈김구선생 암살 잘한 일이다〉, 《경향신문》, 1961. 4. 20.

직후부터 쭉 이어져 온 발언이라 새삼스러울 것은 없었다. 다만 여기서 주목되는 점은, 자신의 행위를 정당화하기 위해 그가 끌어들인 명분과 현재적 효력이었다. 그는 "백범 선생이 용공세력이라는 것은 현재의 한독당이 혁신계와 손을 잡는 것을 보아도 충분히 알 수 있"다는 언술로 김구 암살을 정당화하고자 했기 때문이다. 이는 일차적으로 김구 암살에 대한 자신의 과거 행적을 현재적 시점에서 옹호하려는 것임이 틀림없었다. 즉, 김구를 암살했던 자신의 과거 행적을 방어하기 위한 일종의 면죄부로 혁신 세력을 끌어온 것에 지나지 않는 것이다. 그럼에도 지금도 전가의 보도처럼 쓰이는 '용공 세력'이라는 지칭은 과거의 김구만이 아니라 현재 그를 추적하고 있는 세력 전체를 싸잡아 낙인을 찍는 손쉬운 방법이었기에 대단히 효과적이기도 했다.

안두희의 이 적반하장 식의 변명에도 불구하고, 그의 발언은 한국 사회의 잠재된 뇌관을 건드리기에 충분했다. 이 발언은 김구의 공적 복권을 바라보는 한국 사회의 불편한 속내와 시선을 되비추고 있었기 때문이다. 김구는 이미 죽고 없지만, 누가 어떤 방식으로 그를 소환하고 기술하느냐에 따라 상이한 의미화가 가능했다. 즉, 상해 임정의 '주석'이라는 자리는 조국 해방(국권 회복—건국)에 앞장선 해외 독립운동가로서의 면모를 강조하는 것이지만, 남북한 각자의 정치체 수립을 끝끝내 반대하다가 이승만정권에 살해된 그의 비극적 최후를 지우는 데 일조했다. 반면, 1948년 막바지에 남북협상을 위해 월북을 감행했던 김구의 행적은 대한민국을 부정하는 소위 안두희 식의 용공 세력으로 간주될 소지를 남겼던 것이다. 안두희는 바로 이 틈새를 파고듦으로써 김구를 암살한 자신의 과거 행적을 정당화하는 한편, 자신을 쫓는 자들의 의심스러운 신원을 고발하기에 이른다. 그는 김구 암살의 배후 음모를 밝히려고 하는 자들이야말로 김구의 공적 복권이라는 미명 하에 대한민국을 부정하는 용공 세력일 수 있음을 그야말로 우파 단정 세력들을 향해 시위 내지 과시했던 셈이다. 김구의 공적 복권에 내재된 반反이승만 구도의 복잡한 셈법이 노정되는 순간이었다.

김구의 공적 복권에 내재된 반이승만 구도의 중층성은 일단 그것이 독재에 반하는 '자유'와 전체주의에 반하는 '민주주의'인 한에서, 한국 사회 특유의 '자유민주주의'의 포괄적인 함의 아래 어느 정도 수용이 가능했다. 하지만 김구의 비극적 최후와 직결된 남북통일 문제로 들어가면 이야기가 완전히 달라진다. 4·19의 혁명적 국면이 열어 놓은 반反독재는 자유민주주의 이념과 가치를 대한민국의 존립 기반으로 삼았던 우파 단정 세력들도 어느 정도 양보와 타협이 가능한 문제였을지 몰라도, 두 지역 정치체의 인정 여부가 관건인 남북통일 문제만은 UN의 승인을 받은 유일한 합법정부라는 견지에서 그 이니셔티브를 결코 놓치지 않으려 했기 때문이다. 이것이 안두희가 4·19의 혁명적 국면에서도 자신의 신원을 쫓는 자들을 용공 세력으로 몰아붙이며 김구 암살을 정당화할 수 있었던 근저의 원인이기도 했다.[26] 따라서 김구 암살의 배후를 밝히려는 진상 규명 요구와 투쟁

---

26 안두희는 김구 암살 후 열린 군법회의에서 "공산당과 한독당이 같은 노선"임을 주장했는데, 1955년 학예사에서 나온 그의 자서전《시역의 고민》은 이 부분을 더 추가하였다. 이 책에서 그는 김구와 주고받은 대화를 마치 한 편의 드라마 장면처럼 연출하며, 불가피한 충정과 선의의 발로로 김구 암살을 정당화했다. 하지만 이것은 사후적 구성물일 가능성이 컸다. 당시 법정에서 그는 자세히 기억나지 않는다는 말로 우발적 범행임을 강변했기 때문이다. 그마저도 한 인터뷰에서 자신이 이 책의 필자가 아님을 고백함으로써 자서전의 출처 자체를 의심케 했다. 특정 세력의 비호 아래 가필과 윤색이 이루어졌으리라는 추정

은 이 지점에서 번번이 가로막혀 실패와 좌절을 거듭할 수밖에 없었는데, 다음 논평이 보여 주는 것도 강한 의구심을 바탕에 깐 철저한 진상 규명의 필요성과 그 의미다.

　　첫째 혁명과업의 일환으로 마땅히 이루어져야 하겠다는 것이다. … 둘째는 애국자에 대한 대접을 위해서도 해야 한다. 우리나라는 백범 선생 등과 같은 혁명투사들의 희생적 항쟁이 있었기에 해방될 수가 있었다. 하길래 이분들을 정성껏 받드는 것이 우리들의 도리다. … 셋째는 민족정기를 바로잡고 정치적 윤리의 정통성 확립을 위해서도 그렇다. 해방 후 오늘에 이르기까지 우리나라의 민족정기는 모든 가치체계는 전도되고 있다. … 넷째는 백범 선생의 유지를 살려 조국통일의 광장으로 나가야 하는 이유 때문이다. 백범 선생은 〈백범일지〉에서 〈우리나라로 하여야 할 최고의 임무는 첫째로 남의 절제도 아니 받고 남에게 의뢰도 아니 하는 완전한 자주독립의 나랄 세우는 것이다〉라고 하였다. 백범 선생의 숭고한 뜻을 받들어 민족의 비원인 통일을 완수하기 위해 먼저 백범 선생이 국가의 〈방해물〉이고, 〈남북협상론자는 공산당 앞잡이다〉라는 그릇된 인상을 깨끗이 벗겨야 한다. 다섯째 다시는 이런 비극적인 암살사건이 일어나지 않게끔 하기 위해서도 해야 한다. …[27]

을 뒷받침하는 발언이었다. 그가 이 자서전을 썼는지 그렇지 않은지의 여부도 물론 중요하지만, 우파 단정 세력들의 전위부대로 그가 맹활약했다는 점이 더 긴요하다. 이러한 뒷배경 없이, 그가 1961년 경찰 심문 과정에서 서슴없이 용공분자 발언을 하기는 힘들었을 것이기에 말이다.

27　이상두, 〈흑막을 왜 묻어두려 하는가 – 백범김구선생의 암살 下〉,《민족일보》, 1961. 4. 29.

이 인용문은 1961년 4월 29일 《민족일보》에 실린 〈흑막을 왜 묻어두려는가—백범 김구 선생의 암살〉 중 일부이다. 필자인 이상두는 김구 암살 배후에 관한 진상 규명이 지지부진한 현실을 꼬집으며, "백범 김구 선생의 암살 진상을 꼭 밝혀야" 할 이유를 총 다섯 가지로 제시하고 있다. "안과 고위당국자가 아무리 단독범행이라 해본들 이는 도무지 돼먹지 않은 수작"임을 전제로 그는 "이승만이가 생존하는 한 안도 함께 무사할 수가 있었고 이승만적 체제가 존속하는 동안 백범 선생 암살 사건의 흑막은 걷혀질 길이 없"었음을 환기시킨다. 그런데 이제 "이승만이는 쫓겨났고 혁명이 있어" "혁명정권을 자처하는 장정권이 들"어섰음에도, 이 사건의 정확한 진실이 드러나지 않고 있음을 문제 삼았던 것이다.

그는 "장 부통령의 피습 사건을 규명 처리하고 반독재투사들의 복권 조치까지도 취한 현 정부가 백범 선생과 같은 애국자의 암살 사건을 밝히지 않"는 것은 언어도단일 뿐이라며 강하게 질타한다. 반독재 투사들이 혁명정권을 자처하는 장정권에 의해 속속 복권되고 있음에도, 유독 "김구 선생과 같은 애국자의 암살 사건을 밝히지 않"는 것은 모순적 행태라는 지적이었다. 그는 김구 암살의 정확한 진상 규명과 공적 복권만이 혁명 과업의 실현뿐만 아니라 애국자의 정당한 대우 및 민족 정기의 회복 차원에서도 반드시 선행되어야 함을 주지시킨다. 그리고 이 모든 것은 소위 "이승만적 체제"라고 그가 통칭한 잘못된 유산과 폐해의 극복과 청산에 모아지고 있었다.

소위 "이승만적 체제"는 "단독정부 수립에 반대하는 백범이 최강의 적이며 일당 독재를 확립하는 데 가장 방해되는 존재였기에 마침내 그의 추악한 정권욕에서 백범 선생이 살해"되었던 데서 드러나듯이, 한반도 분단과 냉전의 산물인 '단정'과 '일당 독재'로 집약될 수 있었다. "이승만적 체제"의 핵심 기반인 독재와 함께 단정이 그 타깃이 된 셈이었다. 따라서 이승만의 가장 큰 정적이었던 김구의 공적 복권이야말로 "이승만적 체제"를 타기할 반이승만 구도의 완성일 수 있음을 주창하며, 이상두는 네 번째 이유로 든 반反단정의 기치를 선명히 했다. "백범 선생의 유지를 살리고" "숭고한 뜻을 받들어" "조국통일의 광장으로 나가야" 한다는 것이 그 요체였다. "먼저 백범 선생이 국가의 〈방해물〉이고 〈남북협상론자는 공산당 앞잡이다〉라는 그릇된 인상을 깨끗이 벗겨"내야 한다는 주장도 마찬가지였다. 이로써 그는 안두희 식의 용공분자 발언을 되받아치는 방식으로 김구를 한국 사회의 뜨거운 반단정 통일론의 한가운데에 옮겨 놓았던 셈이다.

이와 관련해서 김구 추도(준비)위원회와 진상규명투쟁위원회의 위원장 직을 맡았던 김창숙도 다르지 않았다. 왜냐하면 그는 김구 추도(준비)위원회의 위원장뿐만 아니라, 1961년 2월 25일 "민족자주평화를 기틀로 국토통일과 민족역량의 총집결을 강령"으로 한 민족자주통일중앙협의회(약칭 '민자통')의 초대 수석의장으로 활약했기 때문이다. 주지하다시피 민족자주통일중앙협의회는 1월 15일 준비위원회를 거쳐 2월 25일에 정식으로 발족한 "혁신 각 정파와 사회단체들"[28]의 연합전선협의체였다. 1961년 5·16이 일어나기 직전까지 한국 사회의 통일운동을 이끈 중심 단체로서 민자통은 "사회당, 혁신당 일부, 사대당, 동학당 일부, 광복동지회 일부, 민

---

[28] 〈민족자주통일협, 혁신계 각 정당단체들 결성〉,《동아일보》, 1961. 2. 25.

족건양회, 민주민족청년동맹(민민청), 통일민주청년동맹(통민청) 준비위원회, 천도교 일부, 유도회 일부, 4월학생혁신연맹, 피학살자유족회, 출판노조 일부, 교원노조 일부, 교수협의회 일부, 사회문제연구회 일부, 학사회, 사회과학연구회 등"[29]의 진보(혁신)계 인사들과 사회운동단체를 두루 포함했다. 여기에 김창숙이 초대 수석의장으로 합류함으로써 혁신계와 손잡은 김구 추종 세력들의 용공 시비와 더불어 반단정 통일론의 물꼬를 트는 구심점 역할을 담당하게 된다.

민자통 위원장으로서 김창숙 명의로 발표된 〈성명서〉의 첫 일성은 남북통일론의 당위성과 긴급성이었다. "정부는 중대한 통일 방안에 대해 갈팡질팡함으로써 국민을 현혹"케 하지 말고, "국제 대세는 조국통일을 가능하게 하는 방향으로 성숙해가고 있으며 그 첫 단계로서 서신왕래, 경제교류 등을 위한 남북협상에 나"[30]서라는 것이었다. 마치 김구의 마지막 유지를 잇는 듯한 김창숙의 〈성명서〉는, "백범의 위대한 뜻을 받들어 이 목숨 다하도록 통일의 그날까지 싸울 것"을 맹세하며 "민주적이고 자주적인 민족세력의 군건한 단결로 남북협상"[31]을 주장했던 한독당 대표위원 겸 진상규명투쟁위원회 부위원장이었던 김학규와도 일맥상통했다. 5·16 발발 직전에 민자통 주최로 열린 5월 13일 "남북학생 회담 환영 및 민족통일 촉진 궐기 대회"는 이 일련의 흐름들이 한데 모여 만들어진 4·19 국면의 마지막 대중 집회이자 운동이었다. 이 과정에서 김구는 이승만의 단선단정에

---

29 〈(통일에의 고동 2) 민자통〉, 《민족일보》, 1961. 3. 8.

30 〈통일방안 명백히, 김창숙 씨가 성명〉, 《경향신문》, 1961. 1. 6.

31 김학규, 〈민족정기가 통곡할 뿐 – 선건설 후통일론이란 궤변〉, 《민족일보》, 1961. 2. 25.

죽음으로 맞섰던 저 1948년의 남북협상론의 주역으로 재소환되었음은 물론이다.

민자통 주최의 "남북학생회담 환영 및 민족통일 촉진 궐기 대회"는 "정부와 보수계의 통일방안"을 "의식적으로 통일을 기피하고 소小남한 영속화를 꾀하는 반민족적 흉계"에 지나지 않는 것으로 간주하여 그 차별성을 부각시켰다. 즉, "남북이 통일하려면 남북협상이 필요하고 협상하려면 우선 남북학생들이 판문점에서 회담하여 의견을 교환"해야 한다는 주장이었다. "동포여! 형제여! 군인이여! 경찰관이여! 우리들이 사는 길은 자주적인 통일밖에 없다. 남과 북의 승패론이 아니라 민족으로서 사는 길이 통일밖에 더 있느냐"의 〈배고파 못 살겠다! 통일만이 살 길이다. 격!〉은 "나가자! 통일의 광장 서울운동장으로!"와 "외치자! 조국의 자주적인 통일을!"[32] 등과 같은 슬로건으로 남북교류와 협상을 강조했다.

이날 대회는 홍석률도 언급했다시피 "남북협상론과 중립화통일론의 대치 국면에서 1961년 5월에 이르러 급속히 남북협상론으로 기울"[33]어졌음을 방증하는 것이기도 했다. "북조선의 빨갱이도 김일성이도 다 우리들과 같은 조상의 피와 뼈를 가"[34]졌음을 천명했던 1948년 김구의 남북협상론이 "우리는 기어이 이북학생들을 만나고야 말 것이다. 이북학생들은 정부가 말하는 소위 공산당원이기 이전에 우리민족"이라는 1961년 통일(협상)

---

32 〈배고파 못 살겠다! 통일만이 살 길이다. 격!〉, 사월혁명연구소 편, 《한국사회변혁운동과 4월혁명》 2, 한길사, 1990, 330~331쪽.

33 홍석률, 〈사월민주항쟁기 중립화통일론〉, 《역사와 현실》, 1993, 103쪽.

34 백범사상연구소 편, 《백범어록》, 사상사, 1973, 274쪽.

론으로 회귀하는 형국이었다. 피(혈족)의 논리를 가교로 1948년과 4·19 국면이 그렇게 조우하는 진풍경을 빚어냈다고도 할 수 있다.

5월 13일 대회를 정점으로 한 남북통일(협상)론의 급속한 진전과 부상은 우파 단정 세력들의 위기감을 부추겼다. 이승만정권의 북진통일론을 대신해 4·19 국면에서 우파 단정 세력들은 유엔을 통한 남북한의 평화통일론을 주장하고 나섰지만, 유엔 감시 하의 남북한 총선거와 대한민국 헌법에 의한 유엔 감시 하 남북한 총선거 외에 다른 어떤 통일론도 줄곧 거부해 왔다. 이 맥락에서 이들은 중립화통일론에서 남북통일(협상)론으로 무게추가 기울어지는 것에 발맞춰 김구의 남북협상론이 단지 실패한 시도와 기획에 지나지 않았음을 전면화했다. 사민주의를 주장할 정도로 사회주의에 열린 태도를 보였던 신상초 역시나 "민자통이 주장하는 바 자주·평화·민주의 삼대 원칙에 입각한 통일론이 얼마나 현실과 거리가 먼 환상적인 통일론"인가를 비판하며, "군정軍政시대 남한사회 안에서의 좌우합작의 실패와 대한민국 수립 직전에 있어서의 중간파에 의한 남북협상의 실패"[35]를 각인시키기에 이른다.

"지나간 날 군정 중의 남북협상, 그것이 두고두고 우리에게 따끔한 교훈"을 준다는 우려와 경고는 김구의 남북협상론을 바라보는 우파 단정 세

---

35 신상초, 〈혁신진영에 준다 2〉, 《경향신문》, 1961. 3. 14. 신상초는 당시 민주당 대변인으로 사회민주주의에 대해 우호적인 인식을 갖고 있었다. 그의 이러한 태도는 《사상계》의 지면에서도 여러 번 피력되곤 했다. 그럼에도 불구하고 그는 통일 문제에 있어서만은 민주당 주류의 의견을 대변했다. 그는 중립화통일론이든 남북협상론이든 그것은 모두 우리 현실에 맞지 않는 환상적 통일론임을 반박하며, 혁신계의 통일 논의를 일축했다. 이는 사민주의가 적어도 유럽의 사민주의에 한해서 우파 단정 세력 일부에게 받아들여졌음을 증명하는 것으로, 이를 초과한 어떤 논의도 허용되지 않았음을 재확인시켜 준다.

력들의 한결같은 시선이었다. 김구의 순진한 통일 의지에서였든 혹은 노쇠한 정권욕에서였든 김구의 남북협상론은 북한의 선전 도구가 되어 철저히 이용당했다는 식의 마타도어였다. 그의 실제 의도가 무엇이었든지 결과적으로 북한의 공산'독재'를 유리하게 만들었다는 주장은 이적과 용공 혐의를 과거 김구의 남북협상론을 경유해 현재의 통일(협상)론에도 그대로 적용하는 테르미도르(반격)를 예고하고 있었다. "서로 만나서 부둥켜안고 울고 웃으면서" "그 핏줄기를 그리워하는 열렬한 동포애"가 눈물겹긴 하지만, "피는 꼭 같은 피"라 하나 "이쪽은 청혈, 저쪽은 악혈"이라고 하는 피의 돌이킬 수 없는 양단이 김구의 피(혈족)의 논리를 압도하는 역공세를 취하게 했다. 피(혈족)도 이념적 차이에 따라 청혈과 악혈로 나뉜다는 반공을 보루로 이들은 통일(협상)론을 한갓 망상과 착각으로 치부했다.

　"적이 파놓은 붉은 함정에 빠질까 아슬아슬"[36]하다는 경고음이 잇따르는 가운데, 장면은 "한국통일이 용공적인 각도에서 이루어진다면 나는 오히려 우리나라가 둘로 갈라져 있는 것이 낫"[37]겠다는 안팎의 물의를 빚은 발언을 공개 석상에서 하기도 했다. 4·19 국면을 맞아 분출했던 한국 사회의 반이승만 구도가 반단정 통일(협상)론으로 확대일로를 걸으면서, 이 문제에 잠복된 갈등과 대립을 노골화했음을 알 수 있다. 자연히 4·19혁명의 소산으로서 김구의 공적 복권 또한 문제시될 수밖에 없었는데, 이는 민자통 주최의 5월 13일 대회를 끝으로 5·16쿠데타의 테르미도르(반격)로

36　〈횡설수설〉,《동아일보》, 1961. 5. 7.
37　〈용공적 통일은 배격〉,《경향신문》, 1961. 4. 27.

현실화되었다.

5월 13일 대회를 개최한 민자통 소속의 사회단체와 정당들은 5·16군정의 혁명군사재판소에서 대부분 유죄판결을 받았다. 5·16군정은 깡패 소탕과 소위 용공·공산분자들의 완전한 척결을 부르짖으며, 이들을 혁명군사재판소의 심판대에 세웠기 때문이다. "법의 미비와 기술 부족 등을 이기회에 보완코자 하며 공산당과 용공분자가 없다는 인상을 갖게 하는 나라를 만들"[38]겠다는 목표 하에, 5·16군정은 특히 남북통일(협상)론을 주도했던 혁신계를 그 제물로 삼았다. 이 와중에 《민족일보》 사장인 조용수와 사회당 조직부장이던 최백근이 1961년 12월 22일 본보기로 사형되었다. "일제시대 때도 없었던 전국적으로 3천여 명이 체포"되고 "유죄판결을 받은 사람만 143명"[39]에 이르는 전례 없는 공포정치의 대두였다. 이는 김구의 공적 복권을 지탱하던 한 축이 완전히 무너지는 것을 뜻했다. 반단정 통일(협상)론을 금지하는 한편으로 5·16군정은 이를 전이하고 해소할 이른바 대체(유사)혁명을 모색했는데, 그것이 바로 1962년 3·1절 기념행사로 열린 대대적인 건국공로훈장 시상식이었다.

건국공로훈장은 1949년 4월 27일 대통령령 건국공로훈장령이 제정·공포되면서 시행되었던 것이라 이를 5·16군정의 작품으로만 볼 수 없다. 그럼에도 건국공로훈장의 대거 수여와 포상이 이 국면에서 갖는 특별한 의미는, 시상이 이때처럼 대규모로 행해진 적이 없었다는 사실에 있을 것이

---

38 〈혁명 축행逐行상 필요시 법원 영장 없이 체포·구금〉, 《동아일보》, 1961. 5. 18.

39 송남헌·정태영·서중석, 〈해방 50주년 기념 대담 – 고초로 점철된 혁신계 50년〉, 《역사비평》, 1995, 96~97쪽.

다. 대한민국이 수립된 이래 최초라는 수식어가 무색치 않을 만큼 많은 숫자의 사람들이 건국공로훈장을 수상했다. 이로 인한 잡음도 끊이지 않았지만, 김구의 공적 복권을 둘러싸고 벌어졌던 4·19혁명의 뜨거운 통일 열기를 잠재우는 데는 효과적이었다. 이를 다음의 신문 기사는 다음과 같은 말로 전하고 있다.

제43회 3·1절 기념일을 앞두고 내각사무처에서는 23일 하오 독립유공자 208명에게 포상을 주기로 결정하였음을 발표(수여는 3월 1일 기념식전서)하였다. 이것은 정부 수립 후 최대 규모의 포상으로 문교부에서 1차 심의를 거친 5백 명으로 내각사무처에서 제2차 심의를 끝낸 다음 각의와 최고회의 의결을 맡아 결정한 것이다. 심사기준은 무장독립운동사(대한민국공보처 발행) 등 사료 12종에 근거를 두고 제외 기준은 국시에 위반된 자, 정치적 과오가 있는 자, 납북자, 이북거주자, 변절자, 미확인자 등이다. … 한편 독립유공자 유가족에 대한 적절한 원호대책(연금 지급, 취업 등에 대한 입법조치)이 촉진할 것이라는데 김병삼 내각사무차장은 선열들의 위업을 찬양하고 독립운동자포상사업의 계속 및 유족들에 대한 대우 개선에 관하여 "어떠한 민족도 번영하는 민족은 그 민족의 애국투사를 존경하고 기념한다"고 이 사업의 의의를 강조하였다. 건국공로훈장을 받을 208명 중 중장重章은 28명, 복장複章은 58명, 단장單章은 132명이다.[40]

---

40 〈독립운동유공자 208명에 건국공로훈장〉, 《동아일보》, 1962. 2. 24.

▌1962년 5 · 16군정의 건국공로훈장 수상자들 단체 기념사진

문교부의 제1차 심의와 내각사무처의 제2차 심의를 거쳐 1962년 3·1
절 기념행사의 일환으로 거행된 "정부 수립 후 최대 규모"의 건국공로훈
장 시상식은 일등급에 해당하는 중장重章이 "의병대장으로서 일본 병사들
을 일개 대대 이상 쳐부순 독립투사 등"이었고, 다음 복장複章은 "해외임시
정부요인으로 항일운동이 나라 안팎에서 뛰어난 분", 마지막으로 단장單章
은 "언론 책을 통해 민족의식을 높이 닦아 일본사람에게 체포되어 6년 이
상의 옥살이를 겪은 분 등"이었다. "국시에 위반된 자, 정치적 과오가 있는
자, 납북자, 이북 거주자, 변절자, 미확인자 등"을 제외한 건국공로훈장 수
여식은 중장·복장·단장의 등급과 기준이 명시하듯이 항일 독립운동에 방
점을 두었다.

수상자 중 1등급에 해당하는 중장의 김구는 "18세 때 동학당에 가입하

고 19세 때 해주 동학군의 선봉이 되어 1896년 안악 치아포에서 일본 육
군 중위 토전土田을 살해"[41]한 시기를 제외하면, 임시 정부 활동과 업적이
주였다. 더구나 중장 다음의 복장은 아예 해외 임시정부 요인이라는 카테
고리가 설정되어 있어서 중장 수상의 김구를 뒷받침하는 후광효과를 발
휘하게 되는데, 이는 김구를 임정의 '주석' 자리에 군건하게 올려놓는 것
이나 다름없었다. 굳이 8월 15일에 거행되던 건국공로훈장 시상식을 3·1
절로 옮겨 치름으로써 5·16군정은 임정을 대한민국의 건국 기원으로 삼
는 3·1-4·19-5·16의 동질적 국가사를 재정립했던 셈이다. 물론 대한민
국 수립 당시부터 임정은 대한민국의 전사前史로 여겨졌지만, 그럼에도 임
정의 명실상부한 표상이 4·19혁명의 청산 대상이던 이승만이 아니라 김
구로 대체되는 새로운 역사적 의미화의 창출이었다.[42] 김구의 이러한 위상
재조정은 반단정 남북협상론의 김구를 지우는 값(비)싼 대가로써 가능했
음은 두말할 나위가 없다.

여기에 일익을 담당한 인물이 바로 김구의 아들 김신이었다. 김신과

41 〈건국공로훈장수상자 프로필, 길이 살아있는 선열의 얼〉,《동아일보》, 1962. 2. 26.
42 〈중장엔 생존자 한 사람〉,《경향신문》, 1962. 2. 24은 5·16군정으로 임정의 상징이 이승만
   이 아닌 김구로 대체되는 과정을 보여 주는 흥미로운 기사이다. "독립운동유공자 명단을
   발표하러 내려온 김병삼 내각사무처장은 수상자를 심의하는데 정치적 과오가 뚜렷하거나
   국시에 위배된 행위가 현저한 일 등 6개 제외 기준에 해당"하는 사람은 배제했음을 밝히
   던 도중, "초대 대통령인 이승만 박사는 정치적 과오가 커서 빠졌습니까?"라는 기자의 질
   문에, "그것은 여러분이 적당히 해석"하라며 즉답을 피했다. 김상구,《김구청문회》2, 매직
   하우스, 2014는 5·16군정에 의한 김구의 미화를 다룬 선구적 작업에 해당하는데, 여기에
   임정 상징의 변모를 덧붙여 두고 싶다. 이승만정권 시 제정된 건국공로훈장령에 따라 8월
   15일에 거행되던 시상식을 5·16군정은 3월 1일로 옮겨 김구의 상징성을 부각시켰기 때문
   이다. 8월 15일을 광복절이 아닌 건국절로 부르자는 뉴라이트 계열의 주장은 임정의 표상
   인 김구에 대한 격하를 동반한다. 하지만 김구를 이 자리에 올려놓은 장본인은 다름 아닌
   5·16군정이자 이승만과 함께 그들이 추종하는 두 대통령 중 한 명인 박정희였다.

5·16군정 간의 깊숙한 유착 관계는 김구의 체제(국가)화에 어떤 식으로든 도움을 줬기 때문이다. 김구의 든든한 동반자로 남북협상 길에도 함께 올랐던 그는, 아버지의 죽음 이후에 그의 아들이라는 이유만으로 이승만정권에 의해 지속적인 감시와 견제를 받았다. 아마도 이것이 5·16군정을 지지하게 만든 중요한 이유 중의 하나가 되었을 법하다. 하지만 각도를 달리하면, 군인이라는 그의 신분이 5·16군정에 심리적인 경도를 낳았을 개연성 역시 무시할 수 없다. 어쨌든 김신은 회고록에서, "이승만 정권 시절에 끊임없이 감시당하고 중상모략에 시달"렸음을 폭로하며, 이것이 "혁명군에 반대"[43]하지 않는 신임의 근거가 되었음을 밝혔다. 다시 말해, 그는 5·16군정의 반이승만 정서에 힘입어 중용되었을 뿐만 아니라 이에 반대하지 않는 긴밀한 협력 관계를 맺어 갔다고 할 수 있다.

5·16군정 이후 박정희정권 하에서 김신은 주중(타이완)대사와 교통부장관 등의 요직을 두루 섭렵하며 출세가도를 달렸다. 가히 박정희의 사람이라고 해도 손색이 없을 정도였다. 이 같은 우호적 관계의 원인이 "박정희 대통령은 집권"하면서부터 "독립유공자를 돌보는데 힘"썼다는 사실에서 찾아졌다는 점은, 1962년 3·1절 기념행사로 펼쳐진 건국공로훈장의 대대적 포상과 지원의 물적·상징적 효력을 되짚게 한다. 김신은 "3·1절 기념식에서 독립운동을 한 사람들에게 훈장을 수여"하고, "유족들이 학교에 다니고 취직을 하는 데 도움"(304)을 준 것에 깊은 감명을 받아 이를 박정희의 핵심 치적으로 꼽기도 했기 때문이다.

---

43 김신, 《조국의 하늘을 날다》, 돌베개, 2013, 215쪽.

1962년 3·1절 〈기념사〉에서 박정희는 "독립유공자들의 후예를 부조하는 의도에서 유가족 여러분에 대하여 구호방책으로 연금 또는 취업을 위한 적절한 입법조치를 강구"[44]하겠다는 뜻을 피력했다. 이에 따라 4월 6일 '국가유공자 및 월남귀순자 특별원호법'이 발효되어 김신이 말했던 유가족들에 대한 원호사업이 강화되어 실질적인 혜택을 입을 수 있게 된다. 5·16군정의 독립유공자 선정과 포상 및 지원은 남겨진 유가족들에게 명예와 금전적 이득을 안겨 줌으로써 이들의 국가 귀속과 충성의 밑바탕으로 작용했다. 나아가, 장면정권에 비해 합법성이 결여되었던 5·16군정의 취약한 통치 기반을 확보하는 데도 기여했다. 이는 달리 말해 4·19 국면에서 김구로 표상되던 대항 기억과 담론을 의식 저편으로 밀어 놓는 유폐와 망각이기도 했음을 김신의 사례는 잘 보여 준다.

김구가 5·16군정에 의해 체제(국가)화하는 것과 동궤에서 김구의 공적 복권을 주도했던 김창숙과 김학규는 임정의 인물로만 자리매김하는 굴절과 변용을 피할 수 없었다. 이들도 5·16군정에 의해 건국공로훈장의 중장과 복장 수상자로 선정되었기 때문이다. 특히 건국공로훈장 중장 수상자들 중 유일한 생존자라는 이유로 언론의 스포트라이트가 집중되었던 김창숙은, 그러나 곧이어 발표된 1962년 3월 31일의 "정치활동의 적격 심판을 받을 1285명"의 제2차 명단에 이름을 올리게 된다. 3월 30일 제1차 명단 발표에 이은 제2차 명단에는 장준하와 양호민 등의 유수 언론인과 혁신계의 대표 인사들이 대거 망라되어 있었다.

---

44 박정희, 〈제 43회 3·1절 기념사〉, 《박정희대통령연설문집》 1, 대통령비서실, 1973, 201쪽.

"건국공로 중장을 받은 김창숙"과 "전前한독당 최고 간부 김학규"가 나란히 제2차 명단에 포함되었음을 전하는《동아일보》의 〈총수 4,192명〉에 따르면, "〈정정법 3조 1항 5호의 나〉"의 "군소정당 및 사회단체의 간부"[45]로 활동한 과거 전력과 지위가 문제되었음을 알 수 있다. 정정법(정치활동정화법)은 "혁명과업 수행 상 장해가 되는 정치부패의 제 요인을 미연에 제거"하고 "새로운 부정부패로 재발될 염려가 있는 혁명을 예방"[46]한다는 입법취지를 내건 초법적 권력행사였다. 구정치인들과 지식인들의 손발을 묶기 위한 이 정정법 발효로 인해 김창숙과 김학규도 일체의 정치활동과 발언이 금지되었다. 그나마 이들은 나았다고 해야 할지도 모르겠다. 혁신계의 대표적 인사들이 혁명재판에 회부되어 실형과 극형을 선고받거나 조용수처럼 아예 형장의 이슬로 사라진 것에 비하면, 이들은 적어도 직접적인 처벌은 면했기 때문이다. 하지만 국가 포상은 이들을 침묵과 은거로 몰아넣는 덫이기도 했다.

1962년 5월 10일 83세로 세상을 떠난 김창숙은 이 정정법 대상자에서 자동 탈락되었다지만,[47] 김학규는 정정법의 부분적인 해제가 있기 전까지 사실상 동면 상태에 빠져들었다. 김창숙과 김학규의 사례가 예증하는

---

45 〈총수 4,192명〉,《동아일보》, 1962. 4. 1.

46 박일경, 〈차기정권의 담당세력 정치활동정화법을 중심으로 정치 재부패를 방지, 정정법은 민정 후의 혁명예방법〉,《경향신문》, 1962. 3. 21.

47 김창숙은 정정법의 심사 대상자 명단에 오른 지 얼마 되지 않은 5월 10일에 83세를 일기로 사망했다. 따라서 그는 이 정정법의 심사 대상자에서 자동 탈락되었다고 할 수 있다. 반면 김학규는 정정법 해당자로 1963년 2월 1일에 허정, 백남훈, 신상초 등의 구정치인과 함께 해금되기 전까지 모든 정치적 발언이나 활동에 제약을 받았다. 이와 관련된 기사로는 〈구정치인 275명 추가 구제〉,《동아일보》, 1963. 2. 1. 등이 있다.

5·16군정에 의한 김구의 체제(국가)화는 한국 사회의 급변하는 현실과 맞물려 무엇이 억압되고 계승되었는지를 되묻게 한다. 김구는 임정의 항일 독립운동가로 추앙되었으나, 반단정 남북협상론의 주역으로서는 잊혀졌다. 1972년 남북한 정권에 의해 7·4남북공동성명의 깜짝 이벤트가 있기 전까지 한국 사회는 김구를 오로지 임정의 주석으로만 기억하는 집단적 기억상실증에서 헤어 나오지 못했다.

1963년 김구의 제14주기 추도식에서도 김구에 대한 박정희의 배려는 각별했다. 따로 〈추념사〉를 마련했을 정도였으니 말이다. 하지만 1964년 한일회담의 대치 국면은 이 밀월 관계를 더 이상 유지할 수 없게 했다. 박정희정권이 김구와 소원해지는 사이, 박정희정권에 대항했던 장준하는 《돌베개》의 일부로 재수록된 〈백범 김구 선생을 모시고 6개월 1-4〉를 1966년 《사상계》에 실으며 대일 굴욕외교를 비판하는 '항(반)일'의 상징으로 그를 재소환했다.

"제2의 독립운동"이 필요하다는 한일회담 반대 분위기를 타고 항(반)일의 상징으로 거듭난 김구의 형상은 최인훈에게도 지대한 영향을 미치게 된다. 1963~4년 《세대》에 연재한 〈회색인〉을 필두로, 1966년 《서유기》와 〈총독의 소리〉 및 〈주석의 소리〉에 이르는 일련의 작품들은 김구를 위시한 임정의 역사적 의미를 재구축했다. "우리 상해임시정부는 정통의 연속과 옹호만이 민족의 살길이며 외세에 대한 자주적 용기를 가진 사람들이 이 정통을 계승하는 때가 민족의 문제가 해결되는 진정한 길"임을 이야기하는 소설 속 김구로 연상되는 임정의 소리는 한일회담 졸속 처리로 궁지에 몰려 있던 박정희정권과 호대조好對照를 이루었다. "세계는 새 역사를 향해 변환기에 놓여 있습니다. 이 시기를 당하여 상해임시정부는 현실을 똑똑히 볼 수 있는 유일한 민족적 시점"[48]임을 강조했던 최인훈의 1966년 작 《서유기》는 김구의 형상이 지닌 또 한 차례의 변전으로 대항기억의 독특한 소설 세계를 펼쳐 놓게 된다.

1960년 4·19와 5·16 및 한일회담의 국면은 김구의 체제(국가)화와 대항적 기억서사를 오가는 진자운동을 낳았다. 그는 과거의 한 인물이었으되, 혁명과 테르미도르(반격)가 교차했던 한국 사회의 바로미터가 되어 전유와 재전유의 대상으로 한국 사회를 수놓았다. 그는 이순신과 함께 이름이 문제되는 참으로 예외적인 역사적 인물이다. 그것은 김구의 형상에 내재된 한국 사회의 요동치는 현실정치 지형이 반영된 결과였을 터, 그는 매끈하고 단일한 역사적 위인이나 영웅이 아닌 이 부단한 고투와 각축의 흔적들로 존재했다. 김구는 그렇게 하나의 고정된 표상이나 수식이 아닌 한국 사회의 명암이 드리워진 덧쓰기의 역장ヵ場으로 우리를 되비추고 있는 것이다.

김구는 어째서 진보와 보수를 겸할 수 있었는가: 치안과 저항의 어디쯤에 선 '김구'

2014년 한국 사회에 느닷없이 서북청년단 재건위원회가 나타났다. 해방

---

48 최인훈, 《서유기》, 문학과 지성사, 1977, 310~311쪽.

정국의 혼란을 틈타 반공의 전위부대로 악명 높았던 서북청년단이 마치 세월을 거스르거나 한 듯이 그 이름 그대로 출현한 것이었다. 이 단체의 구성과 활동에 대해서는 알려진 것이 많지 않지만, 이 단체 대표가 일베(일간베스트저장소) 게시판에 남긴 글이 또 논란을 빚었다. "김구는 김일성의 꼭두각시였고 대한민국의 건국을 방해했다. 반공단체인 서북청년단원 안두희 씨가 김구를 처단한 것은 의거이고 안두희 씨가 맞아죽은 것은 종북 좌익정권 시대이다. 김구는 자기의 남북합작 주장에 편을 들지 않는다고 송진우, 장덕수 씨 등 애국독립투사들도 암살한 것으로 전해지고 있다."[49]

서북청년단 재건위의 대표가 일베에 쓴 이 글은 무엇보다 역사적 사실에 부합하지 않는 독단과 왜곡으로 가득 차 있다. 송진우와 장덕수는 탁치 국면에서 살해된 대표적인 우익 인사들이기 때문이다. 그는 이러한 역사적 사실의 진위 여부와 상관없이 김구를 김일성의 꼭두각시라고 하는 김구 암살 직후 우파 단정 세력들의 주장을 그대로 복사하고 답습한다. 서북청년단 재건위 대표의 이러한 주장은 즉각 반발과 고소를 불렀다. 백범사상실천운동연합에 의해 명예훼손죄로 고소된 것인데, 이를 비웃기라도 하듯 서북청년단 재건위 대표도 맞고소로 대응했다. "서북청년단이 근거 없는 주장으로 한평생 조국 광복에 헌신한 김구 선생의 명예를 무참히 짓밟고 대한민국 임시정부에 참여한 선열들은 물론 헌법까지 능멸하는 파렴치한 반역사적 범죄"[50]를 저질렀다는 고소에, 그는 "백범은 남북정당 및 사회

---

49 배성관, 〈서북청년단이 김구를 살해했다는 주장에 대해〉, 일간베스트저장소, 2014. 9. 30. 게시판.

50 〈"김구는 김일성의 꼭두각시", 서북청년단 고발당해〉, 《연합뉴스》, 2014. 10. 2.

단체 연석회의에 참석해 김일성에게 이용당했다. 결과적으로 김일성이 그를 꼭두각시로 이용한 것은 사실"[51]임을 내세우며, 자신을 "정신병자"로 부른 인터뷰 기사를 문제 삼았다.

김구를 둘러싸고 고소와 맞고소가 오가는 2014년 한국 사회의 이 진풍경은 김구 암살 직후를 떠올리게 한다. 김구 암살범인 안두희가 재판을 받던 1949년 법정에서 안두희를 애국자로 대접하면서 무죄를 주장했던 변호인들에 마치 호응이라도 하듯이 바깥에서는 "정체불명의 청년 100여 명이 집결하여 '우국청년 안두희를 석방하라'는 내용의 삐라와 구호로 데모 행진을 감행"[52]했기 때문이다. 안두희가 가입했던 서북청년단을 비롯하여 각종 우파 청년단체가 조직적으로 행한 이 집단행동은 김구=빨갱이 대 안두희=애국자의 도식으로 그의 석방을 요구하는 일종의 퍼포먼스나 다름없었다. 안두희를 구명하려는 목적도 있었겠지만, 김구=빨갱이로 그의 암살을 정당화하려는 의도가 더 컸다. 이승만은 김구 암살 직후 서울 AP특파원과 가진 기자회견에서 "김구 씨를 살해한 전후에 관"해서 언젠가 발표할 때가 올 것이나 "지금 이때 모든 사실을 일반 앞에 공개해 놓는다는 것은 나의 생각으로는 그 생애를 조국독립에 바친 한국의 한 애국자에 대한 추도에 불리한 것이 아닐까"[53] 한다는 전언으로 넌지시 김구 암살의 불가피성을 어필하기도 했다.

---

51 〈서북청년단 재건위원장, 백범운동연합 대표 고소〉,《쿠키뉴스》, 2014. 10. 8.
52 〈대한청년단·대한국민당 등 7개 단체, 안두희 석방을 요구하는 진정서 제출〉,《서울신문》, 1949. 8. 12.
53 〈이승만 대통령, 김구 암살 동기는 때가 되면 공표될 것이라는 성명을 발표〉,《조선중앙일보》, 1949. 6. 30.

김구에 대한 이승만정권의 배제와 격리는 최인훈의《회색인》에피소드에서도 재확인된다. 효창공원에 놀러온 대학생들이 김구 묘소를 찾아 참배하던 중 "대통령이 지나가는 연도에서 손뼉을 치는 것과 꼭 반대의 일을 하고 있단 말이야. 우리는 지금 … 앗, 앉아라!"를 외치자 일제히 주저앉는 장면은 "지사의 묘를 방문하면서 스릴을 느낀대서야"[54]를 되뇌게 하는 쓸쓸함을 자아냈다. 김창숙과 함께 1960년 4·19 국면에서 진상규명투쟁위원회를 이끌었던 한독당의 김학규는 김구 암살의 공모자로 몰려 15년형을 선고받고 수감 생활을 하던 중에 인민군에 의해 풀려나 숨어 살다가 1960년 4·19를 맞아서야 비로소 세상에 모습을 드러낼 수 있었다. 김구의 측근이었던 김학규의 사례는 암살범 안두희가 한국전쟁 중에 형집행 정지를 받고 육군에 복귀했던 것과 비교할 때 이승만정권에 의한 김구의 배제와 격리가 어느 정도였는지를 짐작케 한다. 김학규는 자신의 이 억울한 심경을《혈루의 고백》에서 토로하기도 했는데, 1960년 4·19는 바로 이 죄악시된 인물들의 공적 복권에도 중요한 전환점으로 작용했다.

김구 추도(준비)위원회는 4·19 국면에서 가장 발 빠르게 움직이며, 사실상 첫 추도식이라고 해도 좋을 11주기 추도식을 가졌다. 김구의 공적 복권이 4·19 국면을 맞아 이토록 신속하게 진행될 수 있었던 데는 숨죽인 채로 곳곳에 산재해 있던 임정 계열 인사들의 역할이 컸다. 하지만 김구가 지닌 우익의 상징성이 없었다면 애초부터 불가능했을 일이다. 이승만정권이 아무리 김구를 좌익으로 혹은 그 공모자로 몰아가려 했어도, 김구는 자

---

54 최인훈,《회색인》, 문학과 지성사, 1977, 108쪽.

타 공인 한국 사회의 대표적인 우익 인사였다. 김구는 남북협상 길에서도, "우리가 자칭 우익이라고 하는 말부터 재검토"해야 함을 주장한 바 있다. "이 땅의 소위 우익 중에는 왕왕 친일파 반역자의 집단까지 포함되어 있는 것이 큰 문제"라는 것이었다. 그는 친일파 반역자의 집단들이 "우익을 더럽히는 〈군더더기〉 집단"일 뿐임을 강조하며, 이 "〈군더더기〉들이 정당이니 단체니 하고 혁명세력에 붙어서 거불"거리고 있어 우익의 명예를 더럽힌다고 꾸짖었다. 따라서 그가 "혁명세력과 반역집단이 합작"할 수 없음에도 지난날 합작을 시도하려 했던 자신의 과오를 되돌아보며 "오늘날 내가 반성하는 지점"(241)으로 삼았던 것도 우익의 부정이나 거부가 아닌 우익의 재규정을 통한 남북 분단 해소의 새 활로를 모색하기 위함이었다.

김구는 적어도 1948년 단정 수립이 가시화되기까지 이승만과의 합작 시도를 포기하지 않았다. 하지만 1948년 5·10선거로 단선단정이 뚜렷해지자 마침내 이승만과의 합작 시도를 포기하고 우파 단정 세력들과의 결별과 남북협상을 추진하게 된다. 이것은 김구와 이승만이라는 두 거두를 사이에 둔 우파 간 대립과 분화를 가속화했다. 김구는 피(혈족)의 논리로 민족주의를 전면화하며 이승만정권의 단선단정이 이 민족주의의 대의와 이념에 어긋남을 주창했던 것이고, 이를 통해 자신의 남북협상을 정당화하려 했다. 이런 점에서 남북협상은 우익 진영의 분할과 재편성이자 민족주의의 선명성 경쟁이기도 했던 것이다.

김구는 "외국의 간섭이 없고 분열 없는 자주독립을 쟁취하는 것은 민족의 지상명령이니 이 지상명령에 순종할 뿐"임을 설파하며, "외세에 아부하여 반쪽 정부의 요인이라도 되어보려고 하는 자"(240)들의 반민족적이고 매국적인 행동을 통박했다. 그의 이러한 반외세·반단정 남북협상론은 1960년 4·19 국면에서 혁신계가 그를 역사적 구심점으로 삼을 수 있었던 동력이기도 했다. "자주·민주·평화"를 슬로건으로 한 민자통의 출범은 바로 이 1960년 4·19가 열어 놓은 김구의 공적 추도와 진상규명투쟁이 실제 통일운동과 결합해 한국 사회를 뒤흔드는 파괴력을 발휘했음을 실증한다. 김구의 공적 복권과 맞물린 한국 사회의 이 뜨거운 반단정 통일(협상)론의 열기는 5·16 직전인 5월 13일 "남북학생 회담 환영 및 민족통일 촉진 결의 대회"로 그 정점을 찍었다.

"가자 북으로, 오라 남으로, 만나자 판문점에서", "이 땅이 뉘 땅인데 오도가도 못하느냐", "배고파 못 살겠다 통일만이 살 길이다"의 구호와 플래카드는 "민족자결정신에 의하여 우리끼리 단결하여 우리의 정성과 우리의 노력으로써 우리의 독립 문제를 완성"(261)하자는 김구의 남북협상론을 상기시키며, 한국 사회의 지배집단인 우파 단정 세력들의 광범위한 위기의식과 불안감을 부추겼다. 이 역공 중 하나가 남북협상론의 관념적 낭만성과 무용성에 대한 철저한 폄하와 매도였다. 남북협상론을 바라보는 우파 단정 세력들의 이 한결같은 레퍼토리는 1948년을 거쳐 1960년 4·19 국면에서 재연되었고 아직도 현재 진행형이다.

그럼에도 김구로 상징되는 자주적 통일독립국가의 이상은 해방 이후 한국 사회가 한 번도 갖지 못한 결여와 실패를 보상하고 대속한다는 점에서, 1960년 4·19의 혁명적 분위기에 힘입어 아래로부터의 광범위한 공감과 지지를 얻을 수 있었다. 반단정 통일(협상)론의 열기는 저 1948년 비관론을 뚫고 북행을 택했던 김구의 강력한 민족주의와 자주적 통일독립국가의 열망을 다시금 반추케 했다. 4·19에서 5·16으로 이어지는 한국 사회의 급변하는 정세는 김구의 공적 복권을 주도했던 임정 계열의 우익 인사들과 급진 혁신계가 조우하는 드문 풍경을 연출케 했다. 이들은 11주기 추도식뿐만 아니라 김구 암살의 배후 음모를 밝히려는 진상규명투쟁에 공동전선을 펴며, 한국 사회를 뜨겁게 달군 통일 열기를 공유했던 셈이었다. 한독당 대표위원 김학규가 남북통일(협상)론을 지지했던 것이나 진상규명투쟁위원회의 위원장이던 김창숙이 민자통의 초대 수석의장을 역임한 것 등은 모두 1960년 4·19 국면에서 김구의 남북협상론이 지닌 현재적 가치와 효력을 말해 준다.

하지만 1961년 5·16 발발은 이 흐름에 제동을 걸었다. 이른바 혁명에 뒤따르는 테르미도르(반격)였다. 이에 따라 김구는 남북협상론의 상징이 아닌 오로지 임정의 주석으로만 기억되는 변모와 굴절이 뒤따랐다. 3·1−4·19−5·16로 이어지는 동질적 국가사는 5·16군정에 의한 대대적인 건국공로훈장 시상식으로 현시되었는데, 반이승만의 4·19를 전유하면서도 김구를 위대한 애국선열의 자리에 유폐시키는 것이기도 했다.

4·19에서 5·16으로 이어지는 한국 사회의 이러한 숨 가쁜 흐름은 한일회담 국면을 거치며 장준하와 최인훈의 대항운동과 서사를 낳았다. 이것이 1972년 7·4남북공동성명을 계기로 하여 또 한 번의 변전을 겪게 됨은 한국 사회에서 김구가 지닌 문제적 위상을 재확인시켜 준다. 김구는 분명 해방 정국의 대표적인 우익 인사였고, 더구나 이승만과 따로 또 같이 좌익의 배제와 섬멸에 앞장섰음에도 그가 대한민국의 지배집단인 우익 진영 내에 안착하지 못한 이유는 한국 사회의 뿌리 깊은 냉전 심성과 분단 체제

에서 기인한 바 크다. 한국 사회의 이 협소한 현실정치 지형의 바로미터가 곧 김구라고 말할 수 있는 저간의 배경이기도 할 것이다.

한반도의 두 지역 정치체가 38선을 경계로 배타적 공존을 거듭해 오는 동안, 김구를 매개로 한 갈등과 충돌도 계속되었다. 포섭과 배제의 경계선 상에서 그는 반공국가 대한민국의 자화상으로 존재해 온 셈이다. 이 해소되지 않은 불신과 적대가 김구를 문제계問題界로 남게 하는 원인이다. 2014년 서북청년단 재건위가 출현하면서, 제일 먼저 김구를 타깃으로 자신의 존재감을 부각시킨 사건은 이 김구라는 이름의 문제계를 새삼 되짚게 한다. 한반도의 두 지역 정치체가 각자의 정권 유지를 한반도의 냉전과 분단체제에서 구하는 한, 김구는 당분간 이 문제계問題界로서 찬반의 양극을 오가게 될 것이다.

2019년 임정 수립 100주년을 맞아 펼쳐진 여러 행사들은 김구를 임정의 상징으로 추모하고 기념하는 것이리라. 하지만 과연 저 1948년 단정 수립을 앞두고 이승만과 맞섰던 최대 정적으로서의 그는 어디에 있는지를 묻지 않을 수 없다. 한국 사회가 김구에 대한 찬반이 아닌 그의 행적과 발언을 역사적 맥락과 조건 속에서 찬찬히 숙고할 수 있을 때, 그가 꿈꾸었던 자유로운 문화정치도 싹틀 수 있을 것이다. 1949년 이래 잊혀진 김구의 1960년대 소환은 단지 임정 주석에 한하지 않는 남북 상잔을 목전에 둔 그 간절함과 절박함에 대한 응답이기도 했음을 떠올려 보면, 그의 자리는 곧 오늘 우리가 선 두터운 현실의 반영이자 굴절임을 또한 잊어서는 안 될 것이다.

그림 출처

표지 그림
Hoover Institution Archives 리플렛leaflet

본문 그림

1장
안확(자산), 《조선문명사―일명 조선정치사》, 회동서관, 1923.
〈개조의 물결〉, 《개벽》, 1923.3.

2장
신주백, 〈재만한인 민족운동자의 주요 활동지〉, 《만주지역 한인의 민족운동사(1920~45)》,
　　아세아문화사, 1999를 바탕으로 '청산리전투' 현장을 필자가 다시 표시함.
〈봉오동 · 청산리전투지도〉, 홍범도장군 홈페이지 http://hongbumdo.org.
〈저명한 조선빨찌산대장 홍범도 묘〉, 독립기념관.

3장
〈建議書 李光洙カ在外朝鮮人に対する緊急の策として左の一件を建議〉, 斎藤実関係文書
　　目録 書翰の部2, 国立国会図書館.
이광수, 편집부 옮김, 〈(자료) 건의서〉, 《근대서지》, 2013.

4장
김동환, 〈상식강좌 민주주의론〉, 《신천지》, 1946. 2.
서울운동장에서 열린 1946년 3 · 1절 기념식, 국가기록원.

5장
관보 제116호 〈농지개혁법〉, 국가기록원.

북한 토지개혁법령 실시 지지 행렬, tongilvoice.com.

6장

국회도서관 입법조사국,《국제연합한국위원단 보고서 1949 · 1950》, 국회도서관, 1965.

조병옥,《특사유엔기행》, 대한민국 역사박물관.

7장

〈이승만 박사론-백대광망, 민족의 거성〉,《한성일보》, 1946. 5. 21.

〈노산 기념탑문 철거하라〉,《경남일보》, 2005. 4. 11.

8장

최정희,〈御國の子の母に〉,《경성일보》, 1942. 5. 19.

최정희,〈난중일기에서〉,《한국전쟁기 문학/수기/제도 자료집 XVII》, 케포이북스, 2013.

9장

〈김구 자서전 백범일지〉,《경향신문》, 1960. 6. 14.

〈풍우 속에 수천 시민이 오열〉,《동아일보》, 1960. 6. 27.

〈1962년 건국공로훈장 수상자 단체기념사진〉, 한도신,《꿈갓흔 옛날 피압흔 니야기》, 민
    족문제연구소, 2016.

참고문헌

저서

강경석 · 김진호 외, 《촛불의 눈으로 3.1운동을 보다》, 창비, 2019.

강진호 외, 《북한의 문화정전, 총서 '불멸의 력사'를 읽는다》, 소명출판, 2009.

고은, 《1950년대》, 민음사, 1973.

공임순, 《식민지의 적자들》, 푸른역사, 2005.

_____, 《스캔들과 반공국가주의》, 앨피, 2010.

구명숙 편, 《한국여성수필선집 1945-1953》, 역락, 2012.

국제보도연맹, 《적화삼삭구인집赤化三朔九人集》, 국제보도연맹, 1951.

권명아, 《역사적 파시즘》, 책세상, 2005.

권보드래, 《3월 1일의 밤》, 돌베개, 2019.

김규동 · 김병걸 편, 《친일문학작품전집》 2, 실천문학사, 1986.

김동춘, 《전쟁과 사회》, 돌베개, 2000.

김득중, 《빨갱이의 탄생》, 선인, 2009.

김복순, 《"나는 여자다": 방법으로서의 젠더》, 소명출판, 2012.

김상구, 《김구 청문회》, 매직하우스, 2014.

김세일, 《(역사기록소설) 홍범도》, 제3문학사, 1990.

김사엽 편, 《독립신문: 춘원 이광수 애국의 글》, 문학생활사, 1988.

김신, 《조국의 하늘을 날다》, 돌베개, 2013.

김오성, 《지도자론》, 조선인민보사후생부, 1946.

김원모, 《춘원의 광복론: 독립신문》, 단국대학교 출판부, 2009.

김윤식, 《해방공간 문단의 내면 풍경-김동리와 그의 시대》 2, 민음사, 1996.

_____, 《한국문학사 논고》, 법문사, 1973.

김학준, 《북한의 역사》, 서울대학교출판부, 2008.

박명림, 《한국전쟁의 발발과 기원》 II, 나남출판, 1996.

반병률, 《홍범도 장군 : 자서전 홍범도 일지와 항일 무장 투쟁》, 한울, 2014.

박찬승, 《한국 근대정치사상사 연구》, 역사비평사, 1992.

박찬표, 《한국의 국가형성과 민주주의》, 후마니타스, 2007.

박헌호 · 류준필 외, 《1919년 3월 1일에 묻다》, 성균관대학교출판부, 2009.

_____, · 강웅식 외, 《백 년 동안의 진보》, 소명출판, 2015.

백범김구선생전집 편찬위원회, 《백범김구전집》, 대한매일신보사, 1999.

백범사상연구소 편, 《백범어록》, 사상사, 1973.

류준필, 《동아시아의 자국학과 자국문학사 인식》, 소명출판, 2013.

사상계 연구팀, 《냉전과 혁명의 시대 그리고 《사상계》》, 소명출판, 2012.

서중석, 《신흥무관학교와 망명자들》, 역사비평사, 2003.

_____, 《한국현대민족운동연구》, 역사비평사, 1996.

신주백, 《만주지역 한인의 민족운동사(1920~45)》, 아세아문화사, 1999.

심진경, 《여성과 문학의 탄생》, 자음과모음, 2015.

신형기, 《북한소설의 이해》, 실천문학사, 1996.

안수길, 《북간도》, 삼중당, 1967.

안확, 권오성 · 이태진 · 최원식 공편, 《자산안확국학논저집》, 여강출판사, 1994.

_____, 최원식 · 정해렴 편역, 《안자산국학논선집》, 현대실학사, 1996.

양우정, 《이승만독립노선의 승리》, 독립정신보급회출판부, 1948.

역사문제연구소, 《북한의 역사》, 역사비평사, 2011.

연세대학교 우남이승만문서 편찬위원회 편, 《우남 이승만문서》, 중앙일보사, 1998.

오기영, 《사슬이 풀린 뒤》, 성균관대학교 출판부, 2002.

오제도, 《국가보안법실무제요》, 남광문화사관, 1951.

유진오, 《헌법해의》, 명세당, 1949.

윤치호, 박미경 옮김, 《(국역)윤치호 영문 일기》, 국사편찬위원회, 2015.

이경구 · 박노자 외, 《개념의 번역과 창조》, 돌베개, 2012.

이광수, 《이광수전집》, 삼중당, 1962.

이명선, 김준형 편, 《이명선전집》, 2007.

이범석, 김광주 옮김, 《한국의 분노: 청산리 혈전 실기》, 광창각, 1946.

_____, 《우둥불》, 사상사, 1971.

이재선, 《이광수 문학의 지적 편력》, 서강대학교 출판부, 2010.

장세진, 《슬픈 아시아》, 푸른역사, 2012.

전상숙, 《한국 사회주의 지식인 연구》, 지식산업사, 2004.

정근식 · 한기형 엮음, 《검열의 제국》, 푸른역사, 2016.

정병준, 《현앨리스와 그의 시대》, 돌베개, 2015.

정종현, 《제국대학의 조센징들》, 휴머니스트, 2019.

조병옥, 《특사유엔기행》, 덕흥서림, 1949.

조선희, 《세 여자》, 한겨레출판, 2017.

조연현, 《조연현 문학전집》, 1977.

최기영, 《식민지시기 민족지성과 문화운동》, 한울, 2003.

최정희, 《풍류 잡히는 마을》, 아문각, 1949.

최인훈, 《최인훈전집》, 문학과 지성사, 2008.

한국-타이완 비교문화연구회, 《전쟁이라는 문턱》, 그린비, 2010.

한만수, 《허용된 불온》, 소명출판, 2015.

한설야, 《영웅김일성장군》, 신생사, 1947.

홍기돈, 《김동리 연구》, 소명출판, 2010.

카를 마르크스Karl Marx, 이희승 옮김, 《마르크스》, 생각의 나무, 2010.

고모리 요이치小森陽一, 송태욱 옮김, 《1945년 8월 15일 천황 히로히토는 이렇게 말하였
     다》, 뿌리와 이파리, 2004.

님 웨일즈Nym Wales · 김산, 송영인 옮김, 《아리랑》, 동녘, 2005.

도미야마 이치로(富山一郎), 손지연 · 김우자 · 송석원 옮김, 《폭력의 예감》, 그린비, 2009.

미셸 푸코Michel Foucault, 오생근 옮김, 《감시와 처벌》, 나남, 1994.

브루스 커밍스Bruce Cumings, 김자동 옮김, 《한국전쟁의 기원》, 일월서각, 1986.

신기욱 · 마이클 로빈슨Michael Robinson 편, 도면희 옮김, 《한국의 식민지 근대성》, 삼
     인, 2006.

스즈키 사다미鈴木貞美, 김채수 옮김, 《일본의 문학개념》, 보고사, 2001.

안토니오 그람시Antonio Gramsci, 이상훈 옮김, 《그람시의 옥중수고》, 거름, 1986.

안토니오 네그리Antonio Negri · 마이클 하트Michael Hardt, 윤수종 옮김, 《제국》, 이학,
     2001.

에메 세자르Aimé Césaire, 이석호 옮김, 《식민주의에 대한 담론》, 그린비, 2015.

오사카아사히신문大阪朝日新聞 편, 《大阪朝日新聞 韓國關係記事集II》, 독립기념관 한국
     독립운동사연구소, 2016.

이에나가 사부로家永三郎 편, 연구공간 '수유+너머' 일본근대사상팀 옮김, 《근대일본사상
     사》, 소명출판, 2006.

에드워드 사이드Edward Side, 박홍규 옮김, 《문화와 제국주의》, 문예출판사, 2004.

_____, 전신욱 · 서봉석 옮김, 《권력과 지성인》, 창, 1996.

우에노 치즈코上野千鶴子, 이선이 옮김, 《내셔널리즘과 젠더》, 박종철 출판사, 1999.

자크 랑시에르Jacques Ranciere, 진태원 옮김, 《불화》, 길, 2015.

조앤 스콧Joan Scott, 공임순 · 이화진 · 최영석 옮김, 《페미니즘 위대한 역사》, 앨피, 2017.

칼 슈미트Carl Schmitt, 최재원 옮김, 《대지의 노모스》, 민음사, 1995.

테사 모리스 스즈키Tessa Morris-Suzuki, 김경원 옮김, 《우리 안의 과거》, 휴머니스트, 2006.

프라센지트 두아라Prasentjit Duara, 문명기 · 손승회 옮김, 《민족으로부터 역사를 구출하기》, 삼인, 2004.

하타노 세츠코波田野 節子, 최주한 옮김, 《이광수, 일본을 만나다》, 푸른역사, 2016.

후지이 다케시藤井たけし, 《파시즘과 제3세계주의 사이에서: 족청계의 형성과 몰락을 통해 본 해방8년사》, 2013.

강덕상, 《朝鮮》, みすず書房, 1972.

Stuart Hall, *Representation: cultural representations and signifying practices*, London: Sage, 1997.

Arno J Mayer, *Wilson vs. Lenin*, Cleveland: World Pub. Co., 1959.

山室信一, 第一次世界大戰 4, 岩波書店, 2014.

_____, 複合戰爭と總力戰の斷層, 人文書院, 2011

Étienne Balibar, *Race, Nation, Class*, Verso, 1991.

논문

강성현, 〈전향에서 감시 · 동원 그리고 학살로-국민보도연맹 조직을 중심으로-〉, 《역사연구》, 2004.

공임순, 〈냉전의 육화, 스파이의 비/가시적 신체 형상과 '최초'의 소제/미제 간첩단 사건〉, 《현대문학의 연구》, 2015.

_____, 〈빈곤의 포비아, 순치되는 혁명과 깡패/여공의 젠더 분할〉, 《여성문학연구》, 2014.

김미란, 〈1960년대 소설과 민족/국가의 경계를 사유하는 법〉, 《한국학논집》, 2013.

김민환, 〈한국의 국가기념일 설립에 관한 연구〉, 서울대 석사논문, 1999.

김선호, 〈국민보도연맹사건의 과정과 성격〉, 경희대 석사논문, 2002.

김재용, 〈민주기지론과 북한문학의 시원〉, 《한국학보》, 1999.

김재용, 〈이범석을 모델로 한 백화문 작품의 한국어 번역본〉, 《중국어문학지》, 2014.

김종욱, 〈변절 이전에 쓴 춘원의 항일 논설들〉, 《광장》, 1986.

김주현, 〈상해 《독립신문》에 실린 이광수의 논설 발굴과 그 의미〉, 《국어국문학》, 2016.

김준형, 〈이명선의 문학사관과 문학사 서술의 실제 양상〉, 《어문연구》, 2012.

김춘선, 〈발로 쓴 청산리전쟁의 역사적 진실〉, 《역사비평》, 2008.

김현양, 〈안확의 '조선민족담론'과 상호중심주의〉, 《민족문학사연구》, 2017.

김현주, 〈논쟁의 정치와 〈민족개조론〉의 글쓰기〉, 《역사와 현실》, 2005.

노기영, 〈이승만정권의 태평양동맹 추진과 지역안보구상〉, 《지역과 역사》, 2005.

박만규, 〈이광수의 안창호 이해와 그 문제점〉, 《역사학연구》, 2018.

박종린, 〈일제 하 사회주의 사상의 수용에 관한 연구〉, 연세대학교 박사논문, 2006.

박현숙, 〈윌슨의 민족자결주의와 세계 평화〉, 《미국사 연구》, 2011.

박현희, 〈해방기 '중간자' 문학의 이념과 표상〉, 《상허학보》, 2009.

류시현, 〈식민지 시기 러셀의 《사회개조의 원리》의 번역과 수용〉, 《한국사학보》, 2006.

_____, 〈1910년대~20년대 전반기 안확의 '개조론'과 조선문화 연구〉, 《역사문제연구》, 2009.

송남헌·정태영·서중석, 〈해방 50주년 기념 대담―고초로 점철된 혁신계 50년〉, 《역사비평》, 1995.

송우혜, 〈(유명인사 회고록 왜곡 심하다) 이범석의 《우둥불》〉, 《역사비평》, 1991.

신주백, 〈한국 현대사에서 청산리전투에 관한 기억의 유동-회고록·전기와 역사교과서를 중심으로〉, 《한국근현대사연구》, 2011.

이봉범, 〈잡지 《신천지》의 매체 전략과 문학〉, 《한국문학연구》, 2010.

_____, 〈단정수립 후 전향의 문화사적 연구〉, 《대동문화연구》, 2008.

이수열, 〈1910년대 大山郁夫의 정치사상〉, 《일본역사연구》, 2008.

이종두, 〈안확의 '문명적' 민족주의〉, 서울대 박사논문, 2008.

이화진, 〈'극장국가'로서 제1공화국과 기념의 균열〉, 《한국근대문학연구》, 2007.

장문석, 〈최인훈 문학과 '아시아'라는 사상〉, 서울대 박사논문, 2018.

장세윤, 〈〈홍범도 일지〉를 통해 본 홍범도의 생애와 항일무장투쟁〉, 《한국독립운동사》, 1991.

정승철, 〈자산 안확의 생애와 국어 연구〉, 《진단학보》, 2012.

전재호, 〈해방 이후 이범석의 정치 이념: 민족주의와 반공주의 중심으로〉, 《사회과학연구》, 2013.

조동걸, 〈1920년 간도참변의 실상〉, 《역사비평》, 1998.

조은정, 〈해방 이후(1945~1950) '전향'과 '냉전 국민'의 형성〉, 성균관대 박사논문, 2018.

차미령, 〈한국전쟁과 신원 증명 장치의 기원〉, 《구보학보》, 2018.

차승기, 〈기미와 삼일: 해방 직후 역사적 기억의 전승〉, 《한국현대문학연구》, 2009.

채영국, 〈1920년대 〈琿春事件〉 전후 독립군의 동향〉, 《한국독립운동사연구》, 1991.

천정환, 〈해방기 거리의 정치와 표상의 생산〉, 《상허학보》, 2009.

최상일, 〈대정데모크라시와 吉野作造〉, 《아세아연구》, 1986.

최주한, 〈《독립신문》 소재 이광수 논설의 재검토〉, 《민족문학사연구》, 2019.

허수, 〈러셀 사상의 수용과 《개벽》의 사회개조론 형성〉, 《역사문제연구》, 2009.

허윤, 〈기억의 역사화와 사이의 정치학〉, 《한국문화연구》, 2015.

황민호, 〈1920년대 초 재만 독립군의 활동에 관한 《매일신보》의 보도경향과 인식〉, 《한국민족운동사연구》, 2007.

나리타 류이치成田龍一, 〈'고향'이라는 이야기 · 재설〉, 《한국문학연구》, 2006.

조앤 스콧Joan Scott, 송희영 옮김, 〈젠더: 역사 분석의 유용한 범주〉, 《국어문학》, 1996.

하타노 세츠코, 최주한 옮김, 〈사이토문서와 이광수의 〈건의서〉〉, 《근대서지》, 2013.

찾아보기

3·1과 반탁

2020년 3월 1일 초판 1쇄 발행

지은이 | 공임순
펴낸이 | 노경인 · 김주영

펴낸곳 | 도서출판 앨피
출판등록 | 2004년 11월 23일 제2011-000087호
주소 | 우)07275 서울시 영등포구 영등포로 5길 19(양평동 2가, 동아프라임밸리) 1202-1호
전화 | 02-336-2776 팩스 | 0505-115-0525
블로그 | bolg.naver.com/lpbook12
전자우편 | lpbook12@naver.com

ISBN 979-11-87430–88-9 94300